筆墨 俳句歳時記 ― 春

村上　護　編著

二玄社

筆墨俳句歳時記　春

―目次―

【時候】

【天文】

【動物】

【植物】

凡例

一、本書は「春」「夏」「秋」「冬・新年」の四季別全四巻からなる。
一、各巻の本文頁は季語別に構成され、各季語ごとに季語解説（必要に応じて名句鑑賞を付す）・例句・揮毫作例を収録した。
一、本文見出しは季語、傍題、季語分類の順に表記した。
一、巻末に、揮毫作例の句索引ならびに作家索引を収録した。
一、揮毫作例の所蔵先または資料提供先は巻末にまとめて示した。
一、揮毫作例釈文の表記については、読書の便を図り原則的に次のように統一した。
・漢字は原則的に新漢字とする。
・変体仮名は現代仮名遣いに変更する。
・必要に応じて濁点・半濁点を付す。
・その他はなるべく原文通りとする。

春《はる》

陽春・芳春・三春・九春

暦の上では立春（二月四日ごろ）から立夏（五月六日ごろ）の前日までを春という。けれど春立ってもしばらくは寒さ厳しく、陽暦では三月、四月、五月の三ヵ月が春季。ハルの語源は晴（ハル）の意、また発（ハル）すなわち万物発生の義ともいわれる。ものみな動く時節だ、冬型の気圧配置がくずれ、移動性高気圧と低気圧が数日間で交互に入れ替わり、そのたびに天気も変化する。そしていつしか寒さを感じなくなれば、本格的な春である。

春ひとり槍投げて槍に歩み寄る　能村登四郎

広いのどかなグラウンドで、槍投げの練習をしている一人の青年がいる。古代オリンピック以来の競技種目で、全く個人技を競うものだ。それだけ心技一体が要求され、まず自己に打ち勝たねばならぬスポーツだろう。その厳しさは黙々とした仕草からもうかがえる。投げやりという無責任な態度とは違う。槍と緊張関係を保つ一途な青年の姿に、失われた青春を見いだそうとする作者の願望が投影された一句でもあろう。

水原秋櫻子に師事し、昭和四十五年「沖」を創刊主宰。「手垢のつかない句」を唱導し、多くの門人を育てた。（一九一一〜二〇〇一）

おもしろやことしのはるも旅の空　——芭蕉
色あひもわずかに春の夜明けかな　——園女
折釘に烏帽子かけたり春の宿　——蕪村
先ゆくも帰も我もはるの人　——白雄
目出度さもちう位也おらが春　——一茶
春や昔十五万石の城下かな　——正岡子規
窓あけて窓いっぱいの春　——種田山頭火
春の道だけが歩いているわいの　——永田耕衣
麗しき春の七曜またはじまる　——山口誓子
女身仏に春剥落のつづきをり　——細見綾子
バスを待ち大路の春をうたがはず　——石田波郷
雪の峰しづかに春ののぼりゆく　——飯田龍太
春の家裏から押せば倒れけり　——和田悟朗
滝落ちて山中の春ゆるやかに　——星野麥丘人
人は影島は光を曳きて春　——永方裕子
春の航小浦小浦に人降ろし　——辻　桃子

時候

1 幅　桃源に漲る春や百千鳥　月斗

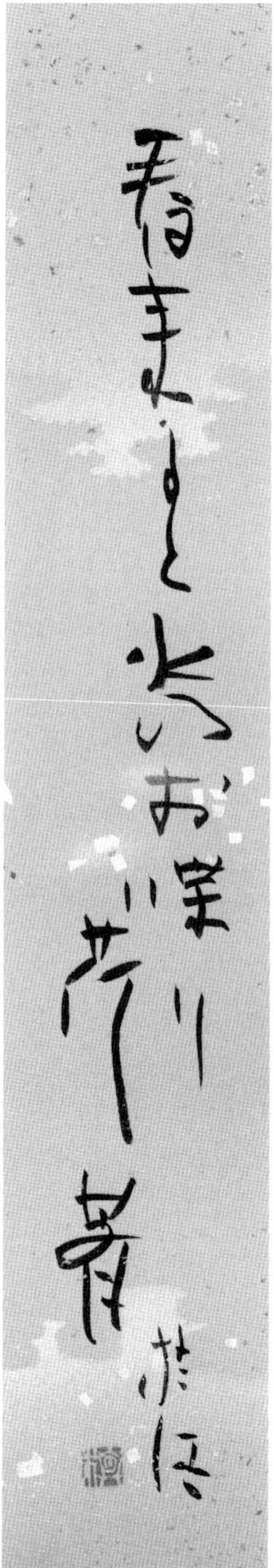

2 短冊　春来ると水のお喋り芹薺　柊風

1 青木月斗（一八七九〜一九四九）大阪生。子規門下、ホトトギス派。大阪俳壇重鎮として活躍。
2 塘　柊風（一九〇八〜）岡山生。師系山口草堂。「風信」主宰。

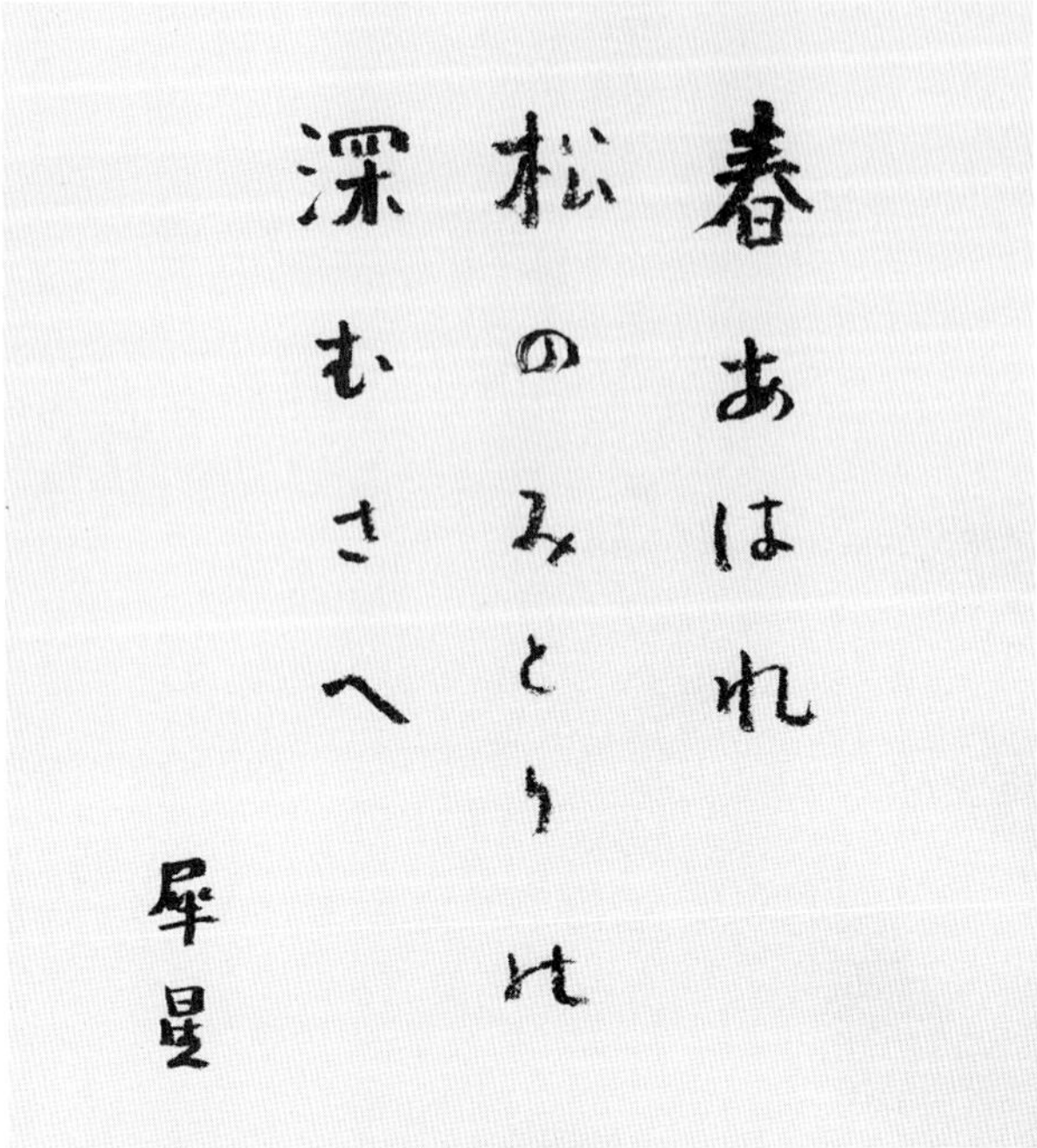

3 色紙　春あはれ松のみどりの深むさへ　犀星

3 室生犀星（一八八九～一九六二）金沢生。詩人・小説家。『愛の詩集』『杏っ子』等。

4 松本　旭（一九一八～）埼玉生。師系加藤楸邨・角川源義。「橘」創刊主宰。

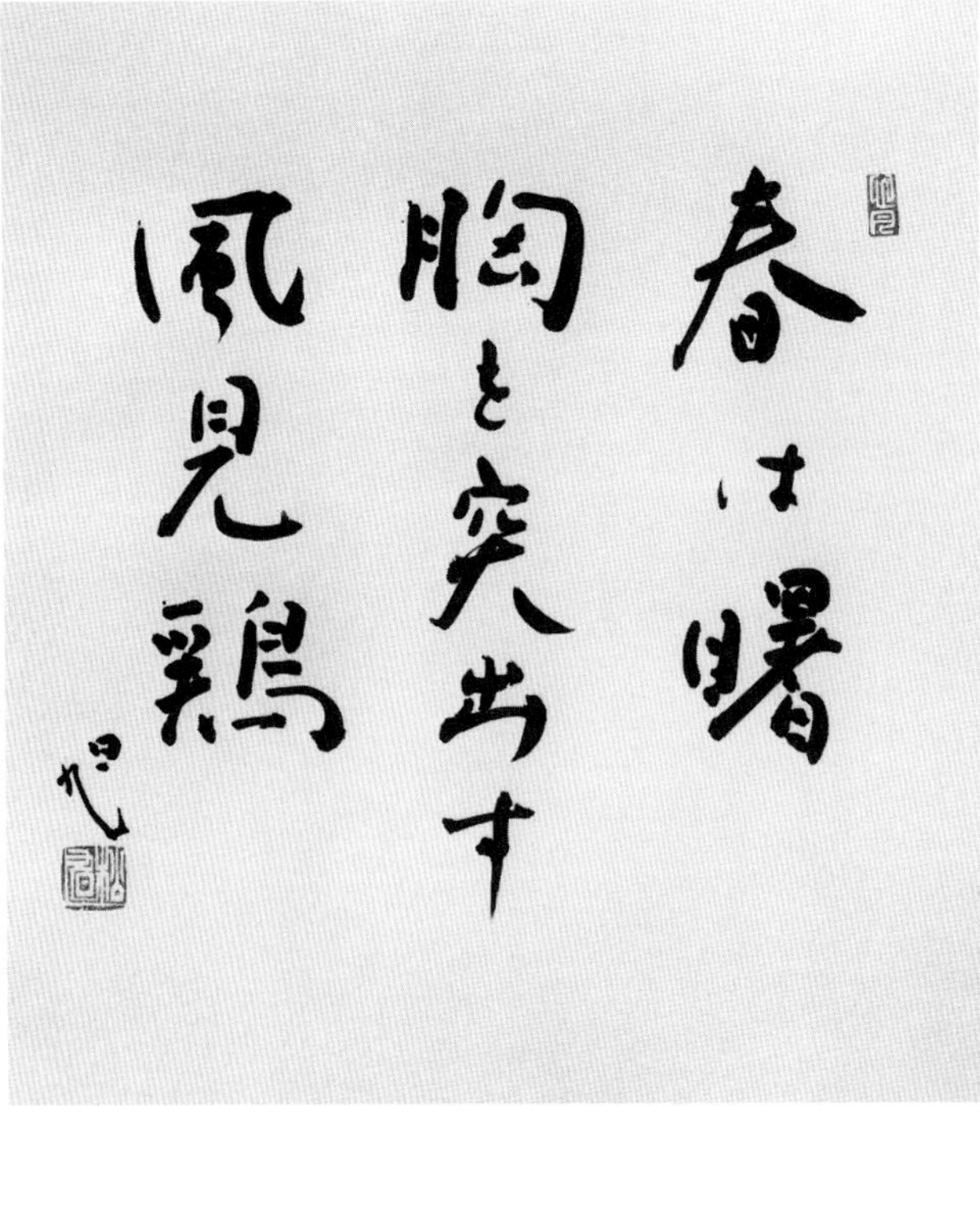

4 色紙　春は曙胸を突出す風見鶏　旭

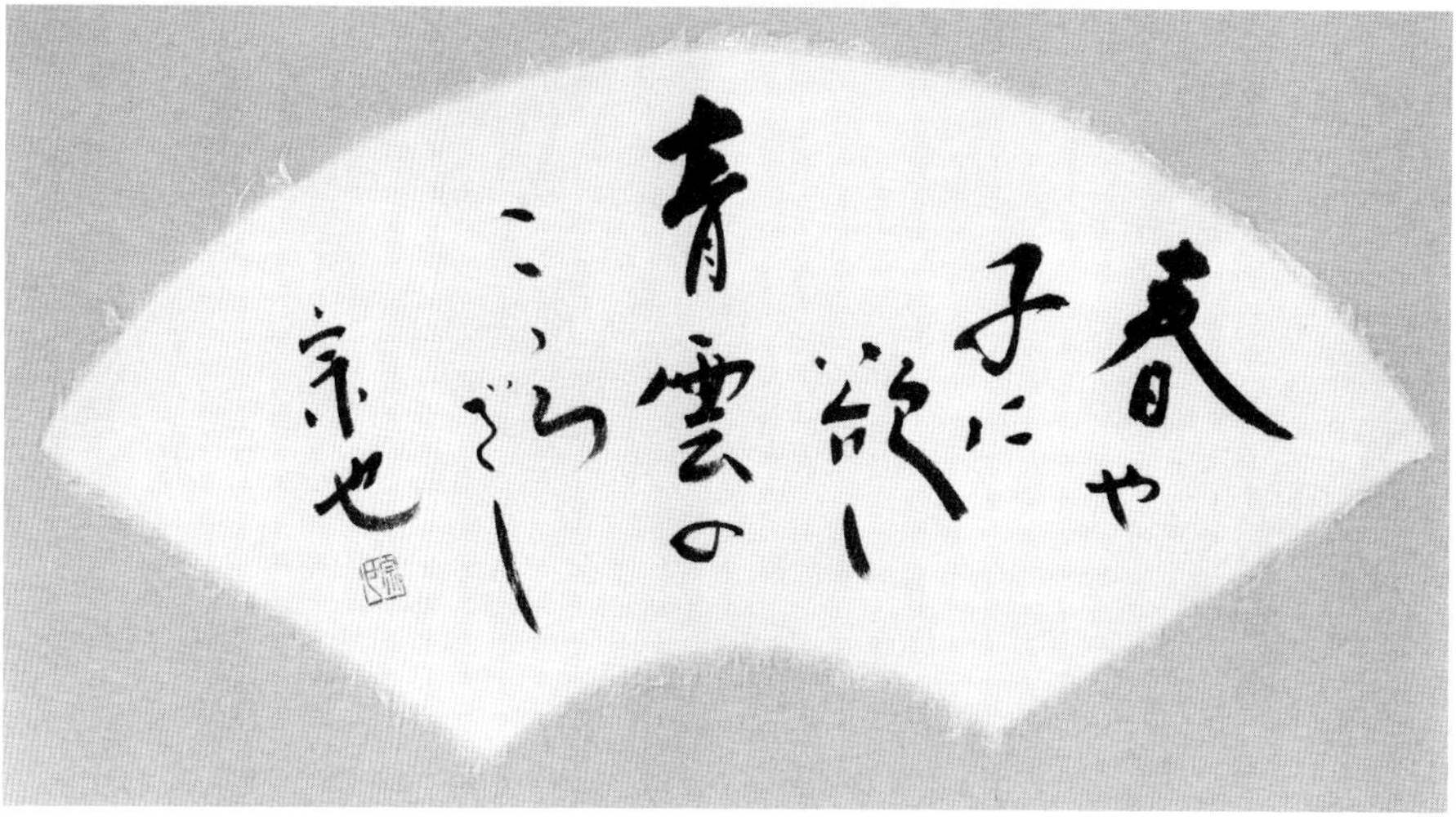

5 扇面　春や子に欲し青雲のこゝろざし　宗也

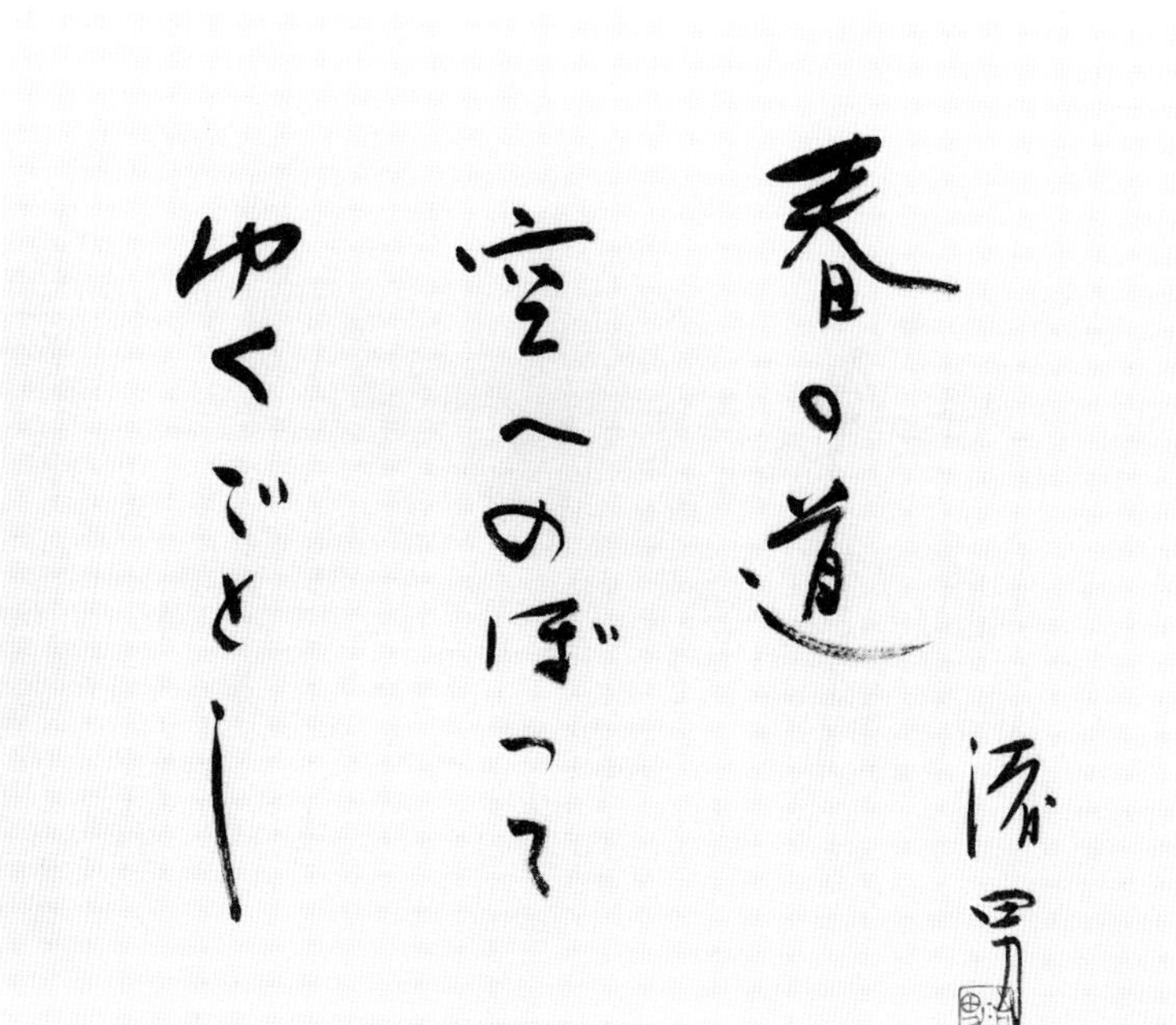

6 幅　春の道空へのぼってゆくごとし　渚男

5 加古宗也（一九四五〜）愛知生。師系村上鬼城・富田うしほ・富田潮児。「若竹」主宰。
6 矢島渚男（一九三五〜）長野生。石田波郷・加藤楸邨・森澄雄に師事し、のち「梟」創刊主宰。

立春《りっしゅん》

春立つ・春来る・立春大吉

時候

陰暦では一年を三百六十日とし、それを十五日ずつに区切って二十四節気とした。その最初の節気が立春で二月五日ごろ。立夏、立秋、立冬の呼称もあるが最も印象深いのは立春。節分の翌日で、暦の上ではこの日から春になる。けれど気象の上からはまだ寒さは厳しく、太平洋側では雪の降ることが多い。と思いながら空を見上げると、陽光には春の兆しがあって明るい。その熱が地上に届くまでには一ヵ月以上もかかり、春は名のみの寒さである。「光の春」という表現もあるが、俗間では立春の日に「立春大吉」の符を門戸に貼る風習があった。

寝ごころやいづちともなく春は来ぬ　——蕪村
春立つや愚の上に又愚にかへる　——一茶
雨の中に立春大吉の光りあり　——高浜虚子
オリヲンの真下春立つ雪の宿　——前田普羅
立春の雪のふかさよ手鞠唄　——石橋秀野
立春の米こぼれをり葛西橋　——石田波郷
立春のまだ垂れつけぬ白だんご　——中山純子
点るごと立春の豆石の上　——原　裕

7　短冊　立春や寝ね覆はるる酒の酔　敏雄

8　団扇　立春や月の兎は耳立てて　椿

7　三橋敏雄（一九二〇～二〇〇一）東京生。渡辺白泉・西東三鬼に師事し新興俳句で活躍。
8　星野　椿（一九三〇～）東京生。星野立子の一女。「玉藻」継承主宰。

春浅《はるあさ》し

浅き春・浅春《せんしゅん》

時候

春に一種情感をこめてとらえたのが春浅しである。早春とほぼ同じ季節だが、情緒的でよりやわらかい。白楽天の詩に「窓前春浅竹声寒」（窓の前に春浅くして竹の声寒し）の詩句はあるが、俳句の季語としては明治以後から。暦の上では春になっても、まだ自然や気象が春らしくない季節。やがて来る暖かな春をイメージに描きながら、眼前の寒々とした光景を表現したものか。詩語として近代的な新鮮味がある。

木より木にかよへる風の春浅き　臼田亜浪

風がこずえを揺らしているのであろう。それもかすかにである。浅春の光の中でとらえた風の動きであり、心に感じた景であろう。やがて芽吹こうとする木、「木より木に……春浅き」と、「き」の語音を三つ重ねて一つの流れを作っている。音読すれば心ひきしまるリズムとなって快い。季語の固定観念より季感を重視し、主情的で流麗な広義の十七音詩を特色とした。同時期の作に「いつくしの雪の浅間よ月渡る」など。

高浜虚子に師事、のち大須賀乙字の協力を得て「石楠」を創刊。俳壇の改革を企図し警鐘的役割を果した。（一八七九～一九五一）

春浅き水を渡るや鷺一つ　——河東碧梧桐
春浅し空また月をそだてそめ　——久保田万太郎
春浅く火酒したたらす紅茶かな　——杉田久女
大学レストランカレーにほはす春浅く　——山口青邨
吹き切つて灯影ひびかん春浅き　——富田木歩
春あさし人のえにしの絶ちがたく　——横山白虹
春浅き麒麟《きりん》の空の飛行雲　——三好達治
眺めやる野水の行方春浅し　——松本たかし
春浅し伏目遠目の夢二の絵　——有馬籌子
春浅く病癒えずば妻子飢う　——野見山朱鳥
浅春の波あたらしき寺泊　——野澤節子
春浅き峠とのみの停留所　——八木林之助
春浅き海へおとすや風呂の水　——飴山　實
春浅き山家集より花こぼれ　——原　裕
春浅き黒人霊歌地下よりす　——上田五千石
横文字の荷が着く花舗の春浅し　——青木牧風

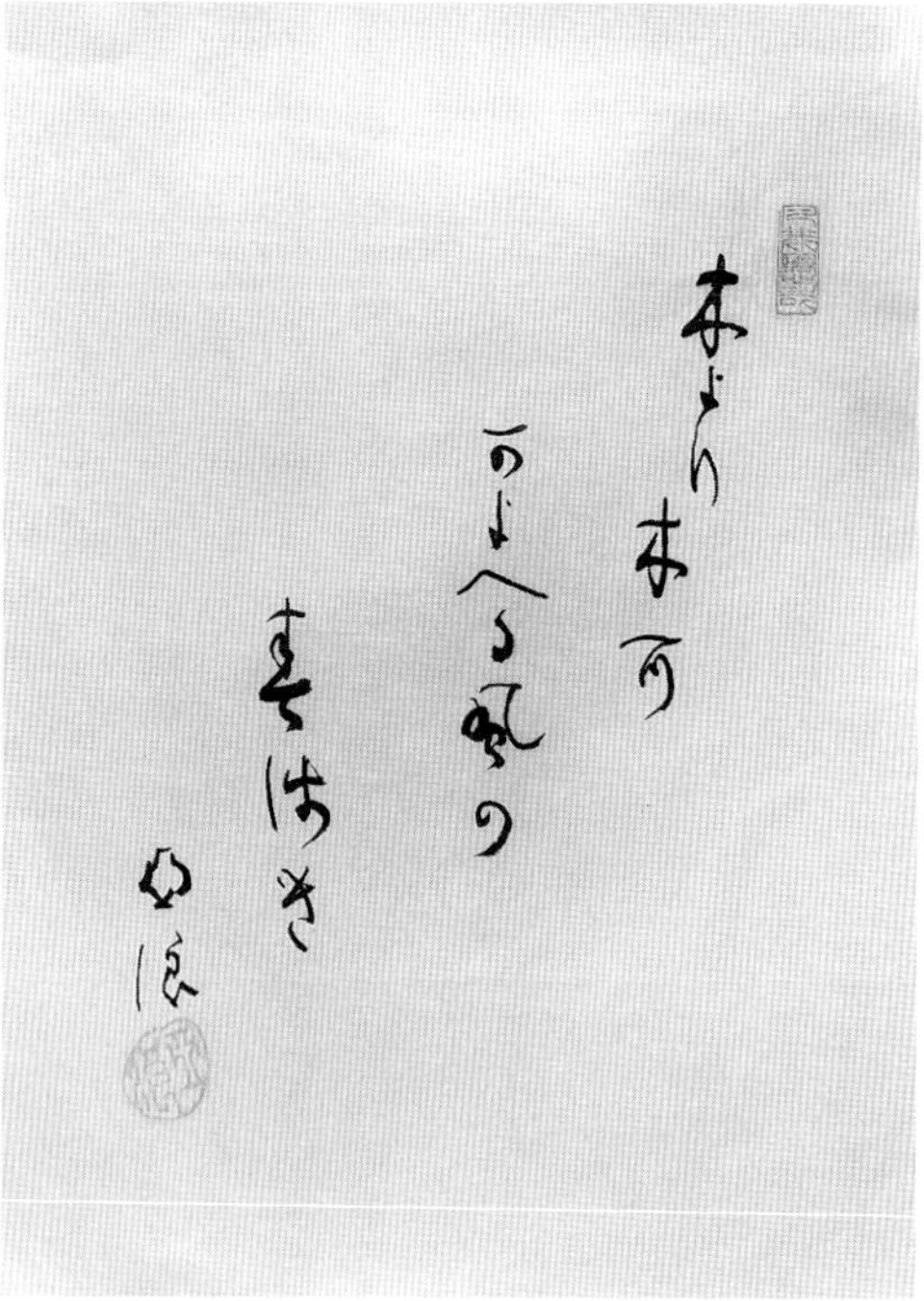

9　幅　木より木にかよへる風の春浅き　亜浪

9　臼田亜浪（一八七九〜一九五一）長野生。「石楠」主宰。一句一章説を唱えた。

10　大谷句仏（一八七五〜一九四三）京都生。東本願寺第二十三世法主。俳句は高浜虚子、ついで河東碧梧桐に師事。

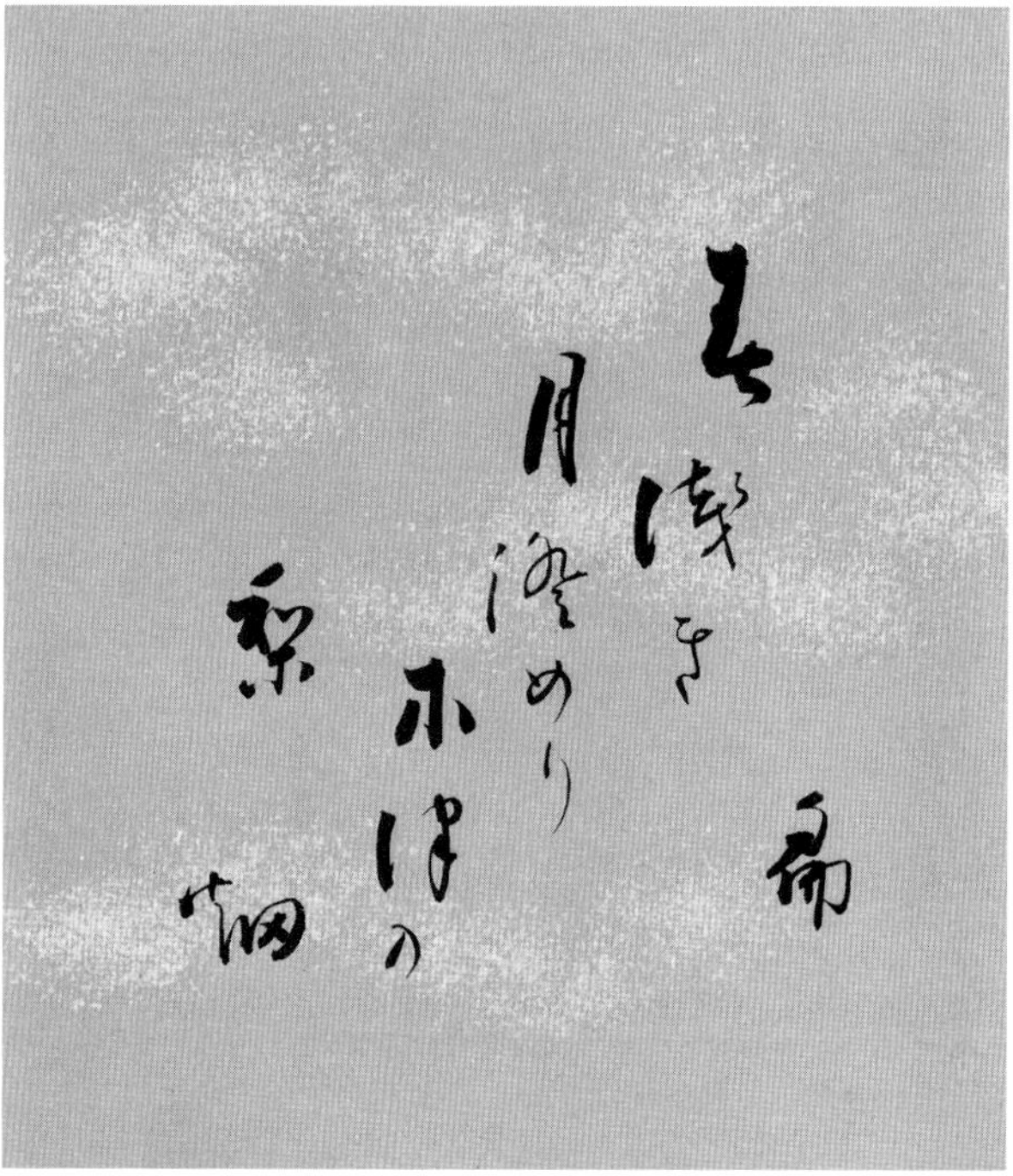

10　色紙　春浅き月澄めり木津の梨畑　句仏

時候

冴返《さえかえ》る

凍返《いてかえ》る・寒戻る

冬の季語「冴ゆる」を受けた季語。「冴ゆる」は光や音、色などが澄んで、これに冷たさを伴って、寒げに澄むといった状態をいう。冴返るとは春になって少し暖かくなりかけたと思うと、また寒波のために冬の寒さがぶり返すこと。二月半ばから三月は不安定な天気が続き、前日の好天も翌日は寒に戻った感じで、西高東低の冬型の気圧配置となって寒さの戻ってくることが多い。

冴え返るとは取り落すものの音　　石田勝彦

言いたい事柄を何かにたとえることによって、効果を期待する表現が比喩である。掲出句は冴え返ることを具体的なイメージでもって生き生きと伝えたいわけだ。ようやく寒が明けて、もらってうれしいものを手中に収めた思いであった。けれどうかつに落としてしまい、その音に肝を冷やすといった情態。こんなふうにくどくど説明するのは水を差すようなものである。比喩もやっぱりあうんの呼吸というべきだろう。

石田波郷に師事し、現在は「泉」同人。自然諷詠のうちに境涯を蔵する句を得意とする。（一九二〇〜）

五六丈滝冴え返る月夜かな　——蓼太
三ヶ月はそるぞ寒さは冴かへる　——一茶
冴返る音や霰の十粒程　——正岡子規
冴えかえるそれも覚悟のことなれど　——高浜虚子
冴え返り冴え返りつゝ春なかば　——西山泊雲
さえ返り星はおろおろ光負ふ　——松村蒼石
冴え返る面魂は誰にありや　——中村草田男
衰へしいのちを張れば冴返る　——日野草城
冴えかへるもののひとつに夜の鼻　——加藤楸邨
凍てもどり木曽路は夜へ渓響き　——福田蓼汀
冴返る最も綺麗なものは星　——高木晴子
いくたびか死におくれし身冴返る　——野澤節子
鱒鮓《ますずし》や寒さのもどる星のいろ　——古舘曹人
冴え返る暗闇の沖父のこゑ　——新谷ひろし
冴返る仏に千手われに二手　——伊藤通明
われを打つ言葉ぴしりと冴返る　——小室善弘

11 色紙
冴返る
山国に星
押し出さる
抱星

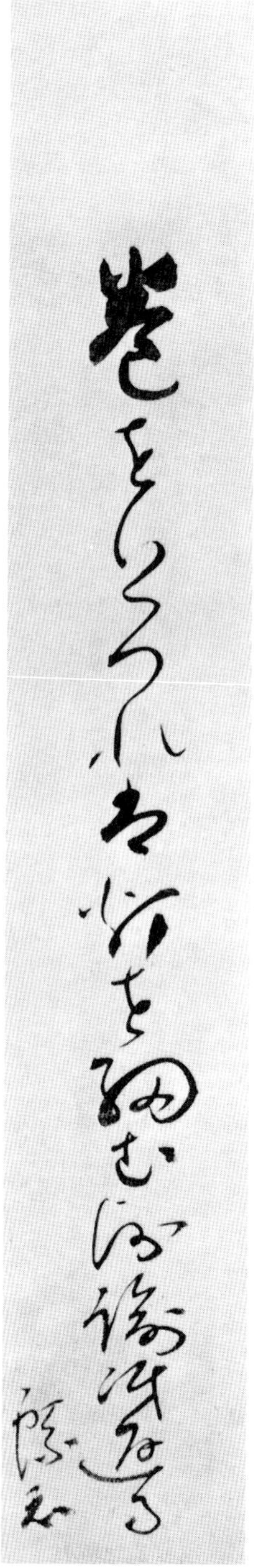

12 短冊　巻をとづれば灯を細む師論冴返る　蝶衣

11 雨宮抱星（一九二八〜）群馬生。師系犬塚楚江・河野南畦。「草林」創刊主宰。
12 高田蝶衣（一八八六〜一九三〇）淡路生。高浜虚子・河東碧梧桐に師事。神官にして、篆刻・書もよくする。

春寒《はるさむ》

春寒し・寒き春・春寒《しゅんかん》・料峭《りょうしょう》

時候

春の暖かさは一進一退しながらやって来る。一年中で気温の最も低いのは一月下旬から二月の初め。寒が明け春になったのに、なんて寒いんだろう、といった心持ちを表現。余寒も大体同じ意。余寒は気持ちとして冬の寒さが残っていると感じるのに対して、春を意識しながらの寒さである。訓でハルサムと読むのと、音でシュンカンと読むのでは響きの強弱が異なり、おのずと表現効果も違ってくる。

春寒く咳入る人形つかひ哉　渡辺水巴

人形浄瑠璃を上演中の出来事。人形遣いは不覚にも咳入ってしまう。なんともちぐはぐな成り行きだが、春の寒さのせいである。風邪を引いていたのだろう。我慢しようとするが咳は出だすと止まらない。劇とは無縁な個人の生理だけにおかしくても笑えない。あわれなのは人形遣いだ。とんだことで劇場は一瞬緊張する。これも一つのユーモアと一句に仕立てたのがおもしろい。大正二年の作。

父は花鳥画の大家渡辺省亭。「ホトトギス」で活躍する一方、「生命の俳句」を提唱し「曲水」を創刊主宰。（一八八二〜一九四六）

春寒し風の笹山ひるがへり　――暁台
橋一つ越す間を春の寒さかな　――成美
ありく間に忘れし春の寒さかな　――樗堂
春寒や日闌けて美女の嗽く　――尾崎紅葉
春寒の旅や絹夜具滑りがち　――篠原温亭
水田一枚天地返しの春寒し　――広江八重桜
春寒をかこち合ひつつ宿を出づ　――野村泊月
春寒のをなごやのをなごが一銭持つて出てくれた　――種田山頭火
春寒や渡世の文もわきまへず　――室生犀星
春寒の喚鐘力こめて打つ　――高野素十
春寒の指環なじまぬ手を眺め　――星野立子
春寒くわが本名へ怒濤の税　――加藤楸邨
使はる丶身より使ふ身春寒き　――鈴木真砂女
春寒し悪しき予感の狂ひもせず　――相馬遷子
春寒の老僧ちぢみやまぬかな　――金子兜太
春寒く虚空に燃やす化学の火　――西岡正保

13 短冊　春寒し水田の上の根なし雲　碧

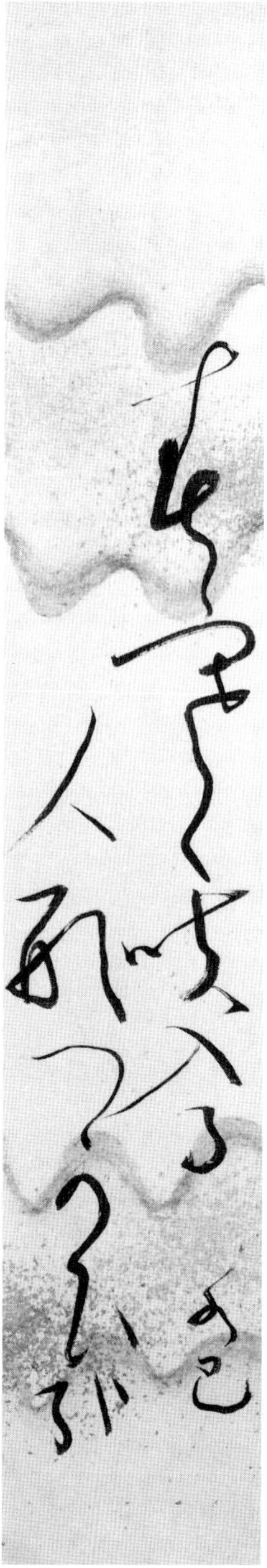

14 短冊　春寒く咳入る人形つかひ哉　水巴

13 河東碧梧桐（一八七三〜一九三七）松山生。子規門で虚子と双璧。新傾向俳句の中心的存在。「海紅」「碧」「三昧」を創刊。
14 渡辺水巴（一八八二〜一九四六）東京生。鳴雪門に入り、のち高浜虚子にも師事。「曲水」創刊主宰。

啓蟄《けいちつ》

時候

啓はひらくの意で、開は同訓である。蟄はかくれる、ひそむ、とじこもるの意。冬ごもりしていた蟻や蛇、蛙、蜥蜴などの蟄虫が地上にはい出るころを啓蟄という。二十四節気の一つで三月六日ごろ。もちろん各地方の気候、虫の種類によって違い、実際に地上に出てくる日時は特定できない。朝方の最低気温が五度以上になるころに虫が地上に出てくるという。啓蟄の季節を迎えるのは九州で三月初め、北海道では五月ころである。

啓蟄や生きとし生けるものに影　斎藤空華

土の中で影をひそめ冬ごもりしていた虫どもが、穴からはい出てくる。このころに鳴る春雷は虫出しの雷ともいわれ、天地がようやく春の躍動をはじめる時季だ。世に生きているほどのすべてのものは、姿をあらわにして動きはじめる。その一つ一つが影を引き連れているのだ。地下の闇の中ではないことだった。地上に出れば光で影が出来るのを当たり前と思う人は、日常ごとに毒され過ぎている。光の中でこそ明確な影が持てる、それがすなわち存在感で、生き生きとした生命を謳歌しての作。

渡辺水巴門の逸材として注目されたが、三十一歳のとき、肺結核で病死。（一九一八〜五〇）

啓蟄や日はふりそゝぐ矢の如く　——高浜虚子

啓蟄のひとり児ひとりよちくと　——飯田蛇笏

啓蟄や幼児のごとく足ならし　——阿部みどり女

啓蟄や金閣空につゝがなく　——大橋桜坡子

地蟲出づふさぎの蟲に後れつつ　——相生垣瓜人

啓蟄の土洞然と開きけり　——阿波野青畝

啓蟄の大地月下となりしかな　——大野林火

啓蟄や寒屋の蚤われをさす　——百合山羽公

啓蟄の奈落より出づ役者かな　——松崎鉄之介

水あふれゐて啓蟄の最上川　——森　澄雄

天懸る瀑啓蟄の光おぶ　——丸山哲郎

地虫出て風土記の丘に紛れけり　——前山松花

啓蟄の世に出たがりの鼻毛かな　——山上樹実雄

啓蟄や玩具箱より戦車出づ　——脇本星浪

うかうかとかかる世に出し地虫かな　——岩渕晃三

落ちて来さうな啓蟄の天狗岩　——三森鉄治

15 短冊 芦角君に 啓蟄の君に高なく雲雀かな 秋窓

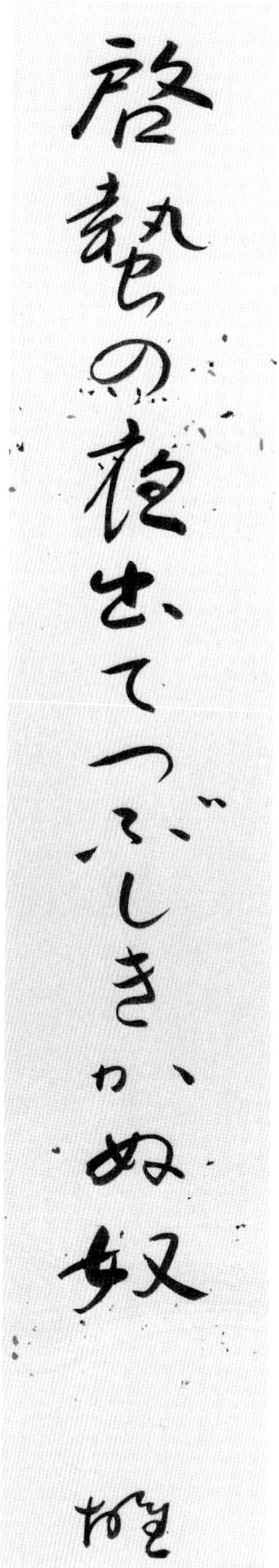

16 短冊 啓蟄の夜出てつぶしきかぬ奴 雄

15 芦田秋窓（一八八三〜一九六六）大阪生。雑貨商。子規門。
16 的野 雄（一九二六〜）東京生。師系日野草城。楠本憲吉の「野の会」に参加し、のち継承主宰。

彼岸《ひがん》

お彼岸・入彼岸・彼岸過ぎ

時候

春分・秋分の日をはさんで前後三日間、あわせて七日の間を彼岸という。俳句では秋分の時期を秋彼岸と呼んで区別。初日を彼岸の入り、終日を彼岸の明け、春分・秋分を中日という。彼岸の中日は昼と夜の長さが等しいので時正《じしょう》ともいう。

彼岸は日本独特の暦注で、平安時代に仏家からいいだした雑節の一つ。「暑さ寒さも彼岸まで」といわれる快い季節で、これを機会に彼岸会《え》といって寺に参詣したり、祖先の墓参りをする習慣がある。

けふ彼岸菩提の種を蒔《ま》く日かな　松尾芭蕉

お彼岸は春秋二回あって、中日すなわち春分、秋分の日は太陽が真東から昇り真西に沈む。この世である此岸《しがん》からこれを追っていけば向こう側の岸、西方極楽浄土の東門に至る。そういう信仰によって彼岸会は営まれ、菩提の種を蒔く日だという。日ごろは雑事にまぎれて信仰心も薄れているが、世俗の迷いを離れ煩悩を断ち、悟りを得るように祈る敬虔な日として詠んでいる。

俳聖とあがめられ古今独歩の存在である。多くは旅にあって『野ざらし紀行』『おくのほそ道』などのすぐれた作品を残す。

（一六四四～九四）

彼岸前寒さも一夜二夜かな　——路通

曇りしが降らで彼岸の夕日影　——其角

山辺には楤《たら》の芽を摘むひがんかな　——白雄

我村はぼたぼた雪のひがんかな　——一茶

毎年よ彼岸の入に寒いのは　——正岡子規

月日過ぎただ何となく彼岸過ぎ　——富安風生

山寺の扉《と》に雲あそぶ彼岸かな　——飯田蛇笏

竹の芽も茜さしたる彼岸かな　——芥川龍之介

彼岸の雀よ他界想はで他界せしは　——中村草田男

話は尽きてて　別れかねてて　彼岸老婆　——市川一男

春の河彼岸をいそぐわれが見ゆ　——鈴木六林男

二河白道駈け抜け往けば彼岸なり　——瀬戸内寂聴

雉子若し春の彼岸をかきわけて　——中山純子

婆の眼の百たび澄みて彼岸くる　——黛　執

曙の富士玲瓏と彼岸入　——星野　椿

岸であることに疲れて彼岸過ぎ　——鳴戸奈菜

17 色紙　渡舟武士はただのる彼岸舟　其角

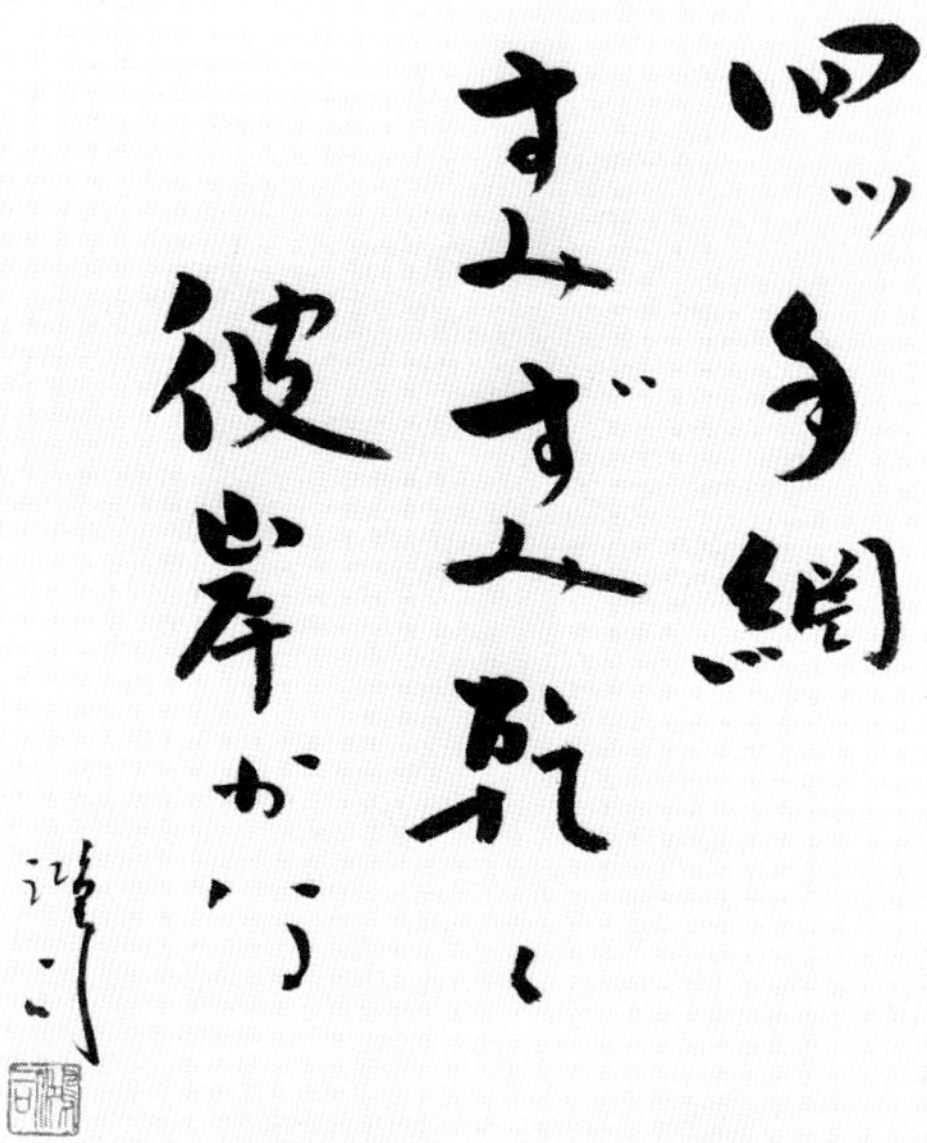

18 色紙　四ッ手網すみずみ乾く彼岸かな　鴻司

17 宝井其角（一六六一～一七〇七）江戸前期の俳人。近江の人。母方姓榎本。蕉門十哲の一人。江戸へ出て江戸座を開く。
18 吉田鴻司（一九一八～）静岡生。嶋田青峰に師事し、のち「河」創刊同人。

春《はる》の日《ひ》

春日《はるび》・春日《しゅんじつ》・春日影

時候

日とは太陽そのものをいう場合と、日の出から日没までの昼間をいう二つの意味がある。春の日と形容しても、たとえば麗かは主に陽光を、長閑は一日を指す。また句によってはどちらともとれる。

三月ごろは晴れと曇りが数日ごとの周期で繰り返すが、四月になると天気は一日の間にも変わりやすい。そんな日々の太陽を対象に、暖かく明るくさんさんと注ぐ日光を、元来は春の日といった。

春の日やあの世この世と馬車を駆り　中村苑子

近代俳句の歴史は主に客観写生を主流としたものだった。現代もその影響下にあるが、奔放なイマジネーションを阻害する一面はあると思う。埒外にあって想像をたくましくするには、奔馬の力を借りるのも一方法だろう。洋の東西を問わず大昔から伝えられてきた天馬の伝説は魅力に満ちている。天馬は日輪の車をひいて空駆けるのだ。掲出句は〈あの世この世〉と空間だけでなく、時間も飛び越えて新しい。

久保田万太郎に師事するが、のち「俳句評論」創刊に参画し高柳重信と行動をともにする。三橋鷹女に傾倒し変幻自在な句をよくした。（一九一三～二〇〇一）

春の日やむかし咄は朝茶の子　——調和
春の日や庭に雀の砂あびて　——鬼貫
春の日や鷗ねぶれる波の上　——闌更
難波津の春四五日や貸し座しき　——大魯
うちつれて汐木を拾ふ春日かな　——暁台
春の日や病牀にして絵の稽古　——正岡子規
湯に入りて春の日余りありにけり　——高浜虚子
大いなる春日の翼垂れてあり　——鈴木花蓑
春の日やベンチふさげて眠る人　——島田青峰
竹の風ひねもすさわぐ春日かな　——室生犀星
はるの日の礼讃に或るは鉦打ち鈴を振り　——野村朱鱗洞
春の日やポストのペンキ地まで塗る　——山口誓子
亀現《あ》れてろんろん春の日ひきずれる　——河野南畦
臓器めく配管春日くねり込み　——西岡正保
春日いま人働かす明るさに　——岡本　眸
春の日の朱をべつたりと中華街　——原　裕

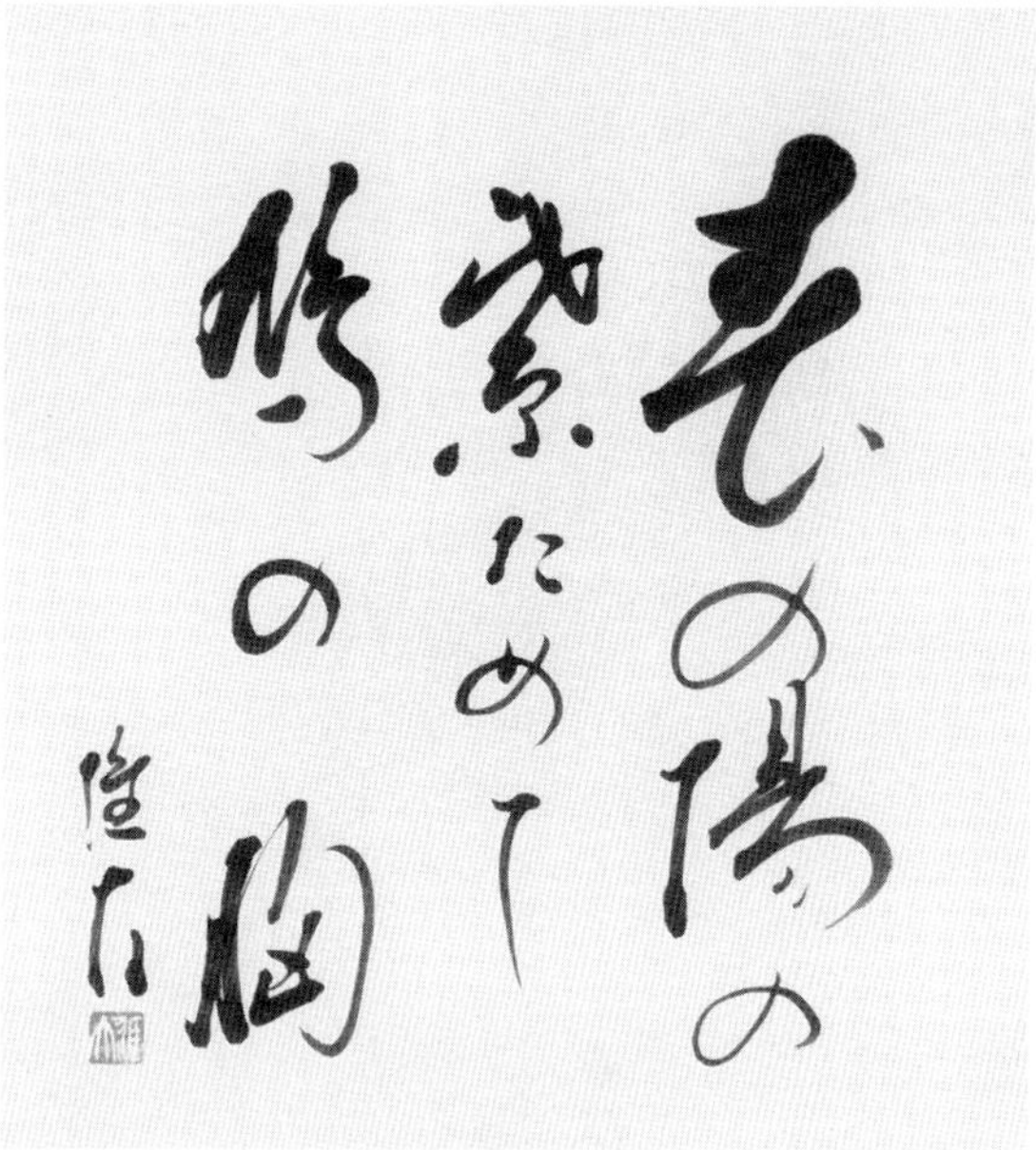

19 色紙
春の陽の
紫ためて
鳩の胸
雄大

19 深谷雄大（一九三四〜）朝鮮生。石原八束に師事し、「雪華」創刊主宰・「秋」同人。
20 芥川龍之介（一八九二〜一九二七）東京生。小説家。別号澄江堂主人。俳号餓鬼。「鼻」「羅生門」等。

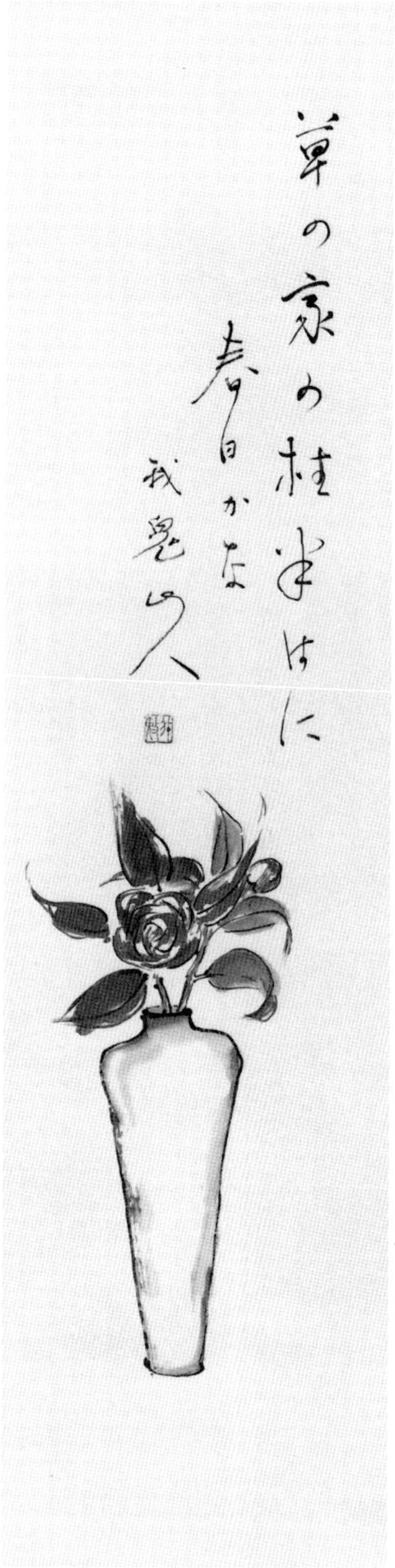

20 幅 草の家の柱半ばに春日かな 餓鬼山人

春暁《しゅんぎょう》

春の暁《あかつき》・春の曙《あけぼの》・春の朝

時候

春の夜明けをいう。時間的に厳密にいえば、暁、東雲《しののめ》は曙より前、つとめて（早朝）は曙よりあとである。『枕草子』に「春は曙。やうやう白くなりゆく。山ぎはすこしあかりて、紫だちたる雲のたなびきたる」とあり、春の夜明けはしみじみとあじわい深い。また唐の孟浩然の「春暁」詩には「春眠不覚暁」の句があり、春の夜は寝心地がよいので、夜明けになってもなかなか目が覚めない、と詠む。豊かな情感にあふれ、文人好みの季語である。

春暁や男児得たることまこと　大石悦子

習俗的にいえば、出産は人の一生のうちで死とともに通過しなければならない危機の一つ。医学による啓蒙で迷信はなくなったが、生命の誕生はやはり厳粛な大事に変わりない。産婦にとっては苦痛に耐える大役で無事に出産し、男児と知らされたときの感懐はひとしおであろう。それも夜明けの生のドラマを、自らが〈まこと〉と再確認するほど感銘深いものであった。森澄雄には「ありがたき春暁母の産み力」の作がある。

知的でありながら柔軟性ある句風で、俳壇に活躍中の中堅俳人である。「鶴」同人。（一九三八〜）

春暁やかさなり響く二寺の鐘　――庄司瓦全
春暁をなほおもむろに大河かな　――松根東洋城
春暁の眠れる子等を二階にし　――中村汀女
春暁の勤め一途にゆく跫音　――山口誓子
春暁の無よりの動き耳立つる　――渡辺桂子
長き長き春暁の貨車なつかしき　――加藤楸邨
春暁の我が吐くもの、光り澄む　――石橋秀野
物思ふ春あけぼのの明るさに　――高木晴子
春暁の森がまぢかくふくらめり　――目迫秩父
帰らなん春曙の胎内へ　――佐藤鬼房
ありがたき春暁母の産み力　――森　澄雄
春暁のあまたの瀬音村を出づ　――飯田龍太
春曙何すべくして目覚めけむ　――野澤節子
春暁の夢に力の入りけり　――宮坂静生
椰子仰ぎ春暁いつも旅ごころ　――小熊一人
春暁の一番列車いつも貨車　――松本えいじ

21 短冊　春暁やひとこそ知らね木々の雨　草城

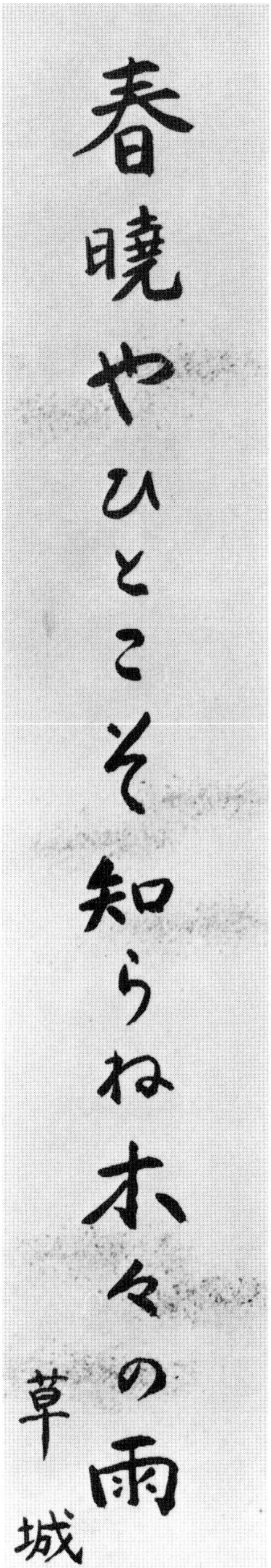

22 短冊　春暁や音もたてずに牡丹雪　茅舎

21 日野草城（一九〇一〜五六）東京生。「ホトトギス」同人後、新興俳句運動に転じ「青玄」主宰。
22 川端茅舎（一八九七〜一九四一）東京生。「ホトトギス」同人。初め画業を志すが病を得て俳句に専念。

23 幅　春暁のつめたさにあるくすりゆび　光雄

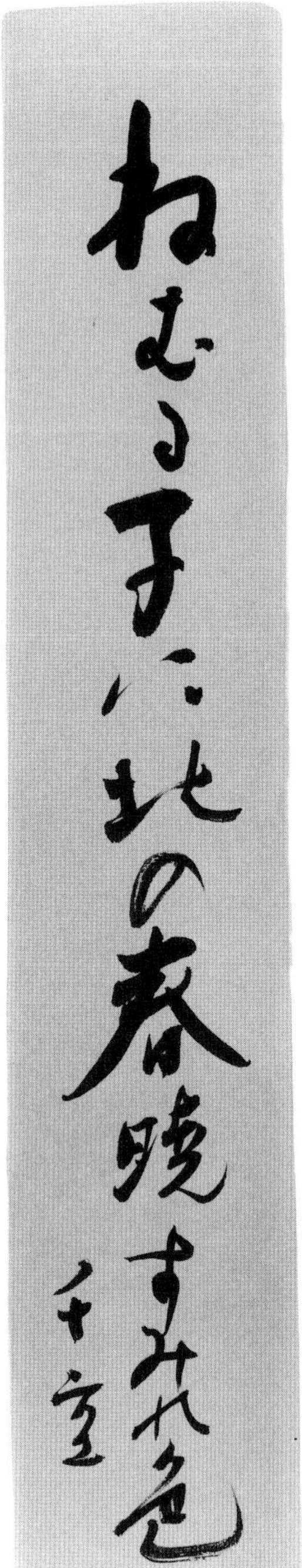

24 短冊　ねむる子に北の春暁すみれ色　千空

23 角　光雄（一九三一〜）広島生。師系青木月斗・菅裸馬。「あじろ」主宰・「同人」「晨」同人。
24 成田千空（一九二一〜）青森生。「暖鳥」編集のほか、「萬緑」創刊同人、のち選者。

俳人の筆跡

稲畑汀子

ワープロやパソコンで文章を書いたりインターネットで友達とやり取りをする時代になった。

そのような時代になったのであるが、我々俳人と呼ばれる者達はある程度一般の人達よりも筆を持つ機会が多いかも知れない。染筆を頼まれることもある。

短冊、色紙、半切を前にして硯に水を落し、気に入った墨を磨りながら字配りを考えて行く時間を至福の時と思えるようになるまでは随分時間がかかるが、気に入ったように染筆出来たときは嬉しいものである。

しかし普段筆でものを書いているわけではないから、たまに上手に書こうと思ってもなかなか上手く行かないのが本音である。私は大抵十枚ほど書いてみてその中から一枚気に入ったものを相手に渡すようにしている。

昔の人達は殆《ほとん》ど皆と言っていいほど字が上手い。否応なく全て筆で手紙も書いた時代であるから当然かも知れないが。俳句の清記も選句も、和紙に筆である。

一昨年春、開館した財団法人虚子記念文学館の展示室には子規や漱石、虚子、碧梧桐などの手紙や俳句の染筆が飾られてある。それらを見ると虚子にしても若書あり、酔筆ありで、明治、大正、昭和それぞれの時代やその時の精神のあり方によって筆勢が異なるのがとても興味深い。碧梧桐の大胆な筆遣いにも彼らしい性格が感じ取れる。子規の字は誠に美しい。三十五歳で早世した子規は、もう二十代から全てのことに精通していたのであろうか。やりたいことを進め三十五年の一生を生き抜くということは並大抵の才能ではないであろう。子規没後百年を経て改めて、子規によって始められた近代俳句の歴史が問われ、その時代に活躍した人々の真筆が人々の心を打つ。

昔、祖父虚子が芦屋の我が家へ泊まると、関西近郊から大勢の人達が虚子の染筆を所望しに来る。私は側で墨を磨ったりして手伝わされた。疲れた祖父に私は自分も書いて欲しいとは言えなかった。

春《はる》の夜《よ》

春夜《しゅんや》・夜半《よわ》の春《はる》

時候
春日遅々の語もあるように暮れるのが遅い。ようやく暗くなる春の宵から、静かに更けゆくのが春の夜だ。夜半の春といえば、いっそう更けた夜中となる。

春の夜は水蒸気を含んで朧《おぼろ》にかすみ、何となく艶な感じ。過ぎ去った昔のことなど思い出され、寝つけなくなることもある。『新古今集』凡河内躬恒の歌「寝《い》も安くねられざりけり春の夜は花の散るのみ夢に見えつつ」は春の夜の情緒をよく伝えるものだ。

春の夜や心の隅に恋つくる　吉川五明

春は暮れ方が遅いことを遅日などと表現。そして時間は夕《ゆうべ》、宵、夜と変化してゆくが、朧にかすむ春の夜は何となく人が懐かしくなる。ために物思いにふけることも多く、ふと心の隅に恋心がめばえてくるというのだ。〈恋つくる〉とは想像上の恋であり、実際のそれではない。こうした空想は春の夜の情調と照応する。

秋田の富商で江戸中期の俳人。芭蕉の俳諧に目を開き、秋田正風の祖となった。蕪村にも傾倒し画もよくした。東北の風土や生活を多く詠む。（一七三二～一八〇三）
春の夜は桜に明けてしまひけり　——芭蕉
春の夜や女をおどす作りごと　——太祇
春の夜や雨をふくめる須磨の月　——青蘿
春の夜のそこ行くは誰《た》そ行くは誰そ　——正岡子規
春の夜や妻に教はる荻江節　——夏目漱石
ふんべつをこゝろに春の夜宴行　——飯田蛇笏
月夜かと薄雪見しや夜半の春　——原　石鼎
時計屋の時計春の夜どれがほんと　——久保田万太郎
春の夜のねむさ押へて髪抜けり　——杉田久女
帯とけば足にまつはり春の夜　——高橋淡路女
春夜の街見んと玻璃拭く蝶の形に　——横山白虹
春の夜や後添が来し燈を洩らし　——山口誓子
春の夜や都踊はよいやさ　——日野草城
春夜買ひて天目《てんもく》の壺重く持つ　——松崎鉄之介
春の夜夢食べていて出口なし　——金子皆子
春の夜紐一本のあそびかな　——塩谷美津子

25 短冊 春の夜や鴨川こゆる借ふとん 無腸

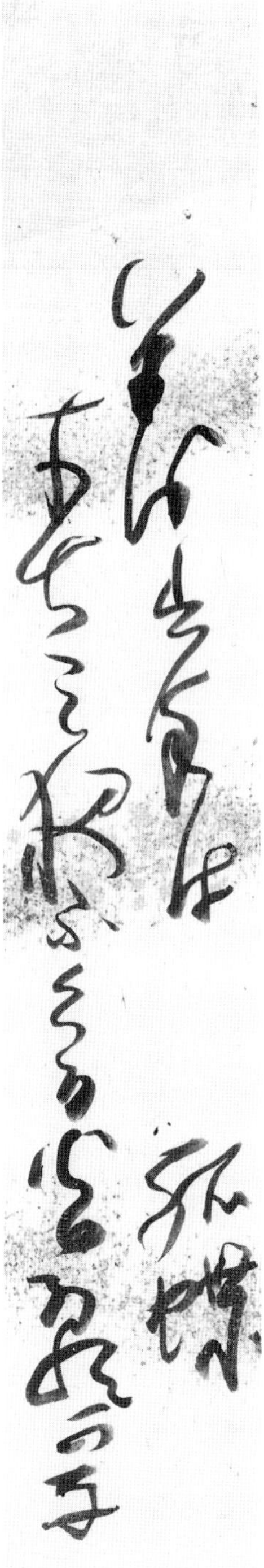

26 短冊 対岸は春之夜ふくる火影かな 孤蝶

25 上田秋成（一七三四〜一八〇九）江戸後期、大坂の人。俳号無腸。浮世草子・読本作家。「雨月物語」が有名。

26 馬場孤蝶（一八六九〜一九四〇）高知生。英文学者・随筆家。西欧文芸の翻訳・紹介に功績。

麗《うらら》か

うらら・麗日《れいじつ》

時候

空が晴れて、日が明るくのどかに照っている様子が麗かの意。転じて声が明るくほがらかなさまとか、心中隠すところなくさっぱりした爽やかさにもいう。

俳句では身体に感じる暖かさでなく、視覚的な春の感じに用いる。それは『万葉集』以来のもので大伴家持は「うらうらに照れる春日にひばり上がり心悲しもひとりし思えば」と詠む。明るい日光と、のどかな一日が両々相俟《ま》っての快適さである。

とんからとんから何織るうららか　　種田山頭火

世捨て人の山頭火には誰が何を織ろうが関係はない。興味があるのは音である。のんべんだらりとした気分に拍子をつけるかの快さだ。麗かは視覚を通じてのものだが、穏やかな田園にあって聞こえてくるのは規則正しい機を織る音だ。〈とんからとんから〉は擬声語である。その効果をうまく生かしたのが掲出句だろう。機織る音の語音と意味とを結びつけ、そのリズムの中に溶けこんでいる。「素材を表現するのは言葉であるが、その言葉を生かすのはリズムである」と山頭火はいう。

句は定型ではないが俳句の本義から外れていない。一所不住の旅浪生活により独自な俳境を確立し異彩を放つ。（一八八二〜一九四〇）

うららなる物こそ見ゆれ海の底　　――凉菟
うららかや岡に上りつ野に下りつ　　――正岡子規
うららかや空より青き流れあり　　――阿部みどり女
うららかにしらぎぬすべる肩ほそき　　――林原耒井
吊革にぶらさがりてもうららかや　　――山口青邨
十年見ぬ人来し日より麗らなり　　――水原秋櫻子
麗かや松を離るゝ鳶の笛　　――川端芽舎
うららかや猫にものいふ妻のこゑ　　――日野草城
うらゝかに何不安なき日の如し　　――石塚友二
うららかや長居の客のごとく生き　　――能村登四郎
うららかに人の心の知れがたく　　――木下夕爾
うらゝなる筑波を見しが夜の雨　　――斎藤空華
木曾うらゝ宿の並びの櫛問屋　　――森田　峠
麗らかにろまんちすとでゐたらいい　　――松澤　昭
麗かにふたりごころのひとり道　　――小出秋光
麗かや説教を聞く小鳥の図　　――長谷川櫂

27 短冊 天橋立 麗かに天地位す胯眼鏡 和風

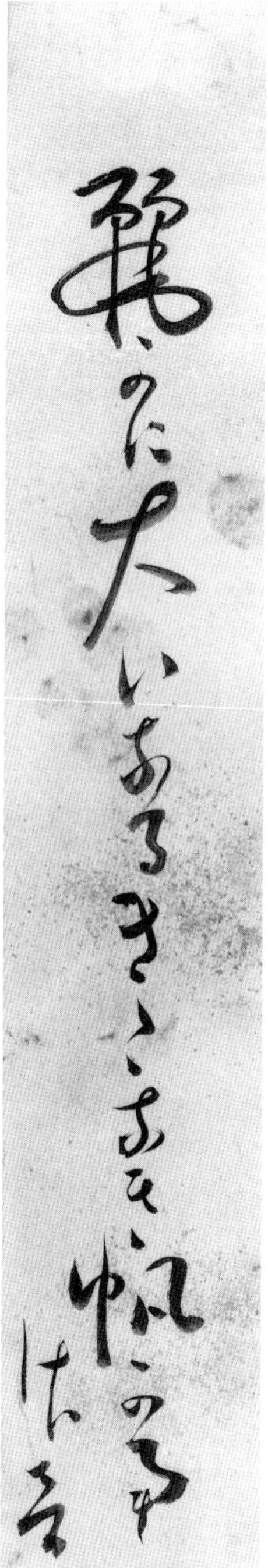

28 短冊 麗かに大いなるきたなぎ帆かな 瓊音

27 安藤和風（一八六六～一九三六）秋田生。自由民権運動ののち新聞人に。東北俳人として独自の地歩を築く。
28 沼波瓊音（一八七七～一九二七）愛知生。教師・記者等を経た後、東大で俳諧史の教鞭をとる。

時候

日永《ひなが》

永き日・永日《えいじつ》・日永し

春の昼間の長いことを日永という。一年中で最も昼間の長いのは六月の夏至の前後。春分の日は昼と夜の時間が等しく、それから徐々に昼が長くなってゆく。そうした実時間とは異なる感覚でとらえた昼の長さである。冬至を過ぎて日が長くなるのを冬の季語では「日脚伸ぶ」と表現。冬における昼の短さゆえに、春の明るい日ざしに喜びを感じる気持ちがこめられている。日永は春、短夜は夏、夜長は秋、短日は冬。いずれも思い込みが含まれた季語である。

永き日や欠伸《あくび》うつして別れ行く　夏目漱石

あくびというのは無意識のうちに口が開いてしまうから、これを我慢するのはひと苦労だ。いつも苦虫をかみつぶしたように笑わない漱石先生のユーモアの一句。永き日と思うのは個人の感覚で、一定の決まりはない。ぽかぽか陽気に眠くなったか。あまり話ははずまなかったようで、お互い退屈して、あくびしあって別れたというのがおかしい。あくびによって、いっそう日永の感覚を呼び覚ますというのがおもしろい。

小説によって文豪の誉れ高く俳句は余技。晩年は「則天去私」の高澄な句境を開き、約二千五百句の俳句を遺す。（一八六七〜一九一六）

永き日を囀りたらぬ雲雀かな　——芭蕉

母恋し日永きころのさしもぐさ　——白雄

鶏の坐敷を歩く日永かな　——一茶

永き日に富士のふくれる思ひあり　——正岡子規

永き日や欠伸ながらの数息観　——大谷句仏

佗言のなが〳〵し日となりにけり　——志田素琴

永き日の餓ゑさへも生いくさなすな　——中村草田男

永き日や波の中なる波のいろ　——五所平之助

永き日のにはとり柵を越えにけり　——芝不器男

僧訪うて午前終へたり午後永し　——大野林火

永き日の写楽は顎に暮色溜め　——宇佐見蘇骸

永き日の槍を地に刺し居すなりぬ　——鈴木六林男

恋の座に何の耳打ち日の永き　——鷲谷七菜子

永き日や石を彫らんと石に乗り　——林　徹

永き日やうなづくやうにバス止る　——栃窪　浩

永き日の監視カメラが斜め上　——桑原三郎

29
扇面
多佳女史留守にとひ来て
ながき日や
暮れかけてくれぬ
ひがしやま
露石

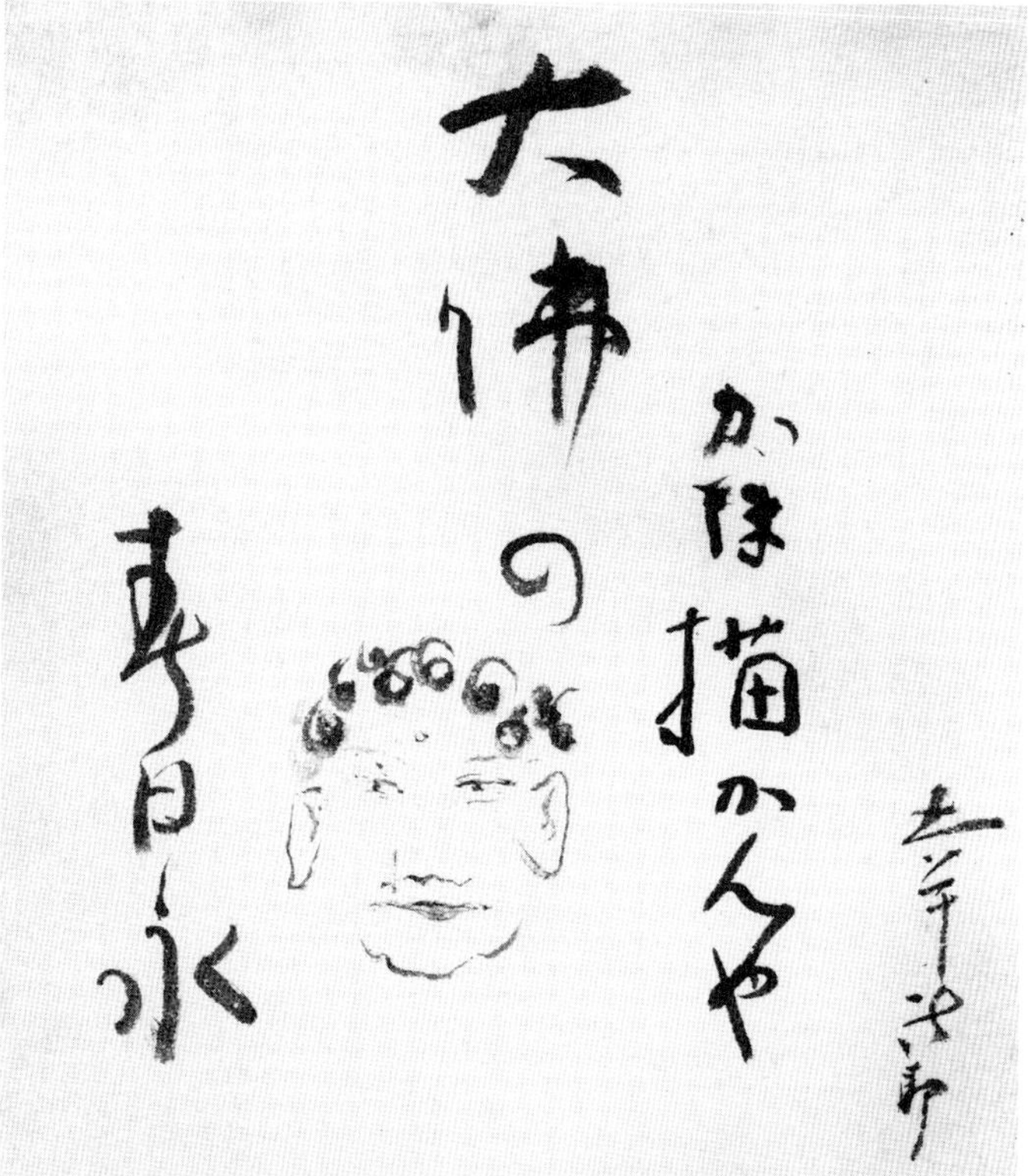

30
色紙　大仏のかほ描かんや春日永　幸次郎

29 水落露石（一八七二～一九一九）大阪生。正岡子規に師事した後、新傾向に転じ「海紅」同人。
30 福士幸次郎（一八八九～一九四六）弘前生。詩人。日本語音数律論でも功績を残す。

長閑《のどか》

長閑さ・のどけし・のどけさ

時候

天気がよくて穏やかな春の日をいう。のどかの「か」は接尾語。古くはのどに和の字が当てられていた。なごやか、ほどよいの意で、心理的に平和な気分をたたえている。『枕草子』に「三月三日は、うらうらとのどかに照りたる」と春における好天のさまをいう。〈うらうら〉と同義だが、〈うらうら〉は美麗を、〈のどか〉は悠長を主にして少々語感に差異がある。春の景色の長閑なさまは胎蕩《たいとう》の語でも表現される。

長閑さや出支度《でじたく》すれば女客　溝口素丸

のんびりと静かに、落ち着いた春の日である。前もって時刻を約束しての外出ではなかったようだ。悠然と身支度を整え外出しようとしたとき、たまたま女性客が訪ねて来た。普段なら慌てて身じまいを考えるがその必要はない。そのまま女客に応対し、出かけるのは後回し。穏やかな春の日永には人間関係だって好都合に運ぶものだ。季節の情感と人情の機微を巧みにとらえている。

幕府旗本で食禄五百石の書院番。のち致仕して俳諧に専心し、葛飾派の中興の祖、門下に一茶らもいた。（一七一二～九五）

のどかさや早き月日を忘れたる　――太祇
長閑さに無沙汰の神社回りけり　――太祇
長閑しや麦の原なるたぐり舟　――白雄
うき鷗のどけきものにきはまりぬ　――幸内
花過ぎの心長閑や煙草盆　――岡野知十
のどかさや杖ついて庭を徘徊す　――正岡子規
長閑なる水暮れて湖中灯ともれる　――河東碧梧桐
長閑さのはては曇りて暮れにけり　――梅沢墨水
のどかさに寝てしまひけり草の上　――松根東洋城
やゝありて午砲気付きぬ森のどか　――石島雉子郎
長閑なるものに又なき命かな　――久保田万太郎
のどかさの風鐸空に壊れをり　――皆吉爽雨
島に来てのどかや太きにぎり鮨　――桂樟蹊子
堤という長物《ながもの》が今日を長閑にす　――前田正治
のどけしやこゝにかうして在るだけで　――高木晴子

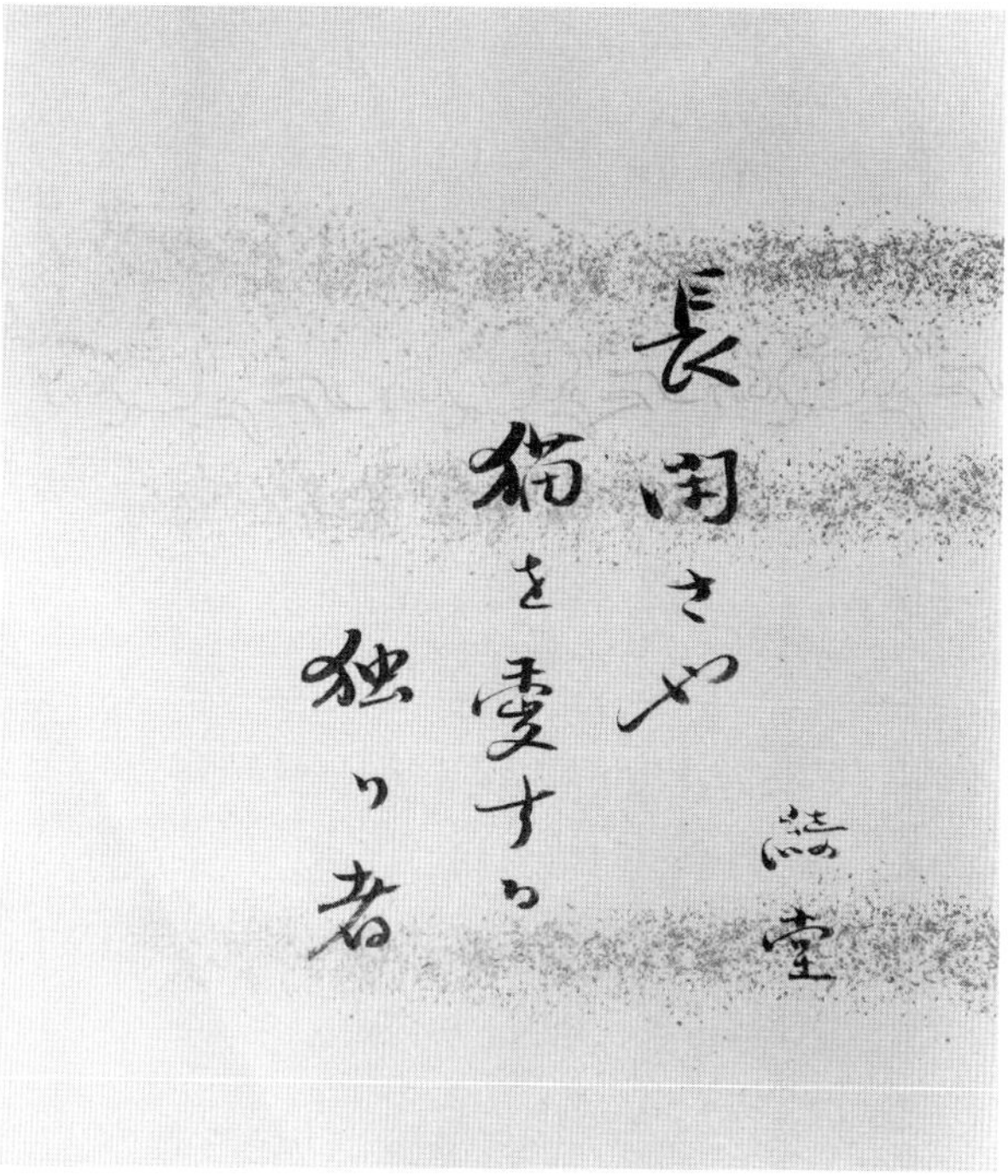

31
色紙　長閑さや猫を愛する独り者　綺堂

32
色紙　耳遠き夫婦いよいよ長閑なり　いさを

31　岡本綺堂（一八七二〜一九三九）東京生。劇作家・小説家。二世市川左団次と新歌舞伎を確立。

32　山口いさを（一九二一〜）三重生。師系青木稲女。「菜の花」主宰。

花冷《はなびえ》

時候

花とは桜で、桜が咲くころに急に冷たくなるのを花冷えという。花がなくても、四月ごろの冷えを花冷えというのは言葉の美しさに魅了されてだろう。たとえば京都では、四月になっても雪が降ることもある。

花冷えの季題は大正以降になって用いられるようになった。はじめは京都を中心に詠まれたが、一地方に限ったことではない。次に鑑賞として掲げる兜太の俳句は、花冷えの季語の見事な変容である。

人体冷えて東北白い花盛り　　金子兜太

「古き良きものに現代を生かす」というのが作者の立場。俳句は五七五を基本に、季節の詩である。それら〈古き良きもの〉を大事にするが、今日の日常に立って句作するというのだ。〈花冷え〉の語が京都で言い出されたとするなら、東北ではどういう表現があるだろう。白い花はりんごか辛夷《こぶし》か。そんな季節に東北を旅すると、急に冷気を感じることもある。鋭敏な感覚がとらえた、新しい俳句だ。

現代俳句の旗手として前衛理論を主導し造型俳句論などを展開。現代俳句協会名誉会長、「海程」主宰。（一九一九～）

花冷はかこちながらも憎からず　——富安風生
花冷の闇にあらはれ篝守　——高野素十
花冷や眼薬をさす夕ごころ　——横光利一
花冷えの城の石崖手で叩く　——西東三鬼
花冷えのともし灯ひとつともりけり　——日野草城
花冷のわが運ばるゝ電車かな　——星野立子
花冷や掃いてをんなの塵すこし　——稲垣きくの
花冷えや老いても着たき紺絣　——能村登四郎
一病を余命に加へ花の冷　——近藤一鴻
花冷えや糸は歯で切る小縫物　——北野民夫
花冷のちがふ乳房に逢ひにゆく　——眞鍋呉夫
花冷や嶺越えて来し熊野鯖　——草間時彦
花冷や吾に象牙の聴診器　——水原春郎
生誕も死も花冷えの寝間ひとつ　——福田甲子雄
手袋の指先ふかき花の冷え　——田辺香代子
花冷えやずしりと重き裁鋏　——八染藍子

33 短冊 花冷やぽとりと重き夜の卵 鬼子

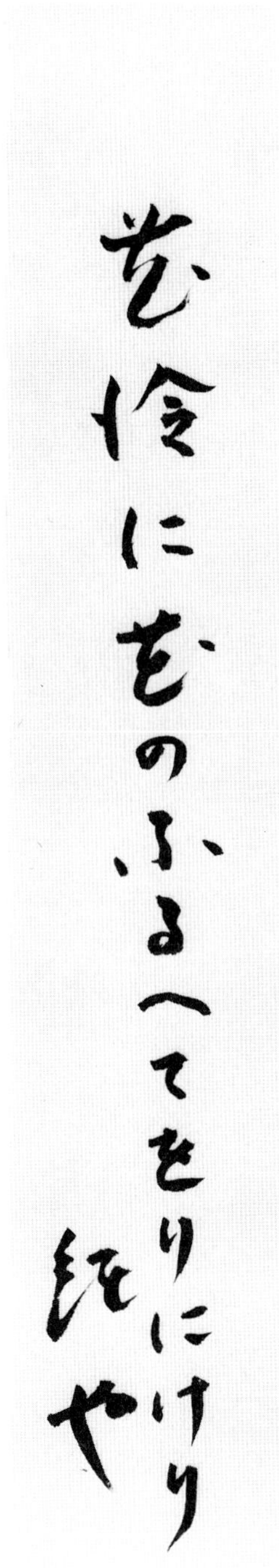

34 短冊 花冷に花のふるへてをりにけり 純也

33 前田鬼子（一九一〇～八七）埼玉生。新興俳句の「俳句文学」を復刊主宰。
34 三村純也（一九五三～）大阪生。師系高浜虚子・下村非文。「山茶花」主宰・「ホトトギス」「若葉」同人。

春《はる》の夕《ゆうべ》・春《はる》の暮《くれ》

春夕べ

時候

春の夕暮れどきである。「春の夕」も「春の暮」も時間的には同じだが、やや語感に違いがある。春の暮は春の夕より暗さが感じられるように思う。

暮という語は時刻の日暮れと時候のおわりの両義で使う。昔、春の暮は秋の暮と同じく暮春、暮秋の意に使っていた。今日では春の暮は夕暮れに定着し、春のおわりをいうときは暮の春である。春の夕、春の暮は蕪村好みの季題でもあった。

海は帆に埋もれて春の夕かな　吉分大魯

帆掛け船が停泊するために戻ってくる、ひとときの夕景を丘の上から詠んだ句か。それにしても海を埋めつくす白い帆を、クローズアップさせる表現は大胆、新鮮である。ゆっくり暮れる春の海ののどかさの中に、ゆらめく白帆は夢幻の空間をかもし出す。詩情豊かな印象派絵画のような俳句である。

阿波国（徳島県）徳島生まれ。武士をやめ、俳諧師となって蕪村に学んだ。が協調性うすく、孤高を持して漂泊のうちに京都で死去。（一七三〇〜七八）

大門の重き扉《とびら》や春の暮　——蕪村
春の暮家路に遠き人ばかり　——蕪村
迷ひ子の泣き出す春の日ぐれかな　——大江丸
我が為に燈《とぼし》おそかれ春の暮　——暁台
石手寺《いしてじ》へまはれば春の日暮れたり　——正岡子規
いづかたも水行く途中春の暮　——永田耕衣
妻亡くて道に出てをり春の暮　——森　澄雄
春の暮頭の何処か琴鳴りて　——岩田昌寿
鈴に入る玉こそよけれ春のくれ　——三橋敏雄
門ひとつ残りつくづく春の暮　——高柳重信
野の家も麓の家も春夕べ　——藤田湘子
頬杖のやがてもの食ふ春の暮　——小檜山繁子
潮吹いて鯨老いゆく春の暮　——木内彰志
新宿は鍵の無い空春の暮　——前田保子
病巣に朗報はなし春の暮　——中原道夫

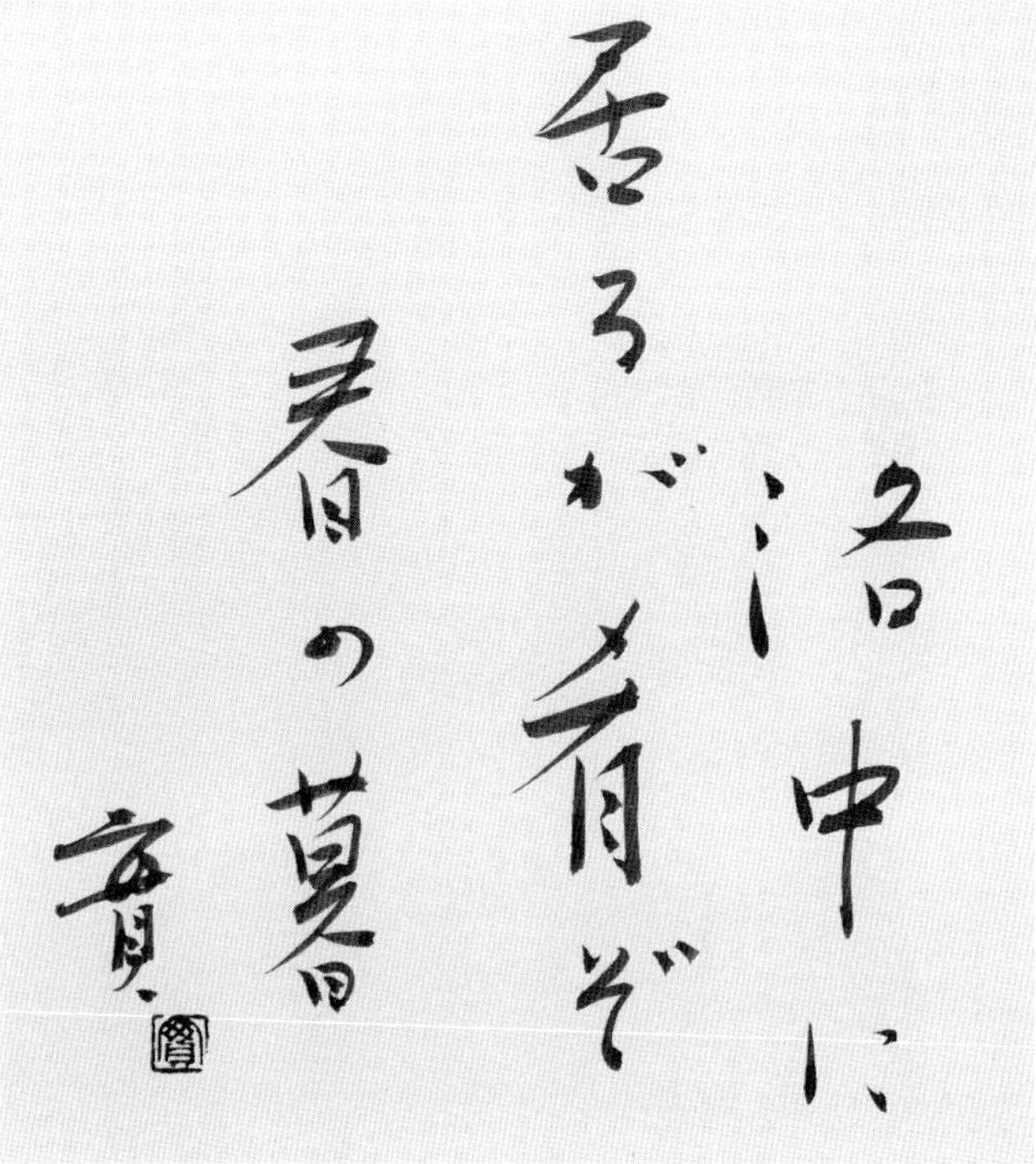

35 色紙
洛中に
居るが肴ぞ
春の暮
實

36 短冊　春の暮老人と逢ふそれが父　研三

35 小澤　實（一九五六〜）長野生。藤田湘子に師事し、のち「澤」創刊主宰。
36 能村研三（一九四九〜）千葉生。能村登四郎の嗣子。「沖」継承主宰。

行《ゆ》く春《はる》

春のかたみ・春行く・春の名残・春尽く・徂春

時候

春のおわりを動的にとらえたのが行く春。暮の春という静的な把握に対し、季節を動いて行くものとして惜別の情がこもる。それをよく表現したものに「時は過ぎ行く春よりぞ、また短きはなかるらん」の藤村の詩が思い出される。
　去りゆく春を擬人的、比喩的に詠んだ古歌も多い。最も古い例としては『拾遺集』の紀貫之の歌「花もみな散りぬる宿は行く春のふるさととこそなりぬべらなれ」だろう。

行く春や鳥啼き魚の目は泪　——芭蕉
ゆく春やおもたき琵琶の抱ごころ　——蕪村
行く春やうしろ向けても京人形　——渡辺水巴
春尽きて山なみ甲斐に走りけり　——前田普羅
乳ふくますことにのみ我が春ぞ行く　——竹下しづの女
行く春の橋の真中で引き返す　——和田耕三郎

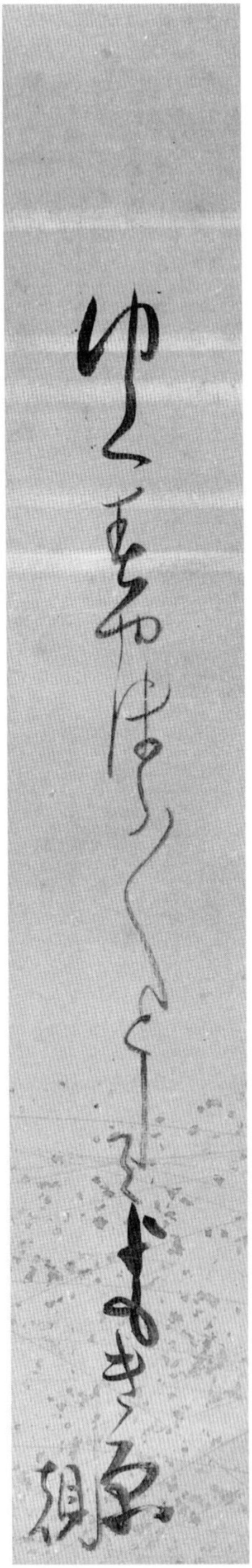

37 短冊　ゆく春やほふくとしてよもぎ原　規

37 正岡子規（一八六七〜一九〇二）松山生。写生を唱え「ホトトギス」を創刊。俳句・短歌の近代革新の祖。

38 帖　行く春を詩集に印すさくら草　月郊

38 高安月郊（一八六九〜一九四四）大阪生。詩人・劇作家。新歌舞伎確立や関西の演劇改良に貢献。

39 三田きえ子（一九三一〜）茨城生。上田五千石・本宮鼎三に師事し「畦」同人、のち「萌」創刊主宰。

39 色紙　白粥に春のかたみの箸つかふ　きえ子

春光《しゅんこう》

春の光・春色・春の色・春望

天文

春光は春色、春景、春望などと同類の漢語である。これを訳せば春の光であり、固定的対象を指す季語ではない。柔和で暖かみがあり、あまねく生き物をはぐくみ育てるような春の日光をいう。多分に雰囲気を表わす季語で、そういう意味では春の色といった方がさらにはっきりする。

春の景色を光や色で総括的に表現しはじめたのは『古今集』以後のこと。『新古今集』に「谷深み春の光の遅ければ雪につつめるうぐひすの声」という菅原道真の歌が初見か。

春風や草木に動く日の光り　高桑闌更

春の景色、様子を表現する季語が春光である。春の日光ではなく春の風光の意だが、もちろんきらめく陽光を言外にこめてのことだろう。同類の季語に「風光る」があり、これは近代になって多く愛用されはじめている。草木を揺らす春風は、のどやかな軟風でなければばならない。ほぼ同世代の暁台に「日の春のちまたは風の光かな」という句がある。風と光、これが春景色を作るのだろうか。

江戸中期、加賀国（石川県）金沢生まれの俳人。医を業として京都に住んだ。芭蕉の風を慕い蕉風復古を唱え尽力した。（一七二六〜九八）

鳥の羽に見初《そ》《む》る春の光かな　――樗良

春来れば路傍の石も光あり　――高浜虚子

みちのくに春色おそし牧の草　――岩動炎天

春もやや光りのよどむ宙のさま　――飯田蛇笏

ステッキを振れば春光ステッキに　――田中王城

春光をしづめて蒼き氷河かな　――三宅一鳴

春光や遠まなざしの矢大臣　――吉岡禅寺洞

ぬかづきしわれに春光尽天地《じんてんち》　――杉田久女

通ひ路の春光ふかき薔薇垣《いばらがき》　――西島麦南

礫像の全身春の光あり　――阿波野青畝

春光の嬰児の脚を垂らし負ふ　――林　翔

うれしさは春のひかりを手に掬ひ　――野見山朱鳥

胸もとに春光あふれ友を宥《ゆる》す　――野澤節子

どの草葉ともなき春のひかりかな　――綾部仁喜

春光や四ツ手に乗りて雀どち　――大串　章

踏まれゐし邪鬼春光に眼をそらす　――栗本洋子

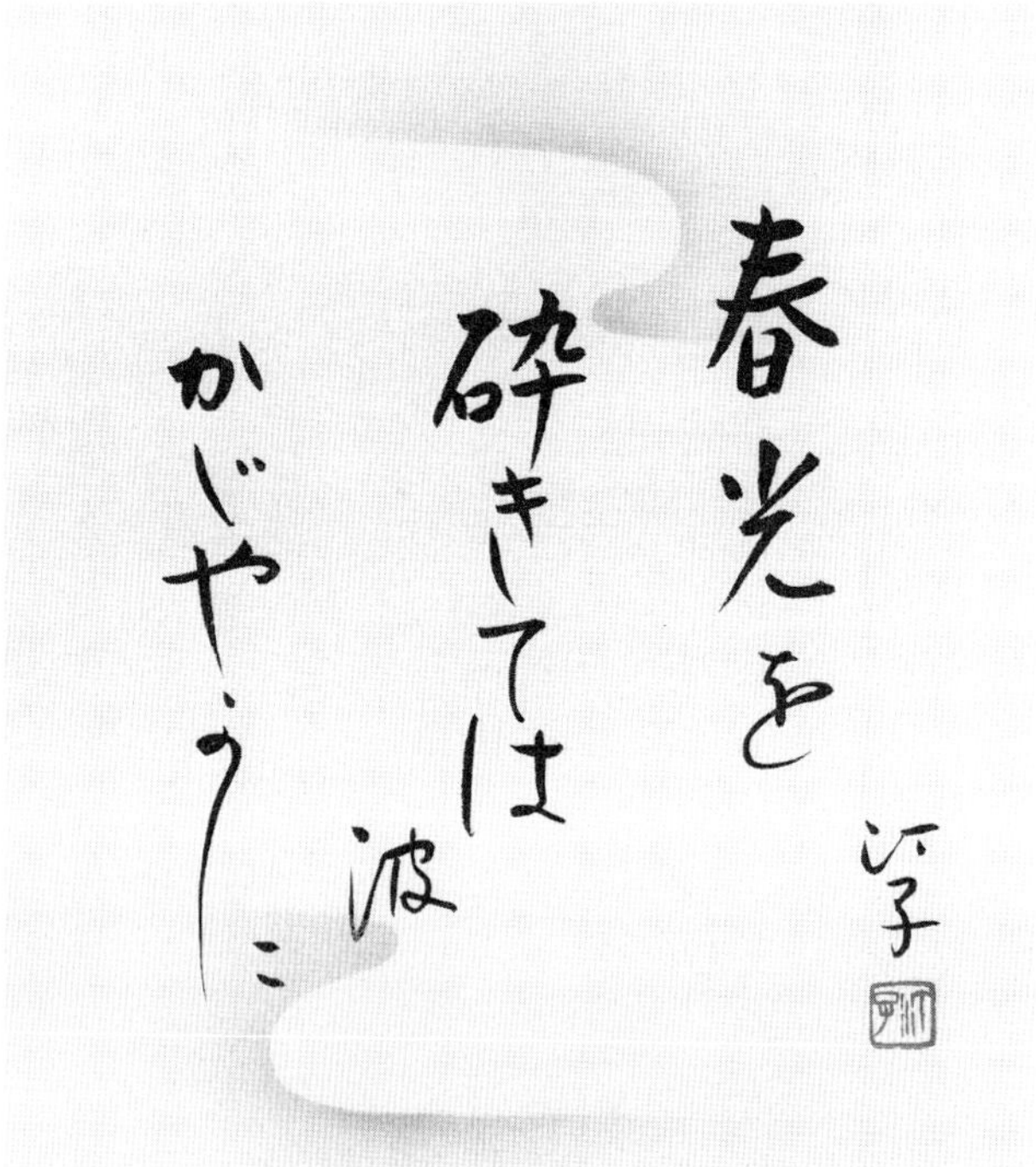

40　色紙　春光を砕きては波かゞやかに　汀子

40　稲畑汀子（一九三一～）神奈川生。高浜年尾の次女。「ホトトギス」継承主宰。日本伝統俳句協会々長。

41　森田　峠（一九二四～）大阪生。岡安迷子・高浜虚子・阿波野青畝に師事。「かつらぎ」継承主宰。

41　色紙　春光やさゞなみのごと茶畑あり　峠

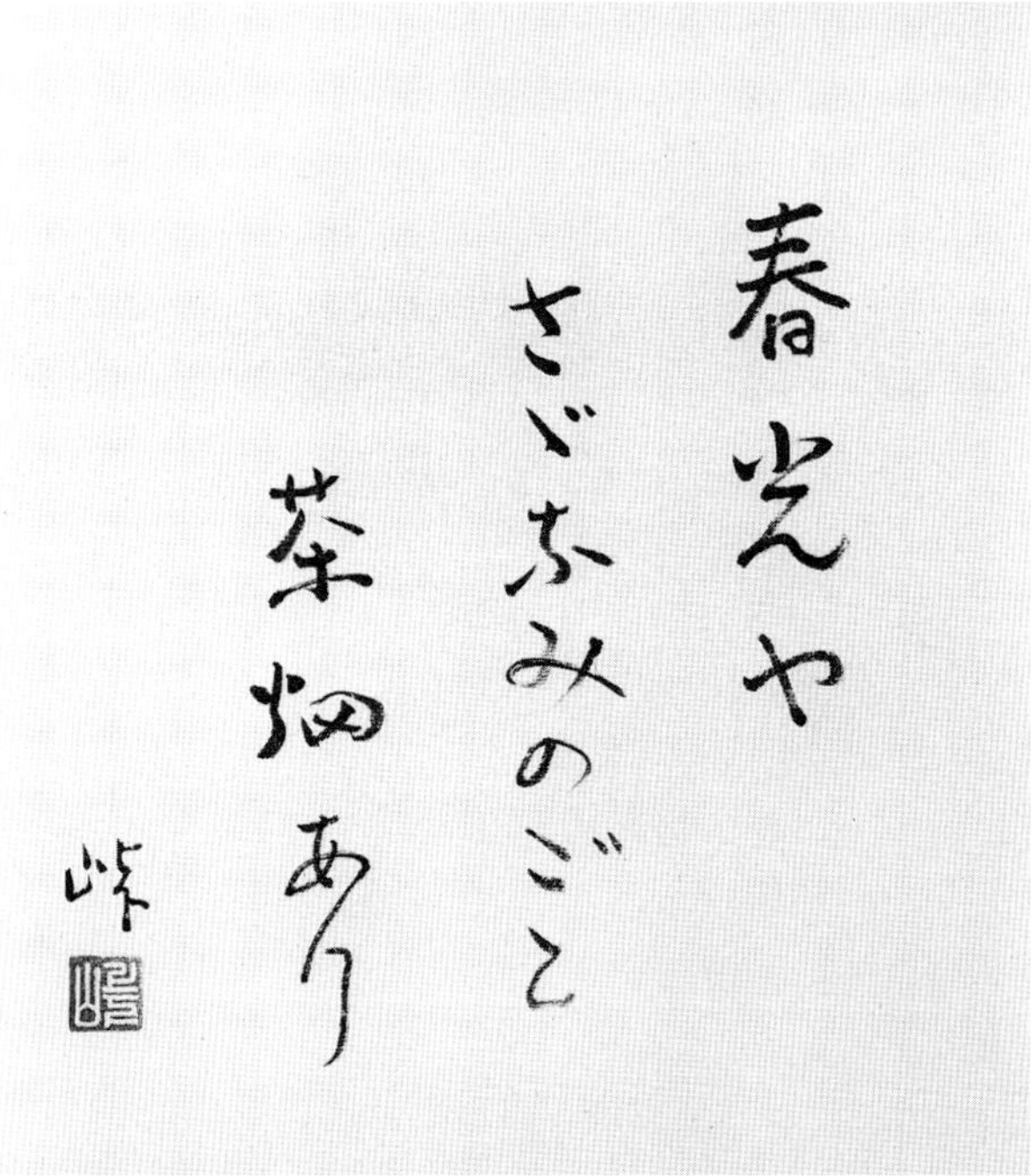

春《はる》の雲《くも》

春雲

天文

春の雲といっても明確に定義できる言葉はない。もっとも春らしい雲というのは、夏雲や秋雲のようにはっきりした形を持っていない。大空一面に幕を張ったように広がって、あまり動かない雲である。

一年中で、暖かい空気が押し進んでくる温暖前線の通過回数が最も多いのは三月から五月。これが近づくと、それにつれ広い地域に巻層雲や高積雲、高層雲が現われて広がるという。春らしい感じの雲で、花曇は温暖前線の雲によって起こる。

シャガールのをんなたちまち春の雲　加藤耕子

前意識や不合理・非現実の世界を探求し、日常でない内的世界の衝動を表現しようとしたのがシュールレアリスム。シャガールも詩的幻想に満ちた作風の画家で、掲出句は彼の描く絵の中の女を見ていると〈たちまち春の雲〉になってしまったというのだ。これまた春の雲を象徴するかの詩的幻想に満ちた俳句である。そこにシャガールとの感応があり、芸術鑑賞の真髄を表わす。

京都市生まれ、名古屋で「耕」を主宰。俳句国際化のため、同時に英文俳誌「Kō」を創刊主宰する。（一九三一〜）

今植し桜や世々の春の雲　——也有

春の雲一つになりて横長し　——村上鬼城

曇りはてず又夕ばえぬ春の雲　——正岡子規

宝石の大塊のごと春の雲　——高浜虚子

春の白雲が遠くて漁師の子供です　——中塚一碧楼

春の雲ほうと白く過去遠く　——富安風生

電柱が今建ち春の雲集ふ　——西東三鬼

春の雲少年崖を飛び遊ぶ　——山口波津女

谿ひらけ奥嶺の上に春の雲　——八木絵馬

浅間山どの春雲も動くかな　——森　澄雄

夕されば春の雲みつ母の里　——飯田龍太

春の雲母にひとりのとき多く　——田中一荷水

田に人のゐるやすらぎに春の雲　——宇佐美魚目

晩春の雲より出でて梓川　——広瀬直人

こはごはと地球を抱きて春の雲　——大野朱香

屋根の上に登りし頃の春の雲　——高倉和子

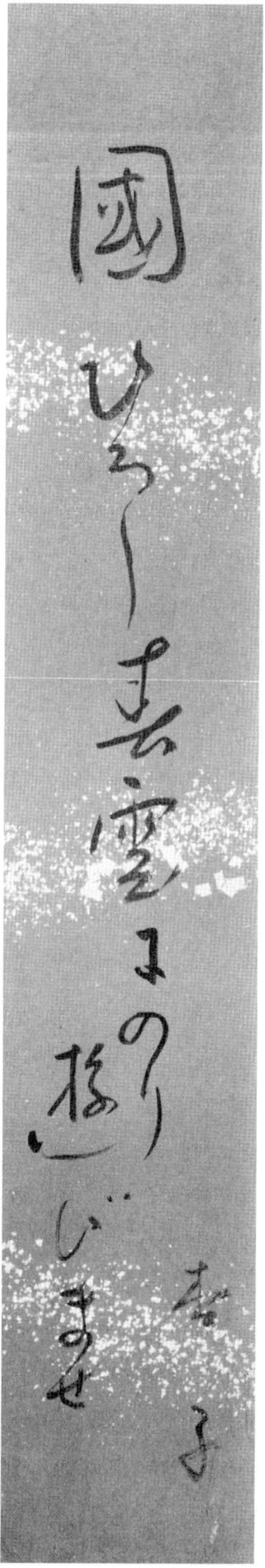

42 短冊 国ひろし春雲にのり遊びませ 杏子

43 短冊 シャガールのをんなたちまち春の雲 耕子

42 中島杏子（一八九八〜一九八〇）富山生。前田普羅に師事。普羅の後を継ぎ「辛夷」主宰。
43 加藤耕子（一九三一〜）京都生。「耕（英文ではKō）」主宰。

春《はる》の月《つき》

春月《しゅんげつ》・春月夜・春満月

天文

春の月といえば朧《おぼろ》月に代表されるが、一応区別して考える方がよい。秋の澄んだ月と対照的なのが春の月だ。朧月ばかりでなく、初春には冴えた感じの月、仲春になると暖かい感じの月もある。とくに満月は橙色でぼってりと重いが、親しさと懐かしさがある。

次に掲げた飯田龍太の書幅の句も春月特有の重さを詠むものだ。自句自註では「春の月の色は厭らしい、という人があるが、山国の澄んだ夕景色の、特に早春の姿はまんざらではない。清潔な色気がある。あるいは母の乳房の重みといってもいい」と記す。昭和二十六年、三十二歳の俳句である。

こちら日本戦火に弱し春の月　　三橋敏雄

あちらとはどこの国だろう。米ソの冷戦構造が崩壊後は、世界の諸所で民族紛争の戦火は絶えない。そのたびごとに〈こちら〉金満日本の役割が問われ、国会においてもおたおた論議は混迷の度を深める。これと朧な〈春の月〉との照応の妙を詠む。

新興俳句に共鳴し、初学のころの昭和十三年に一連の戦火想望俳句を作り山口誓子の賞賛を得て俳壇に登場した。西東三鬼に師事。時代はまた繰り返すか、五十余年後に新たな戦火想望俳句を作る。（一九二〇～二〇〇一）

女倶して内裡拝まん春の月　――蕪村
春の空低う成りたる月夜かな　――闌更
くらき方はけぶるが如し春の月　――暁台
芝居出て舞台に似たり春の月　――松根東洋城
蹴あげたる鞠のごとくに春の月　――富安風生
大いなる春の月あり山の肩　――杉田久女
外にも出よ触るるばかりに春の月　――中村汀女
いとしめば木も語りくる春の月　――五所平之助
春月や切ればわが家にレモンの香　――中島斌雄
母なる伊豆春月の乳を噎ぶほど　――文挾夫佐恵
灯のホテル弥生は月を上げながら　――桂　信子
ミサのコーラス春月は星連れて　――庄中健吉
酒蔵は酒醸しつつ春の月　――山田弘子
初恋のあとの永生き春満月　――池田澄子
オートバイ内股で締め春満月　――正木ゆう子
未来図や解体ビルの春の月　――関根誠子

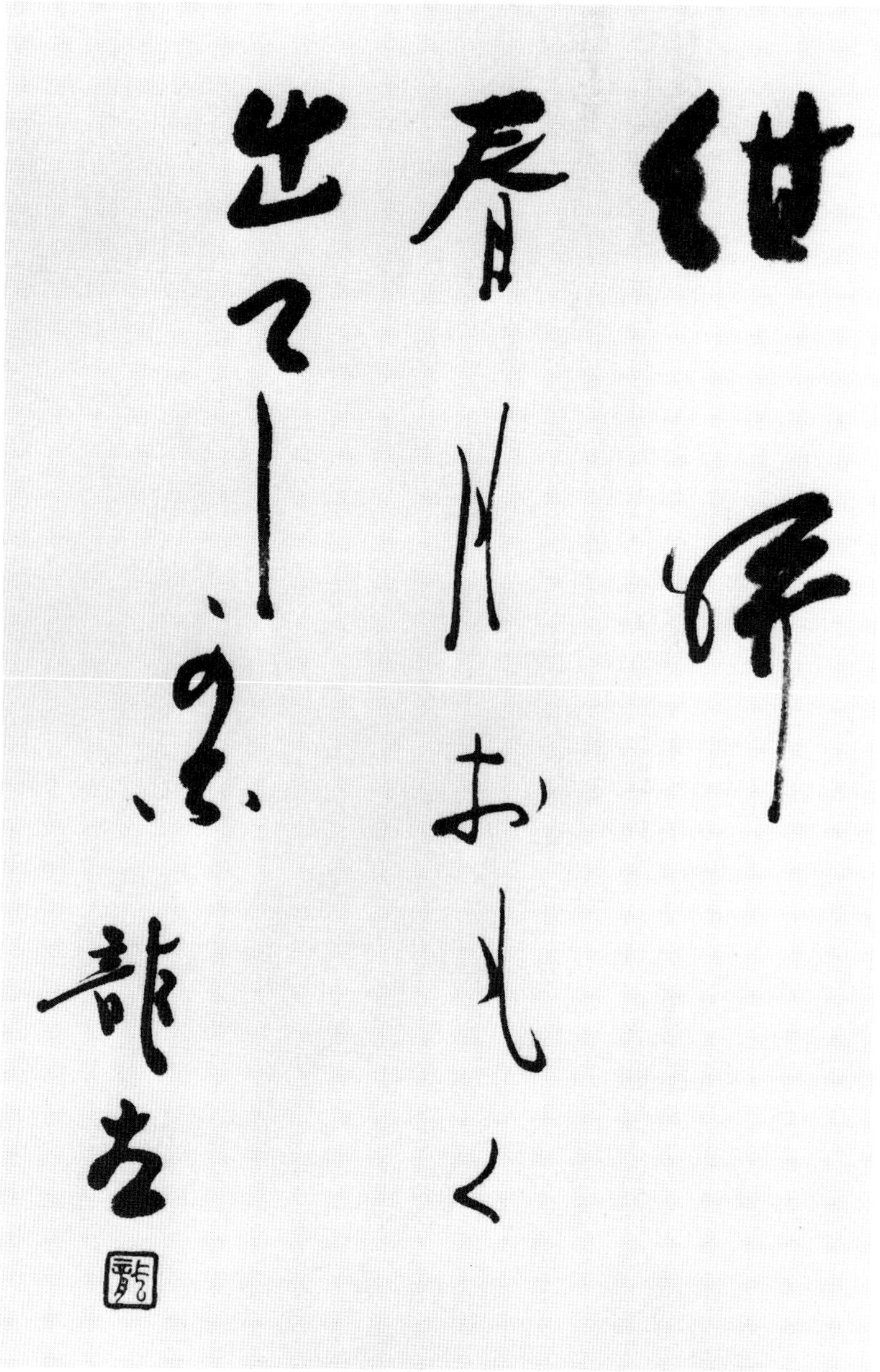

44
幅
紺絣
春月おもく
出でしかな
龍太

44
飯田龍太（一九二〇〜）山梨生。父飯田蛇笏に俳句を学び、のち「雲母」継承主宰。

天文

朧月《おぼろづき》

月朧・朧月夜

朧とは薄く曇ってはっきりしないさま。人々の視覚に鈍く朦朧と映ずる空間の現象をいう。そんな中にあってぼんやり浮いて見えるのが朧月。薄く幕を張ったような春の雲の彼方にあるメルヘンのような月である。

また春には南方から高温の湿った空気がやってくる。夜間になって地上の温度が低くなるとき温度差から逆転層ができる。その下の気層中には霧や烟霧が生じ、そのために景色はかすみ、月は朧に見えるのである。

大原や蝶の出て舞ふ朧月　　内藤丈草

〈大原〉は京都の地名。二説あるが、寂光院や三千院のある洛北の方だろう。この地で悲愁の生涯を送った建礼門院のことなどしのばれて、折からの朧月が夢幻境へと誘い込む。そこにひらひら蝶が出て舞うというのは、なんとも芝居がかっている。「夜に蝶が舞うのは怪しい」「いえ大原に行って実際に見た光景ですよ」「それなら秀逸だ」という師弟間での問答もあったという。

尾張国（愛知県）犬山藩士の子に生まれる。病弱のため二十六歳で遁世し、芭蕉に師事した。蕉門十哲の一人。芭蕉没後は膳所《ぜぜ》の仏幻庵に隠棲。（一六六二〜一七〇四）

猫逃て梅動《ゆすり》けりおぼろ月　　―言水
水影をくめどこぼせど朧月　　―千代女
海の鳴る南やおぼろ〳〵月　　―太祇
恋ひそめて言はぬ思ひや朧月　　―素丸
誰となき人なつかしやおぼろ月　　―樗良
浮世絵の絹地ぬけくる朧月　　―泉　鏡花
踊子の負はれて戻る朧月　　―大須賀乙字
旅を来てお弓の国のおぼろ月　　―富安風生
くちづけの動かぬ男女おぼろ月　　―池内友次郎
月朧たゞ漆黒の吉野なる　　―桑田青虎
朧月のゆがみゆがめり咳堪ふる　　―斎藤空華
朧月露国遠しと思ふとき　　―飯田龍太
仮初《かりそめ》に死を言ふなかれ月朧　　―小出秋光
己が問ひ己が応へて朧月　　―角川照子
丸くなくきいろでもなくおぼろ月　　―山崎　聰
つんとせし乳房を抱く月朧　　―仙田洋子

45 短冊　眼ざわりのもの一つなし朧月　芝園

46 短冊　雪ほどに戸はたゝかせず朧月　幸堂

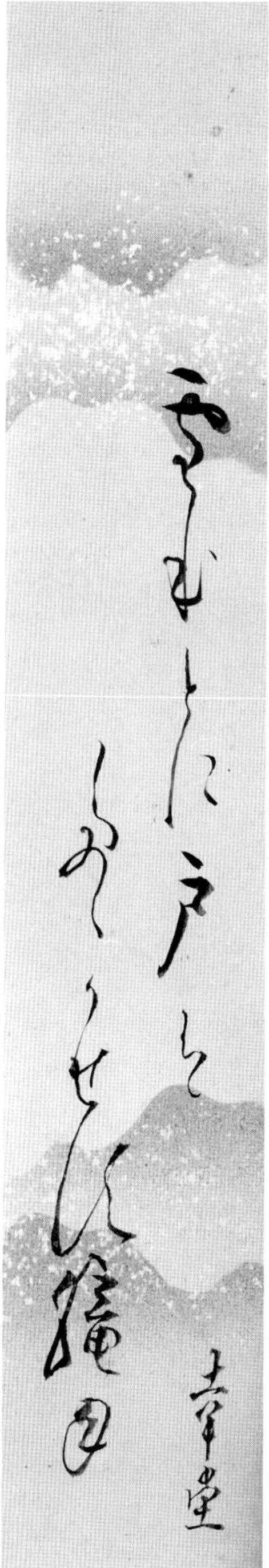

45 芝園　伝未詳。江戸時代の俳人。蕉風門。
46 幸堂得知（一八四二〜一九一三）江戸生。劇評家。江戸文学通として根岸派の重鎮。

朧《おぼろ》・朧夜《おぼろよ》

天文

春になると水蒸気がたちこめて視界を悪くする。昼にはこの現象を霞と呼び、夜分になると朧という。朧といえば先ず月を思い出すが、月のみに限らない。万物がかすむわけで五感すべてで知覚するものである。たとえば聴覚でいえば遠くに響く鐘の音は鐘朧だ。岩や谷、庭や草にも朧の感じがつきまとう。大都会のネオンの空にも朧の感じはあって、ネオン朧の季語が成り立つかもしれない。実作はまだ未見だが。

おぼろ夜のかたまりとしてものおもふ　　加藤楸邨

万物がぼんやりとかすんで見える現象が朧の意。朧夜とは朧月の出ている夜である。日中なら霞のかかった現象だが、朧夜となると情趣はさらに深くなる。見える万物が朧なら、見ている自分もまた朧。といってここで思考を停止するんじゃなく、朧はひとかたまりの朧として追っかけてみたい欲求過程を詠んでいる。言葉以前の混とんとしたものを大切にして、それらに言葉を与えようとした句であろう。

草田男、波郷とともに人間探求派と呼ばれ、人間の内面の表現を追求。昭和十五年「寒雷」を創刊主宰し、森澄雄や金子兜太ら多くの優れた弟子を輩出した。（一九〇五〜九三）

おぼろ〳〵ともしび見るや淀の橋　——鬼貫
辛崎の朧いくつぞ与謝の海　——蕪村
朧夜や顔に似合ぬ恋もあらん　——夏目漱石
泣て行くウエルテルに会ふ朧哉　——尾崎紅葉
朧夜を流すギターのサンタ・ルチア　——寺田寅日子
あけし木戸閉めておぼろにもどしけり　——久保田万太郎
天心に光りいきづくおぼろかな　——川端茅舎
長生きの朧のなかの眼玉かな　——金子兜太
貝こきと噛めば朧の安房の国　——飯田龍太
おぼろ夜のあくびがこぼす泪かな　——野澤節子
朧濃き巴山の夜雨に泊つるかな　——松崎鉄之介
背水の朧明かりに見ゆる景　——小出秋光
月へ行く船組み立てる朧かな　——橋爪鶴麿
翌檜《あすなろ》朧といふが降りにけり　——鈴木太郎
降参か歓呼か諸手おぼろなる　——仙田洋子
火の朧水の朧や二月堂　——中岡毅雄

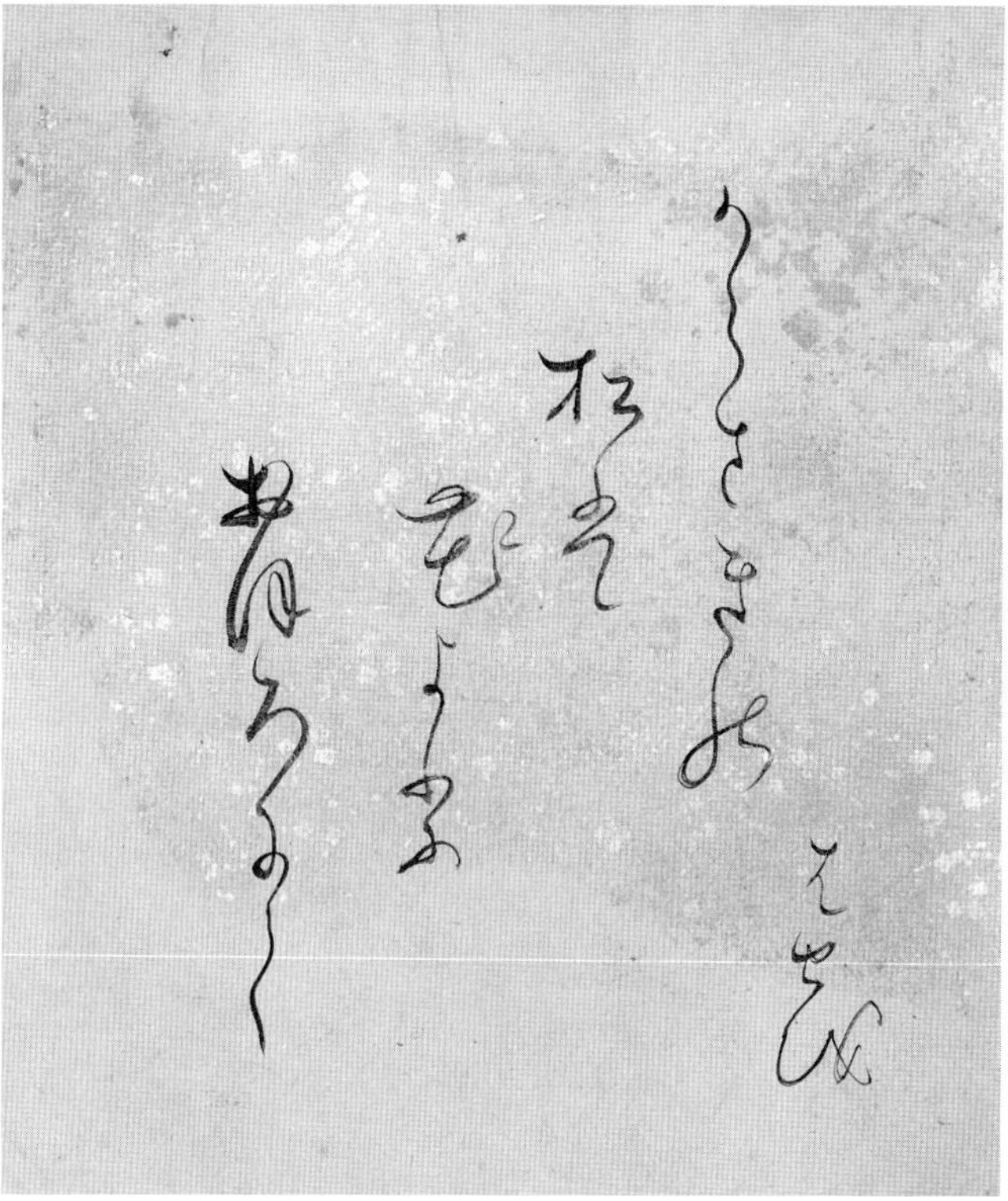

47 色紙
からさきの
松は花より
おぼろにて
はせを

47 松尾芭蕉（一六四四〜九四）江戸前期の俳人。伊賀の人。俳諧を革新大成した蕉風の祖。

48 八田木枯（一九二五〜）三重生。師系長谷川素逝・山口誓子。「晩紅」主宰・「雷魚」同人。

48 短冊 天袋より朧夜をとり出しぬ 木枯

天文

春風《はるかぜ》

春の風・春風《しゅんぷう》

春の日に吹く風だが、俳句では駘蕩《たいとう》とした穏やかな風を春風という。春には温和な軟風も吹けば、疾風吹きすさぶときもある。そのときどきの吹く風を東風《こち》、貝寄風《かいよせ》、涅槃西《ねはんに》風《し》、春一番、春嵐などと分けて呼ぶ。

春の季節の代表的な景物で、晴れて暖かくのどかな天気の日に軟らかく吹く風である。移動性高気圧の圏内に入ったときや、南高北低型の気圧配置となって爽やかに晴れる四月中旬から五月上旬にかけてよく吹く風だ。

春風や国の真中の善光寺　原　月舟

牛に引かれて善光寺参り、ということわざもある。信仰心が薄くても出かけてみたい長野市内にある寺だ。ここはほぼ日本国の真ん中に位置し、どの地方からもお参りしやすい立地条件を備えている。そういった漠然とした思いを、そのまま大様に句にしたところがめずらしい。気分は〈春風〉と呼応して、ほのぼのとしたものが伝わってくる。

虚子に師事し、写生俳句を大道として格調正しい叙情俳句の復活に努めた。大正九年、惜しいかな三十一歳で没。(一八八九～一九二〇)

春風や堤長うして家遠し　――蕪村
春の風吹きわたる中のひかりかな　――闌更
春風や浅田の小波浅緑　――暁台
春風のそこ意地寒ししなの山　――一茶
春風や闘志いだきて丘に立つ　――高浜虚子
春風の鉢の子一つ　――種田山頭火
古稀といふ春風にをる齢かな　――富安風生
春風や高きを競ふ千社札　――吉田冬葉
泣いてゆく向ふに母や春の風　――中村汀女
忙しさを此処に逃れて春風に　――星野立子
春風となる焼あとの子どもたち　――中川宋淵
春風の日本に源氏物語　――京極杞陽
ひとつづつ春風渡す風船売　――佐藤和夫
春風の松を讃へて伊予にをり　――鈴木鷹夫
手をあげて人なつかしや春の風　――倉田紘文
春風の重い扉だ　――住宅顕信

49 短冊 やはらかに春風の吹く命惜し 風生

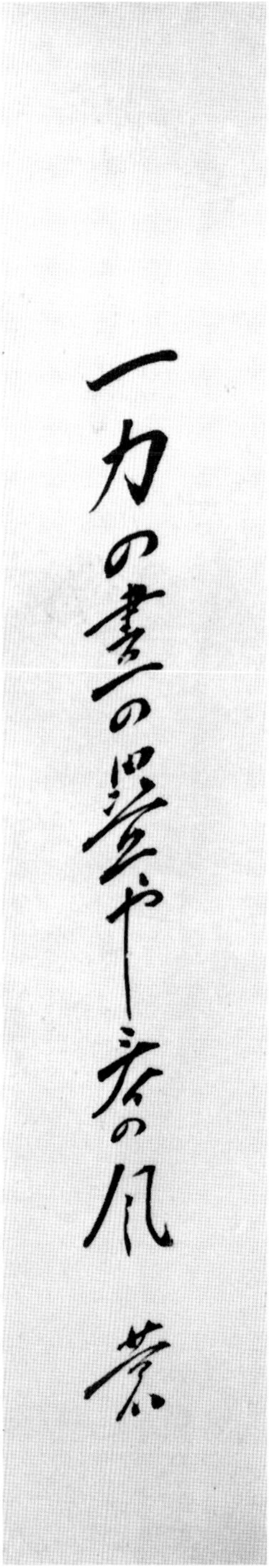

50 短冊 一力の昼の畳や春の風 薫

49 富安風生（一八八五～一九七九）愛知生。高浜虚子に師事し、のち「若葉」創刊主宰。

50 小山内薫（一八八一～一九二八）広島生。自由劇場・築地小劇場を主宰し、新劇運動の先駆者に。

春雨《はるさめ》

春の雨・春霖《しゅんりん》

天文

春雨と春の雨とは少々の区別がいる。春の雨は早春から晩春まで降る全般的な雨の意。春雨には特色があって、春の下半期に細い雨滴がしとしとと長く降りつづく。それは季節風の変わり目の、風が凪《な》ぐとき生じる局部的な小低気圧に伴う雨で、一雨ごとに暖かくなる。

春雨は木の芽を張らせ、草の芽を伸ばし、花の蕾をほころばせる。明るい春の晴天にくらべて雨天はことさら寂しいが、何となく艶《つや》っぽさも感じられる雨だ。

春雨の檜《ひのき》にまじる翌檜《あすなろ》　飯田龍太

ちょっと通俗だが、春雨といえば月形半平太の「春雨じゃ濡れて行こう」というせりふを思い出す。静かに降る細かい雨で、濡れるのをいとうほどのものでない。掲出句はもちろん京都祇園の濡れ場と違う。檜と翌檜の山である。檜は日本を代表する質の高い建材。翌檜はそれにあやかり明日は檜になろうと命名のいじらしい木だ。しょせん檜になれない翌檜にも、優しく春雨の降りそそぐ景を詠む。

蛇笏の四男で「雲母」主宰を継承し、長く俳句界の中心にあった。平成四年「雲母」を終刊したのちは沈黙。（一九二〇〜）

春雨や蓬をのばす草の道　――芭蕉
春雨のなま夕ぐれや置火燵　――才麿
春雨やゆるい下駄貸す奈良の宿　――蕪村
海はれて春雨けぶる林かな　――白雄
春雨の衣桁《いこう》に重し恋衣　――高浜虚子
春雨やジョットの壁画色褪せたり　――高村光太郎
春の雨街濡れSHELLと紅く濡れ　――富安風生
東山低し春雨傘のうち　――高浜年尾
春の雨ひとり娘のひとり旅　――日野草城
春雨にすこし濡れ来て火桶かな　――松本たかし
春雨の浪に漂ふ枯藻かな　――池内友次郎
春雨の糸の操る男女かな　――京極杞陽
春雨の音にくはへん鋏鈴　――安東次男
春雨や人の言葉に嘘多き　――吉岡　実
なにはともあれ山に雨山に春　――飯田龍太
春雨の遅参の傘をどこへ置く　――嶋田麻紀

51　短冊　春雨やうつくしう成ものばかり　千代尼

52　短冊　春の雨遠い電車を待つてゐる　草城

51　加賀千代（一七〇三～七五）江戸中期、加賀国松任の俳人。理知的句を多く詠んだ。
52　日野草城（一九〇一～五六）東京生。「ホトトギス」同人後、新興俳句運動に転じ「青玄」主宰。

春《はる》の雪《ゆき》

春雪《しゅんせつ》・春吹雪・淡雪・牡丹雪

天文

春になって降るのが春の雪。積雪の多い日本海側と雪の少ない太平洋側とでは、おのずと印象は違ったものだ。関東以西の太平洋側では春になって雪の降ることが多い。陽気が暖かくなっているから、すぐ消えやすい。これを称して淡雪、牡丹雪、綿雪などともいう。

気象的には春雨となるものが、気温が低いために雪となったわけだ。けれど真冬の雪のようにさらっと乾いた感じではなく、湿ってくっつきやすい。降りつつ解けてゆくことが多い。

解けてゆく物みな青し春の雪　田上菊舎

明治維新のとき原動力となったのは長州出身の侍たち。それより一時代前の女性だが、二十四歳で長州藩士の夫に死別して以後は出家し、旅に明け暮れる人生だった。掲出句は奥羽・東海の旅行をおえて五年ぶりに実家の父母のもとに帰っていたときの作である。折りしも春の雪が降り一面の銀世界となったが、暖かい日ざしに解けはじめれば速い。その下からは芽吹いたばかりの若草が姿を現わし、〈物みな青し〉の鮮烈な印象を与えた。（一七五三～一八二六）

湯屋まではぬれて行きけり春の雪　――来山
吹きはれてまたふる空や春の雪　――太祇
降り込むや棚なし船に春の雪　――青蘿
下町は雨になりけり春の雪　――正岡子規
春の雪ちりこむ伊予の湯桁かな　――松瀬青々
玻璃窓に来て大きさや春の雪　――高浜虚子
この道しかない春の雪ふる　――種田山頭火
傘の上に薄月ありぬ春の雪　――沢田はぎ女
誕生日とて春雪に打たれ行く　――佐野青陽人
マスコット揺れゐる春の雪のバス　――西島麦南
春の雪青菜をゆでてゐたる間も　――細見綾子
春雪三日祭りの如く過ぎにけり　――石田波郷
春雪に呼ぶ子をもたず立ち眺む　――桂　信子
春の雪よき想ひ出と問はるれば　――梶山千鶴子
天の釆配春雪いまし胸に来る　――松本　翠
春の雪むかし日の丸振りし駅　――木田千女

53
色紙
さりげなき
ことばとしもや
春の雪
万

53
久保田万太郎（一八八九〜一九六三）東京生。小説家・劇作家・俳人。俳号傘雨。下町の人間風物を活写。

春雷《しゅんらい》

春の雷・初雷・虫出しの雷・虫出し

春に鳴る雷である。雷は夏に多いが、それらは主に地面が強い日射で暖められて発生する。春雷は冬の気圧配置がくずれ、移動性の低気圧に伴う寒冷前線が通過するとき、前線の付近に積乱雲が発達して起こる現象。
　夏のような激しさはなく、むしろシュンライと音読する語感に趣を感じて、近代になって多く用いられだした季語だろう。春雷は啓蟄のころによく鳴るので、虫出しの雷ともいう。

好きなものは瑠璃薔薇雨駅指春雷　鈴木しづ子

大変に個性の強い人だったようだ。戦後いちはやく二十代でデビュー、新時代の俳人として注目を浴びている。掲出句は第二句集『指輪』（昭和二十六年刊）所収の一句であり、好きなものを声高らかに唱え、先端をゆく女性として活躍した。実生活も奔放で「夏みかん酸つぱしいまさら純潔など」「ダンサーになろか凍夜の駅間歩く」「娼婦またよきか熟れたる柿食うぶ」などの作も。第一句集に『春雷』と名づけ、好きなものの一つが春雷というのは明るくあたたかい響きを気に入ってか。米兵と同棲していた時期もあるが後に消息不明。

春もまだ雪雷やしなの山　――一茶
春雷や俄に変る洋の色　――杉田久女
春雷や蒲団の上の旅衣　――島村　元
春雷や三代にして芸は成る　――中村草田男
春雷は　乳房にひびくものなりや　――富沢赤黄男
初雷や湖北泊りの湖《うみ》の方《かた》　――皆吉爽雨
春雷や刻来り去り遠ざかり　――星野立子
春雷のたど〳〵として終りけり　――細見綾子
句縁ただ仮りそめならず春の雷　――石　昌子
春雷のこだまぞきそふ甲斐の国　――多田裕計
あえかなる薔薇撰りをれば春の雷　――石田波郷
春雷や伽藍を蹴つて舞ひ上り　――野見山朱鳥
春雷の轟きに見る離縁状　――松本澄江
春雷が鳴りをり薄き耳朶の裏　――三好潤子
春雷は空にあそびて地に降りず　――福田甲子雄
海わたる春雷塔を記憶せよ　――大木あまり

54 幅　銀の壺双手に曇り春の雷　かな女

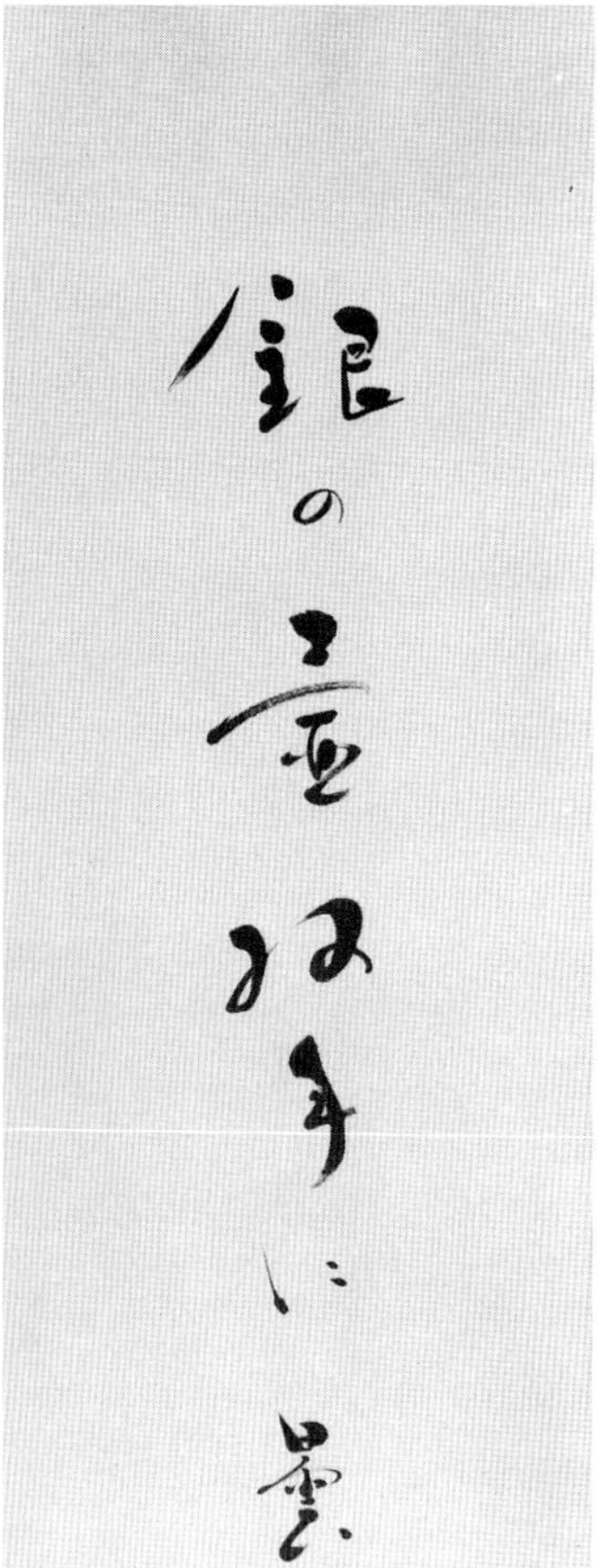

55 短冊　春雷や風乾鱈をかけつらぬ　孤軒

54 長谷川かな女（一八八七〜一九六九）東京生。長谷川零余子夫人。高浜虚子に師事。夫の「枯野」同人の後「水明」主宰。

55 三宅孤軒（一八八六〜一九五一）愛媛生。内藤鳴雪に師事。

霞《かすみ》

春霞・朝霞・夕霞・遠霞・薄霞・棚霞・霞む

霞は空気中に広がった微細な水滴やちりが原因で、空や遠景がぼんやりする現象である。語源的には微《かす》か、擦《かす》り、掠《かす》むと同根。とにかく春は水蒸気が多いから霞の日も多い。夜になるとこれを朧《おぼろ》とよぶ。

秋の霧と現象的には同じだが、霧の薄いものが霞で、古来より区別して使っている。霞は気象用語にはないが、春の風情をよく伝えるものとして詩歌によくうたわれ春の代表的景物。

春なれや名もなき山の薄霞　——芭蕉

高麗船のよらで過ぎ行く霞かな　——蕪村

行く人の霞になつてしまひけり　——正岡子規

霞めりと己が命をうち眺め　——高橋馬相

紋白蝶もう出でたるか富士霞　——高島　茂

生まれきて母に出合いし朝霞　——高澤晶子

56 短冊　花の梢かと霞けり志賀の山　諸九

56 有井諸九（一七一四〜一七八一）江戸天明期、筑後の俳人。俳人有井浮風と駆落ちし数奇な人生を送る。

57 色紙

坂の上
霞みきれずに
人がいる

容

58 短冊　帆かくる丶空に鳥海照り霞む　乙字

57 小宅容義（一九二六〜）東京生。大竹孤愁に師事。「雷魚」代表・「玄火」同人。
58 大須賀乙字（一八八一〜一九二〇）福島生。碧梧桐に師事し新傾向俳句を唱道。のち伝統尊重に復帰。

陽《かげ》炎《ろう》

糸遊《いとゆう》・糸子《いとし》・遊糸《ゆうし》・野馬《かげろう》・かぎろひ

天文

春の吹く風のないよく晴れた日に、遠くのものがゆらゆら揺らいで見えることがあり、それが陽炎である。強い直射日光で地面が熱せられ、地面に近い空気が暖められて密度分布にむらができるために、そこを通過する光が不規則に屈折し、揺れ動いて見えるのだ。

『万葉集』の柿本人麻呂の歌に「ひむがしの野にかげろひの立つ見えてかへり見すれば月かたぶきぬ」というのがある。古くは「かぎろひ」で、以来のどかな春の題材として多く詠まれてきた。

かげろふやほろほろ落つる岸の砂　服部土芳《とほう》

富安風生は「かげろふと字にかくやうにかげろへる」と句作。漢字は〈陽炎〉で、ゆらゆら立ち昇る状態を炎の燃え立つさまに見立てる。さて平仮名と漢字とどちらが適切か、いずれにしろのどやかな春の日のこと。いわばピンぼけ写真のような風景を背景として、焦点は川岸の乾いた砂に当てる。それを〈ほろほろ落つる〉と当意即妙、動的に表現し詩情をかもす。

伊賀（三重県）上野の人。芭蕉と親友で伊賀蕉門の中心人物である。芭蕉の聞書『三冊子《さんぞうし》』を書き残した。（一六五七〜一七三〇）

59 短冊　水の上或は這ふて陽炎へり　花蓑

丈六にかげろふ高し石の上　——芭蕉

古草に陽炎をふむ山路かな　——大魯

陽炎やもたれて睡る縁ばしら　——蝶夢

ちら〳〵と陽炎立ちぬ猫の塚　——夏目漱石

かげろふと字にかくやうにかげろへる　——富安風生

かげろふを踏み身辺に死つぎつぎ　——石原舟月

ギヤマンの如く豪華に陽炎へる　——川端茅舎

陽炎によごれ気安し雀らは　——西東三鬼

陽炎や家の内には用多し　——山口波津女

かげろふの立つ時遠し浮御堂　——中川宋淵

原爆地子がかげろふに消えゆけり　——石原八束

遮断機のむかうの我もかぎろへる　——眞鍋呉夫

万歩計つけて陽炎濃きところ　——中村菊一郎

かげろふを壊してゆきぬ小学生　——瀧沢宏司

いちにちのことおほかたはかげろへる　——倉田紘文

かげろひて縞馬の縞はみ出しぬ　——瀬戸美代子

59 鈴木花蓑（一八八一～一九四二）愛知生。「あをみ」主宰・「ホトトギス」同人。

60 前田吐実男（一九二五～）新潟生。「夢」主宰。

60 幅
かげろうに妻奪われて急ぐなり
吐実男

花曇《はなぐもり》

養花天

天文

桜が咲くころ空が薄く曇っているのが花曇。花に嵐のたとえもあるが、冬と夏との間にあって、季節風の変わり目に生じやすい曇天である。花曇のせいで頭痛やめまいを起こす人もいるが心因性のものか。傍題の「養花天」というのは花を養う天空の意で花曇と同じ。また「春陰」も同じような天気だが、語感は暗くて重い。花のイメージを伴わないだけ意味は広い。

三月末から四月初旬は低気圧と高気圧があいついで通り、天気は四、五日の周期で変化する。高気圧の中心が通過すると天気は急に下り坂となり、太陽や月の周囲にカサが見られることがある。これが花曇で、そのあと暖かい春雨となる。

ふるさとの土に溶けゆく花曇　福田甲子雄

溶けゆくものは何だろうか。春暖の陽気に雪や氷がとけることも考えられるが、ここでとくに主語は必要としない。どんより曇る野外において、どこまでがどうのと境界はつけがたい。〈花曇〉がすべてを曖昧模糊にしてしまう。ただ確かなのは〈ふるさとの土〉である。作者は甲斐（山梨県）の地に生まれ育ち、長く俳句を作りつづけている人だ。もしかすると溶けゆくのは、作者も含まれているのかもしれない。（一九二七〜）

花ぐもり心のくまをとりけらし　――杉風
花曇り朧につづく夕べかな　――蕪村
ゆで玉子むけばかがやく花曇　――中村汀女
研ぎ上げし剃刀《かみそり》にほふ花曇　――日野草城
此処よりのセーヌの眺め花曇　――星野立子
京にこころを大阪に身を花曇　――八幡城太郎
水を飲む猫胴長に花曇　――石田波郷
花曇こころにかかる手紙書く　――小高章愛
この国の言葉によりて花ぐもり　――阿部青鞋
黒子《ほくろ》に乗る白粉かなし花曇　――田川飛旅子
若く死す手相の上の花ぐもり　――野見山朱鳥
そのままに暮れすすみたる花曇　――深見けん二
花曇茶漬となりて米笑ふ　――宮脇白夜
花曇はこばれながら鳴る琴よ　――沼尻巳津子
嫁ぎたる日も花曇りなりしかな　――津森延世
十六歳は時限爆弾花ぐもり　――大高　翔

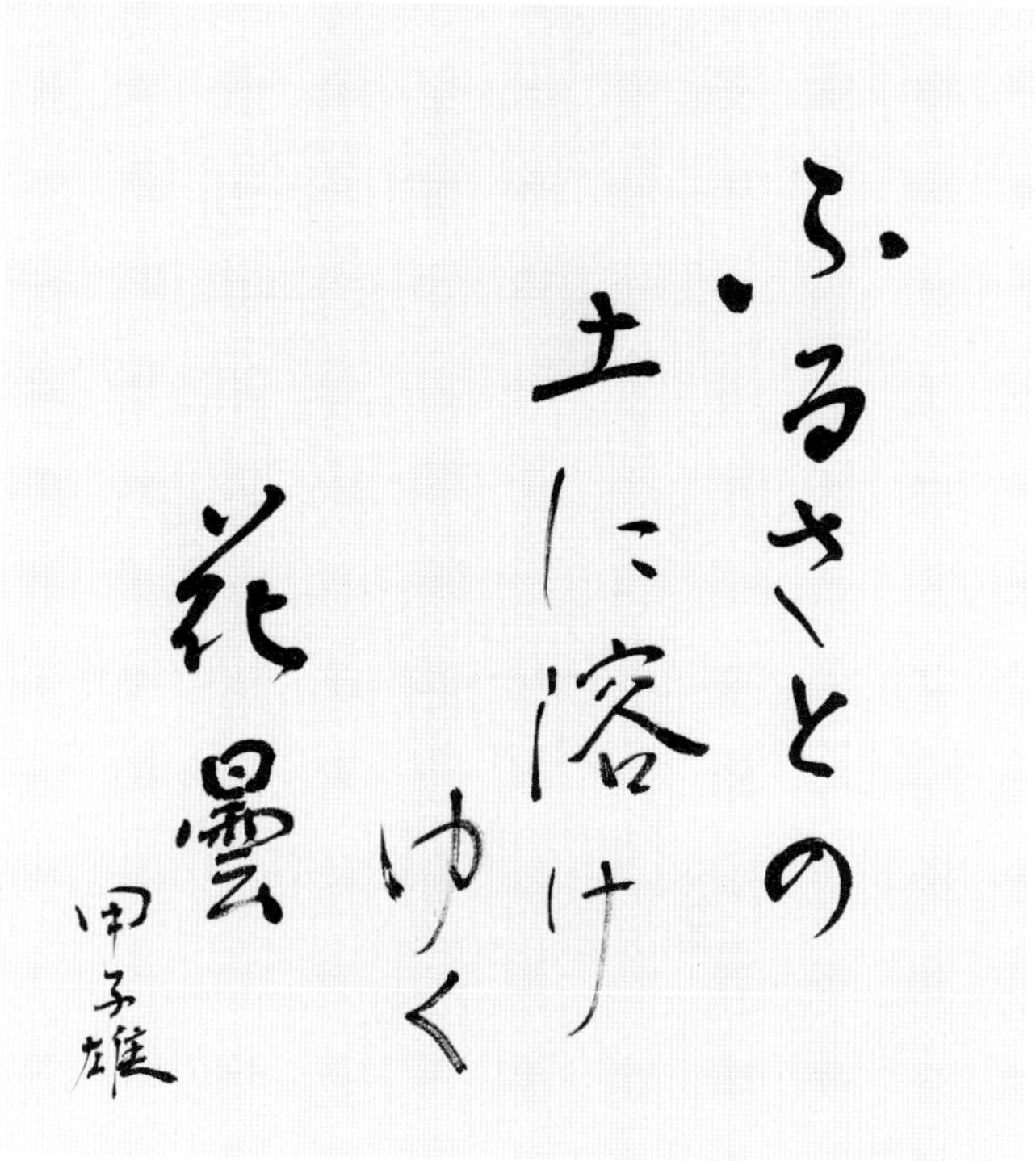

61 色紙
ふるさとの
土に溶けゆく
花曇
甲子雄

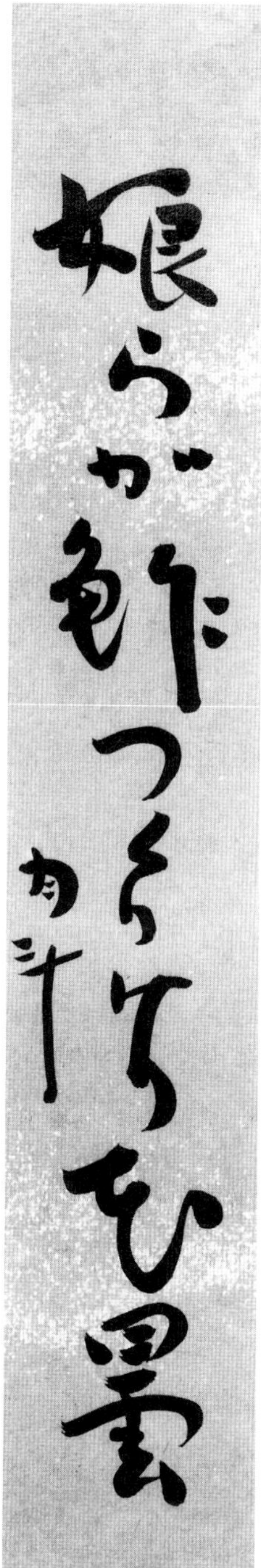

62 短冊
娘らが鮓《すし》つくりけり花曇　月斗

61 福田甲子雄（一九二七〜）山梨生。飯田蛇笏・飯田龍太に師事。「白露」同人。
62 青木月斗（一八七九〜一九四九）大阪生。子規門下、ホトトギス派。大阪俳壇重鎮として活躍。

蜃気楼《しんきろう》・海市《かいし》

山市《さんし》

天文

実際には無いものが、あるように見える光学現象である。物体の見える方向が、大気の屈折により真の方向からずれて見えるのだが、解明できない昔は大蛤《おおはまぐり》が吐く気によって空中に楼台などが現われると考えた。大蛤は蜃《みずち》ともいい、これによって蜃気楼の呼び名が生まれた。海市はその別名で、海上の空中楼台という意である。蜃気楼と逃げ水は同じような現象だという。日ざしが強い舗装道路上に水溜りがあるように見えて、近づくと消えてしまうのである。

海市立つ況んや本来無一物　　向田貴子

眼に見える海市や蜃気楼の現象は科学的に究明されていて今やなぞはない。けれど、あるかに思えて実際は無いということは、人生においてしばしば出合う。当て外れはめずらしくない。人間の執着によるものだろう。〈況んや〉とは以下の言葉は言うまでもない、の意。すなわち存在する物は本来すべて空であるから、執着すべきものは何一つない。そんな融通無碍な心境を望んでの一句だろうか。

上田五千石に師事。五千石没後の平成十年「歴路」を創刊主宰。（一九四三〜）

立山と蜃気楼ある魚津よし　――高浜虚子

蜃気楼われはわずかに句帳持ち　――中村汀女

海市遠く辺波はしじに白かりき　――森川暁水

蜃気楼たつてふ海に不思議なし　――福田蓼汀

海に入る道はなかりき蜃気楼　――三橋敏雄

魂のあそびや海市ひろがりつつ　――小川双々子

酔うて漂う深夜の海市誰彼失せ　――楠本憲吉

雉子立てり海市消えたる夕岬　――堀口星眠

海鳴りを聞き蜃気楼いまだ見ず　――平間真木子

しばらくは恋めくこころ蜃気楼　――岡本眸

蜃気楼沖にも祭あるごとし　――鷹羽狩行

生まざりし身を砂に刺し蜃気楼　――鍵和田秞子

蜃気楼錬金術師歩きゐる　――岩城久治

貝類のこぞり舌出し蜃気楼　――能村研三

少年に消えてしまひし蜃気楼　――大野崇文

海市見せんとかどはかされし子もありき　――小林貴子

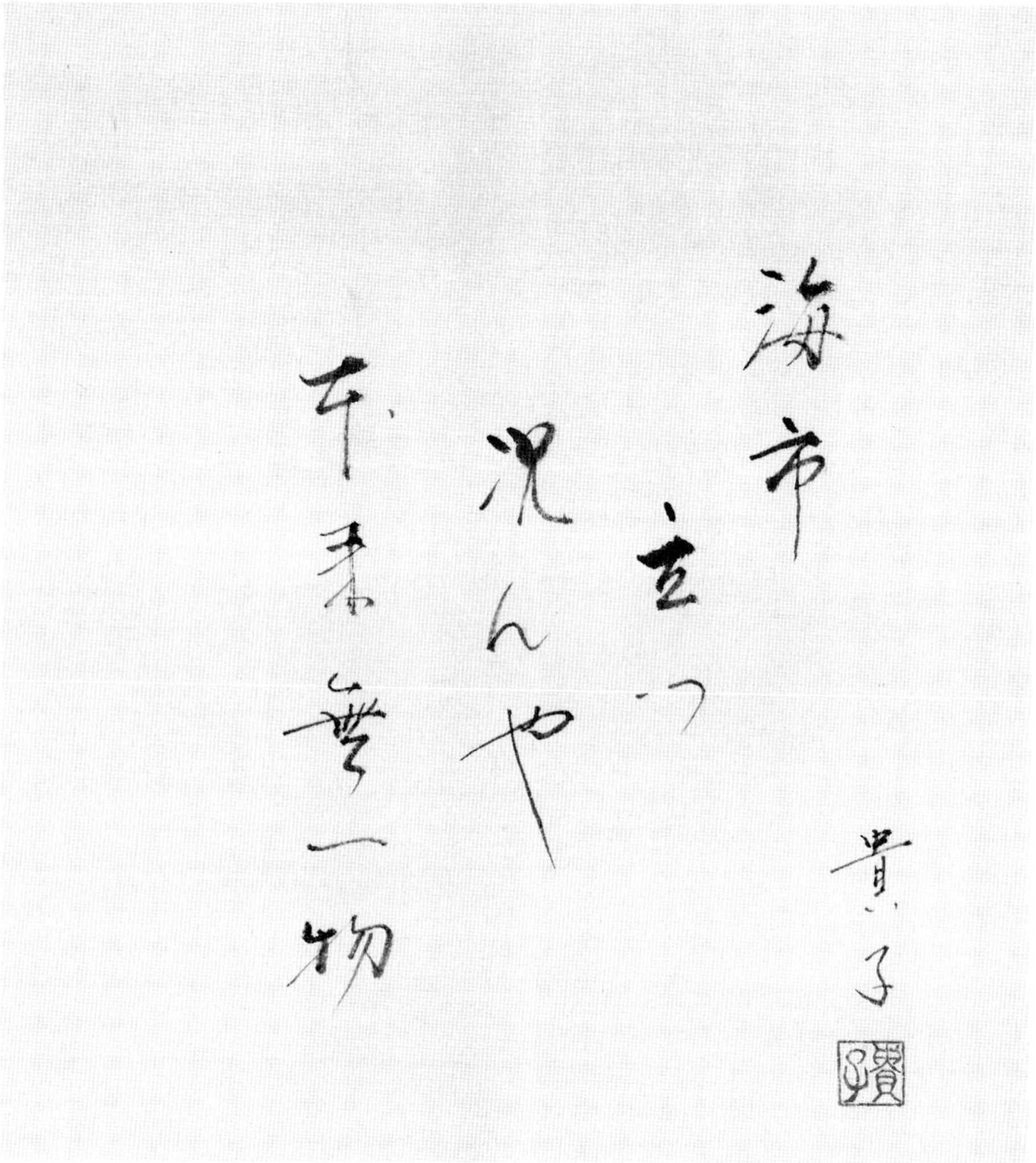

63 色紙
海市立つ
況んや本来
無一物
貴子

63 向田貴子（一九四三〜）東京生。師系上田五千石。「歴路」主宰。

春《はる》の山《やま》

春山・春嶺・弥生山・春山辺

地理

冬の枯れ山から、木々が芽吹いて生気をとり戻してゆく。明るく青く色づき、春になったと思えるようになった山だ。といっても初春、仲春、晩春で趣も違ったものとなる。また険峻な山もあれば、低くなだらかな山もある。春山をうまくたとえて表現したのが「山笑う」だろう。なんとなく艶《つや》めいて、春の胎動を感じさせてくれる。春たければ花の山となり、霞たなびく山となる。ときどきに豊かな表情を見せるのが春の山だ。

骰子《さいころ》の一の目赤し春の山　波多野爽波

春の山は笑うがごとしと形容され、春の季語にもなる。これと〈骰子〉の取り合わせは意外というべきか。小さな六面体の表面に、一から六までの目を刻む骰子。さいを振って一の目が出れば縁起が良い。一は天、六が地、あとの数字は東西南北を象徴する。すなわち一天地六といい、一の目だけが赤い。それは太陽が燃える色でもあり、春の山との照応で新種の情景を現出する。

元宮内大臣波多野敬直の孫で、学習院時代から「ホトトギス」に投句。生前は俳句スポーツ説を唱えた。（一九二三〜九一）

えぼし着て白川越す日春の山　――乙二

小酒屋の出現したり春の山　――一茶

春の山屍《かばね》を埋めて空《むな》しかり　――高浜虚子

春山辺大きな水車廻りゐる　――増田龍雨

春の山からころころ石ころ　――種田山頭火

雪つけて飛騨の春山南向き　――前田普羅

春の山重りゆきて富士となる　――大橋越央子

春の山のうしろから煙が出だした　――尾崎放哉

ほう〱と紅き色あり春の山　――星野立子

春山が見えてこの世の台所　――橋　閒石

神々の座とし春嶺なほ威あり　――福田蓼汀

雪の峯しづかに春ののぼりゆく　――飯田龍太

春の山頂に出て径岐れ　――清崎敏郎

春山のごろりとしたる膝の上　――松澤　昭

鴉らに貸すには惜しき春の山　――柿本多映

春の山たたいてここへ坐れよと　――石田郷子

64 色紙
月上げて
大きくなりし
春の山
志解樹

64 青柳志解樹（一九二九〜）長野生。父は俳人青柳堂其楽。「鹿火屋」同人を経て「山暦」創刊主宰。

春《はる》の水《みず》

春水《しゅんすい》・水の春

地理

春になると山々の雪や氷が解けて流れ出す。また雨量が多くなって、河川や湖沼などの水量が増加する。古語に「春水四沢に満つ」とあるが、満々と水量の豊富なのが春の水の本意であろう。次の鑑賞文に蕪村句を掲出したが、「春の水山なき国を流れけり」というのもある。雄大な眺めの中に、水嵩《みずかさ》の増した春の水が暖かい光をあびてゆったりと流れてゆく。明るく豊かなうるおいの感じられるのが春の水である。

春の水すみれつばなをぬらしゆく　与謝蕪村

季節の推移によって、川の水嵩は変化する。「水涸《か》る」「川涸る」は冬の季語だが、春になると雪解け水などで小川も満々と流れゆく。岸辺には可憐にすみれの花が咲き、ちがやの花穂も若やいで見える。そのあたりにまで〈春の水〉が及び、しぶきをかけながら流れてゆくさまを詠む。まさに春らしい風景で、こまやかな自然の動きに視線を向けている。画人としての蕪村の眼をとおした郊外の春色だ。

故郷摂津（大阪）より画俳を志し江戸へ出、また各地を放浪したのち京都に住む。蕉風帰復を説いて絵画的客観写生で新生面を開いた。（一七一六〜八三）

春の水ところどころに見ゆるかな　――鬼貫
春の水山なき国を流れけり　――蕪村
浅茅生《あさぢふ》にめぐり初めけりはるの水　――青蘿
下総の国の低さよ春の水　――正岡子規
春の水梭《ひ》を出でたる如くなり　――高浜虚子
掌にふくれ乗りくる春の水　――野村泊月
春の水岸へ〱と夕かな　――原　石鼎
春水と行くを止むれば流れ去る　――山口誓子
戻れば春水の心あともどり　――星野立子
渦を解き春水としてゆたかなる　――大野林火
春の水わが歩みよりややはやし　――谷野予志
ひと吹きの風にまたたき春の水　――村沢夏風
日の当るところ日のいろ春の水　――児玉輝代
春の水音をのばして流れけり　――落合水尾
春の水とは濡れてゐるみづのこと　――長谷川櫂
春の水悔し涙も溜めてをり　――金谷信夫

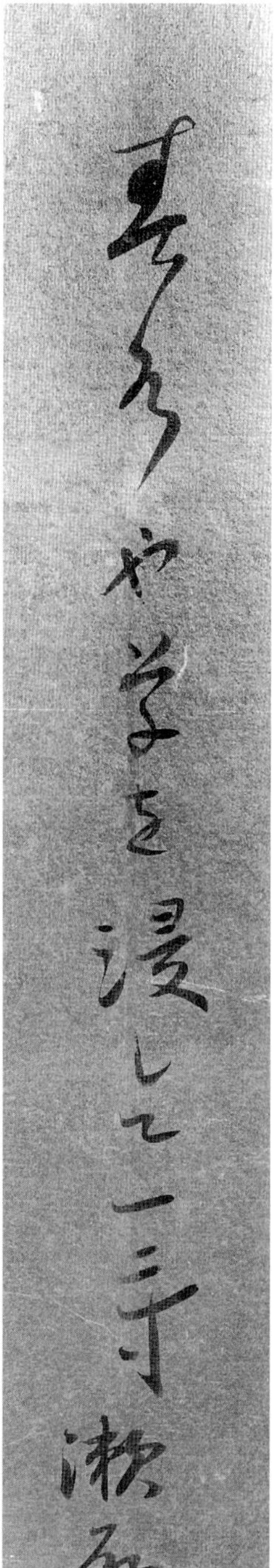

65 短冊 春水や草を浸して一二寸 漱石

66 短冊 春の水岸へ〳〵と夕かな 石鼎

65 夏目漱石（一八六七〜一九一六）東京生。小説家。近代日本文学を確立。俳句・漢詩にも親しむ。
66 原 石鼎（一八八六〜一九五一）島根生。高浜虚子に師事しホトトギス社入社。のち「鹿火屋」創刊主宰。

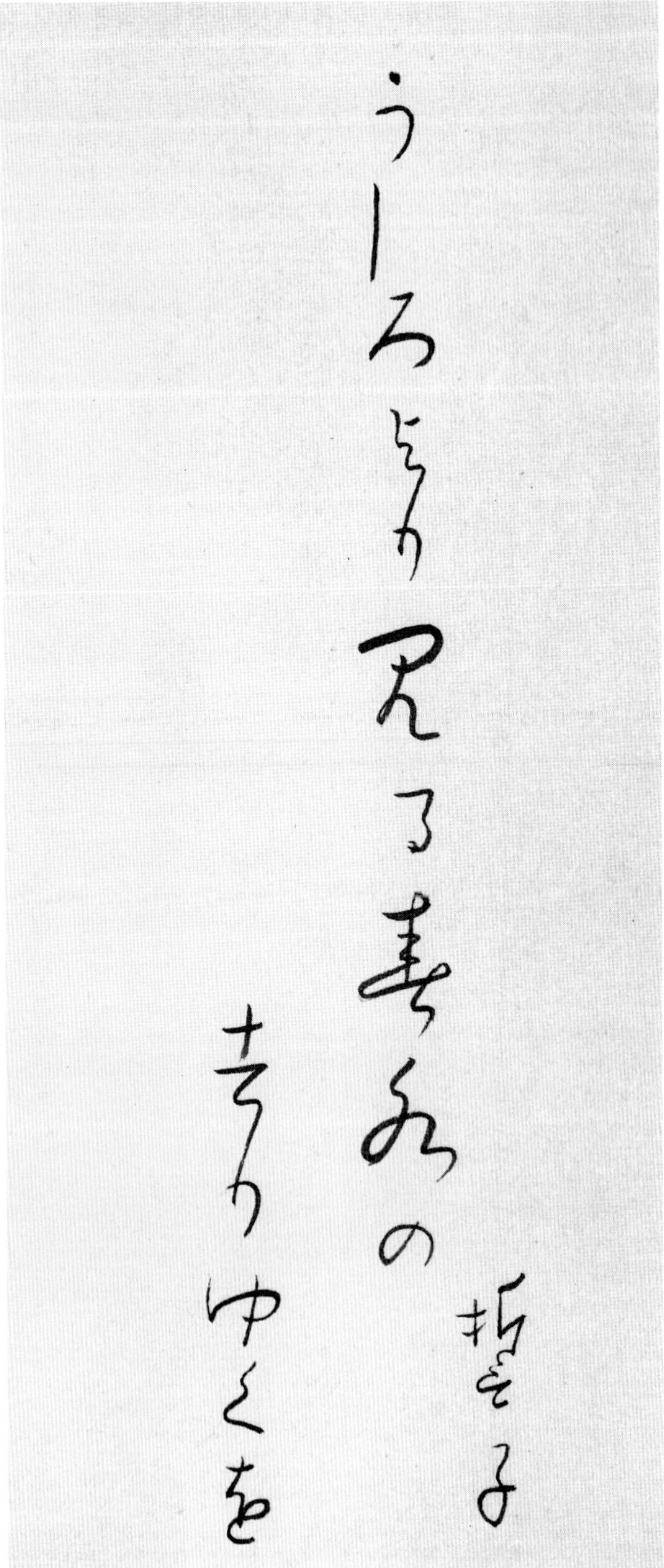

67 巻子（部分） うしろより見る春水の去りゆくを　誓子

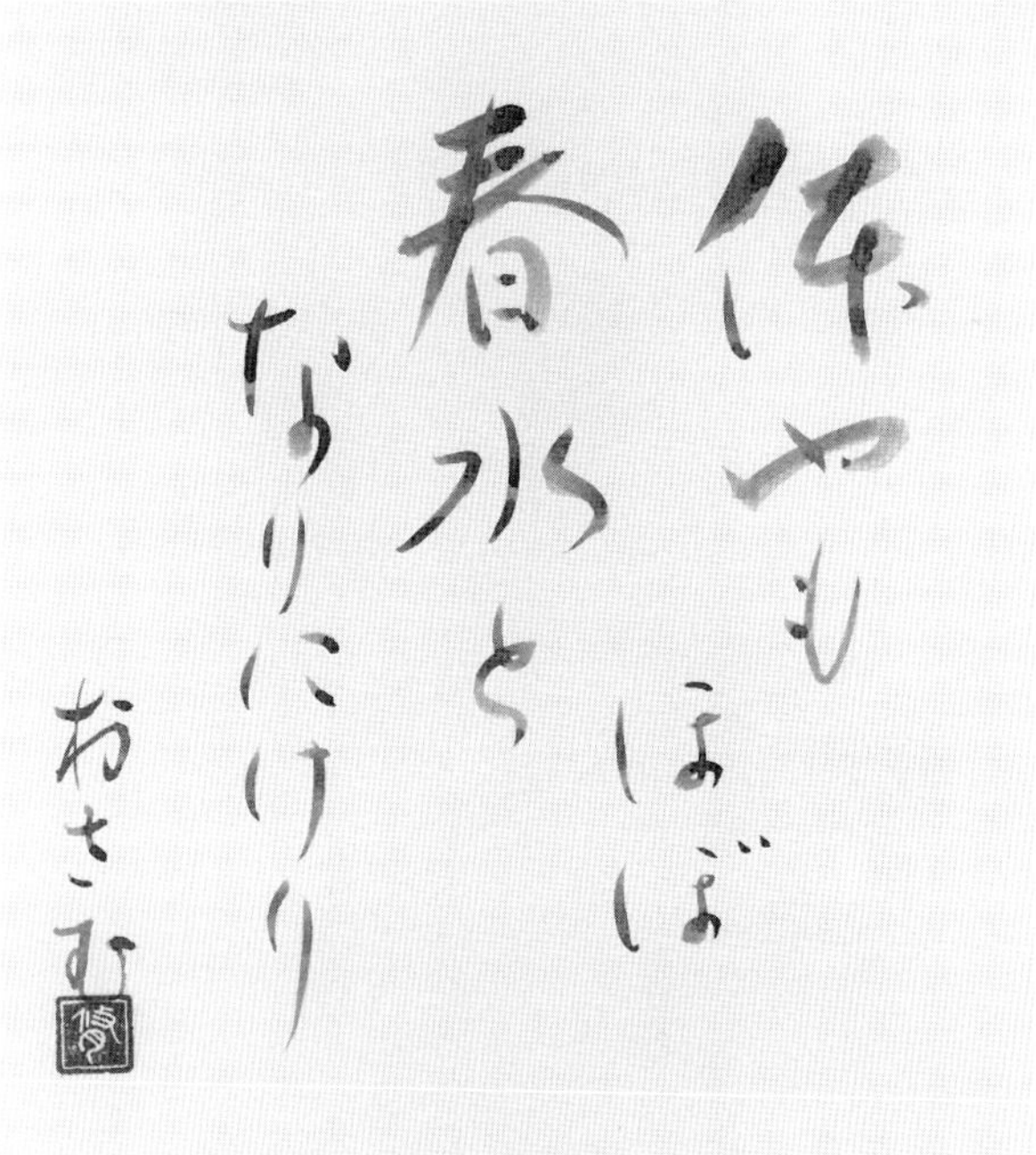

68 色紙
体内も
ほぼ春水と
なりにけり
おさむ

67 山口誓子（一九〇一〜九四）京都生。高浜虚子に師事し、ホトトギス四S時代の一角をなす。「天狼」主宰。
68 鳥居おさむ（一九二六〜）東京生。師系角川源義。「ろんど」主宰。
69 吉野義子（一九一五〜）愛媛生。大野林火に師事し、のち「星」創刊主宰。

69 短冊　甕にあれば甕のかたちに春の水　義子

水《みず》温《ぬる》む

温む水

地理

春になって、水にあたたかさが感じられるようになるのが水温む。感覚的な季語で、水仕事の多い主婦は手の感触で知る。また沼や池の水底には水草が生え、魚が活発に動き出すのを見て水の温んだことを知る。

江戸末期の歳時記には「水あたたか。春の気にてゆるむ心なり。水は陰気のものなり。冬かたまりて氷となる。春の陽気を得てゆるむものなり」と記す。また古季語に「水やはら」というのもある。

水ぬるむ一人芝居のやうに生き　梶山千鶴子

関西では奈良二月堂のお水取りの日が過ぎないと暖かくならないという。「年年歳歳花相似たり」、季節は変わらぬ巡りを繰り返すが、それを迎える人間の方はどうか。〈水ぬるむ〉にある種の諦観を感じながら、わが人生を反芻しての作だろう。　人芝居は自問自答のモノローグで、対話や問答のダイアローグと対蹠的である。一人芝居は独りよがりに陥る弊のあることも知っての一句だろう。

京都市生まれ。「れもん」を経て、昭和六十三年「きりん」創刊主宰。（一九二五〜）

ながれ合ふてひとつぬるみや淵も瀬も　——千代女
水ぬるむ頃や女のわたし守　——蕪村
これよりは恋や事業や水温む　——高浜虚子
椿落ちて水凹みけりぬるみけり　——松根東洋城
水温む沼をたつきの人々に　——加藤霞村
水温む如くに我意得つゝあり　——星野立子
水温み夫唱婦随にこともなや　——榎本虎山
水温む泊るこころになりてをり　——大野林火
雪残りつつ水ぬるむ城下町　——京極杞陽
しなやかな子の蒙古痣水温む　——佐藤鬼房
さざなみは神の微笑か水温む　——楠本憲吉
夜は月の暈の大きく水温む　——岡本　眸
水温む曖昧なるはすべてよし　——北　登猛
水温む身の紐ほどけゆく思ひ　——渡辺恭子
母ひとり子ひとりなりし水温む　——老川敏彦
水温む鯨が海を選んだ日　——土肥あき子

70 短冊　石路の茎起きあがり水温む　犀星

71 短冊　水ひかり水さわぎ水ぬるむかな　雅生

70 室生犀星（一八八九～一九六二）金沢生。詩人・小説家。『愛の詩集』『杏っ子』等。
71 前野雅生（一九二九～）東京生。安藤姑洗子に師事し、のち「ぬかご」継承主宰。

春《はる》の海《うみ》

春の浜・春の渚・春の磯

地理

春の穏やかで、のどかな海が春の海だ。冬は風が強くて荒かった海も、季節風が弱くなり、凪《な》ぐことも多い。春のうららかな光と響き合って、一日中ゆったりとうねりを繰り返している。それはあたかも揺り籠の中で、揺られているかのごとく眠気を誘う。

海中の魚類は冬の眠りから覚めて餌を求めて活動をはじめ、産卵し孵化し発育する。海上には船の行き来も多くなり、春の動きが感じられる。


春の海けぶるは未来あるごとし　長谷川浪々子

霞たなびき、のどかで明るい春の海を詠んだ一句だ。思い出すのは蕪村の「春の海終日《ひねもす》のたりのたりかな」という句である。遅々として、すべてが歩みを止めたかの世界。それも薄いベールで覆われたかの、ほのかな景もいいものだ。「夜目遠目笠の内」ということわざもあるが、あらわでないのは期待感がもてる。茫洋とした海の彼方に未来を求めたロマンチックな俳句である。

栃木県宇都宮市生まれ。富安風生に師事し温柔端正な自然諷詠を旨として作句。（一九〇六〜九六）

春の海終日のたりのたりかな　——蕪村
帆柱に帆のもたれけり春の海　——蓼太
はるの海月なき宵も朧なる　——白雄
長江の濁りまだあり春の海　——高浜虚子
春の海のかなたにつなぐ電話かな　——中村汀女
舟置て遠く汐去り春の海　——篠原温亭
春の海ゆるる月代波の果　——石原舟月
腕振る童等に春も灰色の日本海　——前田正治
父母遥か我もはるかや春の海　——中村苑子
停泊の船長に雨春の海　——鈴木六林男
春の海より易々とかもめ翔つ　——津田清子
春の海展くこの道旅人めき　——楠本憲吉
朝ごとの色確かめつ春の海　——小川濤美子
畑の木に着物かけたり春の海　——金谷信夫
春の海振子の如き日を見たり　——小川原嘘師
シャム猫の眼に春の海二タかけら　——鈴木貞雄

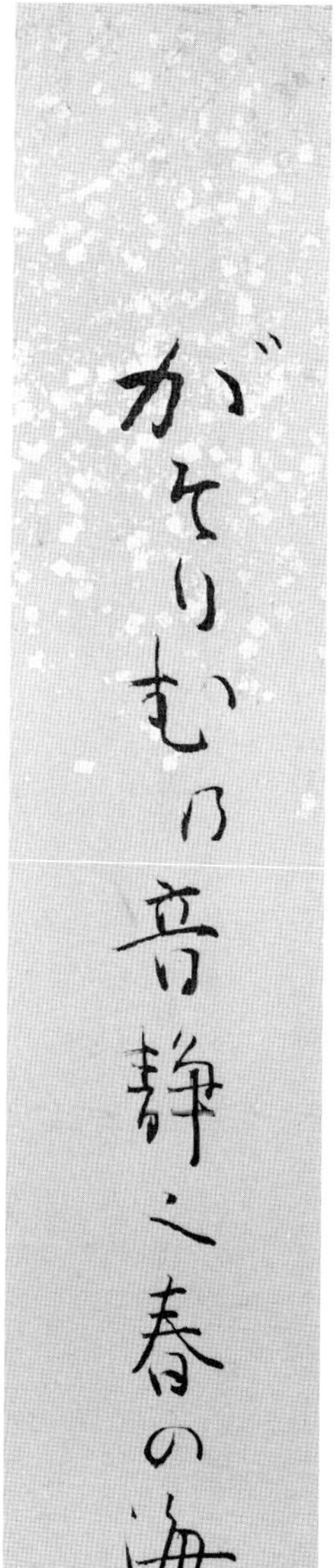

72　短冊　がそりむの音静也春の海　残花

73　短冊　春の海まつすぐ行けば見える筈　広

72　戸川残花（一八五五～一九二四）江戸生。詩人・評論家。キリスト教と老荘思想を融合。

73　大牧　広（一九三一～）東京生。能村登四郎に師事し、のち「港」創刊主宰。

春潮《しゅんちょう》

春の潮《しお》

地理

太平洋の沿岸では、春になると暖流の黒潮が急に流入して、水温を上げると同時に海水の色が澄んだ藍色となる。また潮の干満の差が大きく、満潮時は豊かでのどかな感じのものだ。瀬戸内海の春潮がよく特徴を顕現し、三月四日は鳴門の観潮でにぎわう。海に生きる人々は、陸の生活者が草木の繁茂状態で春を感ずるように、潮の変化で春を察知するという。春潮によって喜びが呼び覚まされる。

暁や北斗を浸す春の潮　松瀬青々

春の夜明けの北斗七星と春潮の関係を詠んだ句である。星々の動きは一時間で十五度動き、その傾き具合で時刻が分かる。北斗の星時計とも呼ぶ。折りしも柄杓《ひしゃく》の形をした北斗は海の水平線に近づいて、潮をすくうかに浸っている、といった大景を詠んでいる。

青々は「俳句は自然界の妙に触れるとともに人間生活の浄化をはかるにある」と説き、大自然への賛仰と自身の向上に努めた俳人である。絵画的な構図は蕪村の影響で、俳画もよくした。（一八六九〜一九三七）

春潮といへば必ず門司を思ふ　――高浜虚子
春潮に流るる藻あり矢の如く　――杉田久女
西東ちがふ春潮珊瑚礁　――阿波野青畝
傘させば春潮傘の内にあり　――中村汀女
春潮やわが総身に船の汽笛　――山口誓子
春潮の淡路の里輪ひたし見ゆ　――皆吉爽雨
春潮の紺緊りゆく岬の日　――紫田白葉女
春の潮踊るさまもて岩を越す　――鈴木真砂女
春潮に鵜のおとなしき裏日本　――秋沢　猛
春潮を見て来し胸や子を眠らす　――細見綾子
春大潮のましろき落差島を結ぶ　――篠原　梵
累々と溶岩春潮のそこひまで　――小川斉東語
灯台が引き寄せている春の潮　――路　清紫
春潮となる鎌倉の海の荒れ　――神蔵　器
春潮に巌は浮沈を愉《たの》しめり　――上田五千石
渦二百渦三百の春の潮　――倉田紘文

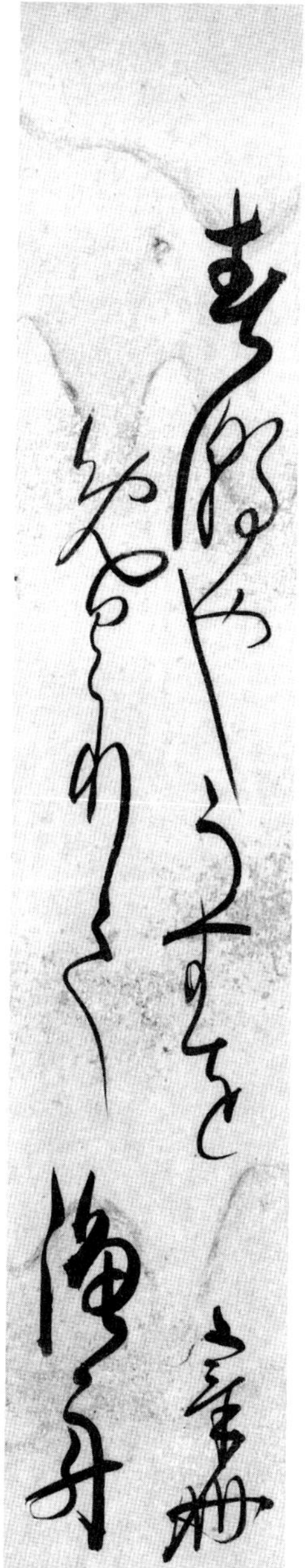

74 短冊 春潮やうずをめぐりて漁舟 宰洲

75 短冊 引ききりて音をひそめし春の潮 晃

74 勝田宰洲（一八六九～一九四八）松山生。正岡子規の親友で、大蔵大臣など歴任。
75 豊田　晃（一九二八～）松山生。師系臼田亜浪・川本臥風。「砂山」創刊主宰。

雪解《ゆきどけ》

雪解《ゆきげ》・雪解風《ゆきげかぜ》・雪解水・雪解川・雪解光・雪解雫・雪解野

地理

春になり気温が上がると、雪国や山岳の雪が解けはじめる。暖かな地方で降ってもすぐ解けてしまう雪は、雪解けとはいわない。数ヵ月も雪の中で暮らす地方の人々の、喜びの声が聞こえてくるような語感がある。

雪解けによる増水で、三月半ばころになると川が氾濫することもめずらしくない。主に日本海側に起こる現象で、日本海に低気圧が入って発達し、暖かい南風が吹きつのると雪解けが激しくなる。日本海側の河川は台風や梅雨の洪水より、融雪洪水の方が多い。

加賀は賑《にぎ》はし松雪解笹雪解　藤田湘子

雪国で冬の間に積もった雪が、春暖かくなり解けはじめるのを〈雪解〉という。松の枝からも笹の葉からも雪解けの滴がしたたり落ちているのだ。その音を〈賑はし〉と聞く気分がおもしろい。「人出でにぎわう町」とか「にぎわしい通り」など人の活動をいうのが普通だが、雪解滴に盛んな活気を感じた詩心は新鮮である。春の到来に弾む心が句のリズムとなって現われているのは見事。初五〈加賀〉の響きもいい。

神奈川県小田原市生まれ。秋櫻子に師事し波郷に学び、のち「鷹」を創刊し主宰する。（一九二六〜）

雪解や妹《いも》が炬燵に足袋かたし　──蕪村
雪どけや深山ぐもりを啼くからす　──暁台
雪とけて村一ぱいの子どもかな　──一茶
雪解やひよろひよろと鳶の声　──村上鬼城
雪解川名山けづる響かな　──前田普羅
ほど遠く深山風きく雪解かな　──飯田蛇笏
雪解や林中に逢ふ道二つ　──小杉余子
とびからすかもめもきこゆ風ゆきげ　──金尾梅の門
ひとつ家の灯の漏れてゐる雪解かな　──日野草城
妻も小さく歌をうたえり雪解の日　──細谷源二
雪解けて野は枯色を極めたる　──相馬遷子
雪解水ゴビを流れて行方知らず　──津田清子
雪解風月山はまだ天のもの　──市村究一郎
念仏のさまよひおつる雪解川　──中山純子
雪解谷きのふの旅の人にあふ　──矢島渚男
雪解の故郷出る人みんな逃ぐるさま　──寺山修司

76 短冊　桃源を雪解の水の流れけり　別天楼

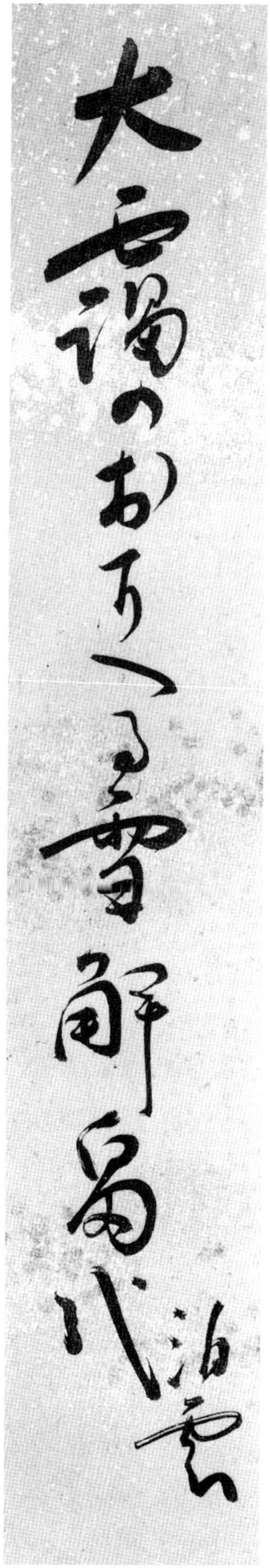

77 短冊　大靄のおそへる雪解畠哉　泊雲

76 野田別天楼（一八六九～一九四四）岡山生。子規門下、「倦鳥」同人として関西俳壇に重きをなす。
77 西山泊雲（一八七七～一九四四）兵庫生。高浜虚子に師事し、客観写生の権化と呼ばれた。

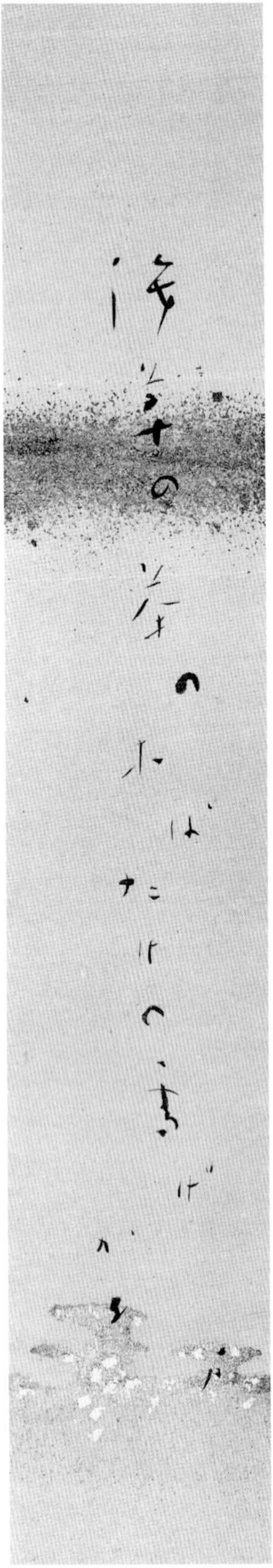

78 短冊　浅草の茶の木ばたけの雪げかな　万

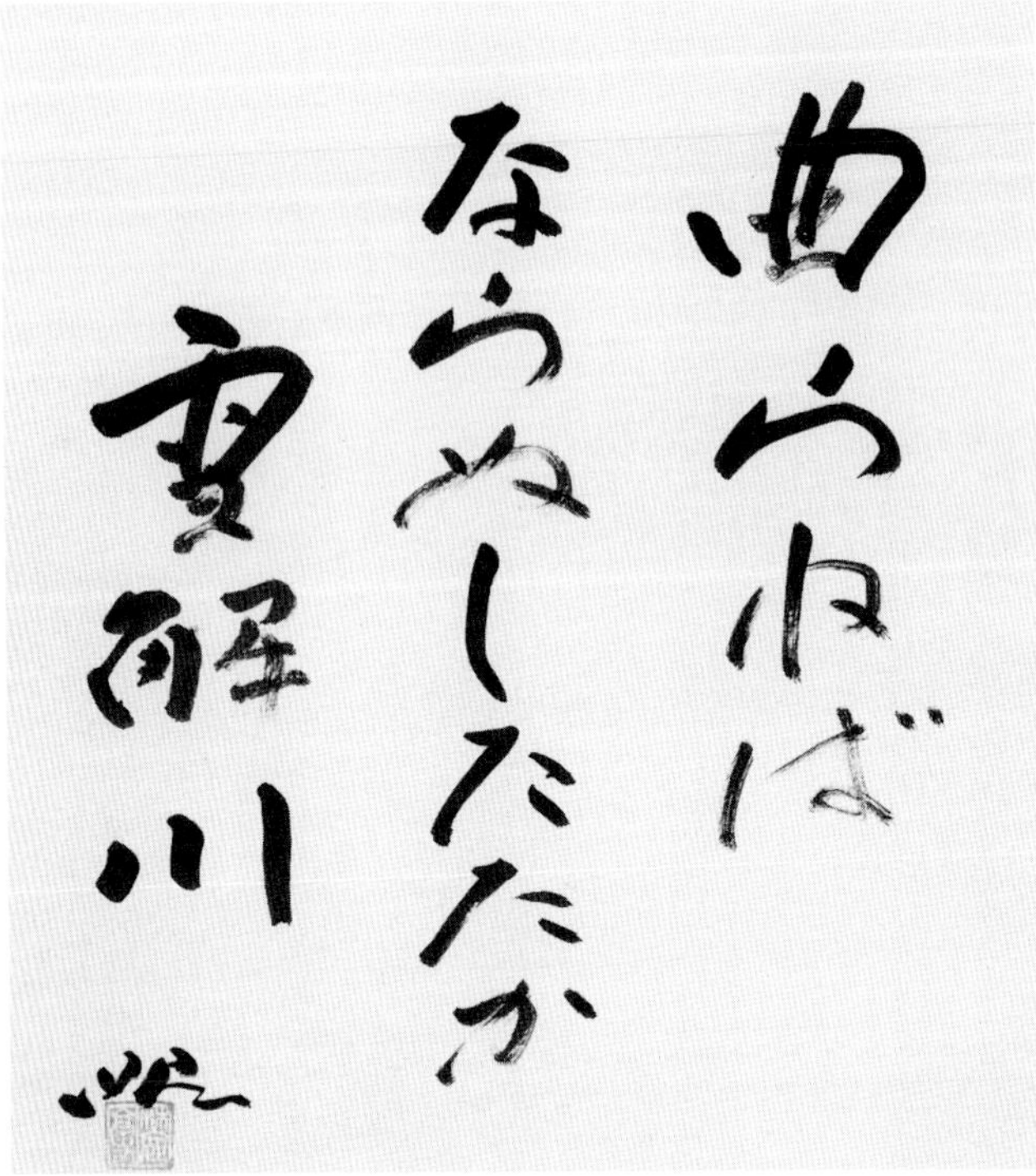

79 色紙
曲らねば
ならぬしたたか
雪解川
昭

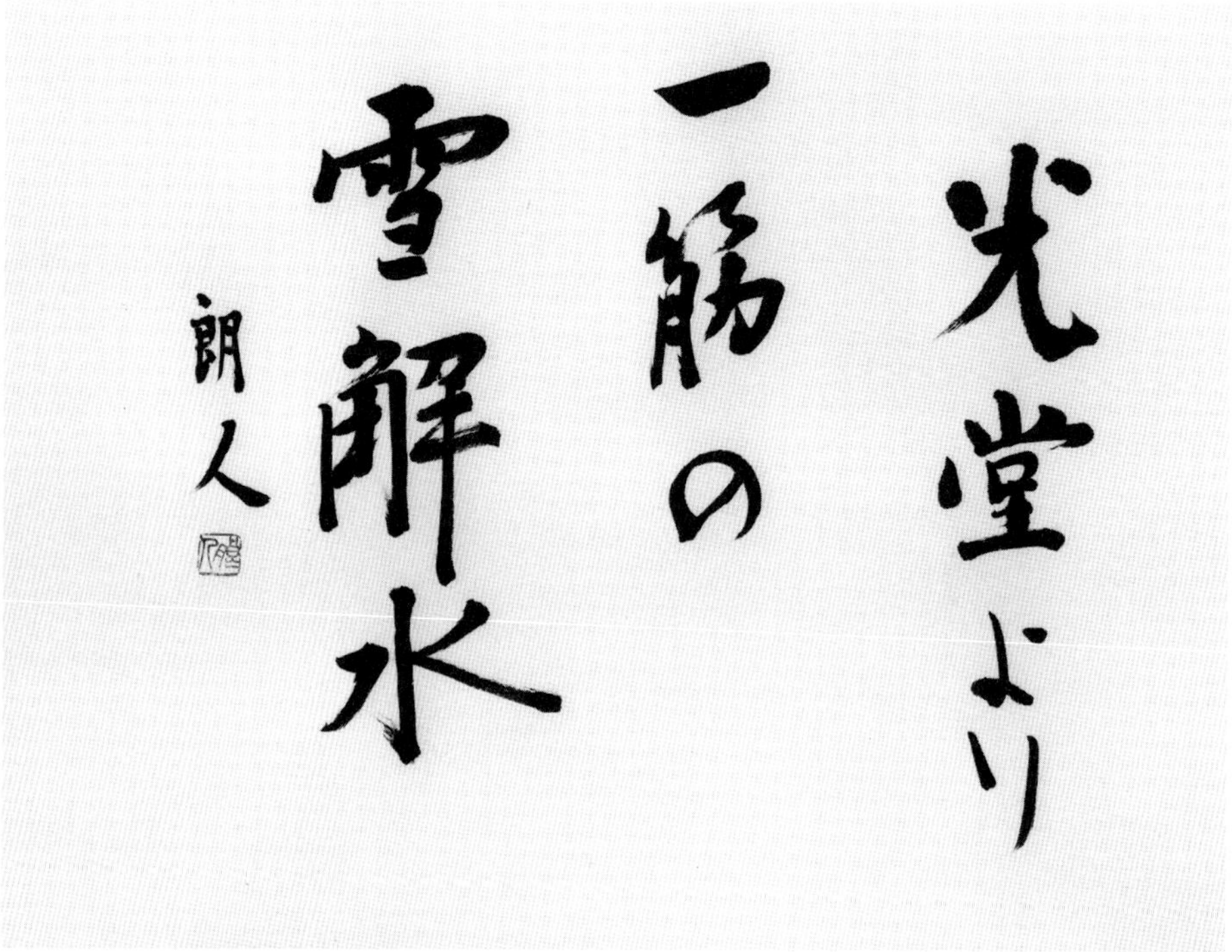

80
幅
光堂より
一筋の
雪解水
朗人

78 久保田万太郎（一八八九〜一九六三）東京生。小説家・劇作家・俳人。俳号傘雨。下町の人間風物を活写。
79 松澤　昭（一九二五〜）東京生。飯田蛇笏に師事し「四季」主宰。現代俳句協会々長。
80 有馬朗人（一九三〇〜）大阪生。東大総長、文部大臣を歴任。山口青邨に師事し、のち「天為」創刊主宰。

雪崩《なだれ》

雪なだれ

地理

斜面の積雪が崩れ落ちる現象を雪崩という。冬の間に降り積った雪が春暖によって下層から解けはじめ、その重量に堪えられず山上から下へ崩れ落ちること。冬に多いが、春になっての方が規模も大きくすさまじい。山国の春のはじまりの音であり、また壮絶な印象の光景である。

雪崩が起こりやすいのは気温の上がる午後か、明け方である。後者は根雪の上に新雪が積って起こる場合が多い。

修羅落す谺《こだま》を追うて雪崩たり　山口草堂

春先の雪なだれは轟音を発してすさまじい。崩れ落ちるきっかけは微妙で、人の声とか鐘の音などによるわずかな振動でも、なだれの原因になるという。修羅は山腹の斜面を利用した一時的な木材搬出用の滑走路。厚板や丸太を敷いて作る。そこから伐採した木材を落とす音が山に反響して返ってくる。その谺を追っかけるように、雪なだれが起きたというのだ。安定と不安定は紙一重、自然畏怖の一句である。

大阪で「南風」を創刊主宰。「生きる証の俳句」を唱導し、生命の詩としての俳句を強調した。（一八九八〜一九八五）

雪なだれ妻は炉辺に居眠れり　——素堂
九頭竜《くずりゅう》の瀬に押し出《い》でし雪崩かな　——野村泊月
国二つ呼びかひ落す雪崩かな　——前田普羅
青天へ木菟がとび出し雪崩かな　——佐野良太
荒海の鵜に浪さわぐ雪崩かな　——佐々木有風
夜半さめて雪崩をさそふ風聞けり　——水原秋櫻子
天心の月ふるひたつ雪崩かな　——吉田冬葉
籠りゐや雪崩るる音の胴ごたへ　——松村巨湫
谺して雪崩のけむりあがりをり　——石原八束
雪崩が恐い裏窓夜具の緋色延べる　——伊丹三樹彦
照り昃る流雲いづれの嶺か雪崩　——野澤節子
おしら神背山雪崩るるかもしれず　——村上しゅら
採点の夜を澄ましめて遠雪崩　——村山砂田男
遠雪崩ひとりの旅寝安からず　——藤田湘子
雪崩止《や》み日輪宙にとどまれり　——岡田日郎
蒼穹に雪崩れし谿のなほひゞく　——石橋辰之助

81
色紙
青天の
翳ると見えて
雪崩れたり
みのる

81
豊長みのる（一九三一〜）神戸生。山口草堂に師事し、のち「風樹」創刊主宰。

薄氷《うすらい》

薄氷《うすごおり》・春の氷・残る氷

地理

薄く張った氷、特に春さきの氷をいう。すっかり暖かくなって氷は張らないと思っていると、ふと寒さがぶり返し手洗鉢や水たまりなどに薄い氷を見ることがある。冬の名残りでありながら、明るい陽光に照らされて光るさまは、やはり春が来たという感じだ。

冬は初霜、初氷、初雪の順ではじまっていくといわれるが、春はその逆をたどることが多い。薄氷は日中に解けてしまい、少々郷愁をそそるものでもあろう。

模糊として男旅する薄氷　　長谷川久々子

身を用なき者に思いなして、男は旅に出た。これは『伊勢物語』での話である。西行も芭蕉も、また山頭火も旅をした。その系譜をたどるなら、漂泊の文学史も書けるほどだが、なぜ男は旅をしたがるのか。女性から見て、それは〈模糊として〉合点のいかぬことなのだろう。春先に張る薄氷は頼りなく、むなしいもの。案外男の心境はこんなものなのか。

台北市生まれ。岐阜市において師であり夫であった長谷川双魚の「青樹」を継承主宰。（一九四〇〜）

うすらひやわづかに咲ける芹の花　――其角
せゝらぎに流れもあへず薄氷　――高浜虚子
瞳濃く薄氷よりも情淡く　――富安風生
薄氷の裏を舐めては金魚沈む　――西東三鬼
眠りては時を失ふ薄氷　――野見山朱鳥
吾ありて泛《うか》ぶ薄氷声なき野　――佐藤鬼房
薄氷をさらさらと風走るかな　――草間時彦
田の面やや傾いてをり薄氷　――有働　亨
紙ほどの川の薄氷日が流る　――加藤憲曠
薄氷の吹かれて端の重なれる　――深見けん二
深淵に張る薄氷の命かな　――北　光星
母逝《ゆ》けり薄氷に陽はとどまらず　――山田みづえ
山風のふたたびみたび薄氷　――廣瀬直人
薄氷と水とけじめのあるあたり　――宮津昭彦
薄氷に透けてゐる色生きてをり　――稲畑汀子
会ひたくて逢ひたくて踏む薄氷　――黛まどか

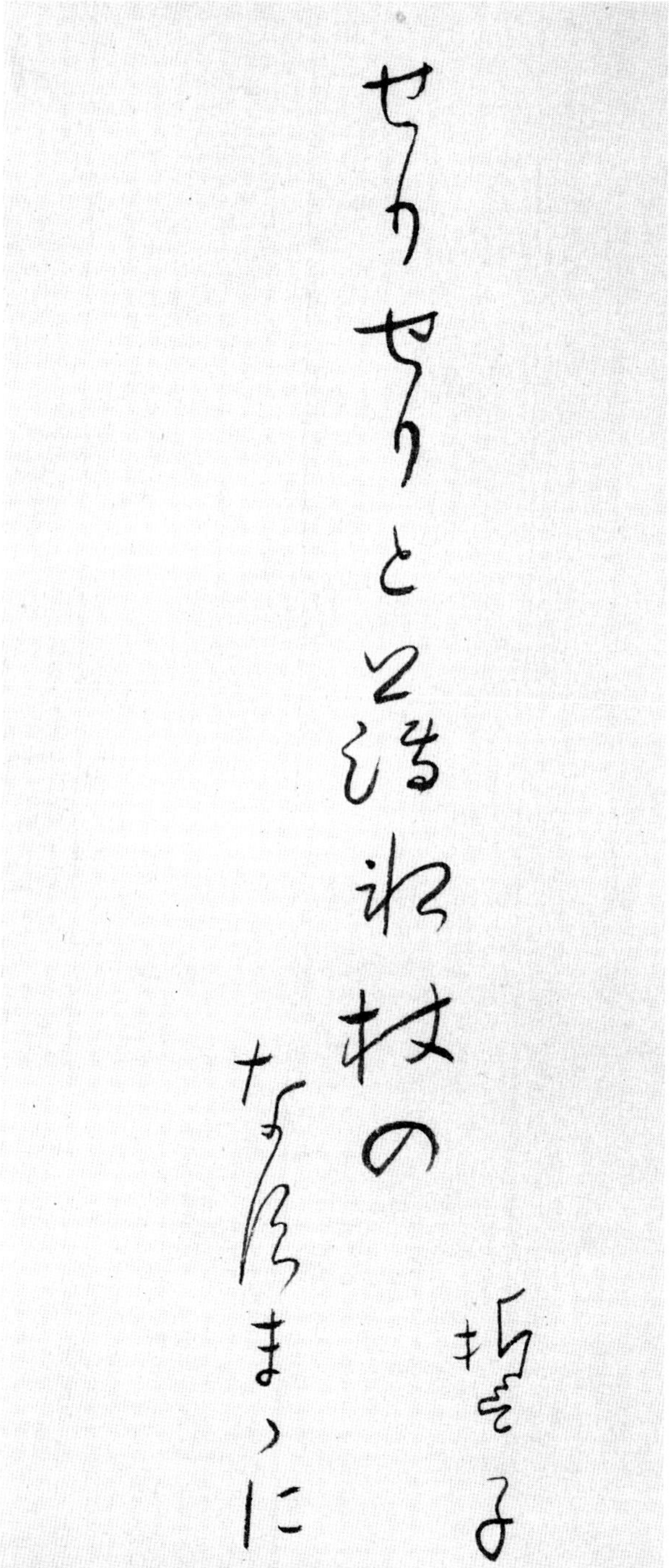

82 巻子（部分） せりせりと薄氷杖のなすまゝに 誓子

82 山口誓子（一九〇一〜九四）京都生。高浜虚子に師事し、ホトトギス四S時代の一角をなす。「天狼」主宰。

耕《たがやし》・田打《たうち》・畑打《はたうち》

耕す・春耕・耕人・耕馬・耕牛・馬耕《ばこう》

生活

耕すや五石の粟のあるじ貌《がほ》　——蕪村
耕すや矢背《やせ》は王氏の孫なりと　——召波
日一日同じ処に畠打つ　——正岡子規
能登の畑打つ運命にや生れけん　——高浜虚子
ごくだうが帰りて畑をうちこくる　——小松月尚
千年の昔のごとく耕せり　——富安風生
我が心牛の心と耕しぬ　——安斎桜磈子
田打つ兄何か此頃怠け癖　——石島雉子郎
畑打つて酔へるが如き疲れかな　——竹下しづの女
肩ぬぎぬそれより田打鍬高く　——阿波野青畝
耕せばうごき憩へばしづかな土　——中村草田男
春耕や子に従順の老ふたり　——高室呉龍
飯時の田に太陽と耕耘機　——榎本冬一郎
地のかぎり耕人耕馬放たれし　——相馬遷子
山国の小石捨て〲耕せり　——沢木欣一
天上のやうに耕しはじめたる　——松澤　昭

昔は多く使われもてはやされた季語であったが、農耕の変遷によって懐かしい季語になりつつある。田や畑に種蒔きや苗を植える前、土を打ちかえす野良仕事。とくに春の農耕の準備のものを耕しという。

田畑は耕さないと気水の流通が悪くなり、作物の根の伸長がはばまれ生育も悪くなる。現在は機械化され便利になったため、作付け時に随時行なわれる。けれど伝統的に耕しは、春の訪れとともにはじまる仕事はじめという印象である。

生きかはり死にかはりして打つ田かな　村上鬼城

人類社会の興亡を記す歴史と、ほとんどの人は縁がない。ただ黙々と生き、先祖伝来の田畑を耕して、また子孫へと伝えていった。それがいつのころからか、農地も売買の対象となる流通機構が発達。一億総不動産屋のような気分で、生活基盤は不安定になったのではないか。千年昔に空海は「生れ生れ生れ生れて生の初めに暗く、死に死に死に死んで終りに冥《くら》し」と嘆いたが、対して掲出句には安心がある。

江戸小石川の生まれ。幼時に高崎へ移住。耳が不自由だったが「ホトトギス」第一黄金期の代表俳人のひとり。（一八六五〜一九三八）

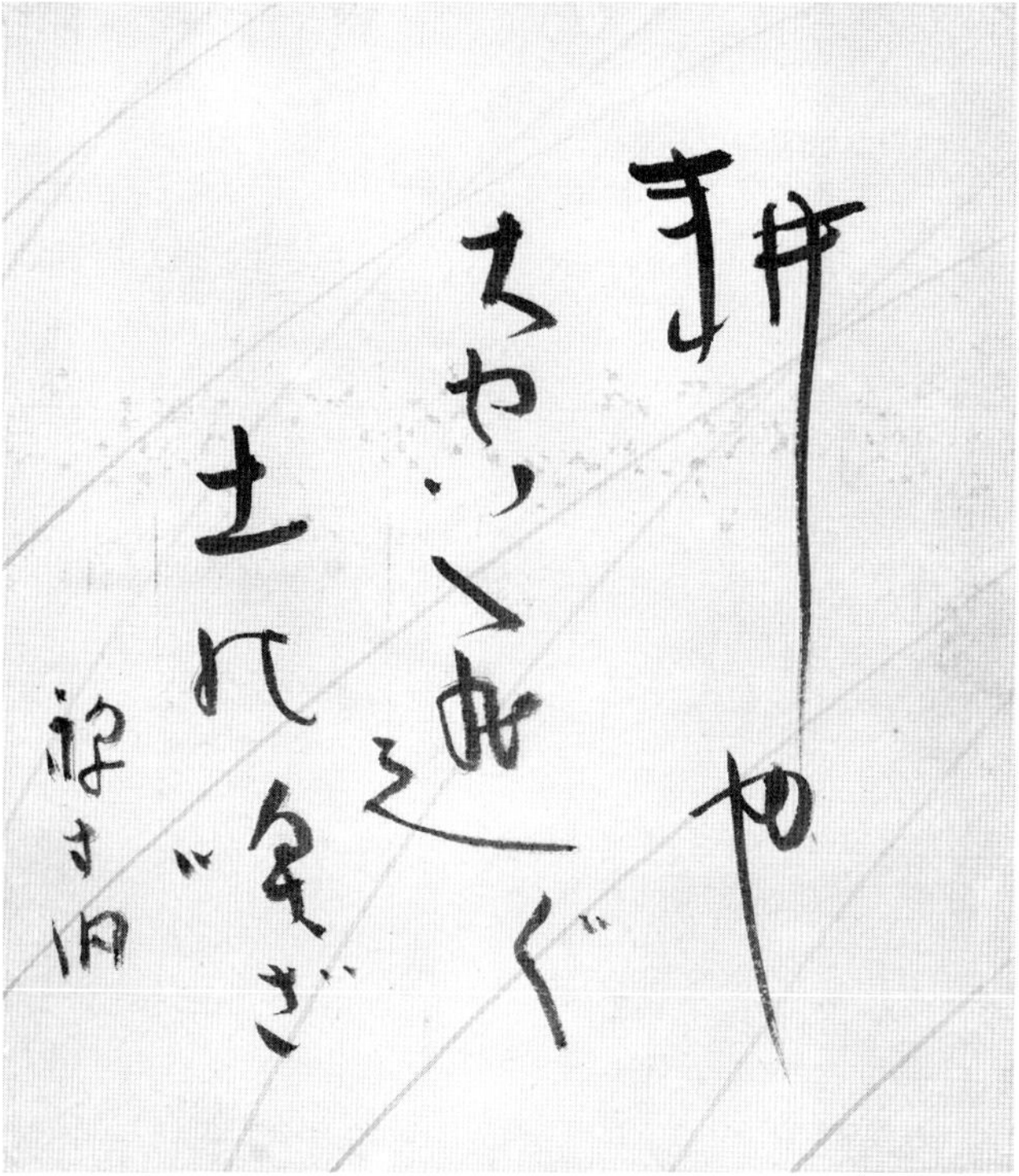

83 色紙
耕しや
大空へ逃ぐ
土の嗅ぎ
禅寺洞

83 吉岡禅寺洞（一八八九～一九六一）福岡生。高浜虚子に師事し「天の川」主宰。のち新興俳句運動へ。

84 佐藤肋骨（一八七一～一九四四）東京生。正岡子規に師事。「新俳句」「春夏秋冬」等で活躍。

84 短冊　女ばかり銃後の邨の畑打つ　肋骨

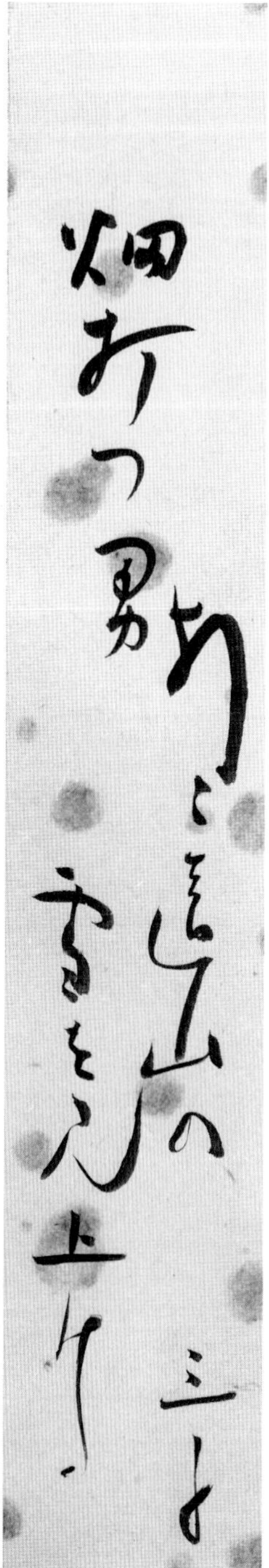

85　短冊　畑打つ男折々遠山の雪を見上げる　三子

86　短冊　赤人の富士を仰ぎて耕せり　章

85　山田三子（一八七四〜一九三六）福井生。正岡子規に師事。格堂・紫人と共に三羽烏と称される。
86　大串　章（一九三七〜）佐賀生。大野林火に師事し、のち「百鳥」創刊主宰。

種《たね》蒔《まき》

種下《おろ》し・播種《はしゅ》・籾《もみ》蒔く

生活

籾を苗代に蒔くのが種蒔きである。他の種を蒔くのは統括して物種蒔くという。けれど混用されており、ここでは厳密な区別をしないことにしたい。彼岸前後から八十八夜ごろにかけてが種蒔きの好時期で、種下し、すじ蒔きなどともいう。すじは種籾のこと。

種蒔きは大切な農事で、稲作りの全生活を託する祈りをこめる風習が多い。たとえば大安の日を選んで籾を蒔き、おわると神酒を供え祝うというふうである。句にも真面目さのあるものが多い。

張る糸に添うて種蒔く卯月《うづき》かな　田村奎三《けいぞう》

卯月は陰暦四月の異名である。卯の花が咲く月の意もあるが、語源的には種を植える月の方がいい。作者は岡山県、いや吉備地方のどこかで、種蒔く光景を目にしての作だろう。几帳面に営々と、農事にいそしんできたのが日本人だ。苗代はもちろん田畑の美しい条里制は古代からのもの。そういった人工の直線が自然のふくよかさと交わるとき、また新たなるものを創造する。営々と受け継いできた伝統が的確な写生の中に息づいている一句だ。

岡山県笠岡市生まれ。平松措大に師事し、現在は「貂」「古志」所属。（一九二五〜）

舞鶴や天気定めて種下し　――其角

種蒔もよしや十日の雨ののち　――蕪村

うら道や草の上まで種を蒔く　――一茶

種蒔いて明日さへ知らず遠きをや　――水原秋櫻子

種まく手自由に振つて老農夫　――西東三鬼

種蒔ける者の足あと洽《あまね》しや　――中村草田男

おろしたる籾の居つきの夕さやか　――皆吉爽雨

種蒔けば天の限りの夕焼ぞ　――大野林火

種蒔いて黒土にいのち弾む日よ　――三谷　昭

種子蒔いて身の衰への遠くまで　――飯田龍太

ばばさまの種蒔いてゐるころかしら　――松澤　昭

種蒔に大乳房揺れて人の母　――中山純子

山姥の笑ひの残る種を蒔く　――西野理郎

八ヶ岳一望にして種を蒔く　――青柳志解樹

地をさするごとく種蒔くちちやはは　――中村耕人

種を播く死ぬまで同じ山仰ぎ　――瀧　春樹

87 短冊　種を蒔くまでの大空うち仰ぎ　鶏二

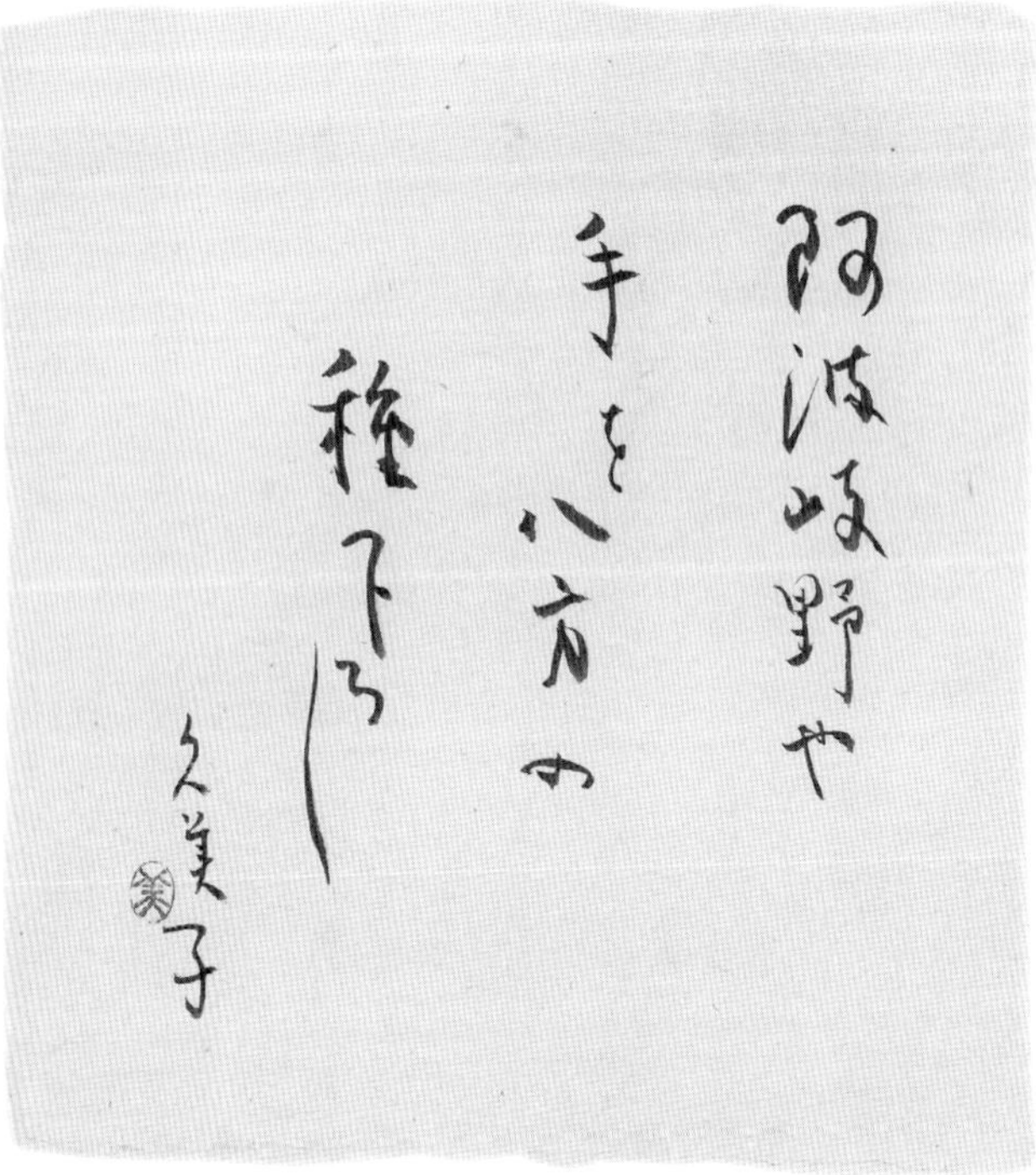

88 色紙
阿波岐野や
手を八方の
種下ろし
久美子

87 橋本鶏二（一九〇七～九〇）三重生。高浜虚子に師事し、長谷川素逝に兄事。「年輪」主宰。
88 神尾久美子（一九二三～）福岡生。神尾季羊夫人。野見山朱鳥に師事し、のち「雲母」同人。「椎の実」継承主宰。

茶摘《ちゃつみ》

一番茶・茶摘時・茶摘女・茶摘唄・茶山・茶畑

生活

晩春から夏の初めに、茶の木の芽を摘みとるのが茶摘み。昔から八十八夜を中心として、はじめの十五日間に摘んだのが、一番茶で最上とする。二番茶、三番茶、四番茶と七、八月まで、いわゆる晩茶まで摘むが、風趣としては一番茶の時期を茶摘みの季語としている。

茶は中国から輸入されたものだが、日本人の生活になくてはならぬもの。赤だすきに赤まえだれに紅白染分けの手ぬぐいをかぶった茶摘女も風物詩の一つだったが、今は機械化されて情緒はなくなった。

山門を出れば日本ぞ茶摘うた　田上菊舎

文部省唱歌の「茶摘み」では「夏も近づく八十八夜」とうたわれる。立春から数えて八十八日目は陽暦の五月一、二日ごろにあたり、茶どころでは茶摘みの真っ最中。京都の宇治茶は有名だが、黄檗宗《おうばくしゅう》の大本山万福寺も宇治にある。明の僧隠元が江戸初期に開いた寺で、建物から食事まですべて中国風。〈山門〉を境に内は中国、外は日本といった様相だった。

長門国（山口県）の生まれ。夫と死別後は美濃派の傘狂に入門し、彼の添書で全国各地を俳行脚した。（一七五三〜一八二六）

声わたす空のかざしや摘のぼり　——淡々
屋根低き声の籠るや茶摘唄　——太祇
一とせの茶も摘みにけり父と母　——蕪村
摘み〳〵て人あらはなる茶園かな　——闌更
折々は腰たたきつつ摘む茶かな　——一茶
家々や鳩も出て行く茶山時　——松瀬青々
つく〳〵と茶を摘む音のしてゐたり　——山口青邨
茶摘女の血を吸ひてぶと太るなり　——渡辺桂子
女居て見えぬ茶摘と話しをり　——山本京童
向きあうて茶を摘む音をたつるのみ　——皆吉爽雨
茶刈機は横刈り蝶も横飛びに　——百合山羽公
濃みどりの茶摘の三時唄も出ず　——平畑静塔
一番茶含み老いゆく微動あり　——殿村菟絲子
一番終り日焼けの女衆　——沢木欣一
茶摘女の終りの畝《うね》にとりつける　——深見けん二
ひと節は恋に転じて茶摘唄　——丸山海道

89 短冊　繃帯の指白くはね茶を摘める　豊水

90 短冊　新茶摘む胸乳より日に溶けはじめ　愛子

89 山下豊水　富山高岡住。青木月斗門。「かぶら」同人。
90 熊谷愛子（一九二三〜）石川生。加藤楸邨に師事。「逢」主宰・「寒雷」同人。

汐干狩《しおひがり》

汐干・汐干潟・磯遊

生活

陰暦の三月三日を海岸に出て過ごす風習は日本の各地にゆきわたっている。これを九州の沿岸では磯遊びというが、家にいてはよくないという考えが浸透していた。同じころ潮の干満の度が大きく遠くまで干上がることが重なって、干潟をあさって貝などを取る遊びが定着したのだろう。

現在は埋立てで、汐干狩りのできる海岸は少なくなった。江戸時代から春の行楽として、さかんに詠まれた季題であったのだが。

貝掘りの尻を数へん豊後灘　飴山　實

花見のころに、海岸の遊楽となったのが汐干狩り。潮の引いた浜辺で貝などをとる遊びだ。とくに天候もよい四月の大潮のころは、潮差も大きく干潟も広く出る。そこを埋めつくすかの人出だった。豊後灘とあるから大分県の海岸か。作者は一歩退いたところから眺めているのだ。目立つものは腰をかがめた人の尻ばかり、退屈しのぎにそれを数えてみるか、とユーモアたっぷりに汐干狩りの人々を眺め楽しんでいる一句。

石川県小松市生まれ。農芸化学の研究分野で著名だが、俳句は古格を重んずる作風で朝日俳壇選者などを務めた。（一九二六〜二〇〇〇）

青柳の泥にしだるる塩干かな　——芭蕉
三月の四日五日も汐干かな　——許六
ふり返る女ごころの汐干かな　——蓼太
歩み来ぬ岬のなりに潮干狩　——白雄
昔ここ六浦《むつら》とよばれ汐干狩　——高浜虚子
なつかしや汐干もどりの月あかり　——久保田万太郎
汐干潟誰もひとりの影を掘る　——山口草堂
汐干狩夫人はだしになりたまふ　——日野草城
大干潟茂吉の歌集読み暮す　——山口誓子
汐干潟望んでかくる欅《けやき》かな　——皆吉爽雨
君の為海に貝掘る田鍬にて　——平畑静塔
飢ふかしコンクリートの崖干潟へ垂る　——古沢太穂
燈台の影が日時計汐干狩　——藤井　亘
国引の跡のごとくに干潟あり　——江川虹村
子との距離いつも心に磯遊び　——福永耕二
袖口の乾きかねつつ磯遊び　——鎌倉佐弓

91 短冊　わかの浦にて　たつ鶴を相図に戻れ汐干狩　鳥酔

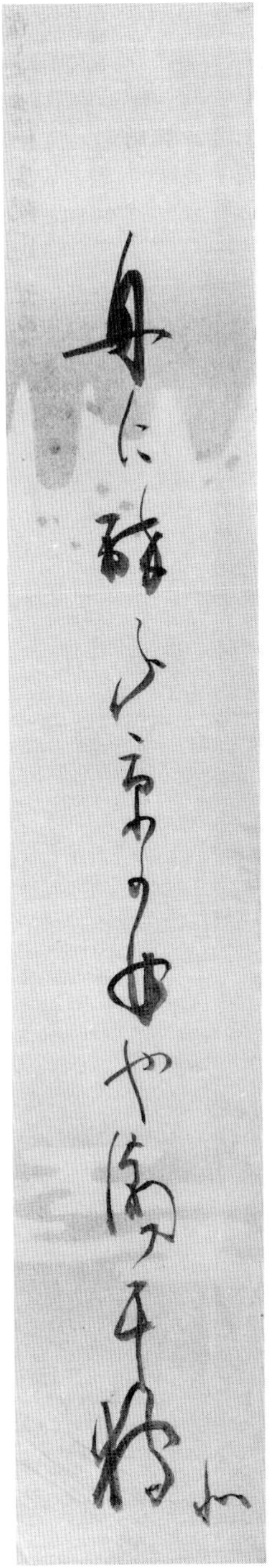

92 短冊　舟に酔ふ京の女や潮干狩　北

91 白井鳥酔（一七〇〇～六九）江戸中期の俳人。上総地引村の人。柳居門筆頭の地位を占める。
92 佐々木北涯（一八六六～一九一八）秋田生。高浜虚子・石井露月に師事。秋田における明治新俳句運動を主導。

春眠《しゅんみん》・朝寝《あさね》

生活

春睡《しゅんすい》・春の眠り・春眠し

春の夜の眠りである。唐の孟浩然の詩に「春眠暁を覚えず、処々啼鳥を聞く」がある。冬は寒くて目を覚ますこともあるが、春の夜は眠りも深く朝寝は快い。また目覚めてもそのまま寝床にいて、ついうつらうつらと時を過ごしてしまいがちになる。
暁の眠りはもちろんだが、暖かく日永の昼も、また春灯のもとでも眠くなる。これも春眠だが、孟浩然の詩にあるように春の夜明けが春眠の季感に最も合うものだろう。

春眠し昭和一桁ことに眠し　大牧　広

昭和一桁の生まれは六十歳半ばから七十歳半ばの人だ。これを同世代と一くくりにして論じる場合、世代の意味をどう定義すればよいか。歴史的体験を共有し、そのため類似したものの見方や感じ方、よく似た行動様式を示す同時代者のことだろう。作者はもちろん昭和一桁世代で、少年期を緊張した戦時下で生きてきたわけだ。その後はかくも長き平和の中で、老年を迎えての感慨だろう。〈眠し〉はペーソス。
東京生まれ。能村登四郎に師事し「沖」同人。平成四年「港」を創刊主宰し人事句に独自の領域を開く。(一九三一〜)

朝寝せり孟浩然を始祖として　――水原秋櫻子
春眠の二度見る夢に楽鳴りし　――松原地蔵尊
春眠や金の枢に四肢氷らせ　――三橋鷹女
春眠しかはたれどきの鳥のこゑ　――伊東月草
春眠や鍵穴つぶす鍵さして　――日野草城
春眠のわが身をくぐる浪の音　――山口誓子
春眠の覚めつゝありて雨の音　――星野立子
春眠やあざやかにすぎしゆめの彩　――稲垣きくの
これが春かと昼深く眠りをり　――桂　信子
春眠のつゞきの如き一日《ひとひ》かな　――高木晴子
春眠の身の閂《かんぬき》を皆外し　――上野　泰
春眠の大き国よりかへりきし　――森　澄雄
朝寝して白波の夢ひとり旅　――金子兜太
世にありしわが名を呼ばれ朝寝覚む　――井沢正江
春眠といふうす暗くほの紅《あか》く　――岡本　眸
旅ど旅つなぐ春眠ありにけり　――稲畑汀子

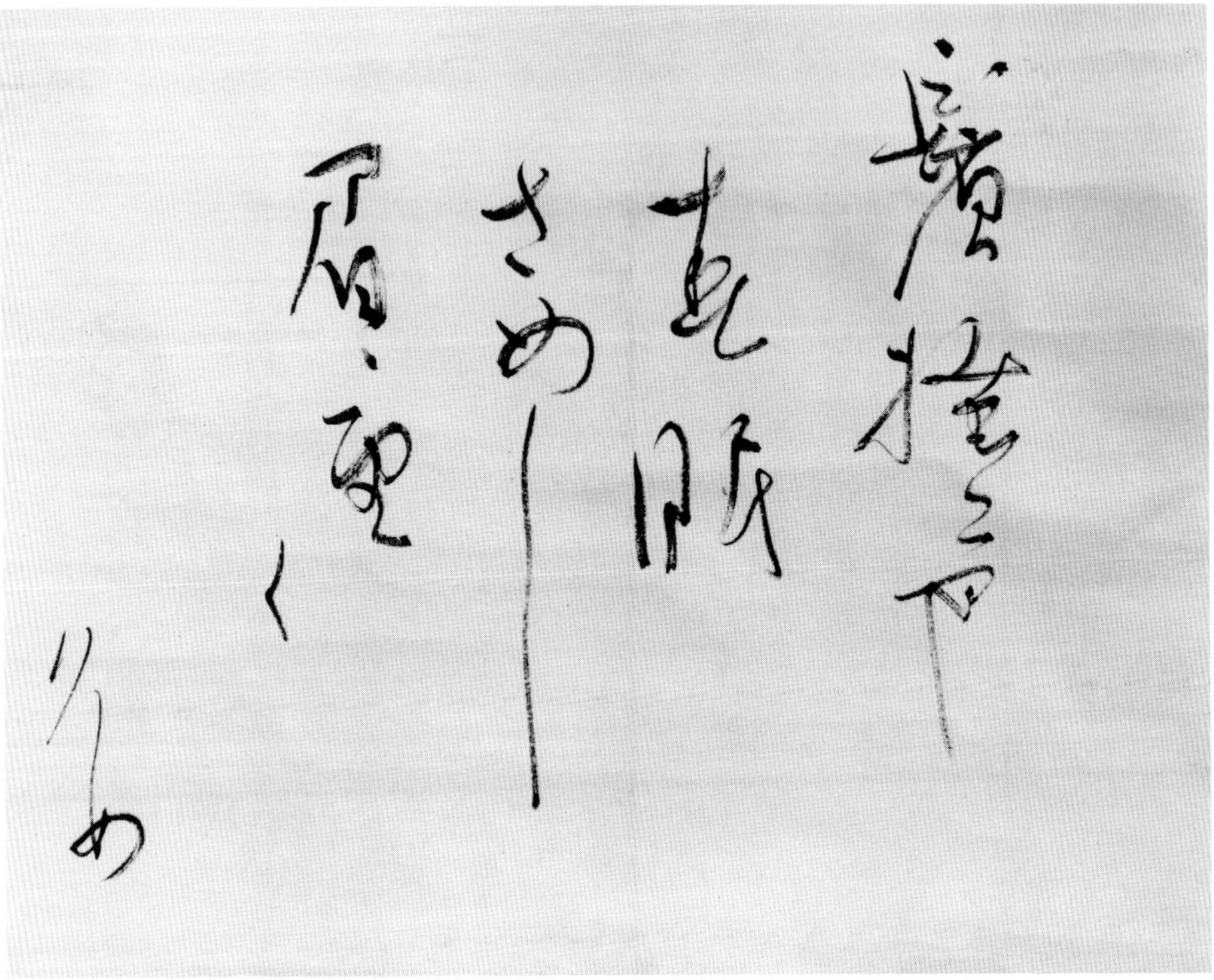

93
幅
鬢掻くや
春眠さめし
眉重く
久女

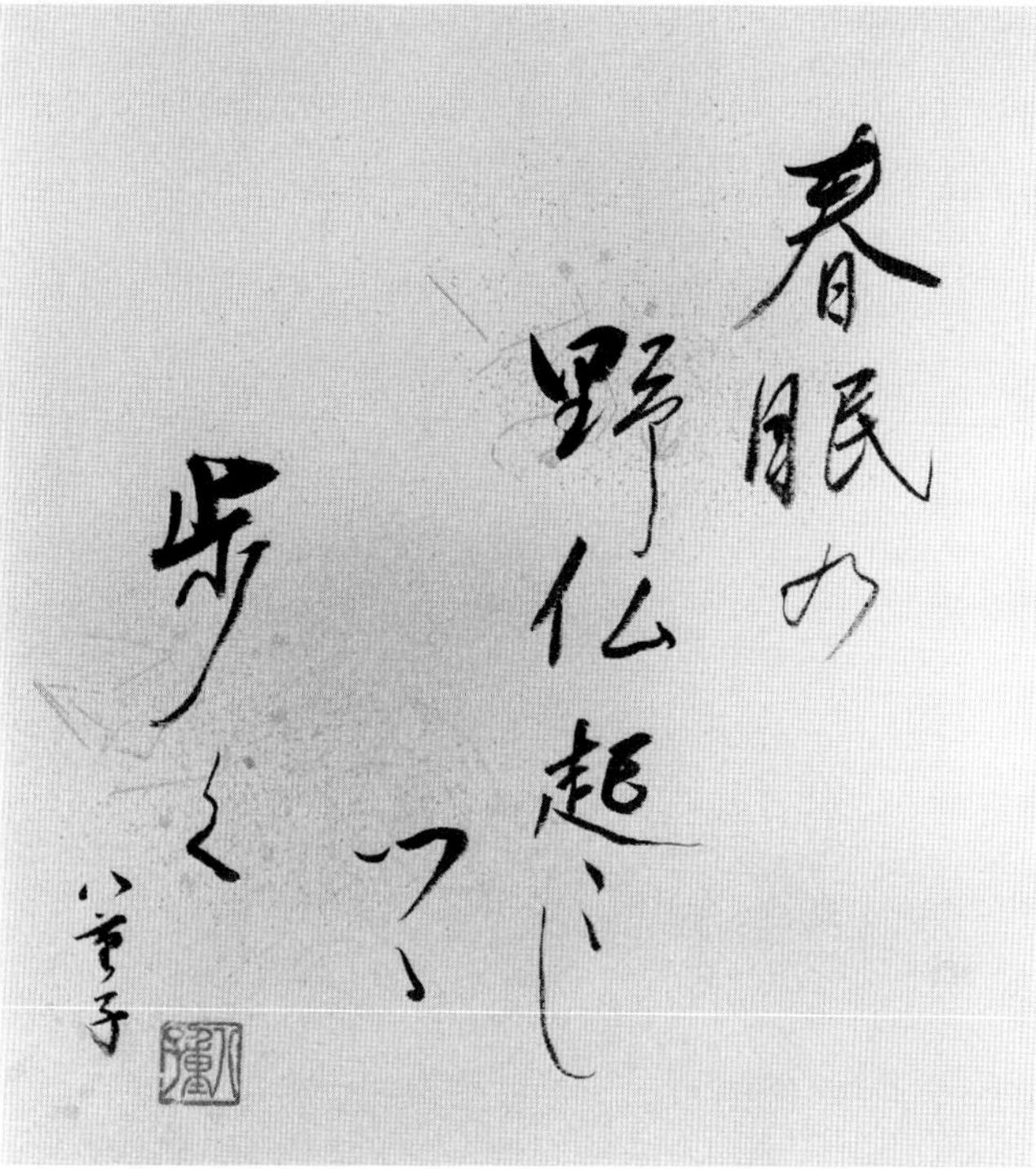

94
色紙
春眠の
野仏起こし
つゝ歩く
八重子

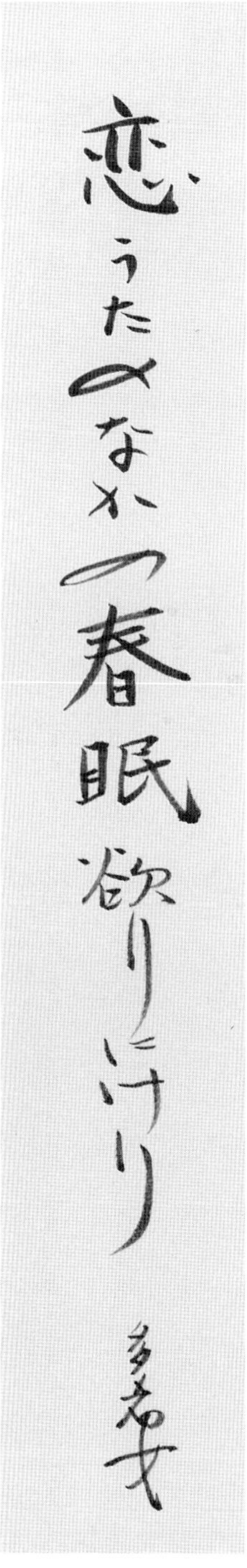

95
短冊　恋うたのなかの春眠欲《ほ》りにけり　多希女

93　杉田久女（一八九〇～一九四六）鹿児島生。高浜虚子に師事し「ホトトギス」同人。情熱的・強烈な個性を句に発揮した。

94　小泉八重子（一九三一～）姫路生。師系赤尾兜子。「季流」主宰。

95　河野多希女（一九二二～）横浜生。河野南畦夫人。師系大須賀乙字・吉田冬葉。「あざみ」主宰。

春《しゅん》愁《しゅう》

春愁い・春かなし・春思う

生活

春の季節の、なんとなくうれわしい気持ちが春愁である。深刻に悩むほどの実態はないが、ふと物思いに沈むのだ。秋や冬にはない特別な感情である。

人の心も季節によって移り変わる。春になると日ざしは明るく、草木は芽を出し花が咲く。すべてに活気を感じる時節である。それだけにたとえば四月は狂おしい月であり、混乱した思い出と欲望に満ちあふれ、消化不良を起こしやすい。一種のフラストレーションが春愁でもあろう。

胸深くパスポートあり春愁ひ　草間時彦

洋行が海外旅行と呼ばれ、だれでも気楽に出かけられる御時世である。面倒なのはパスポートくらいか。外国で無くすと、身分を証明できないから万事休すだ。それより先のスケジュールはご破算で、えらいことになる。これが分かっているから〈胸深く〉にしまいこむ。旅は胸おどるほど楽しいものだが、胸のパスポートが気になりだすと落ち着かない。その二つが相半ばして春愁の海外旅行とはおかしい。

東京に生まれ鎌倉に育つ。石田波郷に師事し「鶴」同人、のち無所属で俳人協会理事長など歴任。（一九二〇～）

春愁やこの身このまゝ旅ごゝろ　——久保より江
春愁の或る日山椒魚を見に　——西島麦南
春愁ふ真珠《またま》の吾子をかたはらに　——三橋鷹女
春愁を消せとたまひしキスひとつ　——日野草城
春愁の目にひとの灯がひろがりぬ　——加藤楸邨
春愁の踵砂山砂の坂　——中島斌雄
春愁のおのが浴みの滝音す　——殿村菟絲子
うすうすとわが春愁に飢もあり　——能村登四郎
春愁の殺到しくる赤き反射　——野見山朱鳥
春愁の昨日死にたく今日生きたく　——加藤三七子
春愁やうさぎは兎かめは亀　——星野麦丘人
春愁の紙風船に息を詰め　——鈴木しづ子
春愁の指折つて五指たしかむる　——長谷川久々子
憶良らは名を残したり春愁ひ　——行方克巳
春愁の血は睡れずに佇っている　——大井恒行
コインランドリーへ春愁のひと抱へ　——辻美奈子

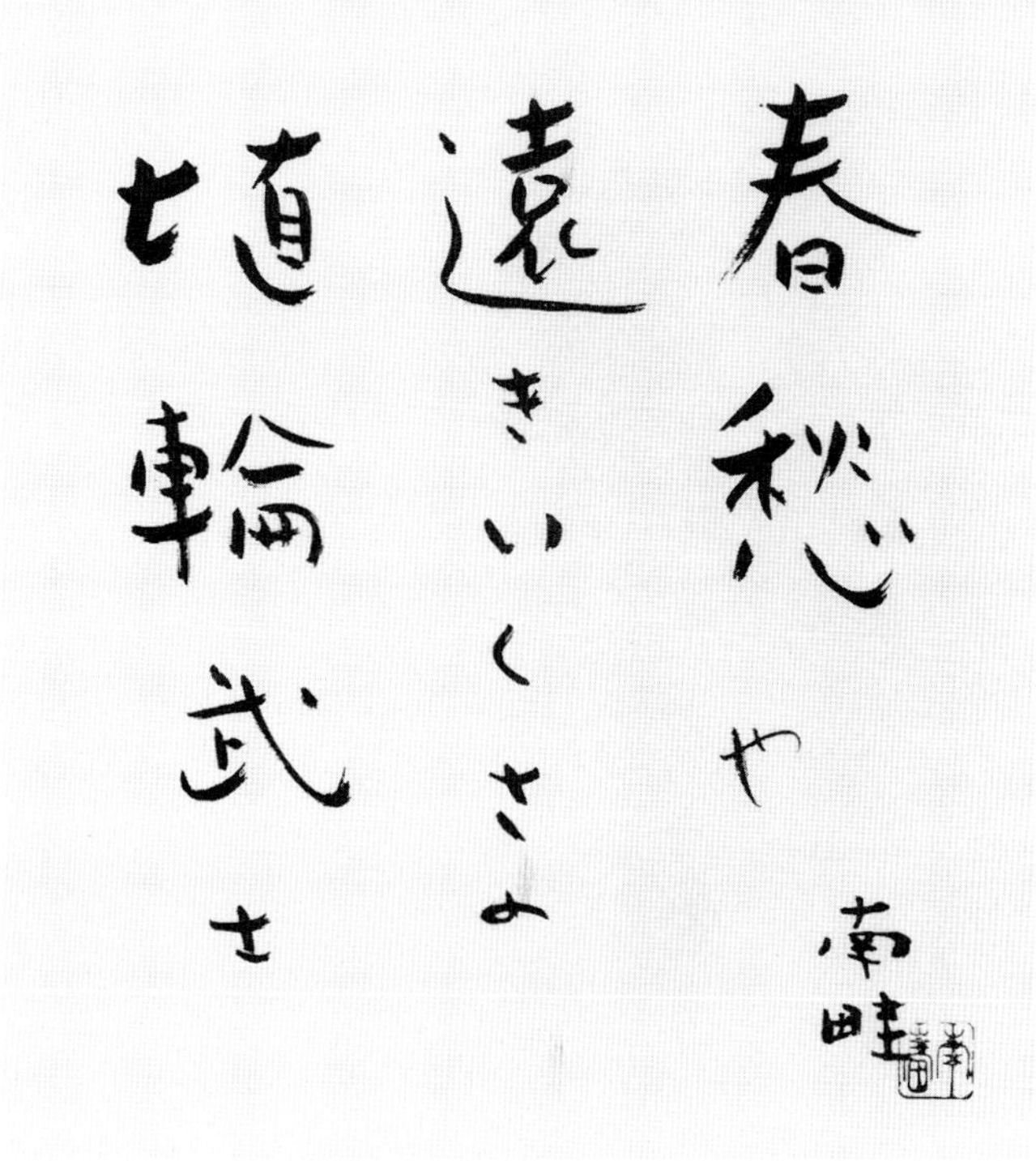

96 色紙
春愁や
遠きいくさの
埴輪武士
南畦

97 短冊 春愁や水を望めば水はるか 圭岳

96 河野南畦（一九一三〜九五）東京生。吉田冬葉に師事し、のち「あざみ」創刊主宰。
97 岡本圭岳（一八八四〜一九七〇）大阪生。青木月斗に師事し、のち「火星」主宰。

卒業《そつぎょう》

卒業生・卒業式・卒業期・卒業証書・卒業歌

生活

学校の全課程を履修しおえることが卒業である。約千百年も前の平安前期の学者、三善清行は「国を治むるの道は、賢能を源と為す。賢を得る方は、学校を本《もと》と為す」と説いた。以来、前途有為な人材を育てるために多大な役割を果してきたのが学校であった。西欧流の学校教育が導入され質的には変化したが、卒業証書を授与されるときは希望に胸がふくらむときだ。また同級生や学友と別離する、ちょっと寂しいときでもある。

たゞならぬ世に待たれ居て卒業す　竹下しづの女

三月は小学校から大学まで卒業式のシーズンである。上級学校へ進む場合はさて、就職して社会に出る人には〈たゞならぬ世〉が待ち受けているというのだ。「おめでとう」と歓迎されるのを真に受けてはいけない、実社会はそんな甘いものじゃない、という辛口の俳句か。昨今の社会情勢を見ていると、確かにうなずける一面はある。が〈たゞならぬ世〉なればこそ意欲もわいてくるというもの、逆説的希望の一句でもあろう。

福岡県行橋市生まれ。主観の表現を志向する中村草田男と共鳴し、学生俳句連盟を結成して指導。（一八八七～一九五一）

一を知つて二を知らぬなり卒業す　——高浜虚子

ともかくも卒業したるめでたさよ　——富安風生

卒業のひとり横向く写真かな　——大橋桜坡子

校塔に鳩多き日や卒業す　——中村草田男

卒業す片恋少女鮮烈に　——加藤楸邨

樹影地に卒業の子らちりぢりに　——紫田白葉女

黒き瞳の乙女幾列卒業す　——中島斌雄

劇に出て鼠の役や卒業す　——田川飛旅子

卒業子去れり窓辺に教師暮れ　——林　翔

卒業歌和す母たちの息熱し　——清水基吉

卒業証書の平《たいら》は巻きて失ひし　——津田清子

卒業子ならびて泣くに教師笑む　——森田　峠

卒業のその後の彼を誰も知らず　——藤松遊子

ゆく雲の遠きはひかり卒業歌　——古賀まり子

日本の負けいそぐとき卒業す　——大牧　広

君に降り吾に降る雪卒業す　——北澤瑞史

98　短冊　潦あれば日があり卒業す　不死男

99　短冊　劇中に銀の斧あり卒業す　和弘

98　秋元不死男（一九〇一～七七）横浜生。「氷海」主宰。新興俳句運動に参加し即物的表現を主張。

99　中村和弘（一九四二～）静岡生。師系加藤楸邨・田川飛旅子。「陸」主宰。

初《はつ》午《うま》

一の午・二の午・三の午・午祭・稲荷祭

生活

二月初めの午の日をいう。全国いたるところに稲荷神社や祠《ほこら》があり、この日は赤い幟《のぼり》を立て、太鼓をたたき、笛を吹いてにぎやかにお祭りをする。蚕や牛馬の祭日とする風習があり、またその年の豊作を予祝する意味の祭りのところもある。
　さまざま多様な願いをこめて祭られるが、出世開運の神としても人気がある。都会ではデパートなど屋上に必ずといってよいほど朱塗の祠が安置されている。

初午や日向に稚魚のあすか山　　手塚美佐

　飛鳥山は東京北区のJR京浜東北線王子駅の西側にある。急な崖の小高い丘をなし、頂上は公園になり桜の名所。ふもとの一角にはかつて岸田稚魚が住んでいて、親交のある俳人だった。電車が王子駅のあたりを通過するとき、気にとめて見るのが飛鳥山。折りしも初午には天気がよくて、車窓から日なたを眺めゆったりした気分になれたか。眼前の風景は一瞬だが思い出は悠然と雲のごとくだ。
　神奈川県生まれ。石川桂郎に師事しのち結婚、最期を看取る。岸田稚魚主宰「琅玕」に参加して、稚魚没後は主宰を継承。（一九三四〜）

初午に狐の剃《そ》りし頭かな　——芭蕉
初午や片岡ぬけてまた平地　——沾徳
初午や物種子売《ものだねうり》に日のあたる　——蕪村
初午や顔見せによる乳母が宿　——樗堂
初午や神主もする小百姓　——村上鬼城
初午や煮つめてうまき焼豆腐　——小沢碧童
初午や海近ければえびさざえ　——林原耒井
はつ午や煮しめてうまき焼豆腐　——久保田万太郎
初午の祠ともりぬ雨の中　——芥川龍之介
道はばむ黒牛と女童《めろ》午祭　——石原舟月
初午や農の香りのまるめ餅　——金子伊昔紅
綿菓子の人気は落ちず一の午　——佐野まもる
初午や吹き抜け露地の稲荷講　——村山古郷
初稲荷札貼り展望喫茶室　——加藤水万
初午の幟《のぼり》ぎいぎい鴉哭《な》く　——中嶋秀子
空港のビルの屋上午祭　——松井草一路

100
短冊　初午や日がな太鼓の将もなく　薫

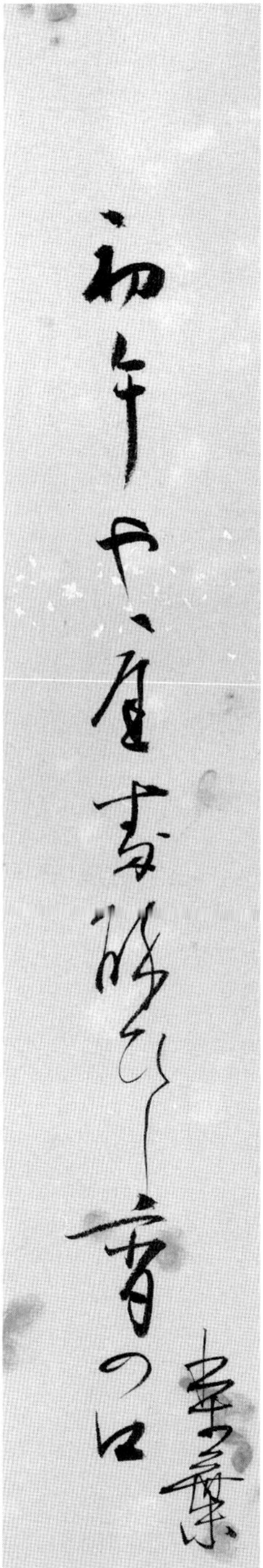

101
短冊　初午や庭番酔ひし宵の口　梨葉

100　小山内薫（一八八一〜一九二八）広島生。自由劇場・築地小劇場を主宰し、新劇運動の先駆者に。
101　上川井梨葉（一八八七〜一九四六）東京生。兄籾山梓月の後を受け俳書堂を経営し「俳諧雑誌」等を刊行。

雛祭《ひなまつり》

生活

雛・ひひな・雛遊び・雛飾・雛人形・雛の調度・雛道具・雛菓子・雛あられ・雛の燈・雛の客・雛の宴・雛の宿

三月三日の節句に、女児のある家では幸福と成長を祈って雛人形に種々の調度を添えて飾るのが雛祭である。桃の節句ともいう。

雛祭の前には雛や調度を売る市がたち、デパートにも特別の売場ができてにぎわう。江戸時代には紙雛を雛屏風に立てかける簡単なものだったが、次第に華美な内裏雛や立派な調度を飾るようになった。また雛段もだんだん高くなっていった。調度は武家の嫁入り道具を模しているという。

樋つたふ恋路のすずめ雛の昼　皆吉爽雨

雛祭は桃の節句、女児のための節句ともいわれる。地方によっては月遅れに行ない、風習もさまざま。家の内では雛飾りの前で、娘たちがはしゃいでいるのか。そんな表現は一語もないが、軒端のすずめが樋をつたって遊んでいる姿を〈恋路〉としたところが意味深長である。自然と人間との調和の美を作り出す俳句に特色。虚子のいう写生道をつらぬく。

福井市生まれ。大阪で俳句をはじめ、戦後は東京で「雪解」を創刊主宰した。(一九〇二〜八三)

裏山の日暮が見えて雛祭　齋藤愼爾

雛祭は男の子の端午と並んで女の子の幸福を祈る行事である。日の当たる華やかなうたげは楽しいが、その後の寂しさに一抹の不安を感じての作か。裏山といえば思い出す童謡がある。西条八十の「歌を忘れたカナリヤは後ろの山に捨てましょか」という歌詞だ。まして日暮れの裏山は怖い。愛玩の雛人形もカナリヤもいつ捨てられないとも限らない運命にある。八十の童謡は明治期の学校唱歌の欺瞞に対して批判をこめている。掲出句も同様に、通俗のまやかしに迎合するものではない。

旧朝鮮京城生まれ。酒田市の日本海沖にある飛島に育ち、少年時代より俳句で頭角を現わす。編集者として今日の俳句隆盛に寄与。(一九三九〜)

草の戸も住み替はる世ぞ雛の家　――芭蕉

とぼし灯の用意や雛の台所　――千代女

うら店やたんすの上の雛祭　――几董

いき〳〵とほそ目かゞやく雛かな　――飯田蛇笏

わが知らぬ世を見給ひし雛のあり　——水原秋櫻子

肌白く褪せつゝ永久《とは》に二た雛　——中村草田男

飾られて眠らぬ雛となり給ふ　——五所平之助

琴ひいてまひるしづかに雛まつり　——長谷川素逝

東西に嫁して姉妹や雛飾る　——石　昌子

一引く目点うちし口紙ひひな　——下村梅子

箱書に父の筆あと雛納め　——水原春郎

雛の日に兎結びをおぼえけり　——加藤三七子

雛の日の雪降りしきる信濃川　——本宮哲郎

母の世の和紙に包みて雛納む　——藤木倶子

誰がためとなく飾り置く雛かな　——稲畑汀子

青空のひらと舞ひ込む雛祭　——岩淵喜代子

ひんやりと人の影ゆく雛の家　——酒井弘司

七段の火宅の雛飾りけり　——辻　桃子

102
幅　海幸山幸けふぞうまごの雛の日　亜浪

102
臼田亜浪（一八七九〜一九五一）長野生。「石楠」主宰。一句一章説を唱えた。

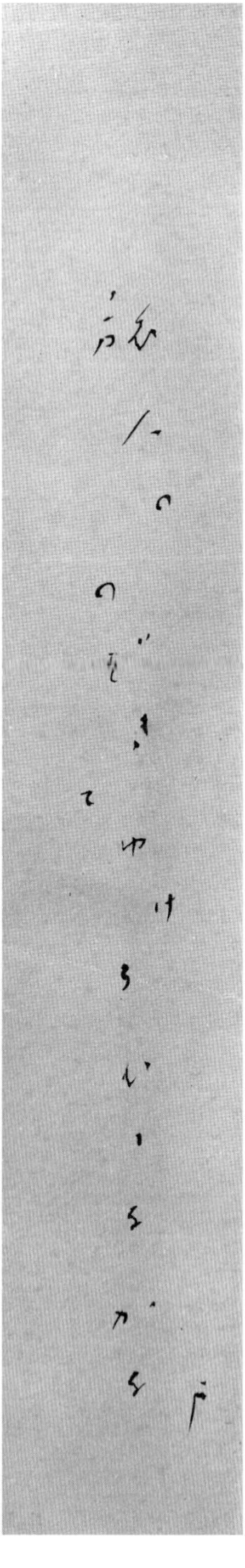

103 短冊 旅人ののぞきてゆけるひゝなかな 万

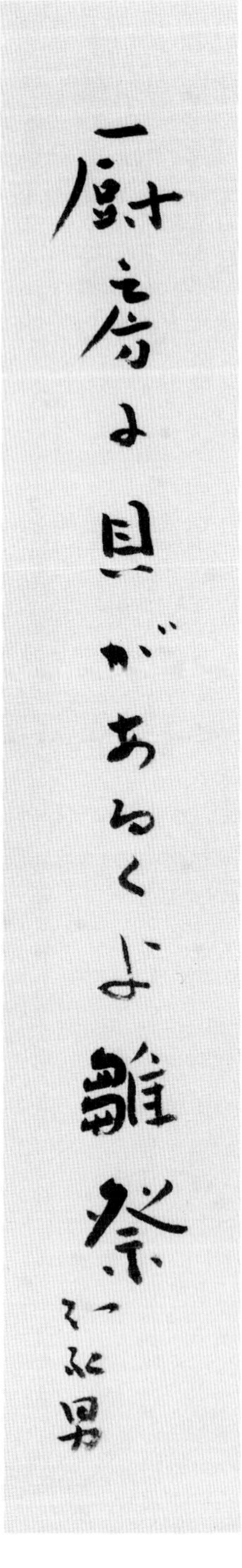

104 短冊 厨房に貝があるくよ雛祭 不死男

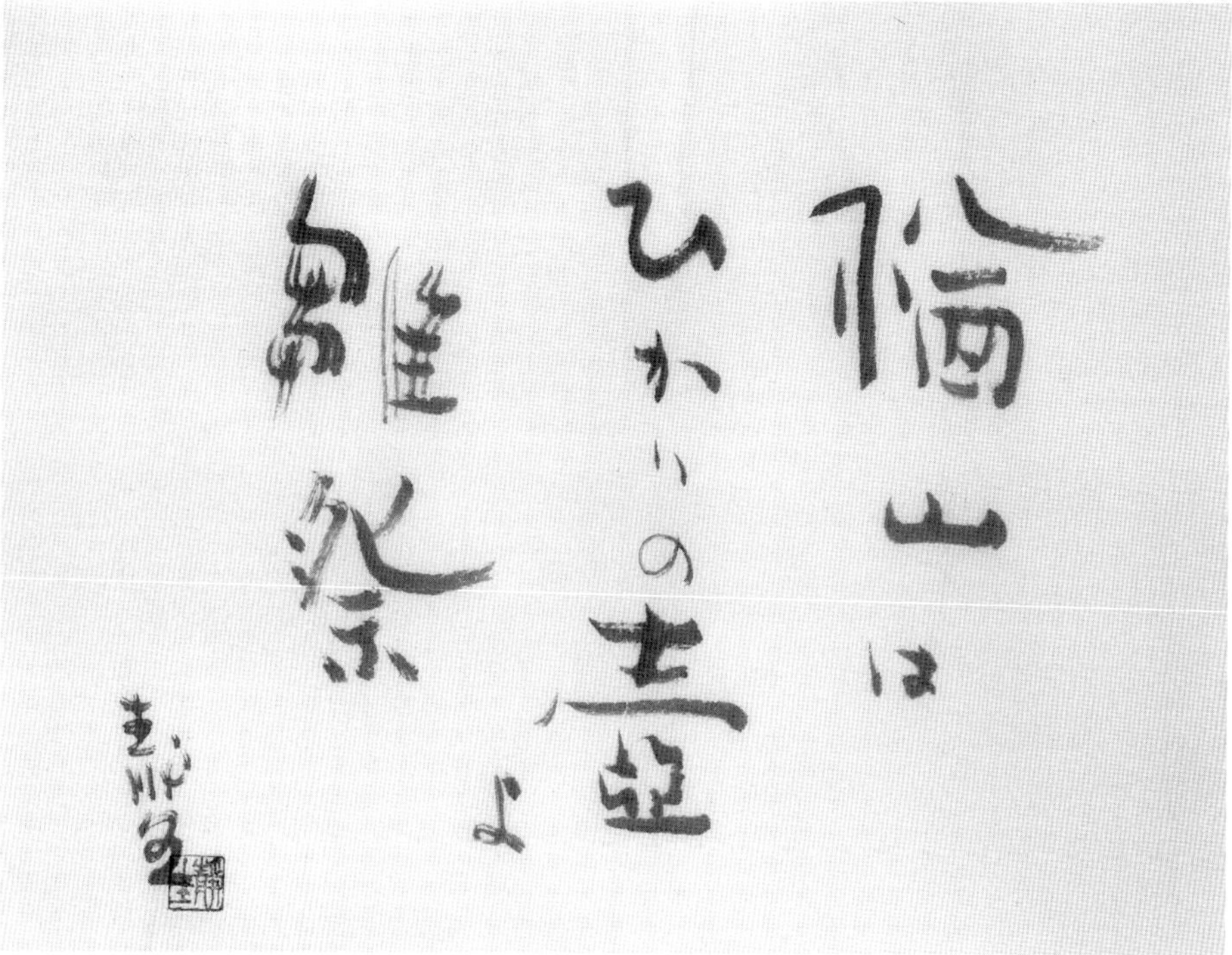

105
幅
楢山は
ひかりの壺よ
雛祭
静生

103 久保田万太郎（一八八九〜一九六三）東京生。小説家・劇作家・俳人。俳号傘雨。下町の人間風物を活写。
104 秋元不死男（一九〇一〜七七）横浜生。「氷海」主宰。新興俳句運動に参加し即物的表現を主張。
105 宮坂静生（一九三七〜）長野生。藤岡筑邨・富安風生に師事。「岳」創刊主宰。

106 幅 燭揺れて瞬きやまぬ雛の目 澄江

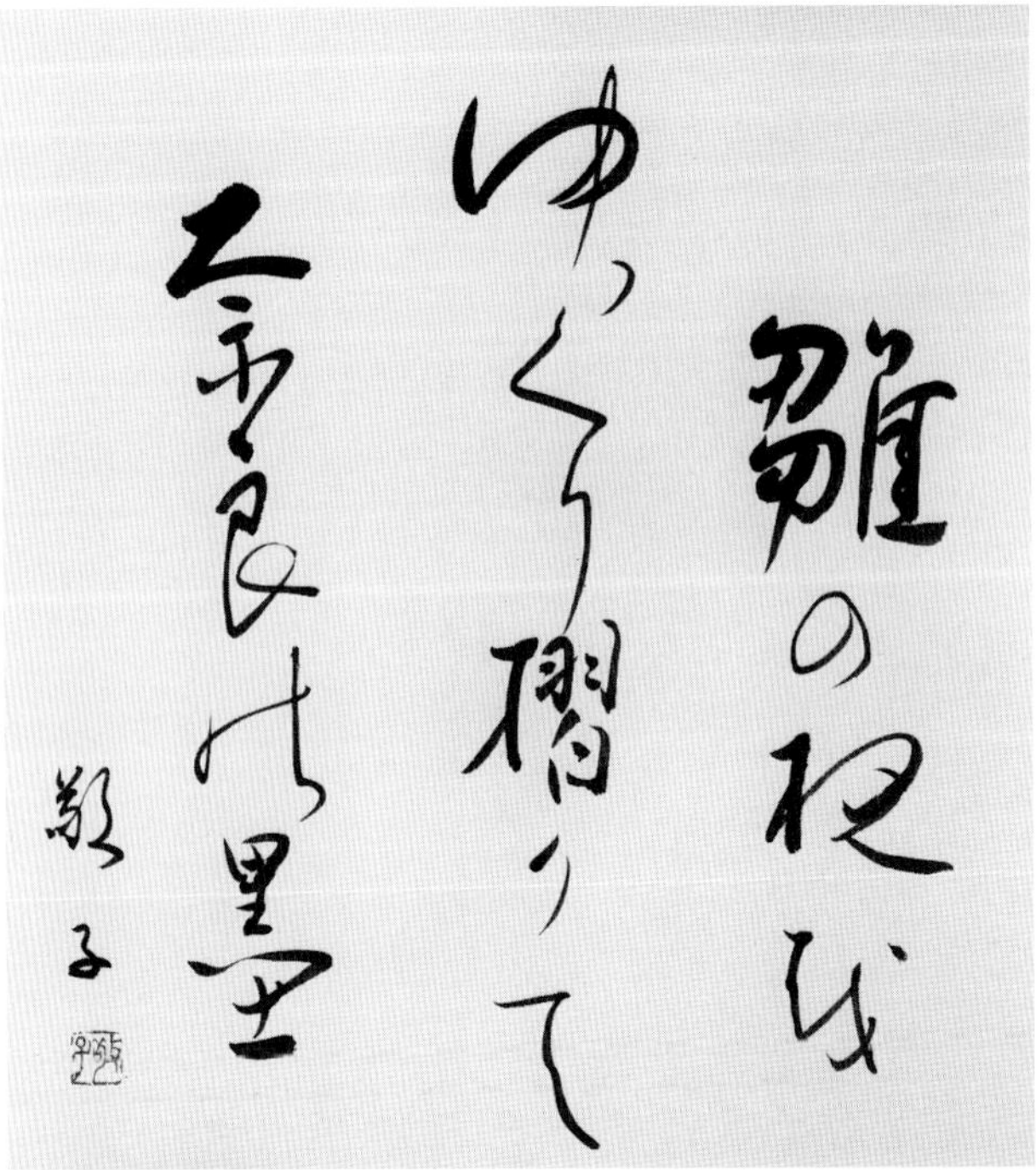

107 色紙
雛の夜を
ゆっくり摺りて
奈良の墨
敬子

106 松本澄江（一九二一〜）東京生。師系高浜虚子・富安風生・遠藤梧逸。「風の道」主宰。

107 伊藤敬子（一九三五〜）愛知生。加藤かけいに師事し、のち「笹」創刊主宰。

108 赤松蕙子（一九三一〜）広島生。皆吉爽雨に師事し「雪解」同人。

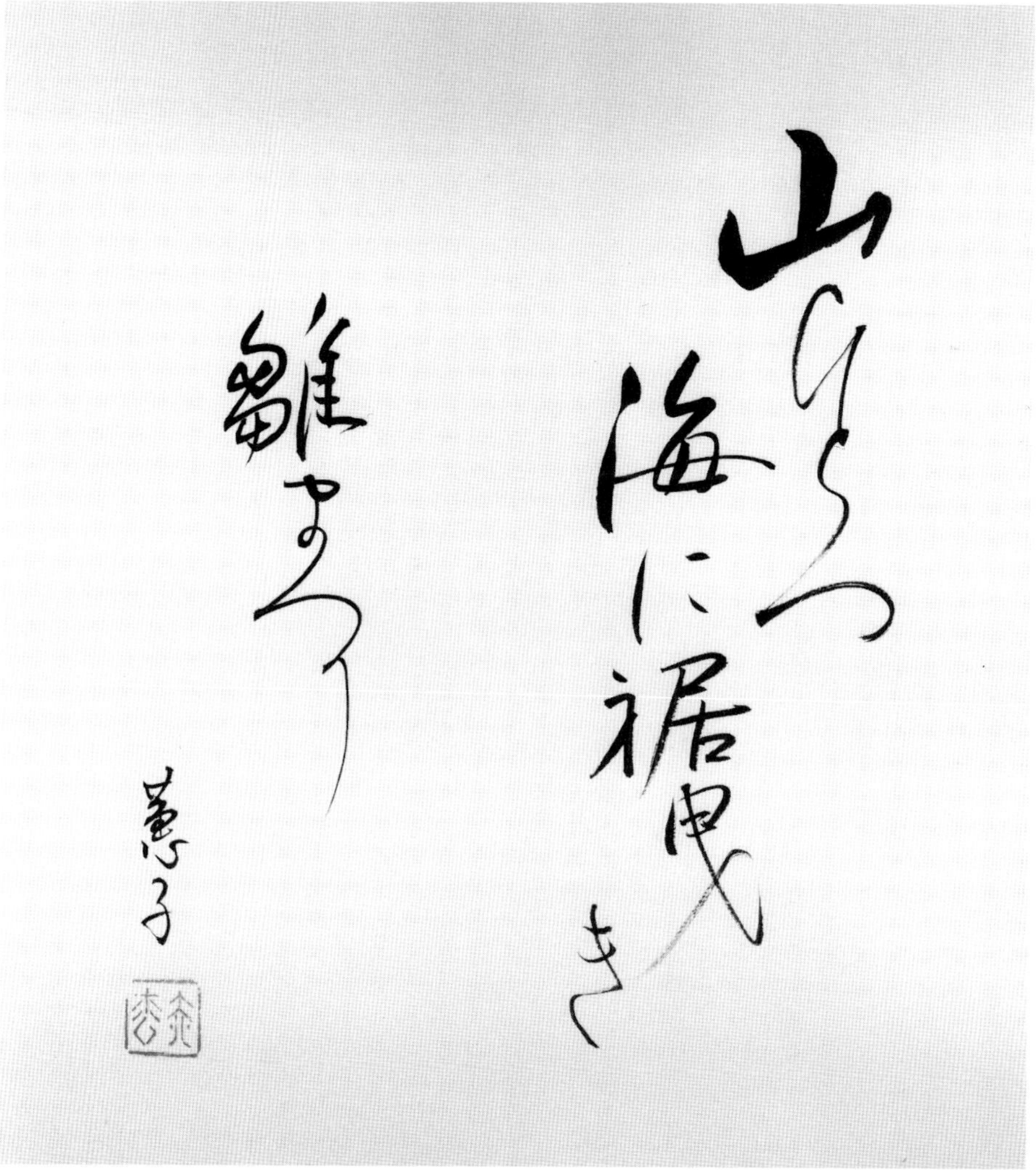

108
色紙
山ひとつ
海に裾曳き
雛まつり
蕙子

109 短冊 雛の夜とっても光る星見つけ あや

110 短冊 裏山の日暮が見えて雛祭 愼爾

109 菖蒲あや（一九二四〜）東京生。富安風生・岸風三楼に師事。「春嶺」継承主宰。
110 齋藤愼爾（一九三九〜）旧朝鮮京城生。編集者・作家・俳人。「氷壁」「氷海」を経て無所属。

涅槃会《ねはんえ》

涅槃・仏忌・寝釈迦・餅花煎《もちはないり》・釈迦の鼻糞・瘠せ馬

生活

釈迦入滅の忌日に行う法会が涅槃会である。釈迦は陰暦二月十五日に入滅したとされ、各地の寺では釈尊涅槃画像を掲げて遺経典を読誦し、報恩供養の法会を行なった。
釈迦は沙羅双樹のもとで、頭北面西して臥し入滅した。それを弟子たちや鳥獣、鬼畜らが見守って悲しみ、沙羅双樹の葉は白変したという。涅槃像はそのさまを描いたもので、俗に寝釈迦と呼ぶ。

知れぬ世や釈迦の死跡にかねがある　——西鶴
ねはん像銭見ておはす貌もあり　——一茶
酩酊に似たり涅槃にひた嘆き　——山口誓子
まんなかにごろりとおはす寝釈迦かな　——日野草城
死慾も生くるあかしや涅槃婆　——八幡城太郎
涅槃図を見て来し吾も横たへる　——杉山岳陽

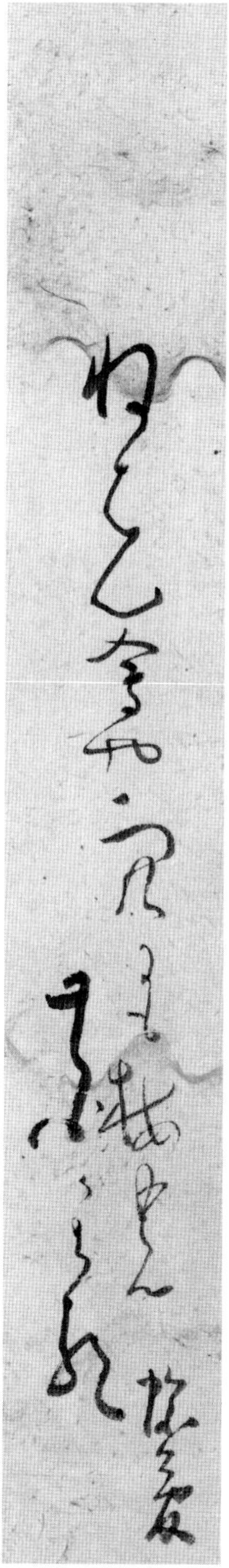

111 短冊　ねはん会や空にも梅のはながちる　蝶夢

111 酔花堂蝶夢（一七三一～九五）江戸中期、京都の僧侶にして俳人。蕉風復興に尽力する。

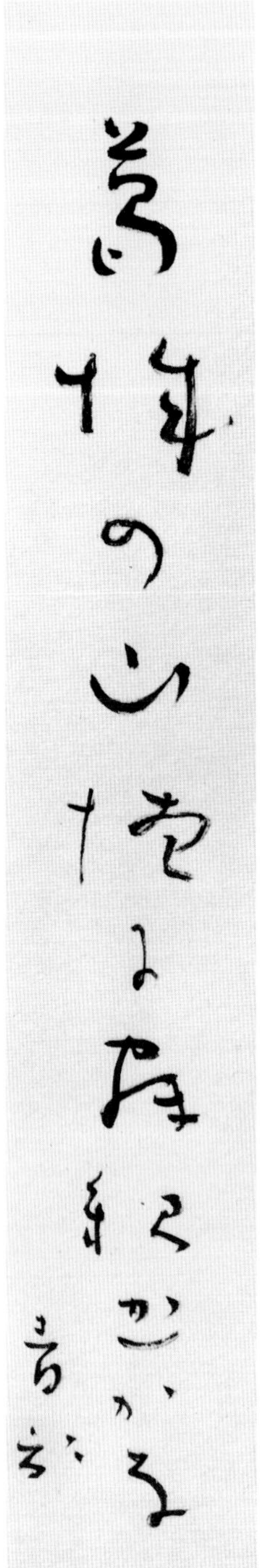

112
短冊　葛城の山懐に寝釈迦かな　青畝

113
短冊　日のさして今おろかなる寝釈迦哉　耕衣

112　阿波野青畝（一八九九～一九九二）奈良生。ホトトギス派四S時代の一角。「かつらぎ」創刊主宰。
113　永田耕衣（一九〇〇～九七）兵庫生。多くの俳誌に参加して、独自な境地を開く。のち「琴（リラ）座」創刊主宰。

遍路《へんろ》

善根宿《ぜんこんやど》・四国巡り・一国巡り・島四国

生活

空海の修行の遺跡である四国の霊場札所を巡拝するのが遍路であり、その人も遍路という。仏典の『大日経』を図化した曼荼羅を四国の地形に当てはめたもので、いわゆる仏国土を歩くといった様相である。その心は如実知自身すなわち自分自身をそのまま知るための旅で、同行二人は弘法大師（空海）が常に見守ってくださるという信仰の言葉。菜の花の咲くころになると、八十八ヵ所の札所を巡るお遍路さんが多くなる。

　　は、そはの母と歩むや遍路来る　　中村草田男

昭和十年、松山に帰郷したときの作。ははそは楢《なら》や櫟《くぬぎ》類の総称だが、語頭の二音が同音なので「ははそ葉の」は母にかかる枕詞となった。斎藤茂吉には「星のゐる夜ぞらのもとに赤赤とははそはの母は燃えゆきにけり」という歌がある。これを念頭に、老いても健在な母と連れ立って歩く幸せを詠んだ一句だ。向こうから来るのは、弘法大師を信じる同行二人のお遍路さんという風土性の妙を詠む。

清国（中国）の日本領事館で生まれ、伊予松山で育つ。思想詩としての俳句を追求して「萬緑」を創刊主宰。（一九〇一～八三）

道のべに阿波の遍路の墓あはれ　――高浜虚子
先達は石の仏や遍路みち　――中野三允
遍路となれば伊豫の柳の青さなり　――荻原井泉水
朝がきれいで鈴を振るお遍路さん　――尾崎放哉
子遍路が乗れば金毘羅舟ゆるゝ　――萩原麦草
遍路老ゆ歩々におのれを落し来て　――佐野まもる
お遍路や杖を大師とたのみつつ　――森　白象
中二階くだりて炊ぐ遍路かな　――芝不器男
病遍路大師と共に歩きをり　――山口波津女
白遍路番外終へて一切終ふ　――加倉井秋を
かなしみはしんじつ白し夕遍路　――野見山朱鳥
お遍路のあへてこごしき道をとり　――上崎暮潮
遍路笠柩《ひつぎ》とおもえ脱ぎ置くとき　――相原左義長
明日雨の夕映ながき遍路みち　――岡本　眸
紅《くれなゐ》の櫛《くし》ふところに阿波遍路　――有馬朗人
衆にして孤りなりける白遍路　――杉本雷造

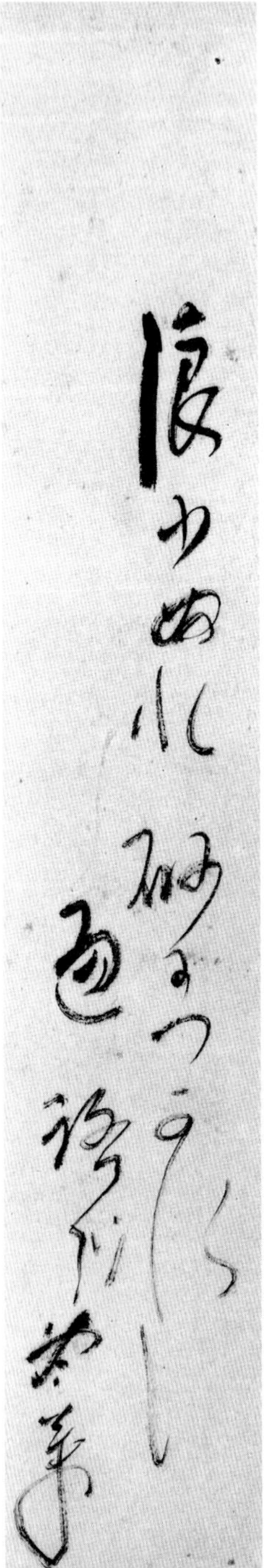

114
短冊　浪にぬれ砂につかれし遍路哉　如萬

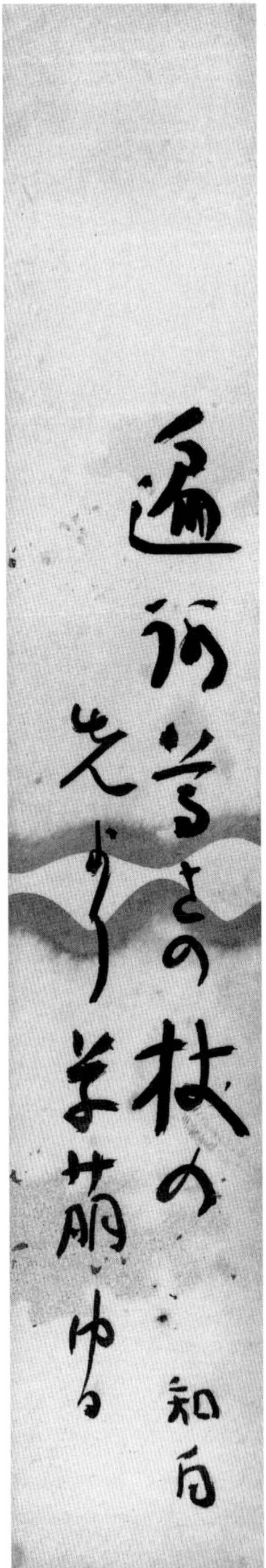

115
短冊　遍路尊さの杖の先より草萌ゆる　知白

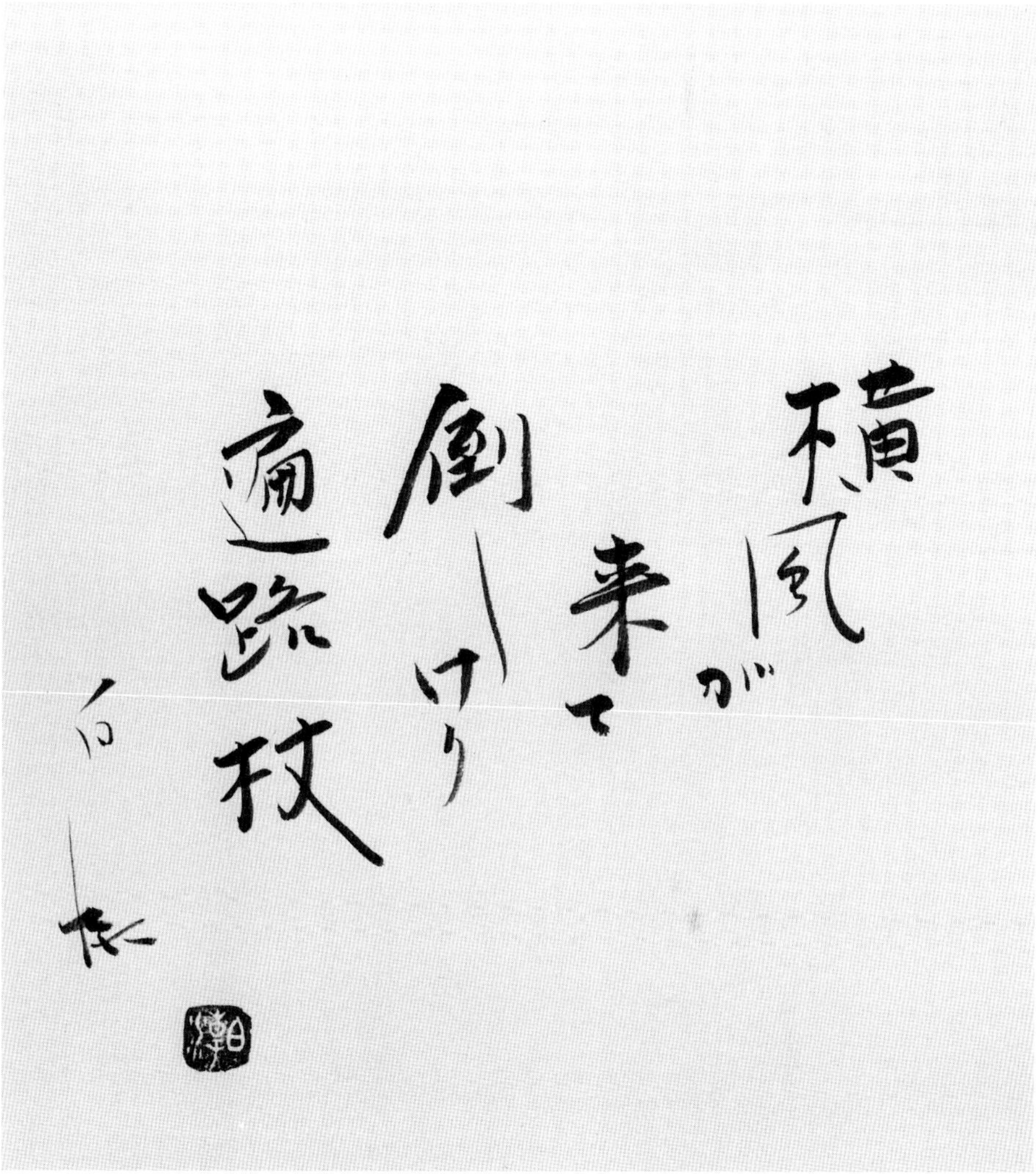

116
色紙
横風が
来て倒しけり
遍路杖
白潮

114 如萬　伝未詳。近代の俳人。
115 斉藤知白（一八七一～一九三三）会津若松生。「新緑」同人。秋声会から日本派に転じ子規に師事。
116 伊藤白潮（一九二六～）千葉生。田中牛次郎に師事し、のち「鴫」復刊主宰。

仏《ぶっ》生《しょう》会《え》

灌仏会《かんぶつえ》・降誕会・浴仏会・花祭・花御・甘茶堂

生活

釈尊の誕生日とされる四月八日に、それを祝して寺々で行なう法会を仏生会または灌仏会という。花で飾った小さい花御堂を作り、水盤に釈尊の誕生仏を安置。参詣者は小柄杓《こびしゃく》で甘茶を釈尊像の頭上にそそぎ、また持ち帰って飲むのだ。
釈尊像は天上天下唯我独尊を呼号したという右手を高く上げたかわいいものだ。花祭とも呼び子供たちに親しまれ、大人にとっても懐かしい行事である。

灌仏や皺手あはする数珠の音　――芭蕉
灌仏や桐咲くそらに母夫人　――泉　鏡花
山高く登りて小さき甘茶仏　――松村蒼石
ぬかづけばわれも善女や仏生会　――杉田久女
仏母たりとも女人は悲し灌仏会　――橋本多佳子
仏生会くぬぎは花を懸けつらね　――石田波郷

117 短冊　土を擦る孔雀の尾羽や仏生会　和子

117 向笠和子（一九二四〜）埼玉生。殿村菟絲子に師事し、のち「繪硝子」同人。

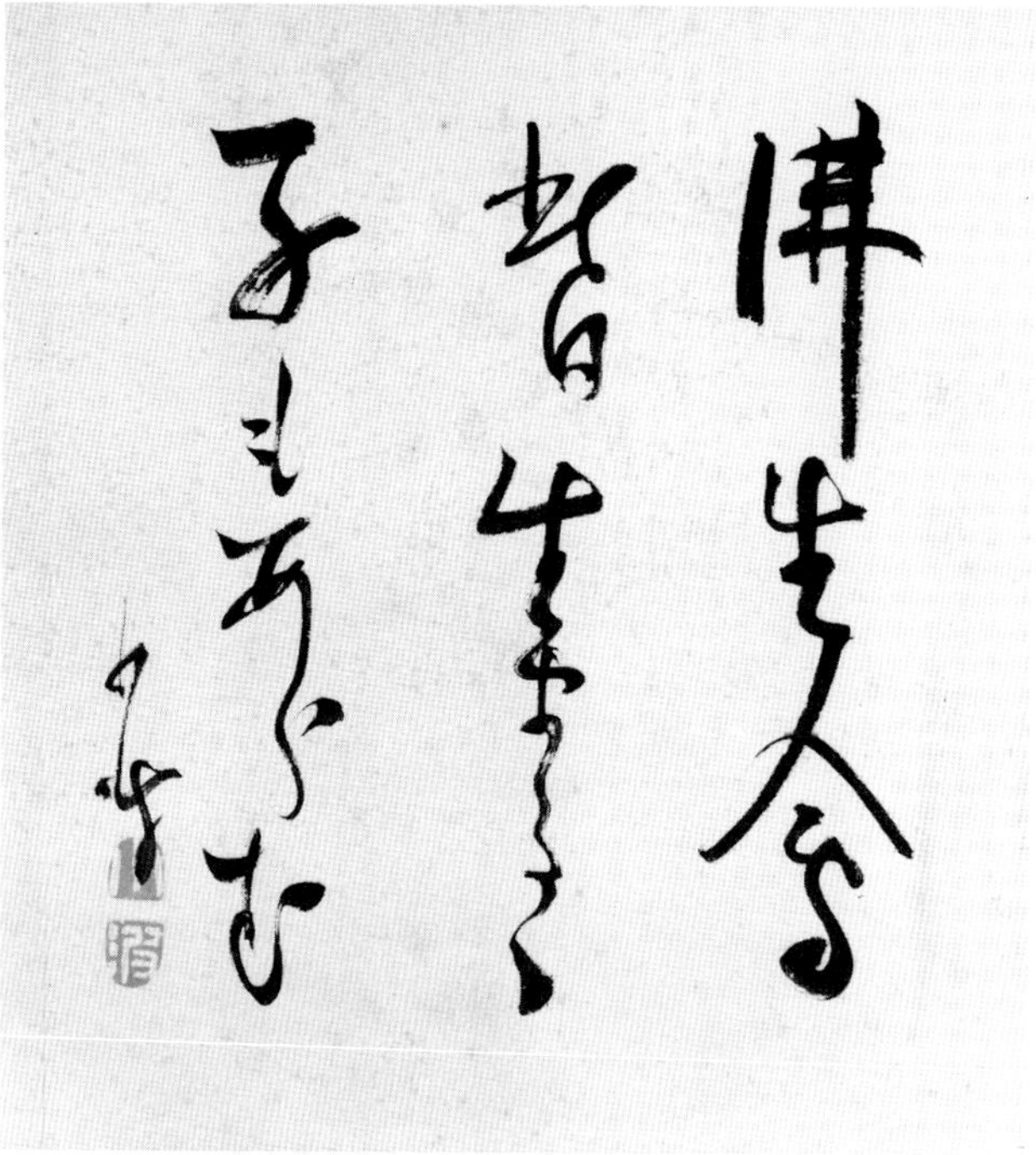

118
帖（部分）　仏生会此日生まるゝ子もあらむ　小波

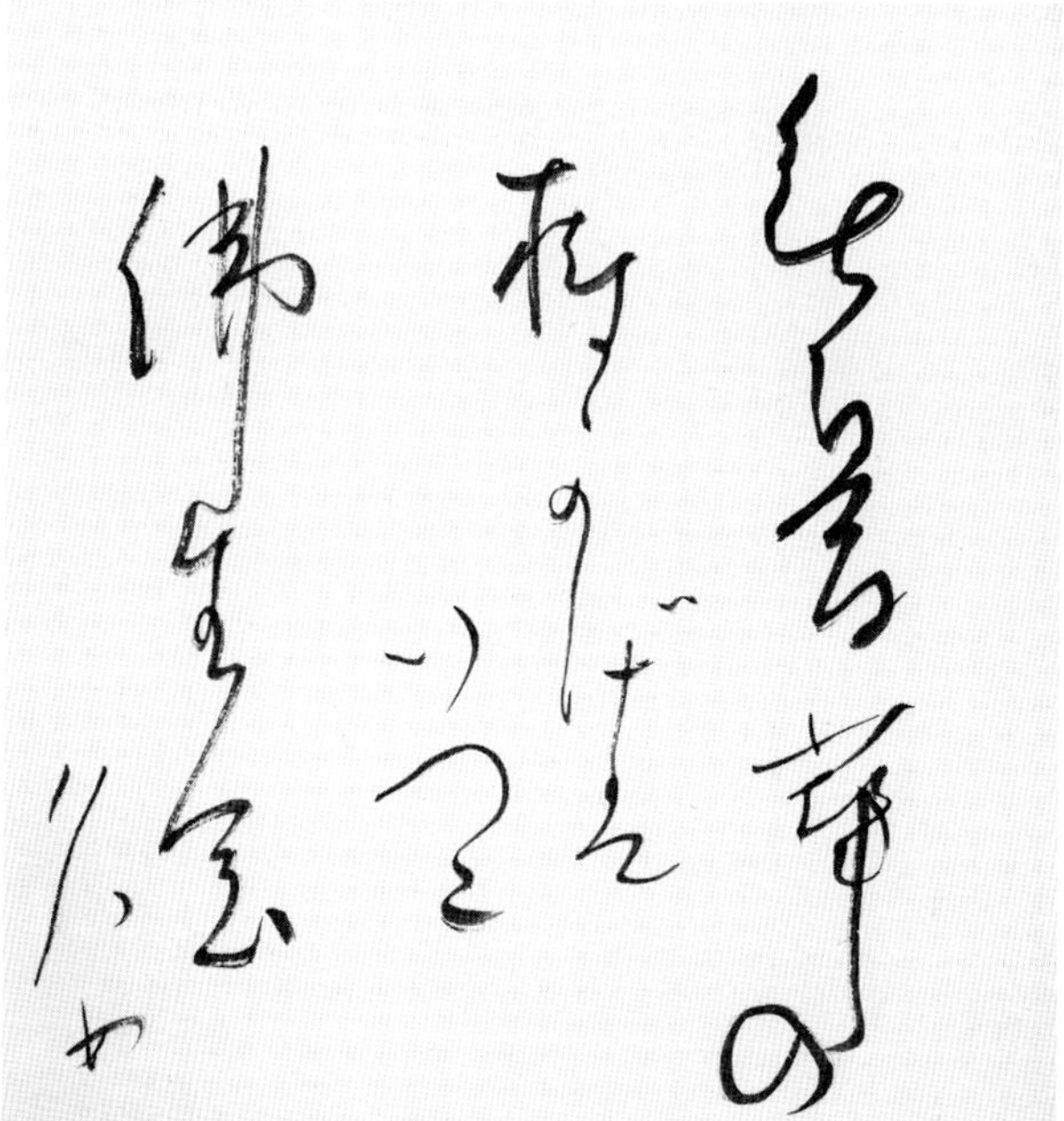

119
色紙　無憂華の樹かげはいづこ仏生会　久女

118　巌谷小波（一八七〇～一九三三）東京生。小説家・童話作家。児童文学草創期の第一人者。
119　杉田久女（一八九〇～一九四六）鹿児島生。高浜虚子に師事し「ホトトギス」同人。情熱的・強烈な個性を句に発揮した。

西《さい》行《ぎょう》忌《き》

円位忌・山家忌

生活

陰暦二月十五日は西行忌。漂泊の歌人西行を慕う人々は宗祇、芭蕉などと多く、それらの人々による系譜がまた一つの文学史ともなっている。西行の歌で有名なのは「願はくは花の下にて春死なむそのきさらぎの望月のころ」である。彼が死にたいと願ったきさらぎの望月は釈尊入滅の涅槃の日。没したのは二月十六日だったが、歌にちなんで忌日は一日前に繰り上げている。粋なはからいだ。

西行忌その望の日を花ぐもり　——鳥酔
霞炷《た》く富士を香炉や西行忌　——素丸
ほしいまま旅したまひき西行忌　——石田波郷
花あれば西行の日とおもふべし　——角川源義
檜山出る屈強の月西行忌　——大峯あきら
雨ごとに山近づけり西行忌　——伊藤敬子

120 短冊　にぎやかに桜挿したり西行忌　青邨

120 山口青邨（一八九二〜一九八八）盛岡生。高浜虚子に師事。「夏草」主宰。写生文・随筆にも優れる。

121
色紙
はみ出して
ゐてもわが道
西行忌
羊村

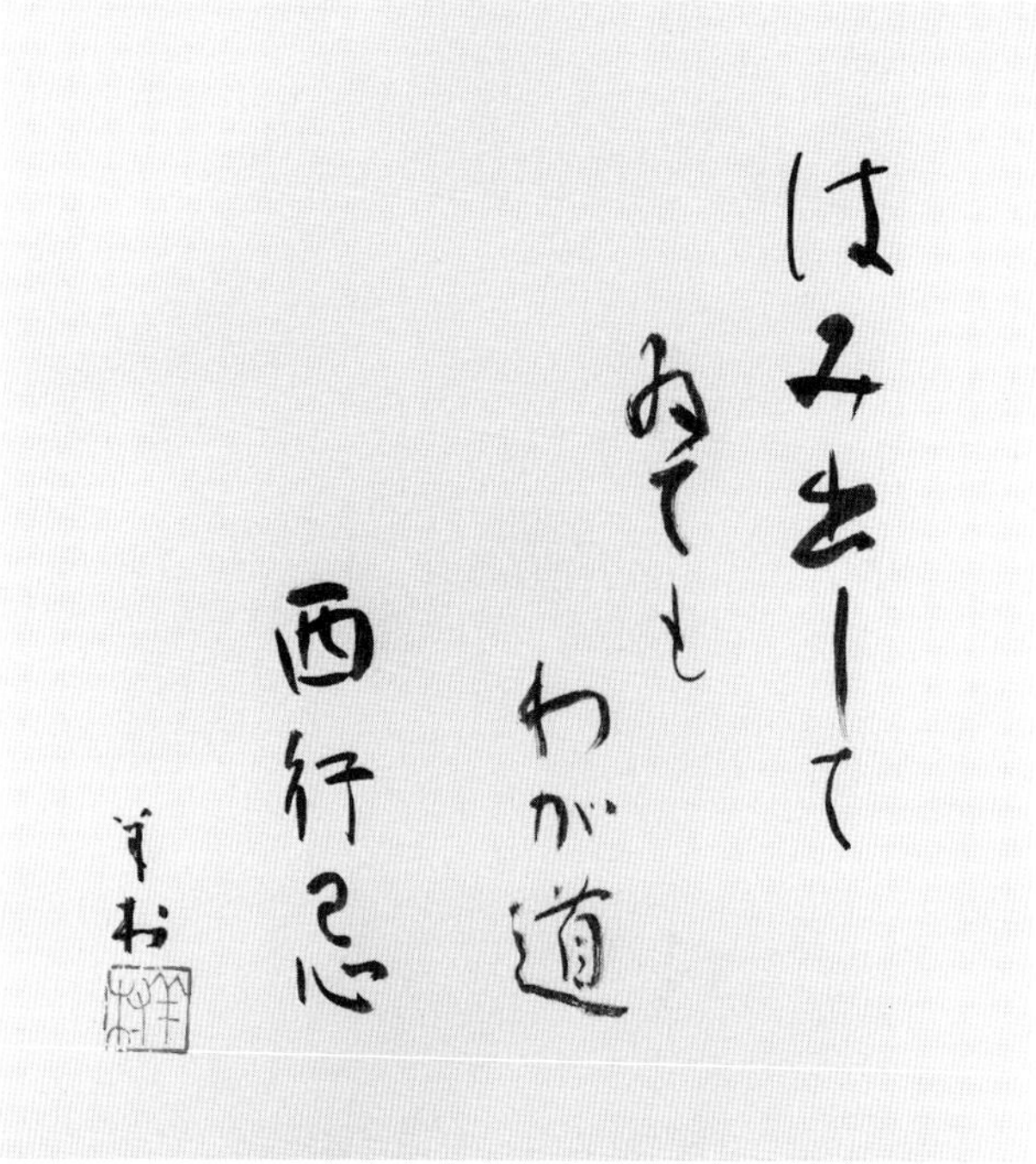

122
色紙　わが生に転びのいくつ西行忌　彰志

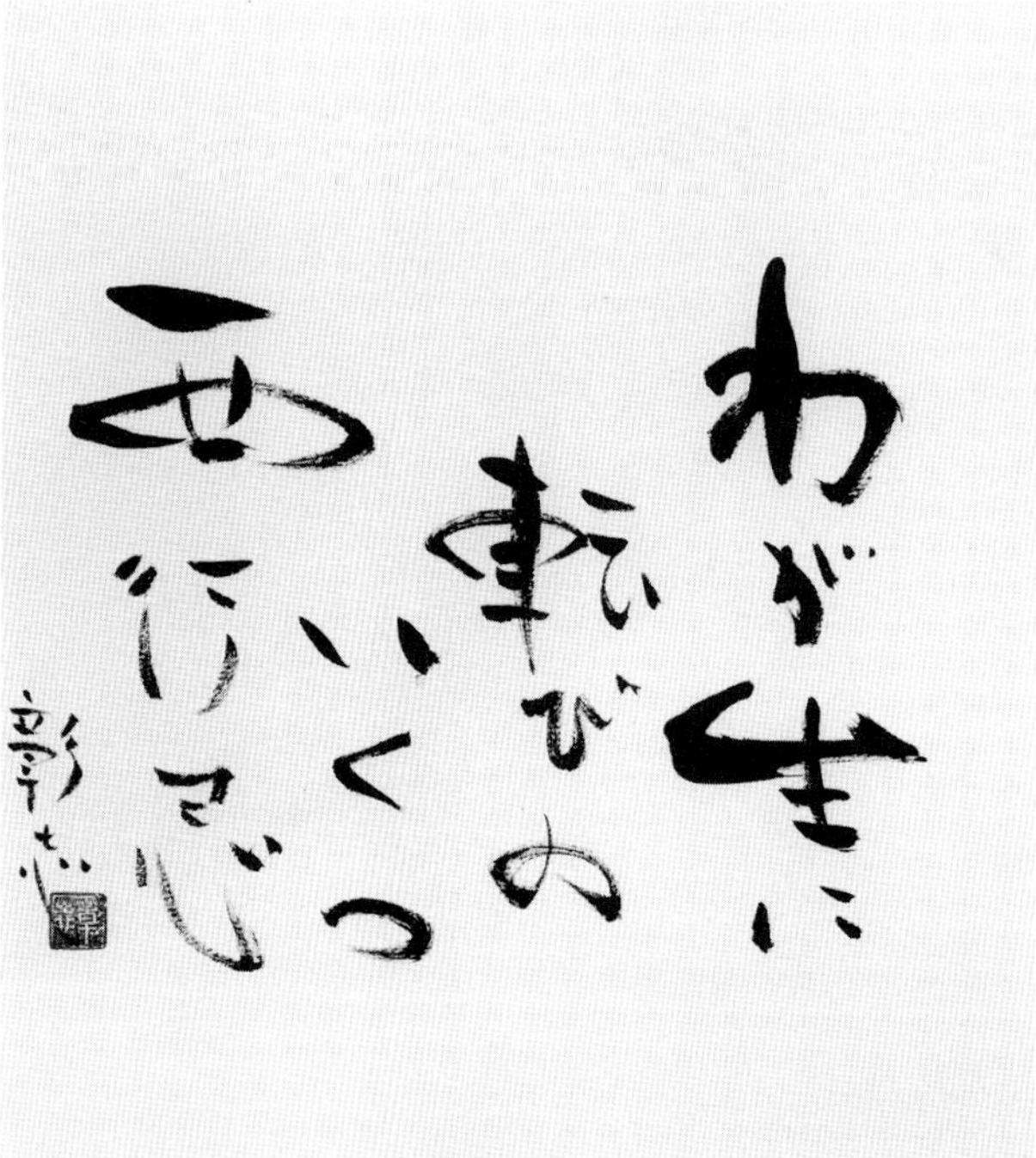

121 倉橋羊村（一九三一〜）横浜生。師系水原秋櫻子。「鷹」編集長を経て「波」継承主宰。

122 木内彰志（一九三五〜）千葉生。師系秋元不死男・鷹羽狩行。「海原」創刊主宰。

猫《ねこ》の恋《こい》

恋猫・猫交《ねこさかる》・うかれ猫・猫の夫《つま》・猫の妻・春の猫・孕猫《はらみねこ》

動物

俳諧の題らしい滑稽な季語である。猫の交尾期にあることをいい、寒中から早春にかけての妻恋いはさかんなものだ。一匹の雌猫に数匹の雄が鳴き寄り、赤ん坊の泣くような甘えた声を出す。そしていく日も家を留守にして浮かれ歩く。

江戸天明期の『華実年浪草』という歳時記には「猫、春は牡《おす》、牝《めす》を喚《よ》び、秋は牝、牡を喚びて乳《つる》む。大抵春秋二度子を産む」とある。春と秋では猫の恋も異なる様相なのだという。

鳴く声にフラットつきし恋の猫　山田裕美

春の猫は盛りが付いて、仲間を恋い慕う。雌猫はニャーニャー鳴き、雄猫たちはこれにこたえて赤ん坊の泣くような声を出して求愛する。傍若無人は当たらないが、〈猫の恋〉とは俳句ならではの季語であろう。雌猫に一番にもてようとして、雄猫たちが鳴き寄るのを、音楽の五線記譜法に当てはめて聴くのがおもしろい。フラットは音を半音低めるときに用いる変化記号。恋の猫をミュージカル風に楽しんでの作。

愛知県生まれ。「諷詠」同人。（一九六二〜）

猫の恋止むとき閨の朧月　——芭蕉

うらやまし思ひきる時猫の恋　——越人

声たてぬ時が別れぞ猫の恋　——千代女

恋猫の眼ばかりに痩せにけり　——夏目漱石

色町や真昼しづかに猫の恋　——永井荷風

たまきはるいのちの声や猫の恋　——宮部寸七翁

恋猫とはやなりにけり鈴に泥　——阿波野青畝

恋猫のかへる野の星沼の星　——橋本多佳子

恋猫の恋する猫で押し通す　——永田耕衣

猫の恋声まねをれば切なくなる　——加藤楸邨

恋猫と屋根同じうし嵯峨泊り　——能村登四郎

愚連隊恋猫蹴らんとして転ぶ　——金子兜太

過去一切抹殺猫の恋はじまる　——藤田湘子

ランボーを五行とびこす恋猫や　——寺山修司

日はけふの月はきのふの猫の恋　——藤村克明

借りて来し猫なり恋も付いて来し　——中原道夫

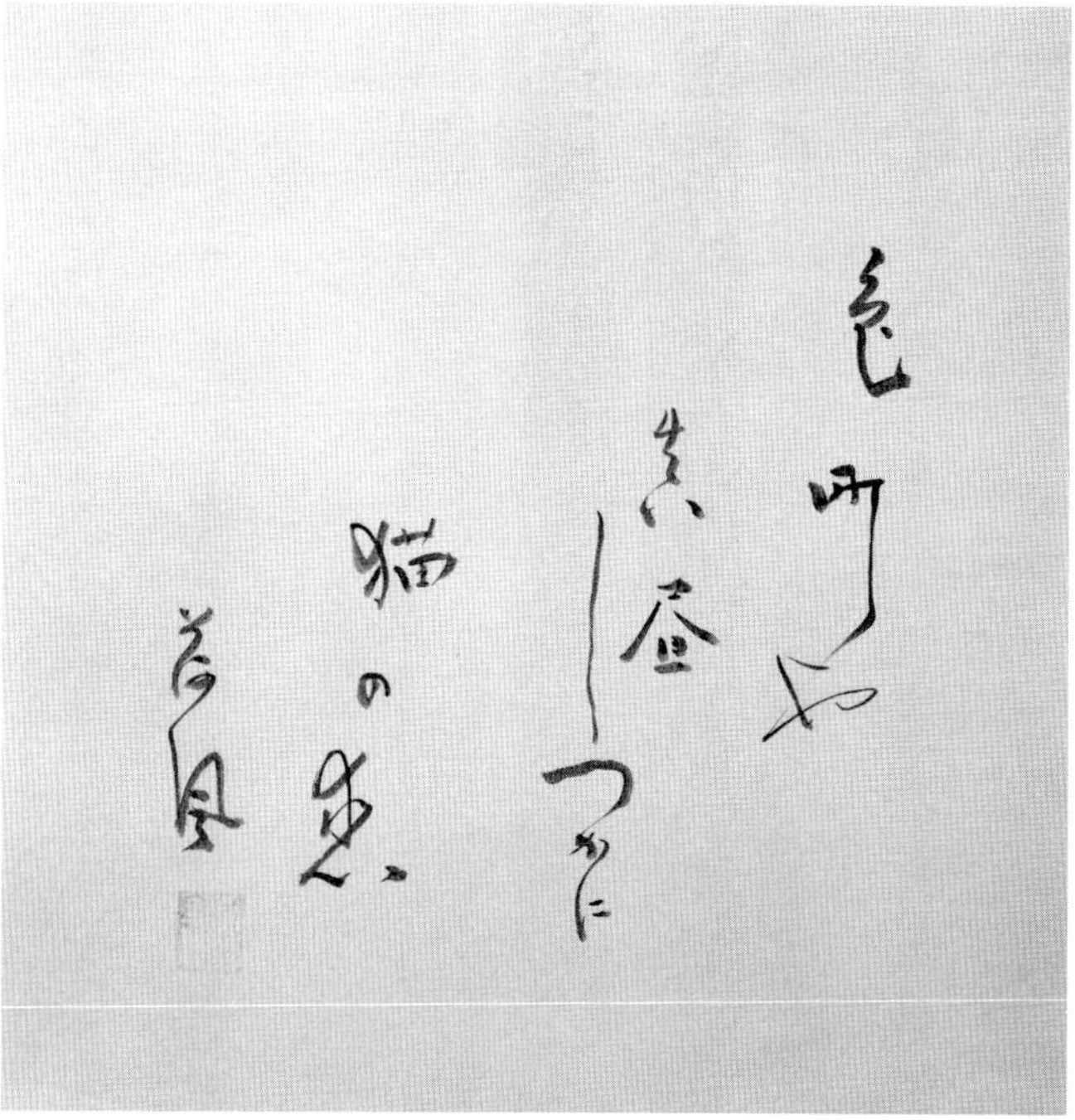

123
色紙
色町や
真昼しづかに
猫の恋
荷風

123 永井荷風（一八七九〜一九五九）東京生。小説家。耽美派の代表作家。「濹東綺譚」「断腸亭日乗」等。

124 宮脇白夜（一九二五〜）広島生。中村草田男に師事し「萬緑」同人、のち「方舟」主宰。

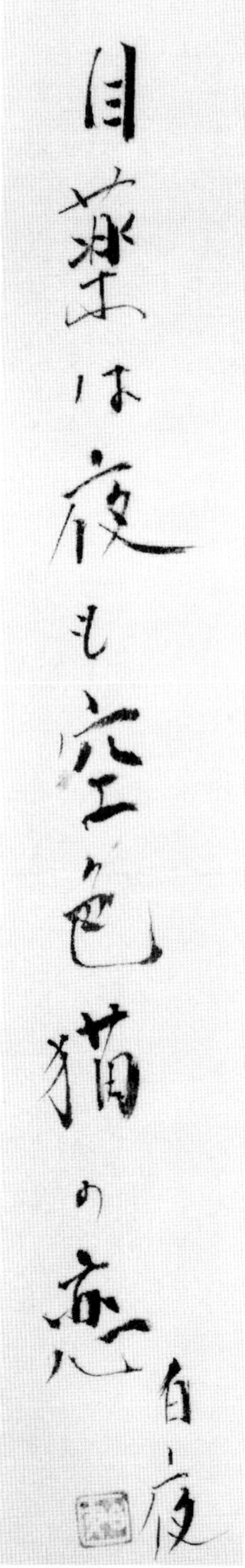

124
短冊　目薬は夜も空色猫の恋　白夜

亀《かめ》鳴《な》く

動物

古来、幾多の俳人が亀鳴く声を俳句に詠んできたことか。どんな声かと興味深いが、実際には鳴かないという。いわば空想的な季語でおどけたものだ。ロマンチックな興趣もそそる。
　鎌倉中期の歌人、藤原為家に「川越のをちの田中の夕闇に何ぞと聞けば亀のなくなる」という歌がある。これによっておこった季題だという。俳諧ならではのおかしみがあり、長く生命を保ってきた季語というのも愉快なことだ。

不覚にも美女と呼ばれし亀鳴きぬ　　鳴戸奈菜

　海から陸に上る亀は、異郷と人界とを結ぶものと信じられてきた。浦島太郎の伝説では助けた亀に導かれ、竜宮城の美女と結ばれる。けれど末路は不覚というべきで、ついに玉手箱を開けてしまう。掲出句は伝説ではない。現実に美女と呼ばれて一度は浮き立ったが、ものごとには表と裏がある。どんでん返しをくって、悔しい思いをしたという滑稽句。幻の声を季語とした〈亀鳴く〉が情緒をかもし出す。
　京城生まれ。永田耕衣に師事し「琴座」同人を経て同人誌「らん」発行人。（一九四三〜）

亀なくとたばかりならぬ月夜かな　——富田木歩
亀鳴くを鬱《ふさ》ぎの虫の聞き知れり　——相生垣瓜人
亀鳴くや独りとなれば意地も抜け　——鈴木真砂女
亀鳴くや事と違ひし志　——安住　敦
裏がへる亀思ふべし鳴けるなり　——石川桂郎
亀啼くや青春果てし手を洗ふ　——小林康治
わーあっと八十耳を澄ませば亀が鳴く　——宮部鱒太
亀鳴くや母を愛する齢にて　——岸田稚魚
亀鳴くといへるこころをのぞきゐる　——森　澄雄
ほどほどに励めと亀の鳴くゆふべ　——古賀まり子
亀鳴くや齢の数より嘘の数　——石田小坡
真実はうつくしからず亀鳴けり　——坂本謙二
千年に一度の亀の鳴くを待つ　——原田　喬
亀鳴くとすれば夕べの鐘のあと　——黛　執
人生のうしろの方で亀鳴けり　——山崎　聰
百度石亀は鳴くとも鳴かぬとも　——渡辺恭子

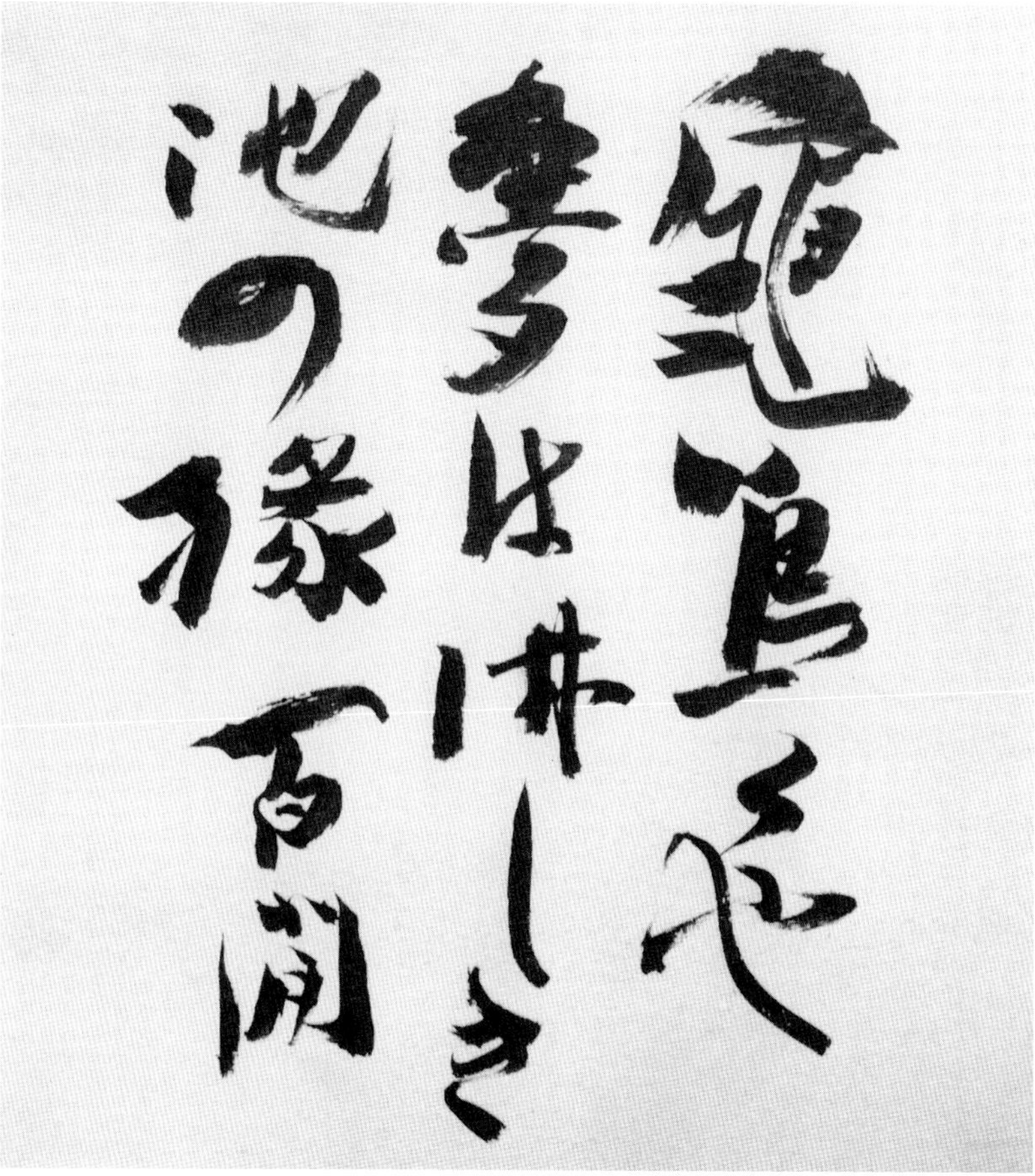

125 色紙
亀鳴くや
夢は淋しき
池の縁
百閒

125 内田百閒（一八八九～一九七一）岡山生。小説家・随筆家。「百鬼園随筆」等諧謔味に富む随筆で著名。

蛙《かわず》

蛙《かえる》・殿様蛙・赤蛙・土蛙・初蛙・遠蛙・昼蛙・夕蛙・蛙合戦

古来、人間生活に近い存在で、水田や池、沼などにすみ種類も多い。冬眠から覚めると地上に現われて鳴きはじめる。はじめは弱々しいが暖かくなるにつれ、雄が雌を呼び立てる鳴き声は情熱的でそうぞうしい。あちこちから一斉に鳴くのを聞くと、まさに蛙合戦の様相である。

蛙が出盛るのは夏だが、初蛙をもって春の季とする。蝶や燕も同様で、出初めの時期を賞翫する気持ちからという。

月の出の夜毎《ごと》おくるる蛙かな　大峯あきら

〈蛙〉はふつうカエルと読む。冬眠していたのが二月ころから出現し、春から夏へかけて夜ごと田んぼなどで鳴き立てる。こうした時節の推移は月の満ち欠けによっても明白で、満月がだんだん欠けてゆく降り月のころを詠んだ一句だ。すべては自然の摂理に合致するもので、ストイックに言葉で言い留めようとする。文化は生活に益するものだが、俳句はもっと本源的なものだけを素材にすべしとの立場である。

奈良県生まれ。高浜虚子に師事し「ホトトギス」若手の集い春菜会のメンバー。「晨」代表、大阪大学名誉教授。（一九二九〜）

田を売っていとど寝られぬ蛙かな　——北枝
およぐ時よるべなきさまの蛙かな　——蕪村
亭《ちん》の燈の水にうく時かはづかな　——蓼太
痩蛙まけるな一茶是にあり　——一茶
蛙鳴くやかたみ分から叔母は来ず　——増田龍雨
寄せ書の灯を吹く風や雨蛙　——渡辺水巴
山祭すみたる夜半のはつ蛙　——飯田蛇笏
ねばりひきでもあうかと田向うの初蛙　——長谷川かな女
人を信じ蛙の歌を聞きゐたり　——山口青邨
青蛙おのれもペンキ塗りたてか　——芥川龍之介
蛙の目越えて漣又さゞなみ　——川端茅舎
火星燃ゆ阿鼻叫喚の蛙らに　——相馬遷子
ひとつから声増やしゆく雨蛙　——岡本差知子
眠れぬ夜万の蛙の暗黒と　——鈴木六林男
初蛙鬼才と囃《はや》され死に急ぐ　——奈良文夫
遠蛙止《や》み遠蛙鳴きにけり　——倉田紘文

126
短冊　ふる池や蛙飛込水のおと　はせを

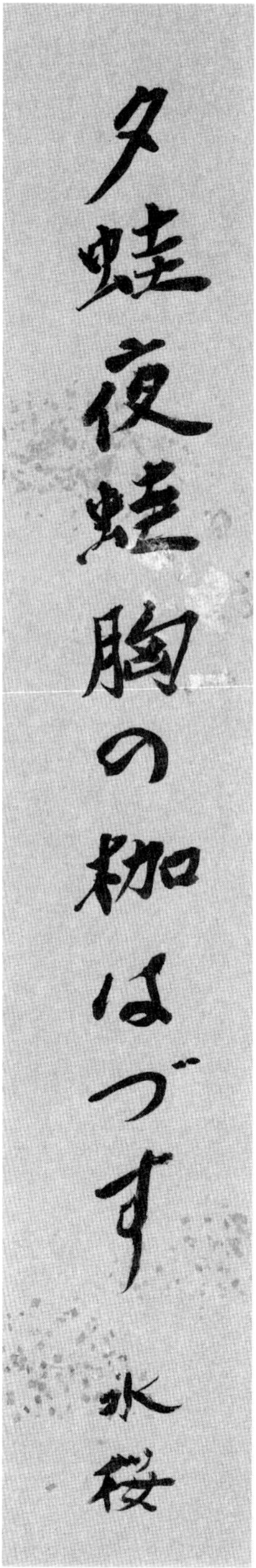

127
短冊　夕蛙夜蛙胸の枷《かせ》はづす　水桜

126 松尾芭蕉（一六四四～九四）江戸前期の俳人。伊賀の人。俳諧を革新大成した蕉風の祖。
127 田中水桜（一九二一～）東京生。松野自得に師事し、のち「さいかち」継承主宰。

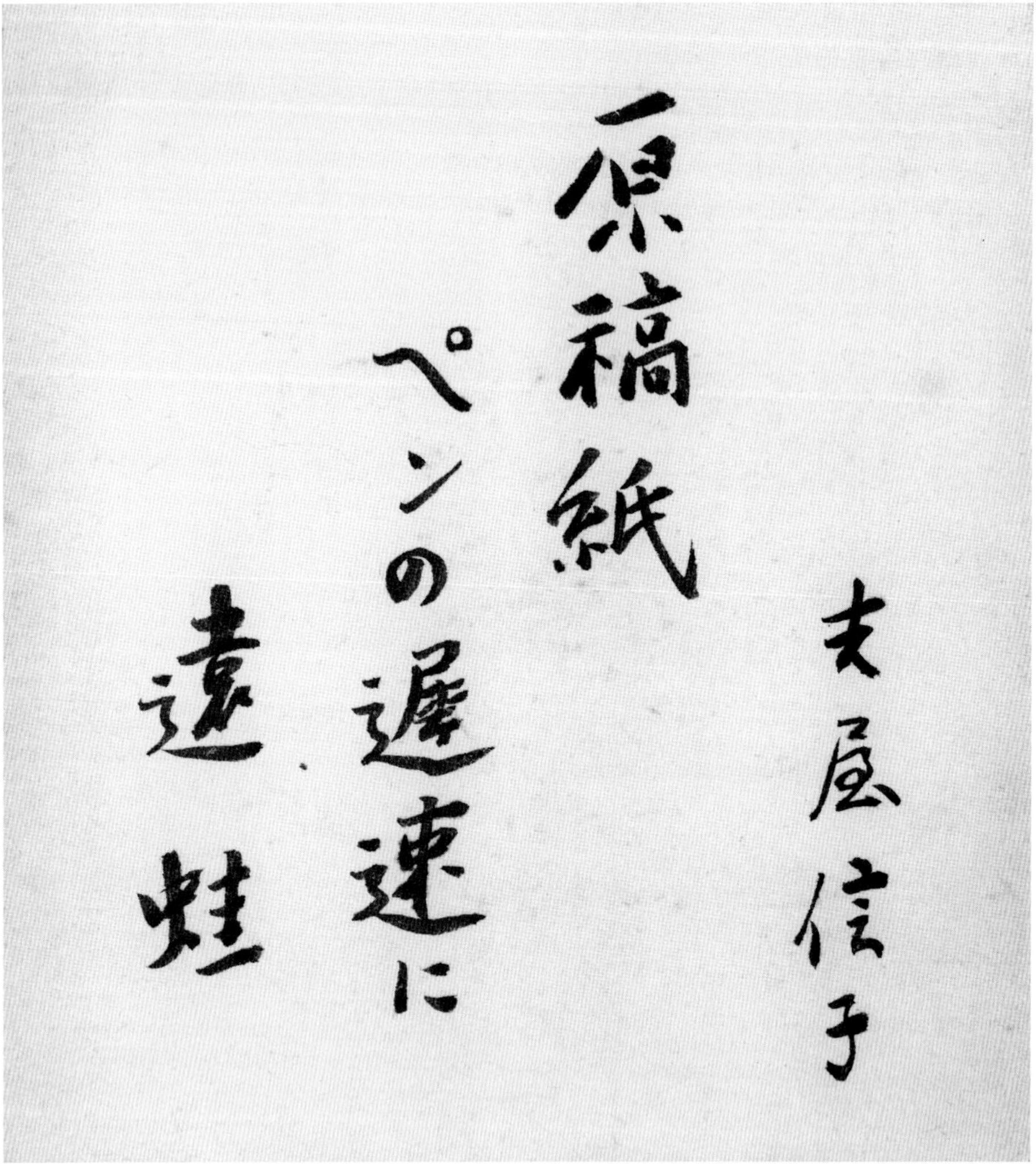

128
色紙
原稿紙
ペンの遅速に
遠蛙
信子

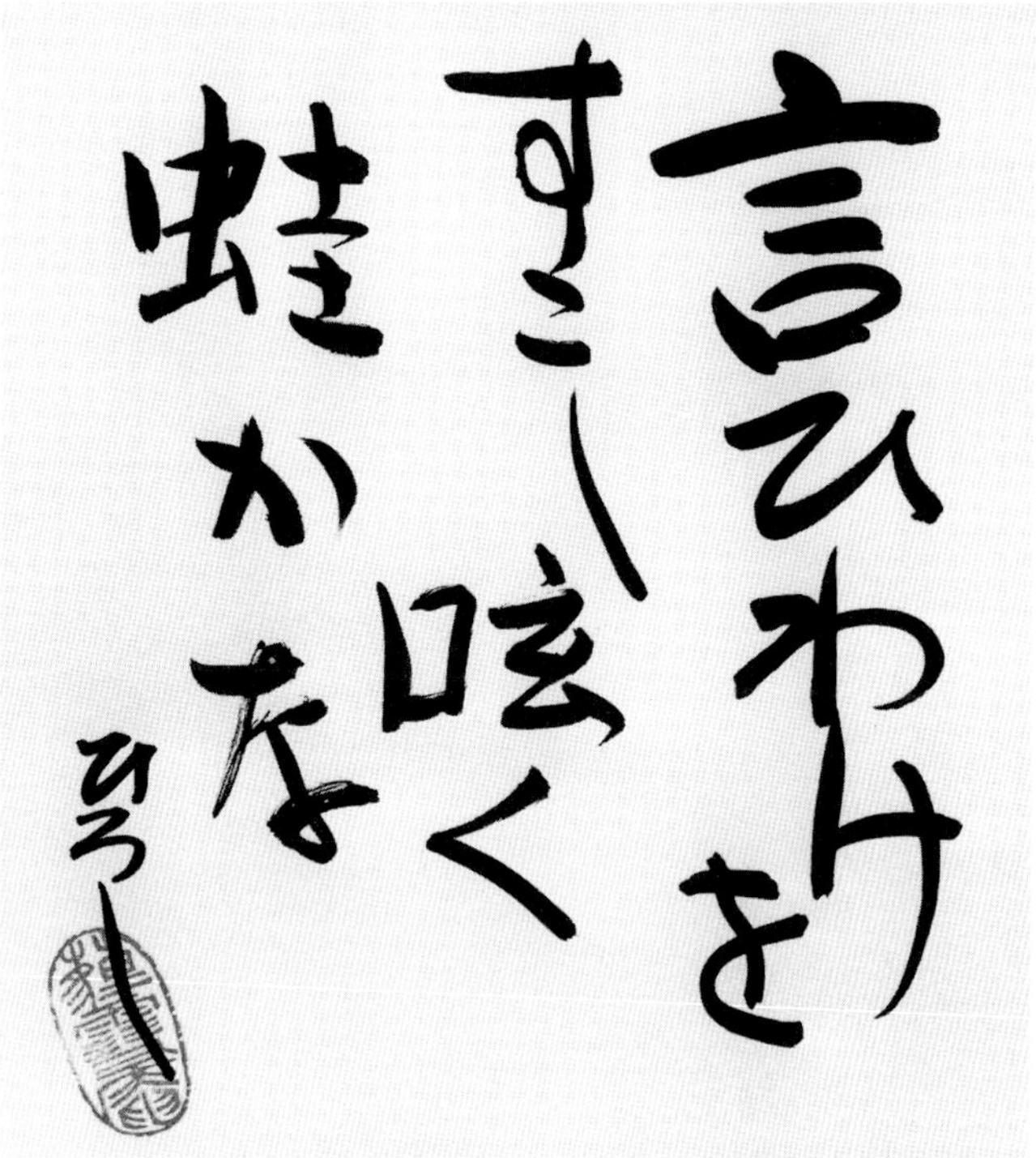

129 色紙 言ひわけをすこし呟く蛙かな ひろし

128 吉屋信子（一八九六～一九七三）新潟生。小説家。「良人の貞操」「徳川の夫人たち」等。

129 新谷ひろし（一九三〇～）青森生。「暖鳥」主宰。

130 本庄登志彦（一九二八～）北海道生。師系齋藤玄。「双眸」主宰。

130 色紙 蛙田を勝つて来るぞと征つたきり 登志彦

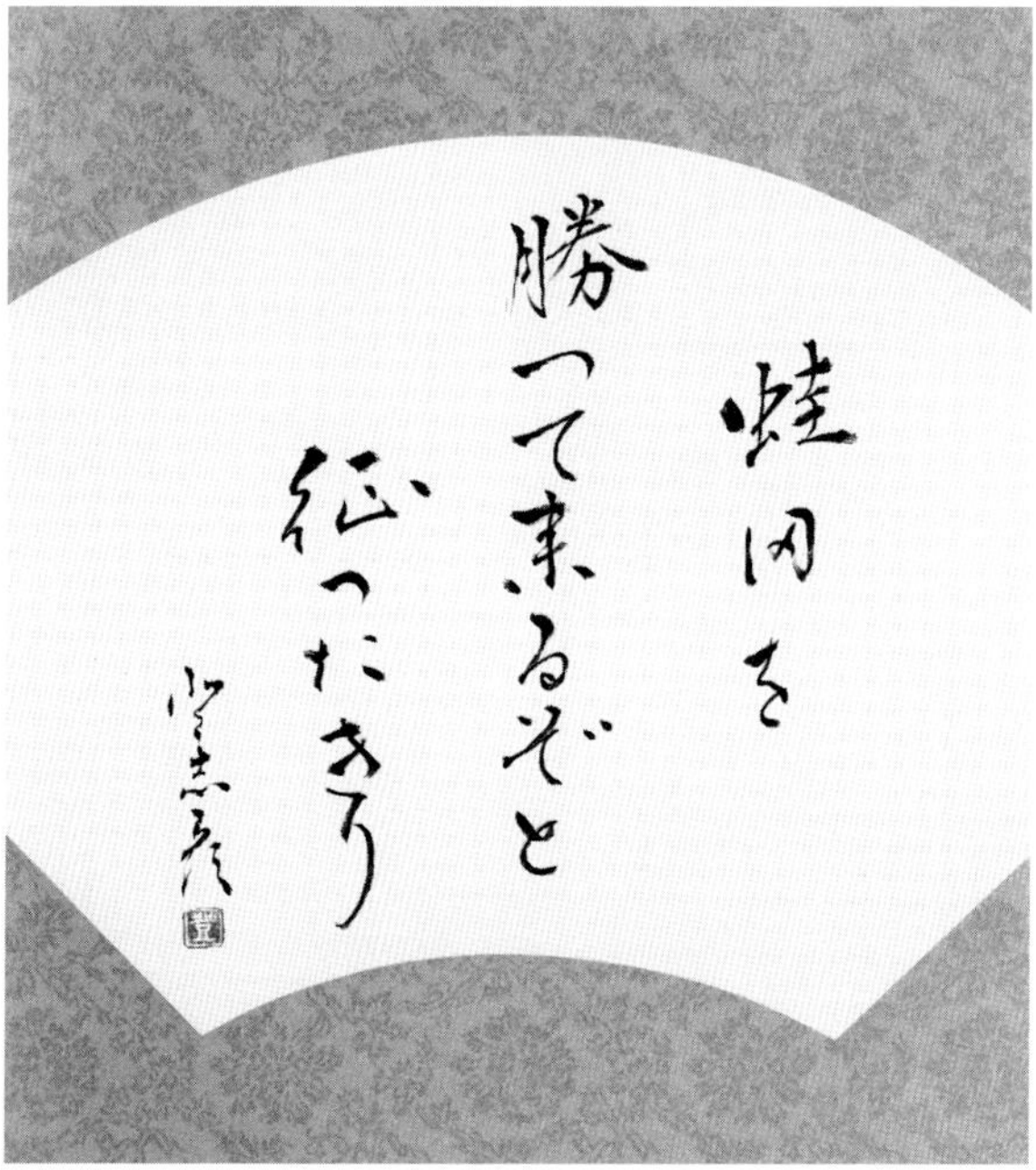

鶯《うぐいす》

黄鳥《うぐいす》・匂鳥《においどり》・春告鳥《はるつげどり》・初音《はつね》・鶯の谷渡り・鶯笛

動物

鶯は日本特有の小鳥で、日本のどこにでもいて大昔からよく知られている。梅の咲くころ人里近くでホーホケキョ（法、法華経）と鳴きはじめるから有り難い春告鳥と親しまれてきた。梅に鶯は伝統的な詩歌や画によく使われ、物事の適切な組み合わせのたとえといわれる。けれど正岡子規がこれを月並俳句と批判したことから、安易な配合を戒めるようになった。

鶯や柳のうしろ藪のまへ　——芭蕉
朝風呂にうぐひす聞くや二日酔　——青羅
三日月やふはりと梅にうぐひすが　——一茶

眠り深き朝鶯をききもらす　——阿部みどり女
鶯や前山いよゝ雨の中　——水原秋櫻子
電話鳴り鶯が鳴き立ちてゆく　——星野立子
鶯や焼土の果に人は立つ　——加藤楸邨
うぐひすや母は亡くとも母の家　——安住　敦
うぐひすや坂また坂に息みだれ　——馬場移公子
鶯や切字てにをは句読点　——星野　椿
鶯のこゑ前方に後円に　——鷹羽狩行
鶯に聞き惚れて世に遅れだす　——篠崎圭介

131　短冊　うぐひすやもの、まぎれに夕啼す　暁台

132 短冊　鶯や衣冠整へ玉ふ時　格堂

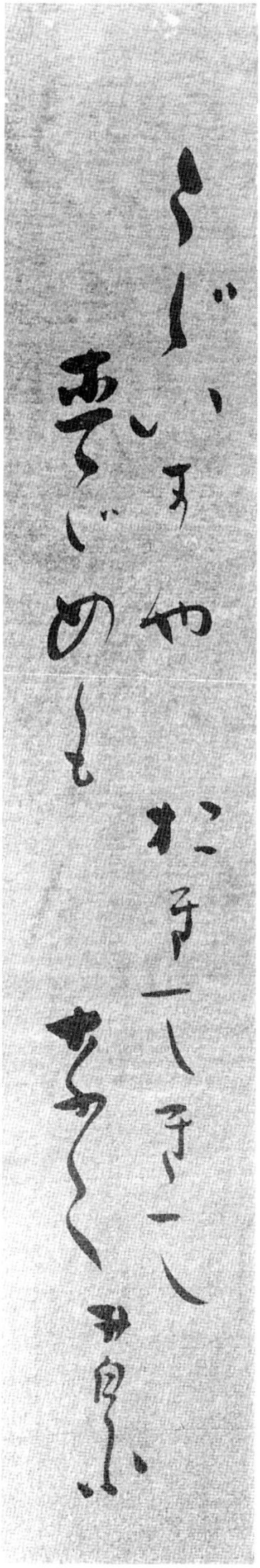

133 短冊　うぐいすやすゞめもおきてきてなく　井泉水

131 加藤暁台（一七三二～九二）江戸中期の俳人。尾張の人。蕉風復興を志し俳諧中興の中心的存在となる。
132 赤木格堂（一八七九～一九四八）岡山生。子規門下、新聞「日本」俳句欄で活躍。
133 荻原井泉水（一八八四～一九七六）東京生。「層雲」主宰。自由律俳句の推進者。

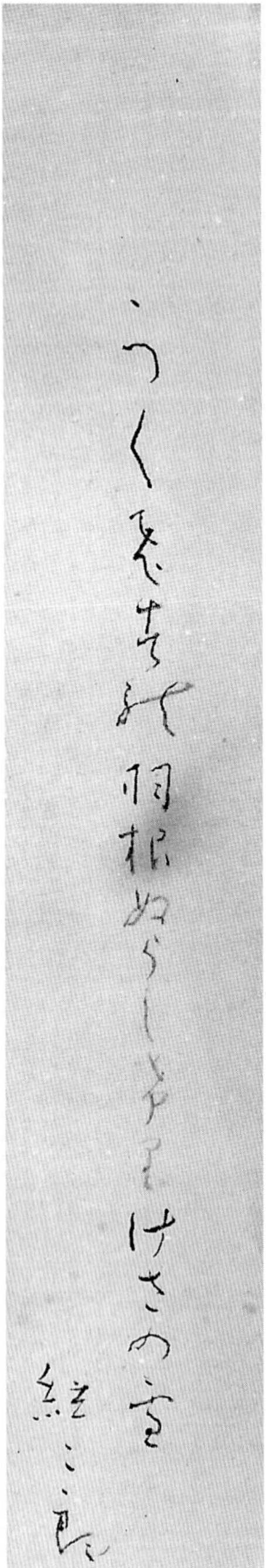

134 短冊 うぐひすの羽根ぬらしけりけさの雪 絃二郎

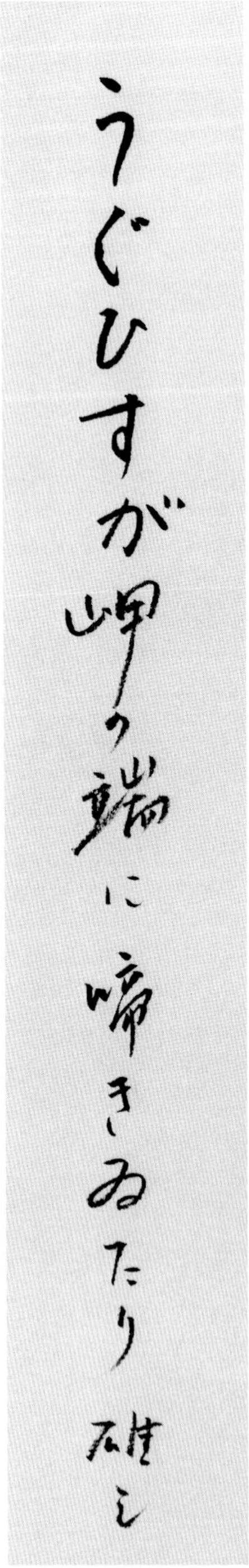

135 短冊 うぐひすが岬の端に啼きゐたり 雄三

134 吉田絃二郎（一八八六〜一九五六）佐賀生。小説家・随筆家・劇作家。「島の秋」等。

135 塩川雄三（一九三一〜）大阪生。山口誓子に師事し「天狼」同人、のち「築港」創刊主宰。

心に残る作句体験

有馬朗人

　俳句の作り方や、俳論は実にさまざまあり人ごとに違うと言ってよい。また一人の俳人についても、年齢により、場合によって作句の仕方が変わるものである。客観写生を主な方法としていても、時に主観の強い句を作る人もいる。要は優れた作品を生めばよいのである。この佳し悪しの判断がまた千差万別である。これは俳句に限らず芸術に通じて言えることである。

　私自身は根本的には写生派であるが、種をあたためておいて時間がたってから、もともとのヒントを得たものとは、大きく違ったものに作りあげることも多い。その中で光景に遭遇し瞬時につぶやく如くできた句は

　光堂より一筋の雪解水

である。或る年の早春に、光堂から迸《ほとばし》る雪解水の美しさに打たれ、須臾《しゅゆ》にして句帳に認めた。まさに天恵であった。

　或る年京都へ行ったとき丁度祇園祭の宵山を見ることができた。乙女たちが鉾粽を売ったり、鉦《かね》を打ったり歌ったりしていた。その美しく可愛らしい乙女たちが、それぞれ櫛《くし》を持っているのを見て、歩きまわりながらいろいろな句にまとめてみた。しかしどうも気にいらない。かなり歩きかなり考えた挙句に、はっとできたのが

　祇園会や千の乙女の千の櫛

の句である。

　或る句会で「百」などの字を読み込むという席題がでた。〆切まで一時間、あれこれ考えを廻らすのである。あちらをにらみこちらを見る。句帳をめくって何か素材の覚書はないかと探す。ふっと浮んだのが親友の漢方医の顔とその部屋。そして

　漢方の百の抽斗十三夜

であった。苦闘の産物である。

　或る年の冬、私はアメリカのニューヨークの大学で講義をし、家を借り自炊していた。自動車を走らせ魚屋へ行った。もうすっかり夕暮であった。一尾の鮃《ひらめ》を買おうと注文すると秤の針が大きく動いたのである。

　夕暮の秤に重き寒鮃

帰りの車をしばし止めて句帳に書きこんだのであった。

雲雀《ひばり》

告天子《こくてんし》・初雲雀・揚雲雀・落雲雀・朝雲雀・夕雲雀・雲雀野・雲雀籠・雲雀笛

動物

日本各地の畑地や草原などに巣を作り、空中高くのぼってさえずるのが雲雀。鶯とならぶ春の代表的な鳥である。その鳴き声を「一升貸して二斗取る、利取る、利取る」などと聞きなしたというが、庶民感情が反映されていておもしろい。『万葉集』では大伴家持が「うらうらに照れる春日にひばりあがり心かなしもひとりし思へば」と、春愁に結びつけて詠んだのはよく知られている。

雲雀鳴く塩せんべいの草加かな　野村喜舟

埼玉県草加市は芭蕉『奥の細道』で、旅立つ第一日目の宿泊地となったところ。今は都心への通勤圏として開けているが、その以前は麦畑の多い田園だった。畦のあちこちには、大型の塩せんべいを干す簀子《すのこ》をよく見かけたという。これが名物の草加せんべいだ。花より団子のたとえではないが、掲出句は雲雀との対比で句を生き生きとしたものにする。

石川県金沢に生まれ東京で育つ。松根東洋城の「渋柿」を継承主宰。(一八八六〜一九八三)

雲雀より空にやすらふ峠かな　——芭蕉
松風の空や雲雀の舞ひわかれ　——丈草
〆野《しめの》行き紫野行きひばりかな　——麦水
山かげの夜明けをのぼる雲雀かな　——几董
雲雀野やこゝに広がる多摩河原　——高浜虚子
雲雀鳴くや大和は塔のやたらなる　——松根東洋城
薄雲の渡りて高き雲雀かな　——安斎桜磈子
妻の留守ながしと思ふ夕ひばり　——日野草城
雨の日は雨の雲雀のあがるなり　——安住　敦
雲雀湧くはじめ高音のひえびえと　——飯田龍太
虚空にて生くる目ひらき揚雲雀　——野澤節子
真上なるもの昼月と鳴く雲雀　——加藤燕雨
雲雀野に古墳乳房のごと並ぶ　——宗像夕野火
雲雀落ち天に金粉残りけり　——平井照敏
野に拾う昔雲雀でありし石　——高野ムツオ
揚雲雀空のまん中ここよここよ　——正木ゆう子

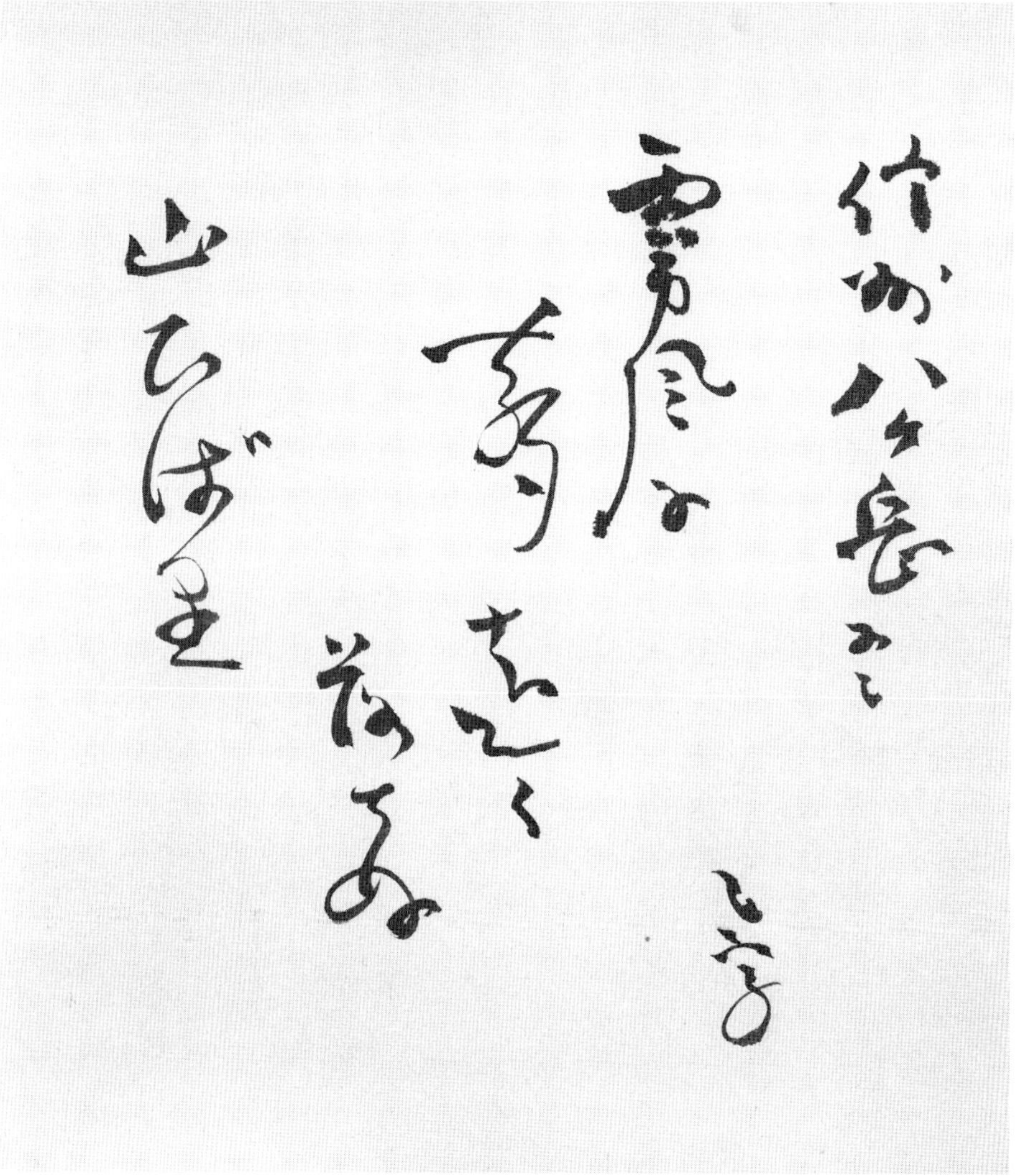

136
色紙
信州八ヶ岳にて
霧風に
声遠く落ちぬ
山ひばり
乙字

136
大須賀乙字（一八八一〜一九二〇）福島生。河東碧梧桐に師事し新傾向俳句を唱導。のち伝統尊重に復帰。

137 短冊 背丈より以上は空や初雲雀 草田男

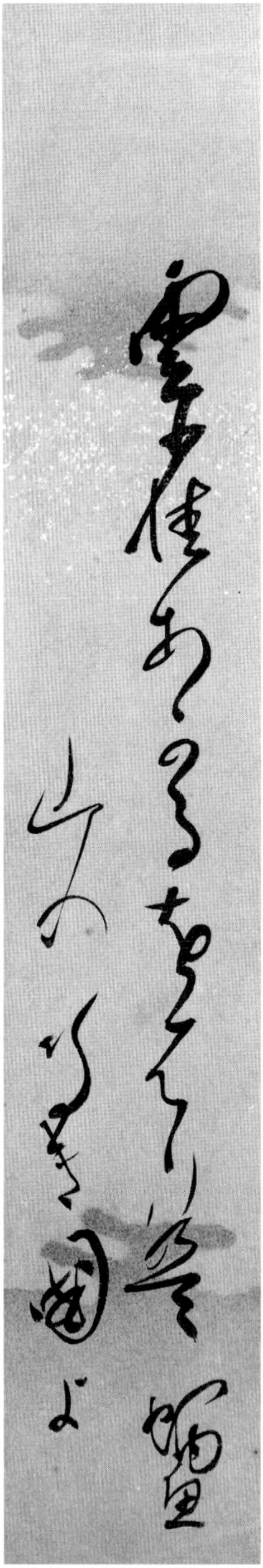

138 短冊 雲雀あがるをはりは山のなき国よ 蜗魚

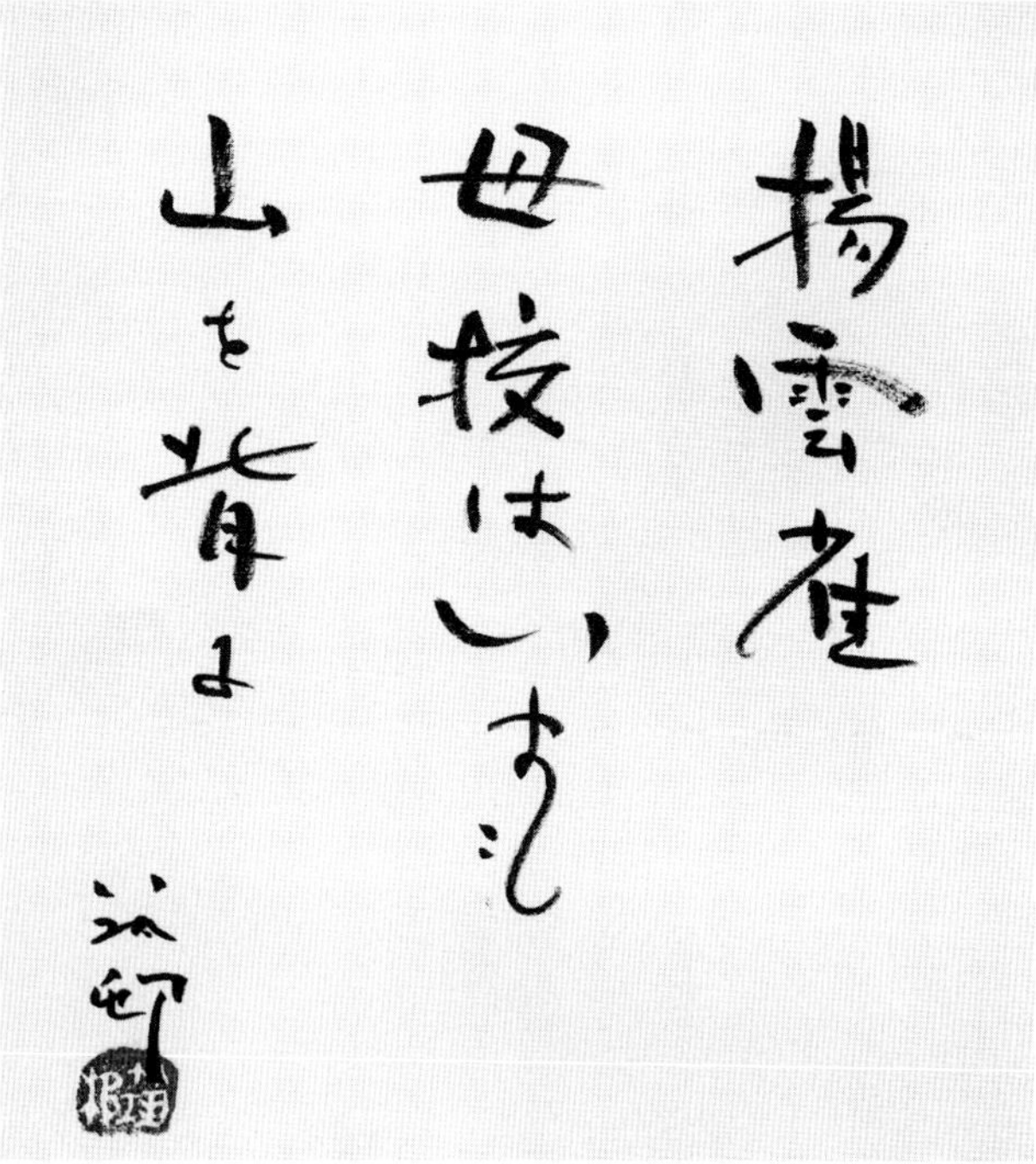

139 色紙　揚雲雀母校はいまも山を背に　筑邨

137 中村草田男（一九〇一～八三）中国生。高浜虚子に師事し、のち「萬緑」創刊主宰。人間探究派と呼ばれる。
138 村上蚋魚（一八六七～一九二四）尾張生。「ホトトギス」に所属。
139 藤岡筑邨（一九二三～）長野生。師系高浜虚子・富安風生。「りんどう」主宰・「若葉」同人。
140 吉田未灰（一九二三～）群馬生。師系石原八束。「やまびこ」主宰。

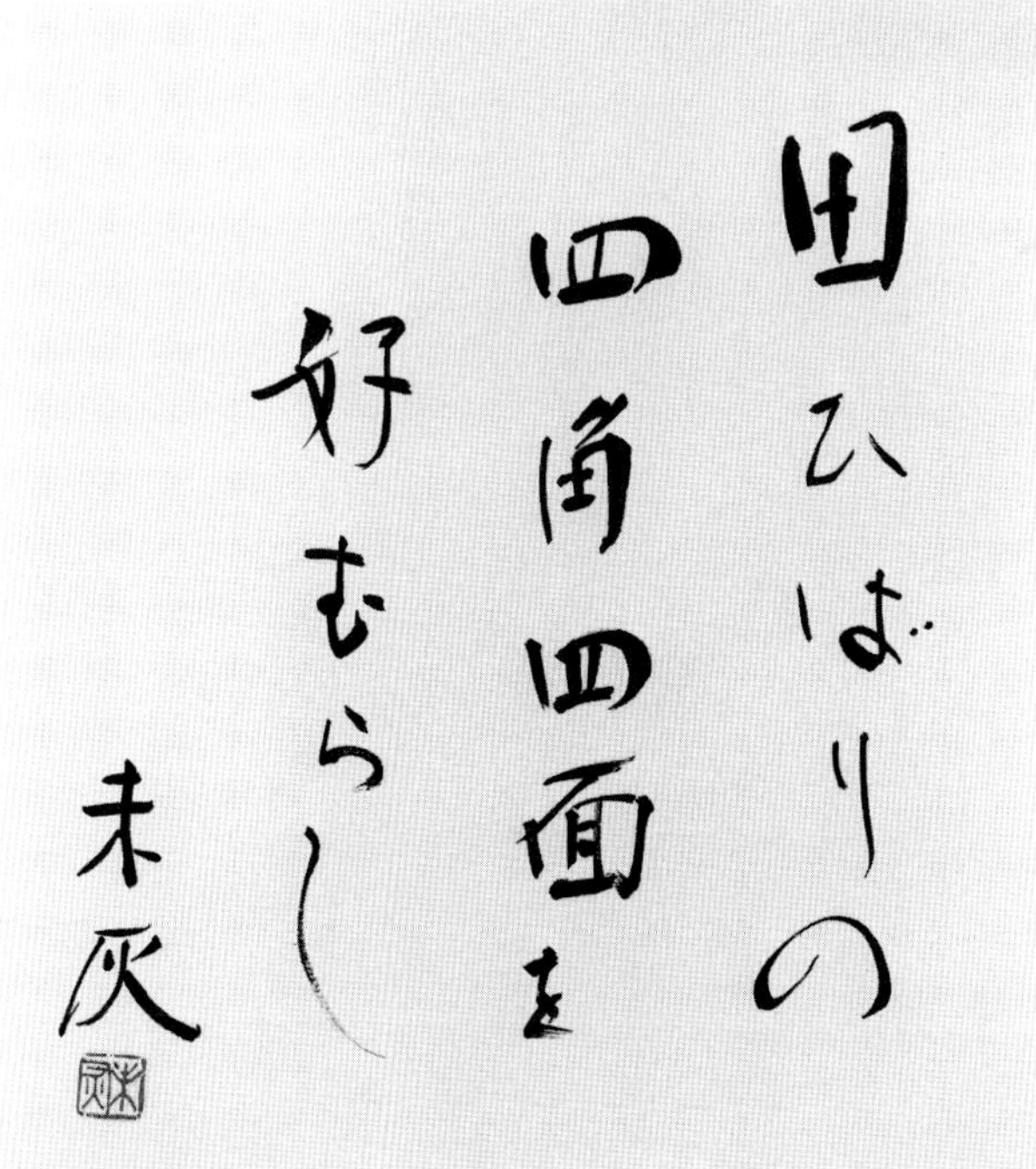

140 色紙　田ひばりの四角四面を好むらし　未灰

燕《つばめ》

動物

乙鳥《つばめ》・玄鳥《つばめ》・つばくら・つばくろ・つばくらめ・飛燕《ひえん》・燕来る・初燕・朝燕・夕燕

燕は渡り鳥で、摂氏九度の等温線に沿って北上するという。すなわち春暖かになれば南方から渡って来て、人家の軒に巣を作る。あるいは雑踏する都会の駅にまで営巣し、しきりに出入りを繰り返すのを見ることもある。敏捷なのを燕にたとえることもあるが、飛翔力が強く速力も速い。秋になると遠くインドやオーストラリアまでも渡って行くので翼も強力。季題としては、渡来時の新鮮な印象から春の季に入れている。

おしなべて懈怠《けたい》の山河燕来る　飯田蛇笏

懈怠はなまけの意だが、仏教では精進の対義語として使われる。ここでは自然の山河を擬人化して表現。山国の季節は遅々として進まない。総じて山河が精進を怠っているせいだ、と不満気味なのである。そんな折、舞台を転換するかに初燕が飛来したというのだ。初五中七の鈍重な風景を、いわば燕返しで変転させるかのごとく座五で軽やかさを持ち込んでいる。山国甲斐に住んで春の到来を喜んだ句だ。

山梨県生まれ。高浜虚子に師事して大正初期「ホトトギス」の中心的俳人。「雲母」を主宰し、没後に蛇笏賞が創設された。（一八八五〜一九六二）

蔵並ぶ裏は燕の通ひ道　——凡兆
夕燕我には翌のあてはなき　——一茶
燕のゆるく飛び居る何の意ぞ　——高浜虚子
双燕のもつれたかみて槻の風　——飯田蛇笏
腕組みて若さはたのし初燕　——富安風生
閃々と燕返しの山河あり　——川端茅舎
働くに余すいくとせ燕来る　——鈴木真砂女
つばめつばめ泥が好きなる燕かな　——細見綾子
つばくらめ父を忘れて吾子伸びよ　——石田波郷
母へ送る金未だしもつばくらめ　——目迫秩父
ここに幸あり一膳めし屋に燕の巣　——原子公平
乙鳥はや自転車盗られたる空を　——小川双々子
親燕出入りさかんに旅人宿　——加藤耕子
草野球三遊間に燕飛ぶ　——宮内　理
逆吊りに自転車売らる燕来て　——能村研三

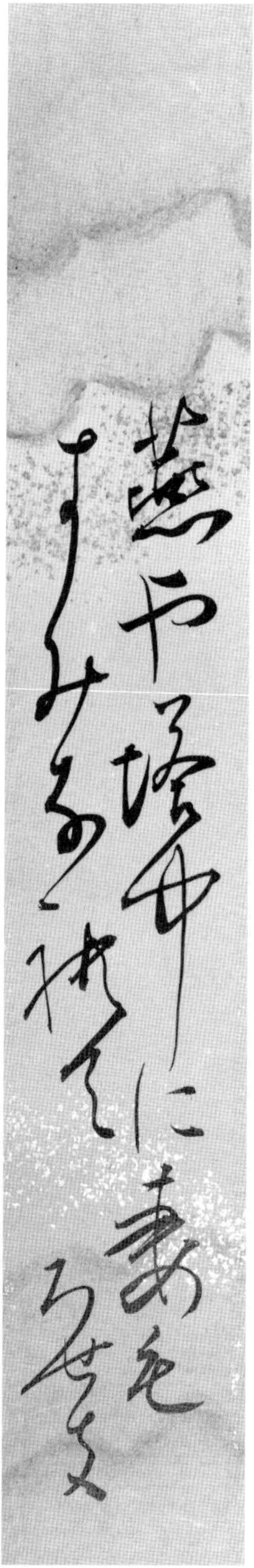

141 短冊 燕や塔中に妻もすみなれて ろせき

142 短冊 燕や日本列島人ばかり 友二

141 水落露石（一八七二～一九一九）大阪生。正岡子規に師事した後、新傾向に転じ「海紅」同人。

142 石塚友二（一九〇六～八六）新潟生。俳人・小説家。横光利一に師事し、のち石田波郷と「鶴」創刊。

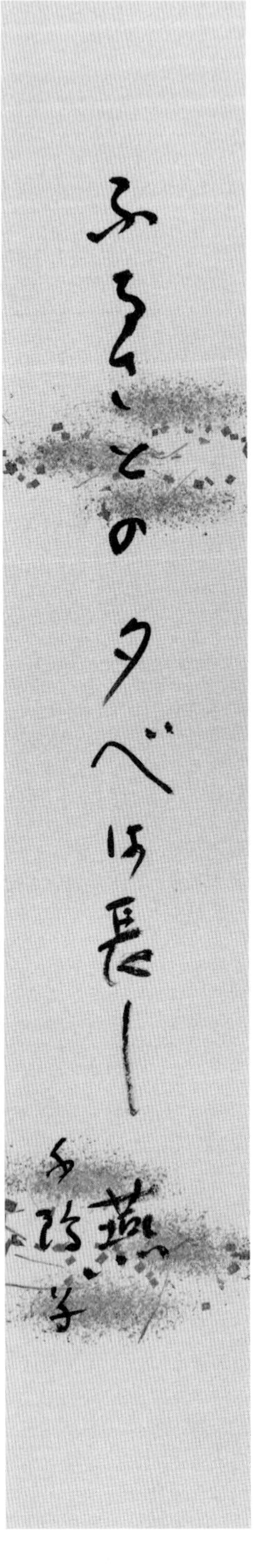

143 短冊　ふるさとの夕べは長し燕　千鶴子

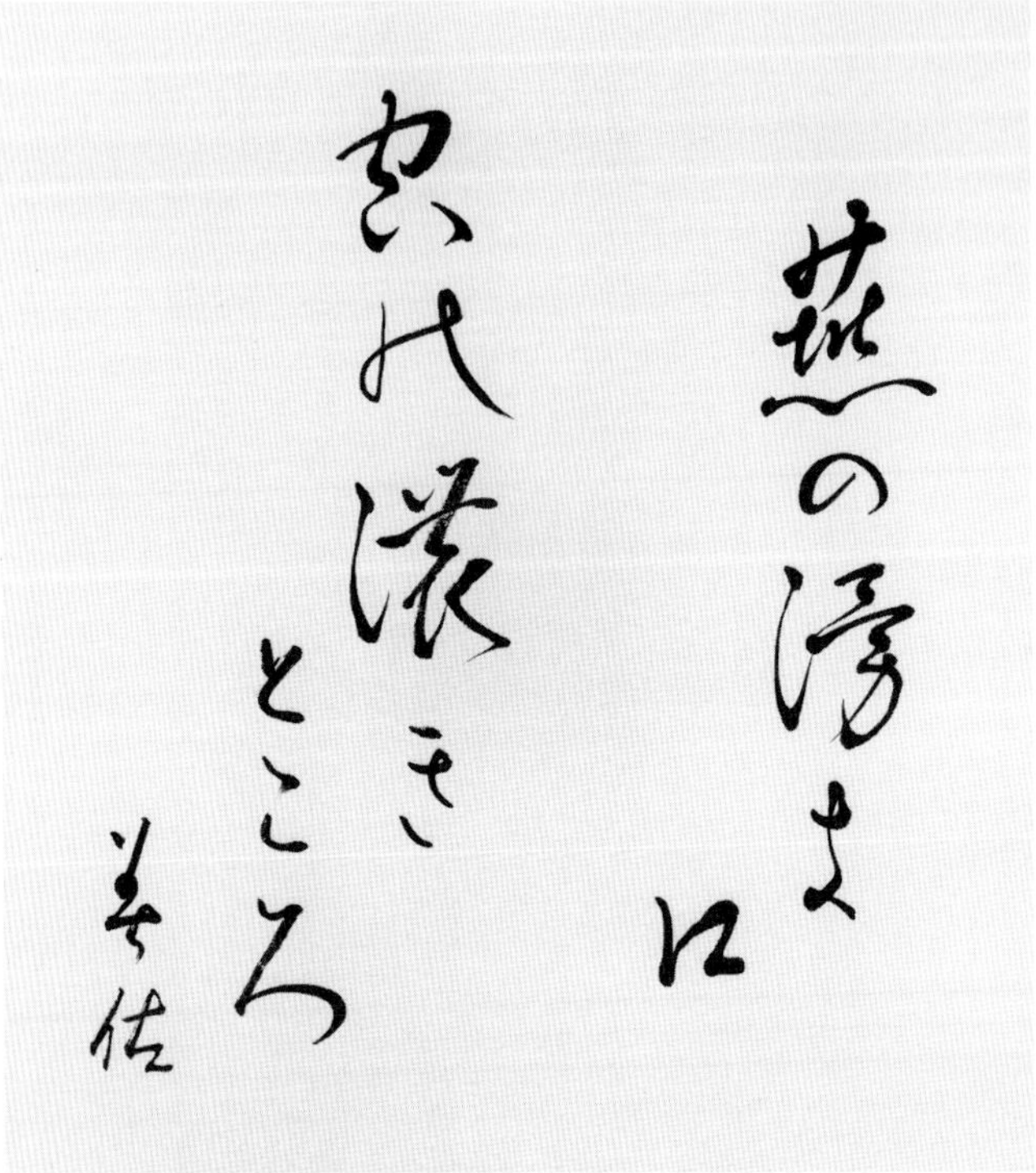

144 色紙
燕の湧き口
空の濃き
ところ
美佐

143 今井千鶴子（一九二八〜）東京生。高浜虚子・星野立子に師事し「ホトトギス」「玉藻」同人。

144 手塚美佐（一九三四〜）神奈川生。石川桂郎に師事、のち結婚。「琅玕」継承主宰。

鳥雲《とりくも》に入《い》る・鳥帰《とりかえ》る

鳥雲に

動物

雲に鳥人間海に遊ぶ日ぞ　──一茶
野ざらしの旅より旅へ鳥雲に　──野田別天楼
鳥雲に帰る国なき鴉かな　──庄司瓦全
少年の見遣るは少女鳥雲に　──中村草田男
雲に鳥わが生《せい》いまだ静かならず　──加藤楸邨
鳥雲に身は老眼の読書生　──松本たかし
鳥雲に人みな妻を遺し死す　──安住　敦
生きてゆく別離いくたび鳥雲に　──有馬籌子
鳥帰る水と空とのけぢめ失せ　──沢木欣一
地球儀にひろがる砂漠鳥帰る　──野澤節子
鳥帰る渡り大工のわがうえを　──北　光星
鳥雲に母といふ母みな哀し　──山田みづえ
涯なきを空と呼ぶなり鳥雲に　──永作火童
野の果と空の果合ふ鳥雲に　──稲畑汀子
鳥雲に父に似ること二三ならず　──武田伸一
鳥雲に入る骨片のひかりかな　──黒田杏子

「鳥雲に入る」とは象徴的な季語である。単に「鳥帰る」の言い方もあり、秋に北方からやってきた鳥が春になって北方へ帰ることと。「鳥雲に入る」はとくに帰る鳥の姿が遥かな雲間に消えてゆくのに、あわれを感じての表現だろう。「鳥雲に」と略して使うことも多い。『和漢朗詠集』には「花ハ落チテ風に随ヒ鳥ハ雲ニ入ル」とあり、「鳥雲に入る」はこれによった季語であろう。しみじみ寂しい思いをいだかせる。

鳥雲に入るおほかたは常の景　　原　裕

彼岸のころは渡り鳥の時期の標準ともなる季節だ。ひと冬を日本で暮らした雁などが去り、燕が南からやってくる。人はどうなのだろうか。出会いがあって別れがある。親しい友の死の哀悼を〈鳥雲に入る〉に重ねて詠んだ句だといわれている。それが分かれば北に去りゆく渡り鳥を情感をこめて見送るさまがしみじみ感じられる。そこには俳人ならではの思いもこめられているが、目を転ずれば景色はふだんと変わるところはないという日常性への回帰を決意した一句でもある。

茨城県生まれ。原石鼎・コウ子夫妻の養子となり「鹿火屋」を継承主宰。（一九三〇～一九九九）

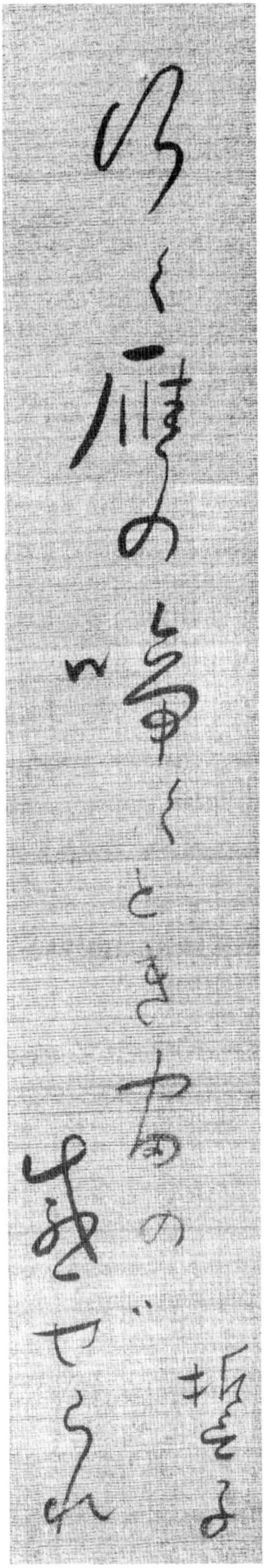

145 短冊 行く雁の啼くとき宙の感ぜられ 誓子

146 短冊 鳥雲に入る駒ヶ嶽仁王立ち 直人

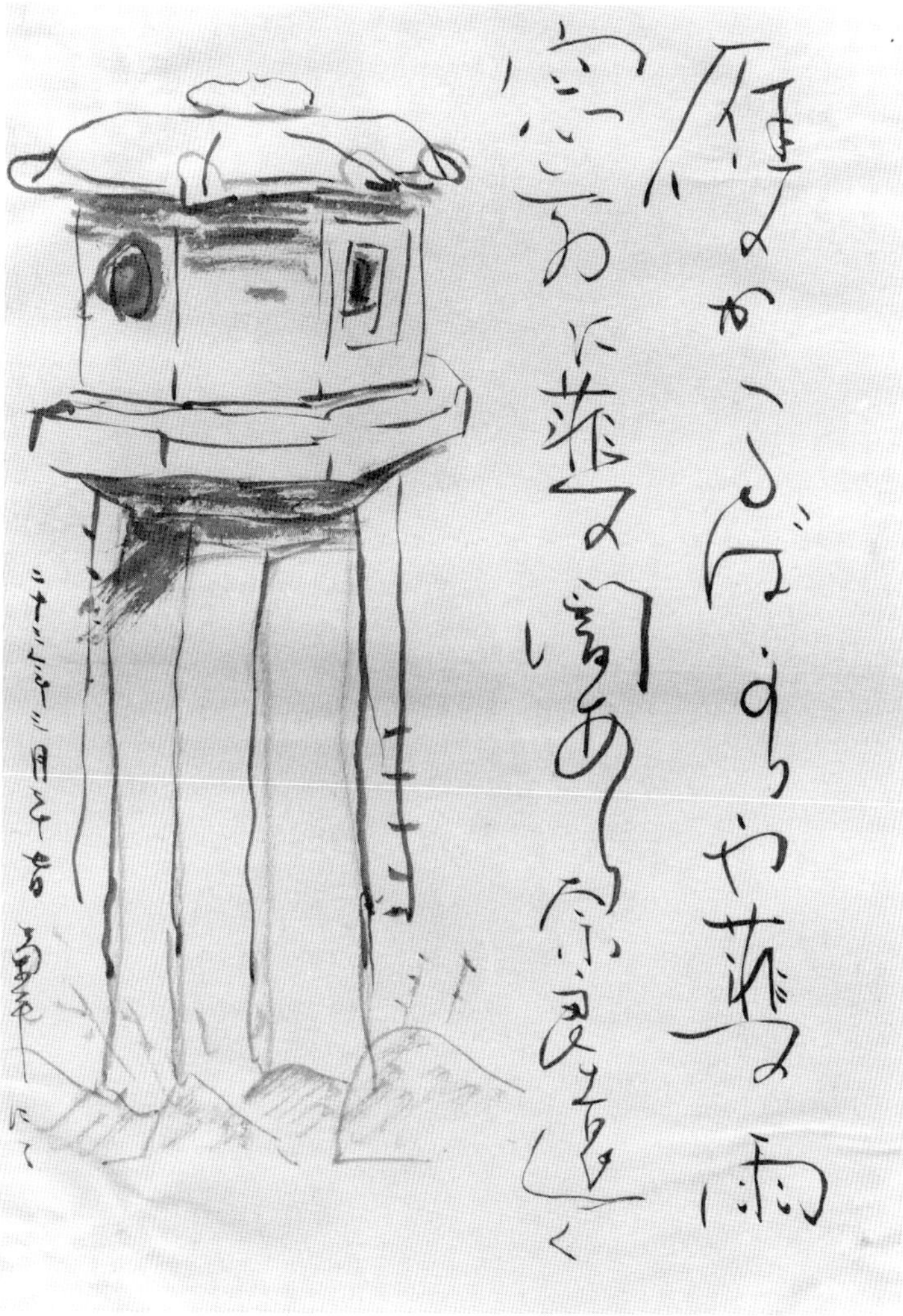

147 帖

雁のかへるばかりや韮の雨
窓前に韮の闇あり奈良遠く
二十三年三月二十七日　菊平にて

145 山口誓子（一九〇一〜九四）京都生。高浜虚子に師事し、ホトトギス四S時代の一角をなす。「天狼」主宰。

146 廣瀬直人（一九二九〜）山梨生。飯田蛇笏・飯田龍太に師事し「雲母」同人。「白露」創刊主宰。

147 前田普羅（一八八四〜一九五四）東京生。高浜虚子に師事。大正初期ホトトギス派の雄。のち「辛夷」主宰。

囀《さえずり》

百千鳥《ももちどり》

動物

小鳥がしきりに鳴くのが囀りである。春から夏にかけての繁殖と関連する現象で、他に「鳥交《さか》る」などの季語もある。鳥の鳴き声は地鳴きと囀りに分けられるが、前者は単に合図するためのシグナルで、後者は雄が雌に向かって呼びかける求愛の声という。
彼岸も過ぎて日照時間が長くなると、ホルモン分泌がふえ、求愛の囀りも最高潮に達する。これを春が来たよろこびの声とめで、いつしか春の季題となっていったのだ。

囀の高まり終り静まりぬ　――高浜虚子
森うしろ染めて暮るゝに囀れる　――大須賀乙字
囀やピアノの上の薄埃　――島村　元
囀りにぼそと人語をさしはさむ　――中村汀女
囀りをこぼさじと抱く大樹かな　――星野立子
あち見こち見かつは向き変へ囀れり　――香西照雄
囀りの念珠入れたる雑木山　――森　澄雄

148
短冊　初春　それはまたそれは囀る鳥の声　鬼貫

148
上島鬼貫（一六六一～一七三八）江戸前期の俳人。摂津の人。「誠」を神髄とし心情の発露を重視。

149　短冊　囀や天地金泥に塗りつぶし　喜舟

150　短冊　カルデラの壁囀りのみじかくて　道

149　野村喜舟（一八八六〜一九八三）金沢生。松根東洋城に師事。東洋城の後を継ぎ「渋柿」を主宰。

150　澁谷　道（一九二六〜）山形生。師系平畑静塔・橋閒石。「海程」「紫薇」同人。

白魚《しらうお》

しらお・白魚網《しらおあみ》・白魚舟・白魚漁・白魚汲む・白魚火

動物

明ぼのやしら魚白きこと一寸　——芭蕉
白魚やさながら動く水の色　——来山
白魚や椀の中にも角田川　——正岡子規
水にては水の色なる白魚かな　——松瀬青々
白魚は水とともならず雪降り降る　——大谷碧雲居
惜別の一盞ここに白魚汁　——高野素十
白魚のまことしやかに魂《たま》ふるふ　——阿波野青畝
白魚の目が見しものを思ひをり　——加藤楸邨
白魚のみごもりゐるがあはれかな　——鈴木真砂女
雪今日も白魚を買ひ目の多し　——細見綾子
白魚に会ひ酒にあふひと日かな　——石川桂郎
白魚にすゞしさの眼のありにけり　——石橋秀野
白魚汁灯ともるいまを辞しがたく　——野澤節子
灯にうかぶものより汲まれ白魚桶　——小島　健
白魚のひとかたまりのうすみどり　——遠藤若狭男

体長十センチほどの細長く半透明な魚である。近海魚で、一月二月ごろ川へ上る。それを四ッ手網などで汲む。全国各地の河口に分布していたが、河川の汚染により激減。明治ごろまでは隅田川でも名物だったというのは今は昔の語り草だ。味は淡白で上品である。

美しい指を白魚のようだと比喩していう。繊弱なのが特徴で、俳句でもそこを焦点として詠むことが多い。

美しや春は白魚かいわり菜　　加舎白雄

実に明解で単純な俳句だ。芸術の多くは美しさに触れて、素朴に感動することからはじまる。しみじみとした情趣を表現する「もののあはれ」の語も「ああ、あれ」と思わず口をついて出る嘆賞、親愛、同情の心を源とした。白魚は黒点を置いたように眼が印象的で、腸が透いて見える半透明な小魚で、早春が旬。取り合わせたのは貝割り形に芽を出したばかりの、緑が鮮やかな間引き菜だ。技巧をろうせず率直で端的に表現した一句である。

信州上田の出身で江戸で活躍。白井鳥酔に師事し、のち春秋庵を営み弟子四千人といわれた。（一七三八〜九一）

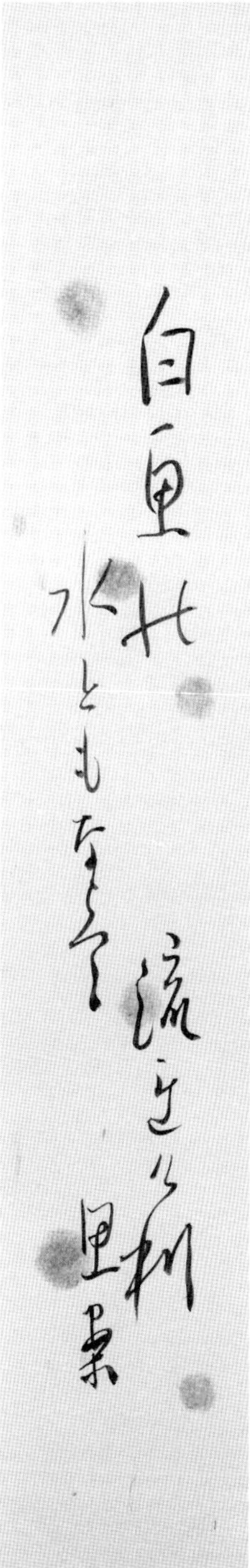

151　短冊　白魚の水ともならで流れけり　思案

152　短冊　白魚のさかなたること略しけり　道夫

151　石橋思案（一八六七〜一九二七）横浜生。小説家。尾崎紅葉らと硯友社結成。戯作的恋愛物を書く。
152　中原道夫（一九五一〜）新潟生。能村登四郎に師事し、「銀化」創刊主宰。

153
色紙　白魚の眼ほどなる口説かな　和男

153　小笠原和男（一九三八〜）愛知生。師系石田波郷。「初蝶」主宰。
154　小澤克己（一九四九〜）埼玉生。能村登四郎に師事し、「遠嶺」創刊主宰。

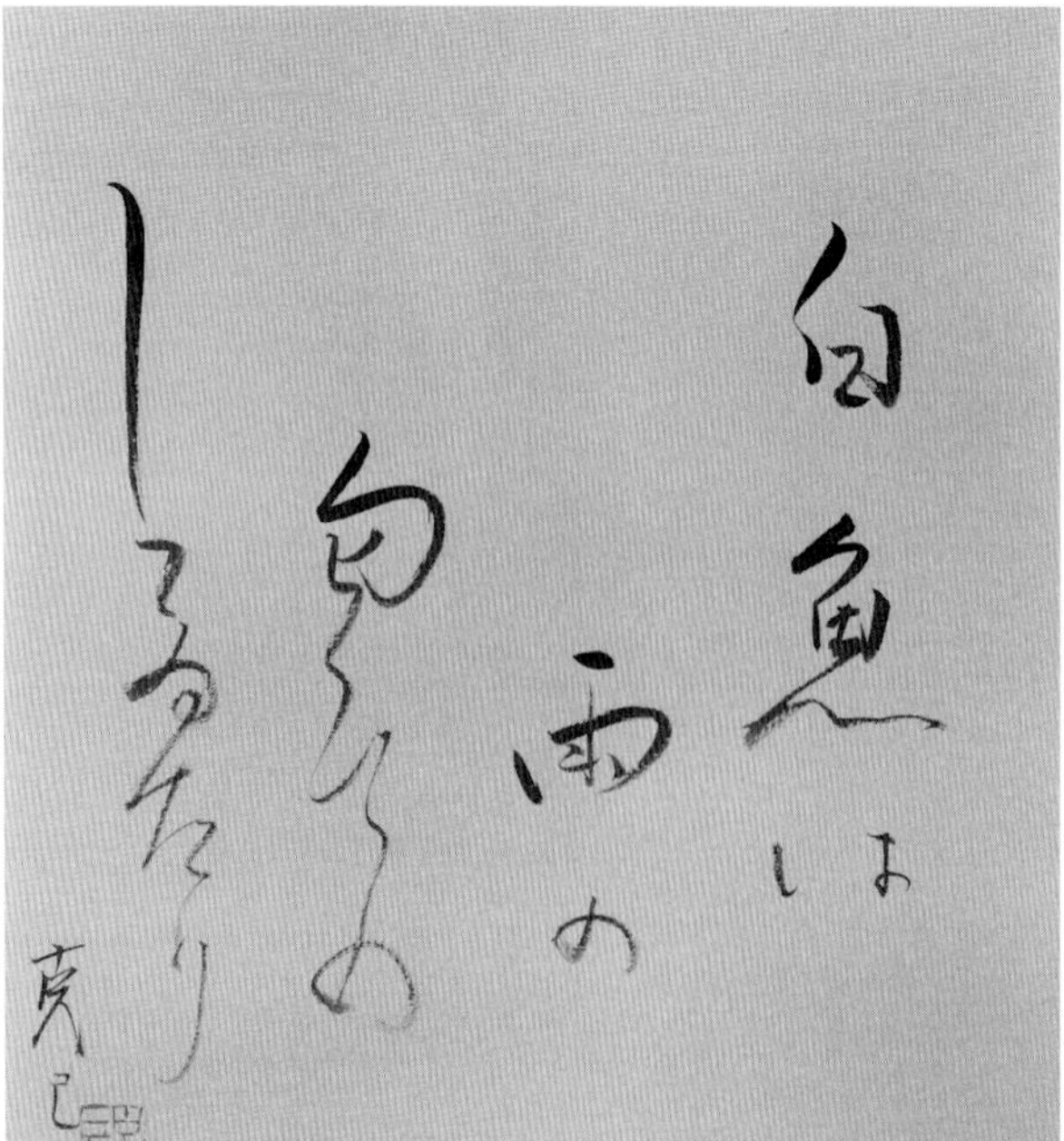

154
色紙　白魚は雨の匂ひのしてゐたり　克己

蝶《ちょう》

蝶々・胡蝶・初蝶・黄蝶・紋白蝶・烏蝶・蝶生る

動物

春らしい風物の一つが蝶である。種類が多く日本だけでも約二百五十種、厳冬期を除けば一年中見ることができる。その中で印象鮮明なのは春の蝶だ。初蝶といって珍重もし、春の訪れを知るのである。

同種の蝶でも発生する季節によって、はねの色彩や模様が異なるという。一日の昼の長さと温度による変異だが、春以外は夏蝶、秋蝶、冬蝶といって区別する。

方丈の大庇《おおびさし》より春の蝶　　高野素十

谷崎潤一郎は随筆「陰翳礼讃」で、日本人は「暗がりの中に美を求める傾向」があり、寺院などの大庇の下に漂う濃い闇を礼讃する、と書く。方丈は寺の住職が住む部屋で、その大庇の下は暗い。そういった陰影を背景として、不意に飛び出し空へ舞い上がっていったのは春の蝶。おそらく大型の鳳蝶《あげはちょう》だろうが、明暗がくっきりとつき、写生俳句の典型である。

茨城県生まれ。新潟大学医学部教授など歴任。俳句は高浜虚子に師事し、のち「芹」創刊主宰。（一八九三〜一九七六）

てふてふが不思議でならぬ赤子の眸　　渡辺恭子

概念を言語で表現したものを名辞という。大人が蝶を見て驚かないのは、蝶という名辞を知っているからだ。阿部みどり女は「めまぐるしきこそ初蝶といふべしや」と詠む。そのめまぐるしきものが何かを知らなかったら、人は誰でも面食らう。生まれたての赤ん坊がそれだ。彼らは名辞以前の世界にあって、名を知らぬものに出会って不思議がる。その純粋無垢な眸に注目しての作である。

東京生まれ。父渡辺水巴、母桂子の次女。父が創刊の「曲水」を母の後に続き継承主宰。（一九三二〜）

蝶の羽の幾度越ゆる塀の屋根　　——芭蕉

蝶々や昼は朱雀の道淋し　　——麦水

菜の花の化したる蝶や法隆寺　　——松瀬青々

山国の蝶を荒しと思はずや　　——高浜虚子

てふてふうらからおもてへひらひら　　——種田山頭火

一日物云はず蝶の影さす　　——尾崎放哉

高々と蝶こゆる谷の深さかな　——原　石鼎
泣き止んで草を摘む子に蝶々かな　——石島雉子郎
てふてふや今神様の鞠ついて　——小杉余子
みちのくと聞けば遠さや蝶を見る　——高橋淡路女
蝶追うて春山深く迷ひけり　——杉田久女
俳諧の心に蝶の美しく　——高野素十
蝶とぶや思春期はやき人の子ら　——森川暁水
あをあをと空を残して蝶分れ　——大野林火
初蝶に岳の晴雲さだまらず　——木村蕪城

蝶とべば蝶を思えり人に別れ　——北原志満子
蝶々のあしあと残る山の空　——中尾寿美子
空也上人口から蝶を生む日あり　——攝津よしこ
初蝶やさて厄介な虫も出づ　——山上樹実雄
けふ我は揚羽なりしを誰も知らず　——沼尻巳津子
藻塩焼く浦とや湧きし白き蝶　——鍵和田秞子
てふてふや遊びをせむと吾が生れぬ　——大石悦子
蝶あらく荒くわが子を攫《さら》ひゆく　——石　寒太
地下鉄のキップは蝶のようなもの　——対馬康子

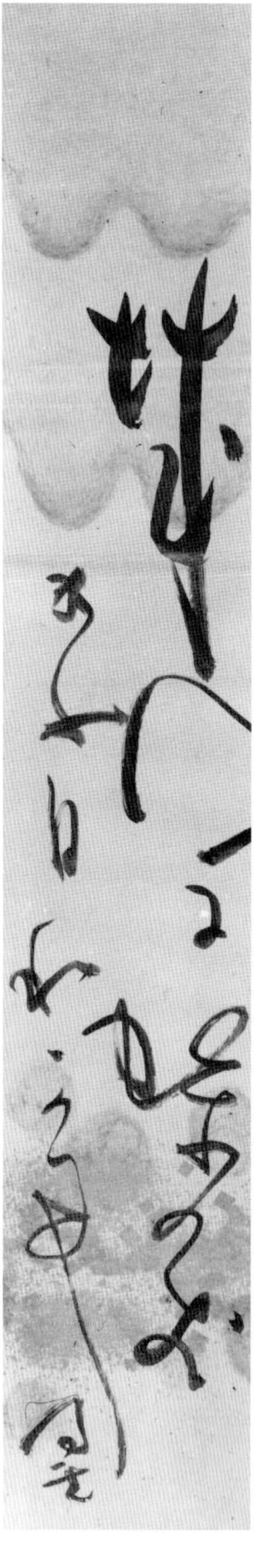

155 短冊　城門に蝶の飛かふ日和かな　鳴雪

155 内藤鳴雪（一八四七〜一九二六）江戸生。正岡子規に師事し日本派俳人の長老として活躍。

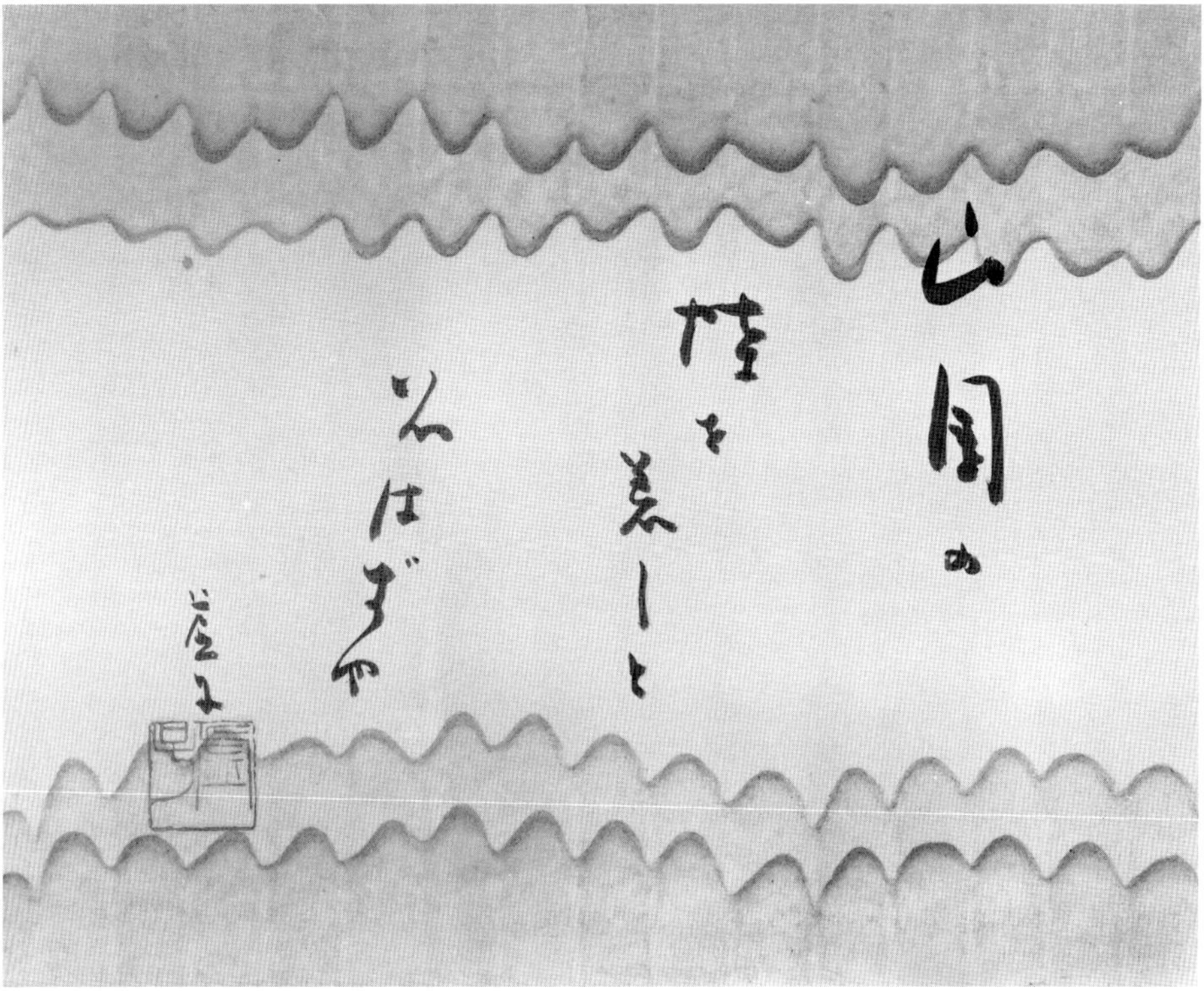

156
幅
山国の
蝶を荒しと
思はずや
虚子

156
高浜虚子（一八七四～一九五九）松山生。正岡子規に師事し「ホトトギス」を主宰。花鳥諷詠の客観写生を説く。

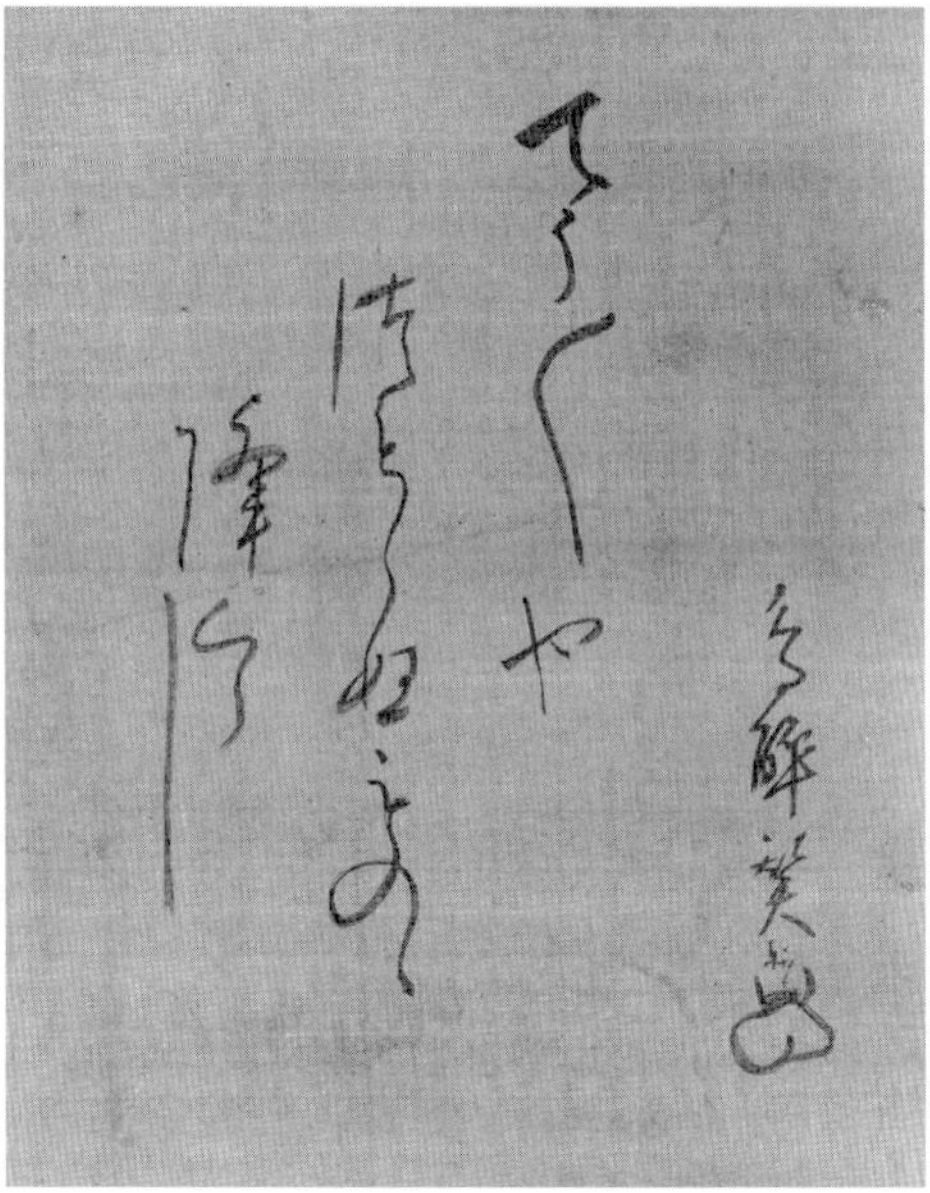

157
幅（部分）
てうくや
つもらぬもの、
降くらし
鳥酔　賛称々

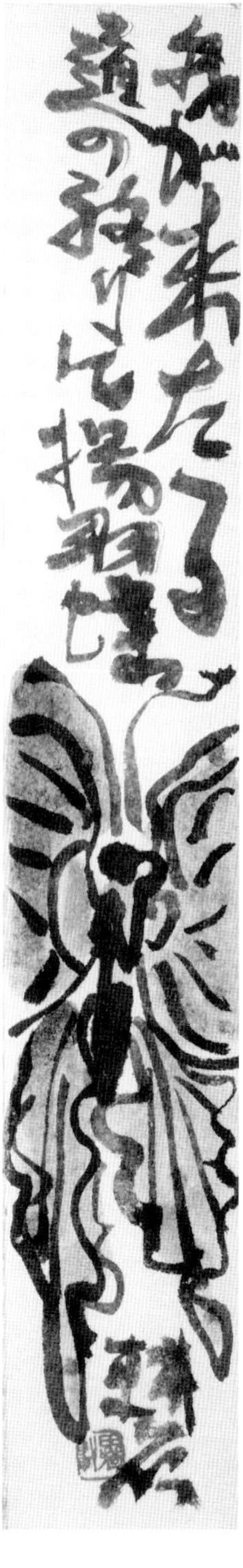

158
短冊　我が来たる道の終りに揚羽蝶　耕衣

159
短冊　機窓や打たるゝ蝶のふためき来　不器男

157 白井鳥酔（一七〇〇〜六九）江戸中期の俳人。上総地引村の人。柳居門筆頭の地位を占める。
158 永田耕衣（一九〇〇〜九七）兵庫生。多くの俳誌に参加して、独自な境地を開く。のち「琴（リラ）座」創刊主宰。
159 芝不器男（一九〇三〜三〇）愛媛生。高浜虚子に師事し「ホトトギス」「天の川」で活躍するも、病にて早逝。

160
色紙
蝶の腹
やさしくは見る
歯朶《しだ》の上
犀星

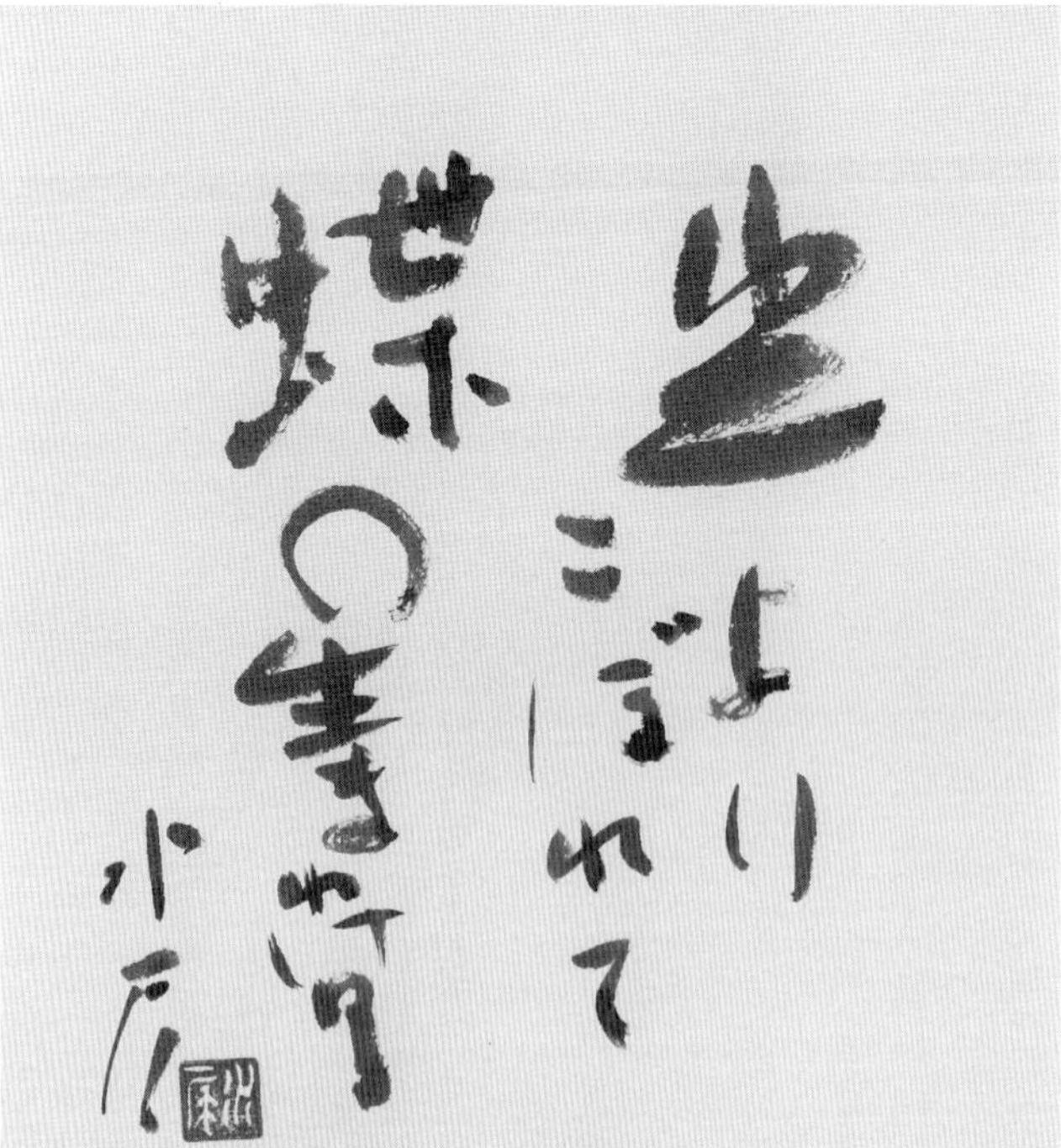

161
色紙　光よりこぼれて蝶の生まれけり　水尾

160 室生犀星（一八八九～一九六二）金沢生。詩人・小説家。『愛の詩集』『杏っ子』等。
161 落合水尾（一九三七～）埼玉生。師系長谷川かな女・長谷川秋子。「浮野」主宰。

162
短冊　故郷は轍《わだち》にかゝる蝶の翅《はね》　繁子

163
短冊　てふてふが不思議でならぬ赤子の眸　恭子

162 小檜山繁子（一九三一〜）樺太生。師系水原秋櫻子・加藤楸邨。「槌」「十人会」代表・「寒雷」同人。
163 渡辺恭子（一九三三〜）東京生。渡辺水巴・桂子の次女。「曲水」主宰。

梅《うめ》

好文木・花の兄・春告草・野梅・白梅・臥竜梅・豊後梅・枝垂梅・盆梅・老梅・梅が香・梅林・梅園

植物

むめが、にのつと日の出る山路かな　——芭蕉
白粥によばるる朝や梅の花　——曾良
梅一輪一輪ほどの暖かさ　——嵐雪
春もや、遠目に白しむめの花　——太祇
二もとの梅に遅速を愛すかな　——蕪村
崖急に梅ことごとく斜なり　——正岡子規
山川のとどろく梅を手折るかな　——飯田蛇笏
梅白しかつしかつしと誰か咳く　——竹下しづの女
梅一枝つらぬく闇に雨はげし　——水原秋櫻子
あめつちの明暗ぐさと梅一枝　——三橋鷹女
いつ見ても梅寂光の中にあり　——川本臥風
梅寂し人を笑はせおるときも　——横山白虹
母の死や枝の先まで梅の花　——永田耕衣
勇気こそ地の塩なれや梅真白　——中村草田男
暮れそめてにはかに暮れぬ梅林　——日野草城
梅白しまことに白く新しく　——星野立子

早春、梅は葉に先だって花を開き、五弁で香気が高い。『万葉集』にも多く梅の歌があり、平安時代以降はとくに香りをめで、詩歌に詠まれてきた。花といえば桜だが、梅は花の兄という異称があり、桜とは異なる趣があって優劣はつけがたい。

梅の名所は全国にあり、長く日本人の心をとらえてきた。花の色は白、紅、薄紅、また一重咲き、八重咲きなどがあり多様。奈良の月ヶ瀬、京都の北野、和歌山の南部《みなべ》、水戸の偕楽園、熱海の梅園などがよく知られている。

梅咲くや酒屋へ一里黄泉《よみ》へ二里　穴井　太

梅は百花にさきがけて咲き、清楚で気品の感じられる花だ。作者は大病を経て、ようやく回復。同時期に夫人は〈黄泉〉路へ不帰の客となった。梅の花の咲くのを見ても、心中にわだかまるものがあるのは仕方がない。けれど俳諧精神を発揮して吹っ切るところが見事。酒屋も黄泉も親しいものにして、酒を飲みながら亡き妻を供養する。幸い黄泉よりも酒屋の方が近くてよかった。

大分県九重町生まれ。北九州市で発行の「天籟通信」を創刊して代表。（一九二六〜九七）

月光に触れて光らぬ梅ぞなき　——福田蓼汀

小鼓のポポとうながす梅早し　——松本たかし

おのづから梅林のなか谷をなし　——長谷川素逝

盆梅が満開となり酒買ひに　——皆川盤水

梅ほつほつ立てかけて琴のような坂　——乾　鉄片子

梅日和　この世かの世のさざめき充ち　——伊丹三樹彦

誰れにもやらぬ梅の紅をんなの炎　——河野多希女

天曇るつめたさに触れ梅ひらく　——鷲谷七菜子

踏ん張つて生きても一人梅の花　——古賀まり子

長男に生まれて老ゆる梅の花　——本宮哲郎

白梅とわかるとほさでひきかへす　——豊田都峰

梅は一人か四五人で見る花か　——大井雅人

薄着してゆく天涯の梅の花　——遠山陽子

百齢を越える酒蔵梅ひらく　——手塚美佐

白梅の花の蕾に枝走る　——倉田紘文

梅二月灯台青き灯を点す　——加古宗也

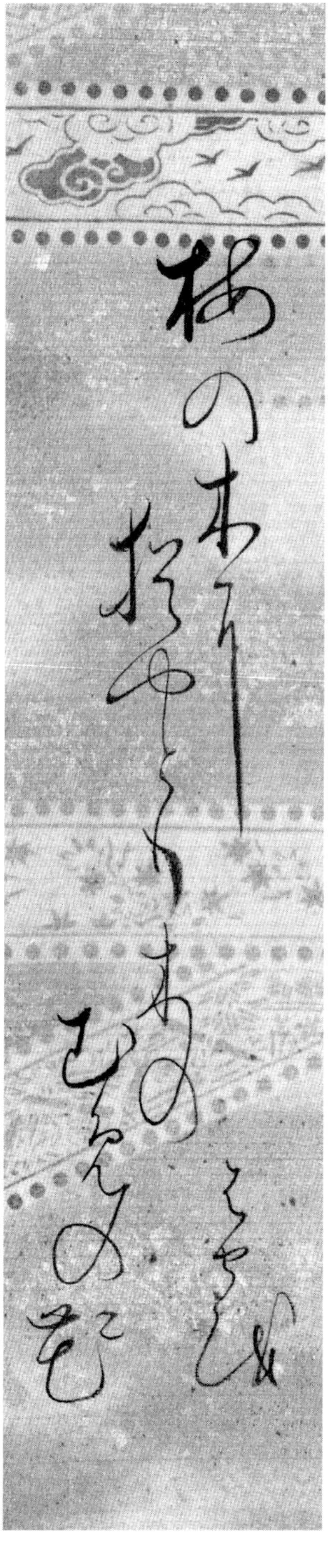

164 色紙（部分）　梅の木に猶《なを》やどり木のむめの花　はせを

164 松尾芭蕉（一六四四〜九四）江戸前期の俳人。伊賀の人。俳諧を革新大成した蕉風の祖。

165　短冊　飛梅やあやまたれけんよはひ星　立圃

166　短冊　飢えの眠りの仔犬一塊梅咲けり　三鬼

165　野々口立圃（一五九五〜一六六九）江戸前期の俳人。京都から江戸へ出る。貞門。俳画を多くつくる。
166　西東三鬼（一九〇〇〜六二）岡山生。新興俳句運動に参加。「天狼」創刊に尽力。

167 短冊　梅咲いて庭中に青鮫が来ている　兜太

168 短冊　ふろしきの紫たゝむ梅の頃　あきら

167 金子兜太（一九一九〜）埼玉生。父は俳人金子伊昔紅。「海程」創刊主宰。現代俳句協会名誉会長。
168 大峯あきら（一九二九〜）奈良生。師系高浜虚子。「晨」代表。

169 色紙　衰老《すいろう》は粋弄の誤ぞ微笑梅　碧蹄

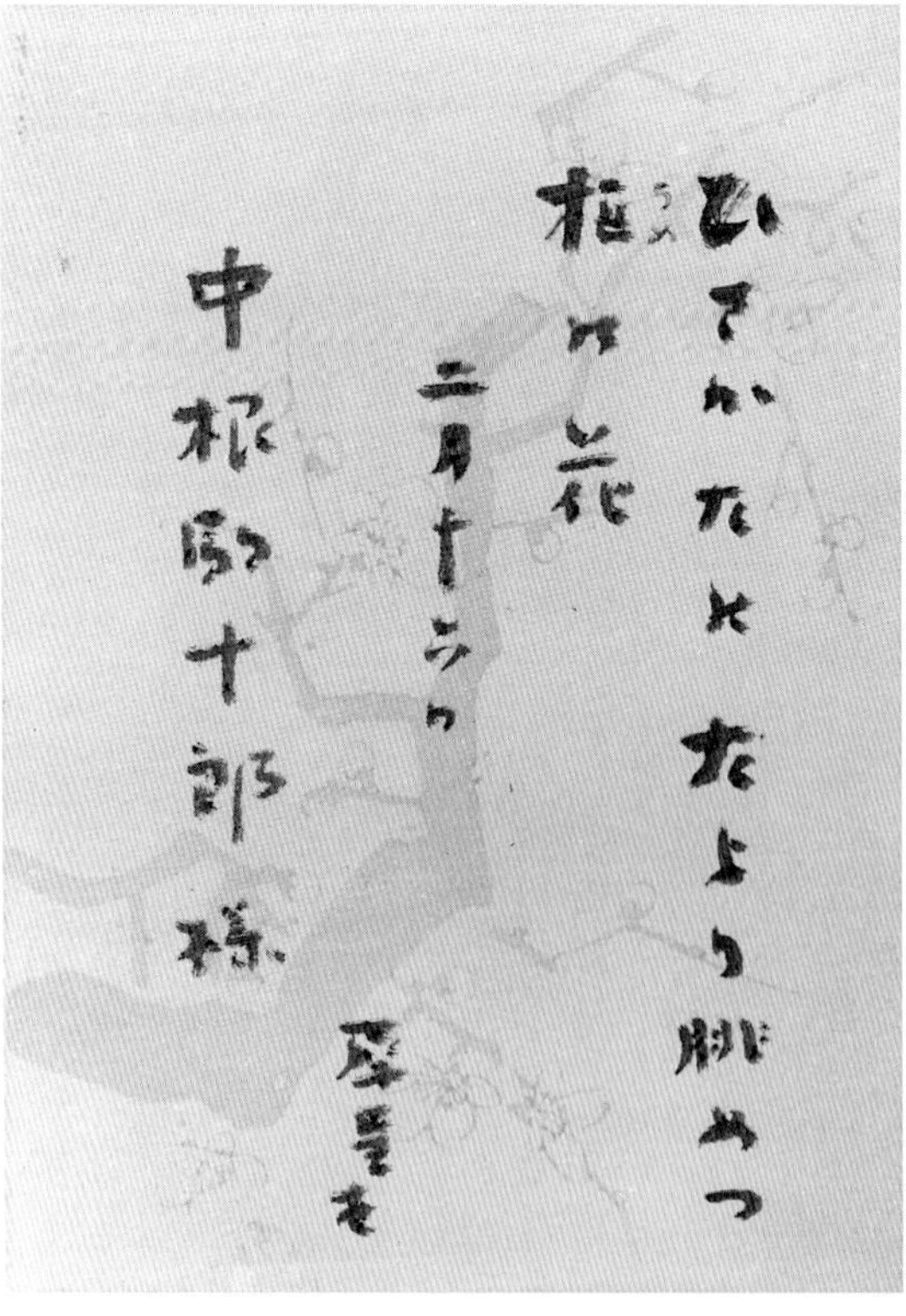

170 書簡（部分）　ひさかたのたより眺めつ梅の花
二月十六日　犀星拝
中根駒十郎様

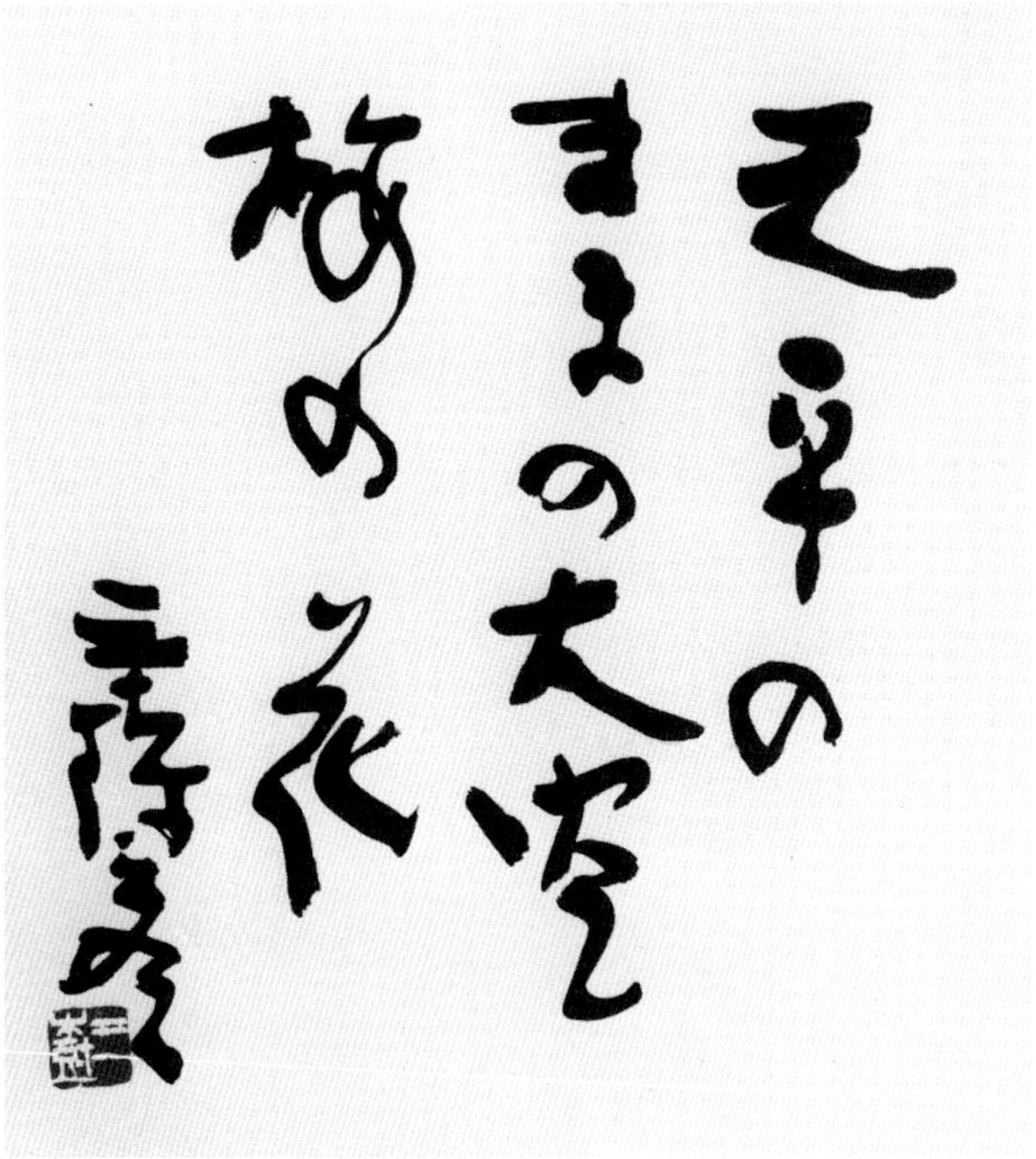

171 色紙　天平のままの大空梅の花　三樹彦

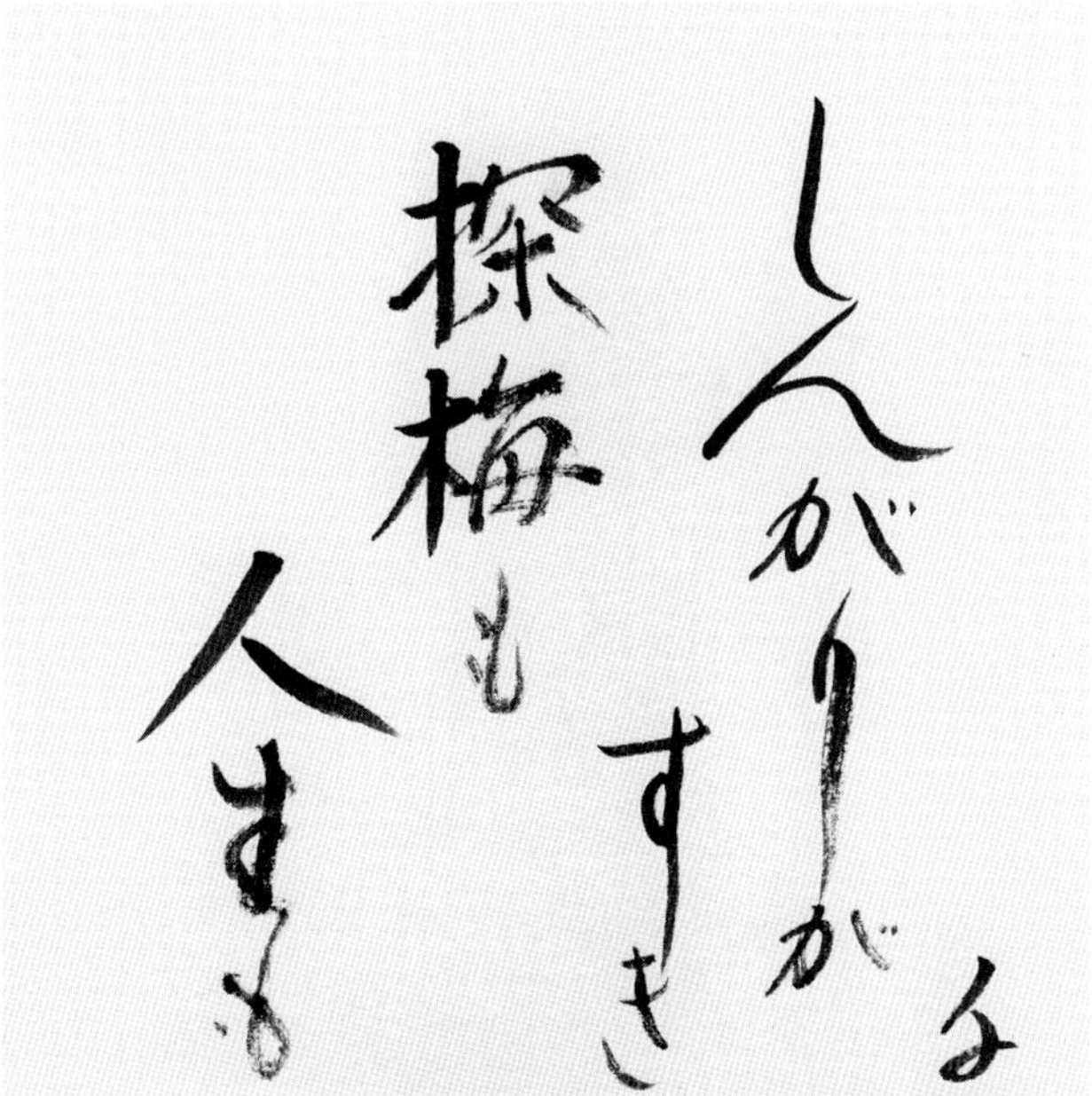

172 色紙　しんがりがすき探梅も人生も　千女

169 磯貝碧蹄館（一九二三〜）東京生。中村草田男に師事し「萬緑」同人。「握手」創刊主宰。金子鷗亭門の書家としても活躍。
170 室生犀星（一八八九〜一九六二）金沢生。詩人・小説家。『愛の詩集』『杏っ子』等。
171 伊丹三樹彦（一九二〇〜）兵庫生。日野草城に師事し、のち「青玄」継承主宰。
172 木田千女（一九二四〜）大阪生。師系鷹羽狩行。「天塚」主宰・「狩」同人。

紅梅《こうばい》

薄紅梅

植物

紅色の花が咲く梅である。蕪村に「二もとの梅に遅速を愛すかな」という句があり、紅梅は白梅より花期がやや遅い。『和漢朗詠集』でも「梅」のほかに「紅梅」の題目を立て、白梅と違う美しさをめでている。蕊が長く白梅の冷ややかさに比べて濃艶な感じがする。そのため卑俗をいう人もいるが、早春にはめずらしい華麗な花だ。八重や薄紅色のものなど種類が多い。清少納言の『枕草子』には「木の花は濃きも薄きも紅梅」と紅梅に肩入れしているのがおもしろい。

紅梅や見ぬ恋つくる玉すだれ　——芭蕉
はなみちてうす紅梅となりにけり　——暁台
紅梅の紅の通へる幹ならん　——高浜虚子
伊豆の海や紅梅の上に波ながれ　——水原秋櫻子
紅梅を去るや不幸に真向ひて　——西東三鬼
紅梅の紅のただよふ中に入る　——吉野義子
白梅のあと紅梅の深空あり　——飯田龍太
紅梅やゆつくりとものいふはよき　——山本洋子

173 幅
紅梅に
命ことなる
ひゞきあり
千架子

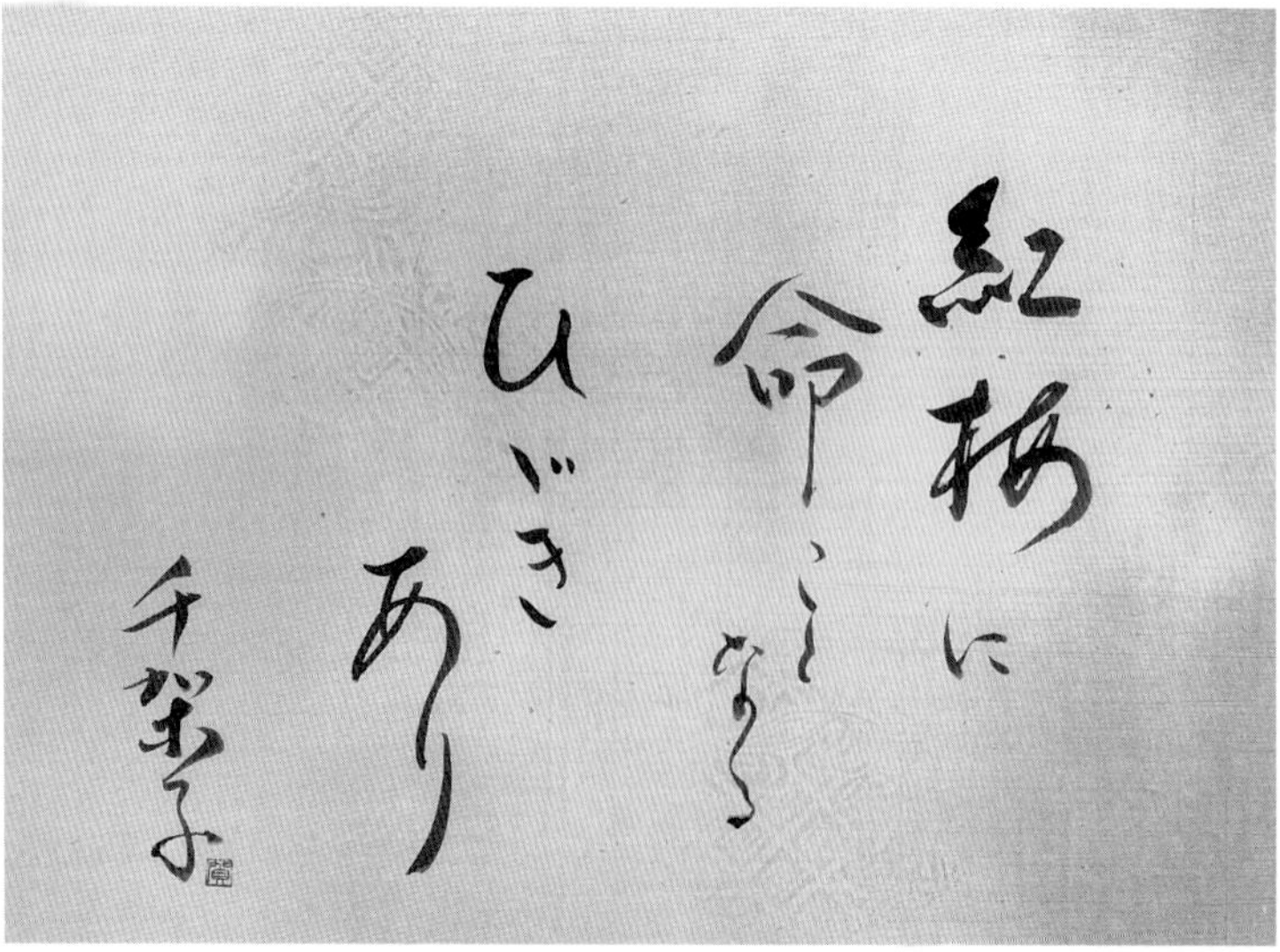

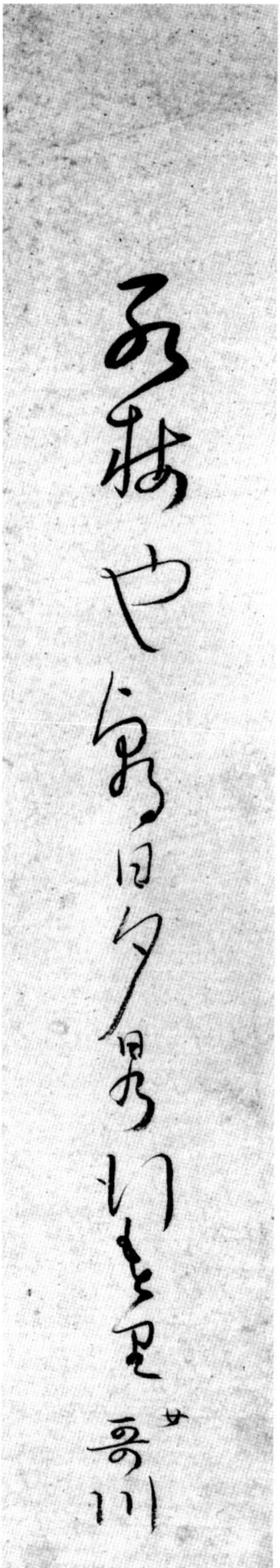

174 短冊　紅梅や朝日夕日の行もどり　歌川

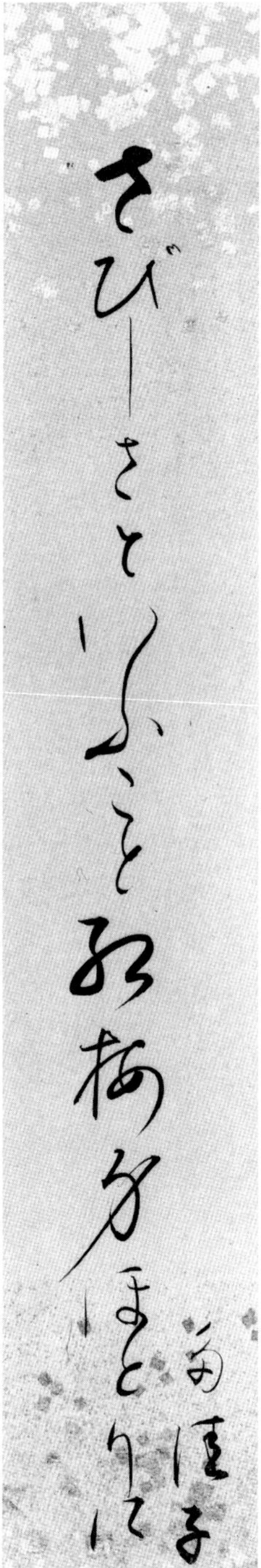

175 短冊　さびしさといふこと紅梅身ほとりに　多佳子

173 小島千架子（一九二七〜）東京生。師系角川源義。「斧」主宰。
174 遊女歌川（?〜一七七六）越前三国の遊女、のち女将。美濃派・伊勢派による。
175 橋本多佳子（一八九九〜一九六三）東京生。杉田久女に手ほどきを受け「ホトトギス」に投句、のち山口誓子に師事。「七曜」創刊主宰。

椿《つばき》

山椿・藪椿・白椿・紅椿・乙女椿・八重椿・玉椿・つらつら椿・花椿・散る椿・落椿

植物

漢字では山茶《つばき》と書くのが正しいという。いつしか春の喜びを伝えるのに最もふさわしいと、椿の国字があてられたという歴史がある。すなわち椿は木偏に春と書き、春の代表的な花。常緑樹で、葉は肉厚く緑色でつやがある。花は枝の先に一つずつ咲き、花弁の肉は厚い。一重咲き、八重咲きがあり、紅、白、絞りなどの色がある。花が散るとき、花びらだけでなくぽとりと全花が落ちる。この落花の風情が俳句でよく詠まれる。

落椿煌と地に在り既に過去　　楠本憲吉

時間には過去、現在、未来という三態がある。その流れ、方向の中でいろいろ人生を考えるものだ。俳句もまた人生から遊離しないが、十七文字で言えることに限りがある。いかに表現するかのレトリックに苦心したのが掲出句である。煌の字は光が大いにかがやく意。地に落ちた椿はまだ色あせていないが、木に咲く椿との落差は大きい。そんな現実の光景から引き出したのは過去という普遍的な観念である。

大阪市北浜生まれ。料亭「灘万」の長男。慶大俳句会を興し、また「野の会」主宰。（一九二二～八八）

遁水や椿ながるゝ竹のおく　――芭蕉

暁のあられ打ちゆく椿かな　――蕪村

赤い椿白い椿と落ちにけり　――河東碧梧桐

ゆらぎ見ゆ百の椿が三百に　――高浜虚子

笠へぽつとり椿だつた　――種田山頭火

椿流るゝ行衛を遠くおもひけり　――杉田久女

椿咲く試験地獄の日のひかり　――西島麦南

愛すとき水面を椿寝て流る　――秋元不死男

椿散るあゝなまぬるき昼の火事　――富澤赤黄男

落ちる時椿に肉の重さあり　――能村登四郎

ひとつ咲く酒中花はわが恋椿　――石田波郷

疾風の椿墓標へ飛火せり　――高島　茂

どの椿にも日のくれの風こもる　――飴山　實

西に星東に星の椿かな　――藤田あけ烏

補陀落の風にまた落つ椿かな　――加古宗也

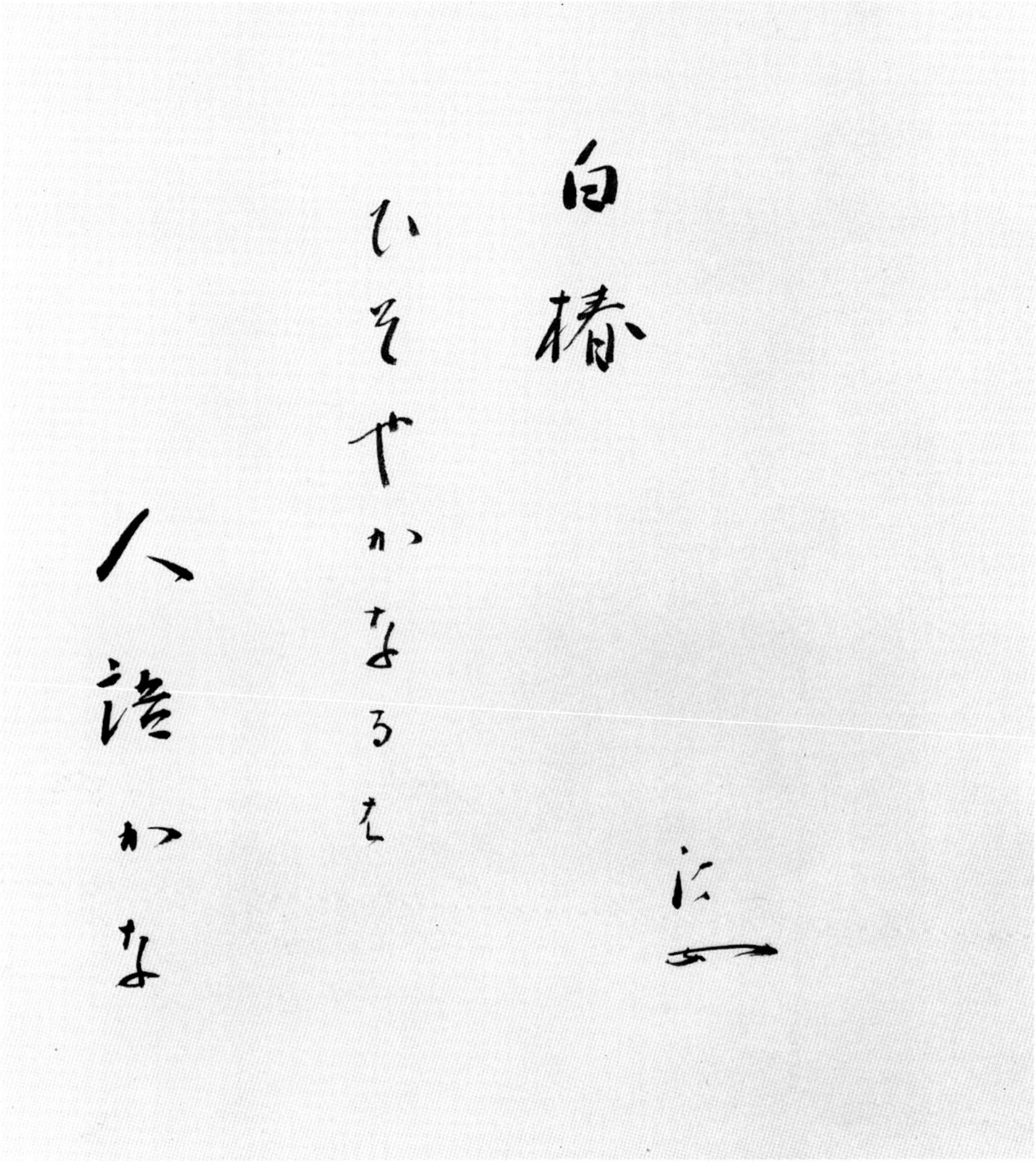

176 色紙
白椿
ひそやかなるは
人語かな
汀女

176 中村汀女（一九〇〇〜八八）熊本生。高浜虚子に師事し、のち「風花」創刊主宰。身辺瑣事に独自の感性美。

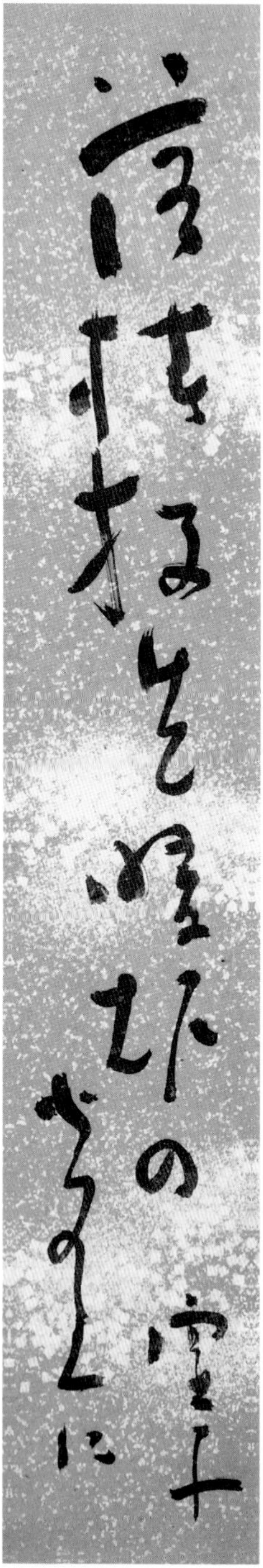

177 短冊 落椿投げて暖炉の火の上に　虚子

178 短冊 挿す花の又椿なる二月かな　つや女

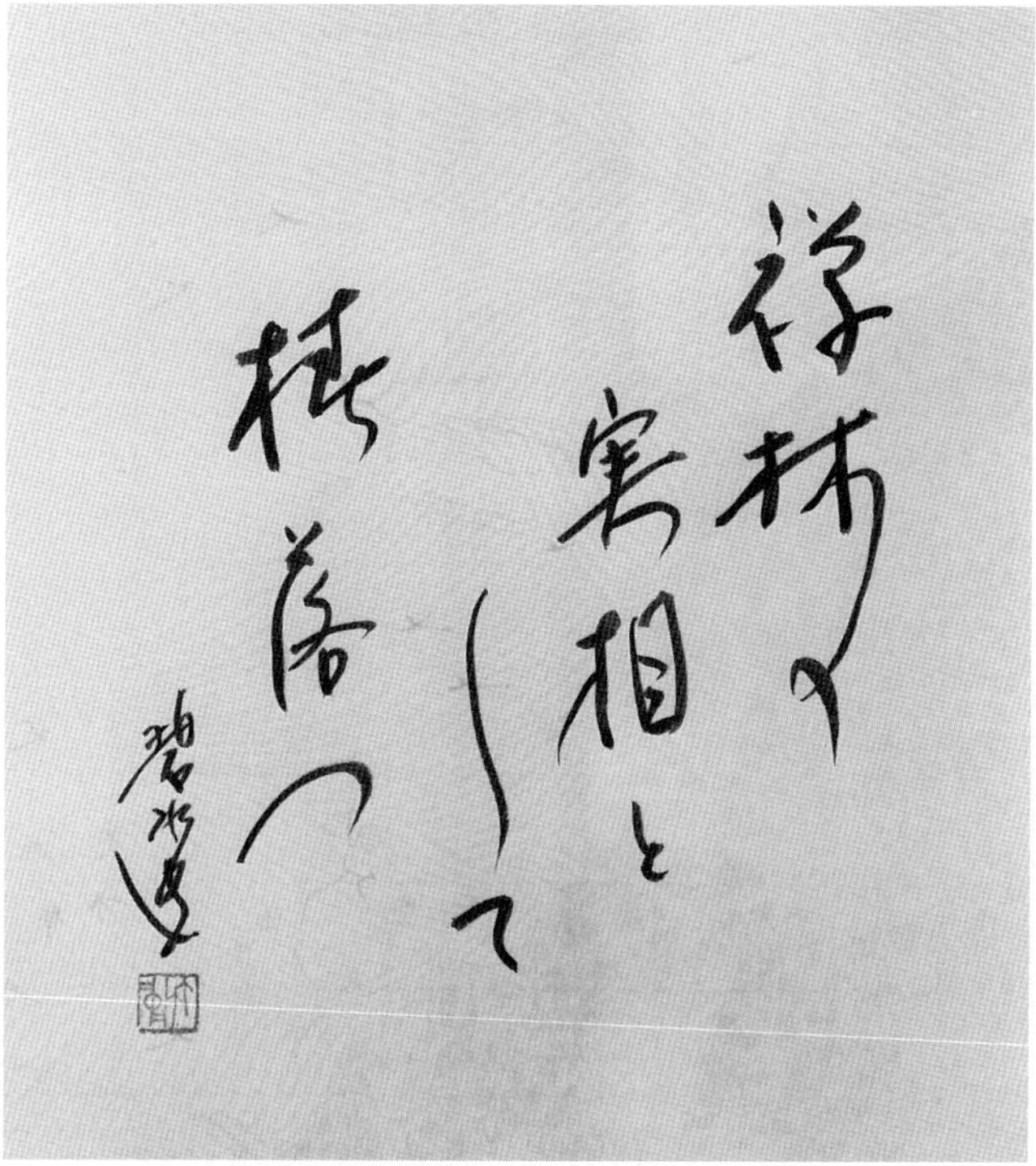

179
色紙
禅林の
実相として
椿落つ
碧水史

180
短冊　海疼《うず》く椿の花の落ち伏しに　三日女

177　高浜虚子（一八七四〜一九五九）松山生。正岡子規に師事し「ホトトギス」を主宰。花鳥諷詠の客観写生を説く。
178　松本つや女（一八九八〜一九八三）岩手生。松本たかし夫人。「笛」所属。
179　竹中碧水史（一九二九〜）大阪生。師系松瀬青々。「砂丘」主宰。
180　八木三日女（一九二四〜）大阪生。師系平畑静塔。「花」代表。

植物

桜《さくら》

朝桜・夕桜・夜桜・若桜・老桜

桜は古来、花王と称せられ日本の代表的な花である。春がくれば爛漫と咲きほこる花のもとで、花見をするのは誰も彼ものも楽しみだろう。咲き満ちた花をたたえるとともに、桜はその散りぎわの美しさを愛惜する。

花といえば桜だが、いわゆる里桜の栽培種だけでも三百種以上だ。俳句ではいちいち種類を問うことなく、すべて桜と詠んでいる。名所、名木を訪ねる吟行も流行で、まさに日本人の心情を最もくすぐる花でもあろう。

ゆさゆさと大枝ゆるる桜かな　村上鬼城

客観写生の大道をゆく俳句である。ただ桜だけを対象に、取り合わせ物を排して正面から桜の見事さを生き生きと詠んでいる。あるいは風が吹き〈ゆさゆさ〉揺れたのかもしれないが、そんな因果関係を示さない絶対的表現が魅力である。こうした省略こそが一つには俳句の本質であり、桜は桜本来の姿で力強く存在することとなる。

大正期の「ホトトギス」において飯田蛇笏、前田普羅らとともに活躍。絶頂期ともいうべき大正八年の作。（一八六五～一九三八）

命二つの中に生きたる桜かな　――芭蕉
朝桜吉野深しや夕ざくら　――去来
夕桜家ある人はとくかへる　――一茶
風に落つ楊貴妃桜房のまま　――杉田久女
み心に添ひ咲くさくら散るさくら　――野見山朱鳥
遠景に桜近景に抱擁す　――鈴木六林男
さきみちてさくらあをざめゐたるかな　――野澤節子
夜桜や此の桶は此の馬のもの　――星野紗一
父といふ世に淡きもの桜満つ　――堀口星眠
桜しべ降るやはらかき刻の降る　――下鉢清子
むつつりと上野の桜見てかへる　――川崎展宏
老人に口開けてゐる桜かな　――柿本多映
さくらけふ潮の満ちくる如ひらく　――吉田汀史
あけぼのの桜開眼供養かな　――石井　保
もう勤めなくてもいいと桜咲く　――今瀬剛一
はんにちは母半日は海へちるさくら　――石　寒太

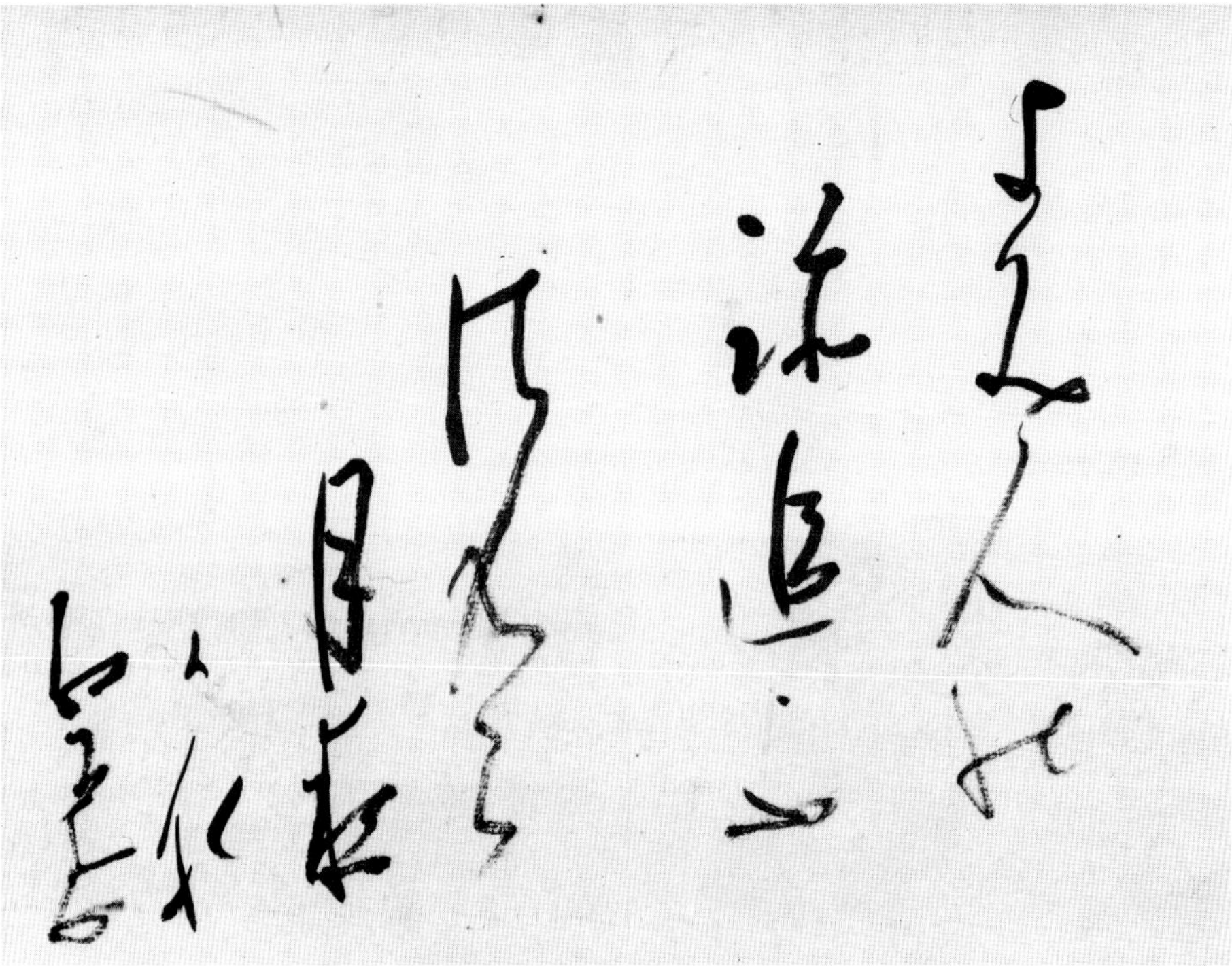

181
幅
よみ人の
跡追ふさくら
月夜かな
紅葉

181 尾崎紅葉（一八六七〜一九〇三）東京生。小説家。硯友社の代表作家。「金色夜叉」「伽羅枕」等。

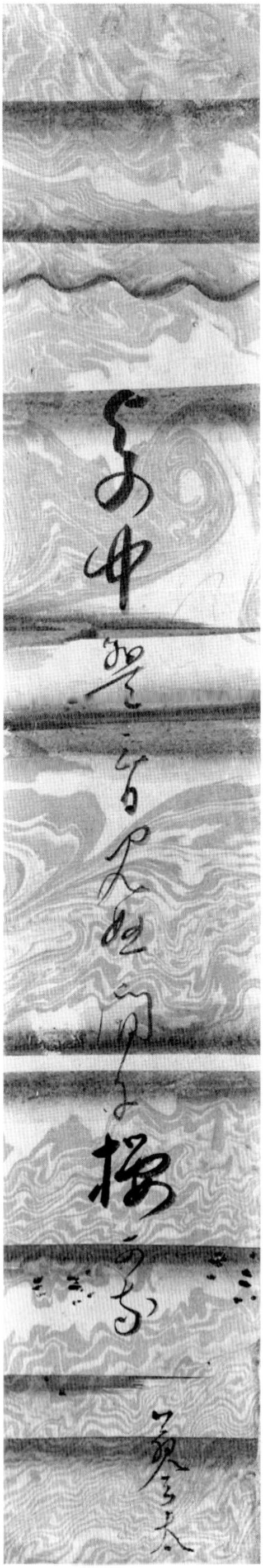

182
短冊　よの中は三日見ぬ間に桜かな　蓼太

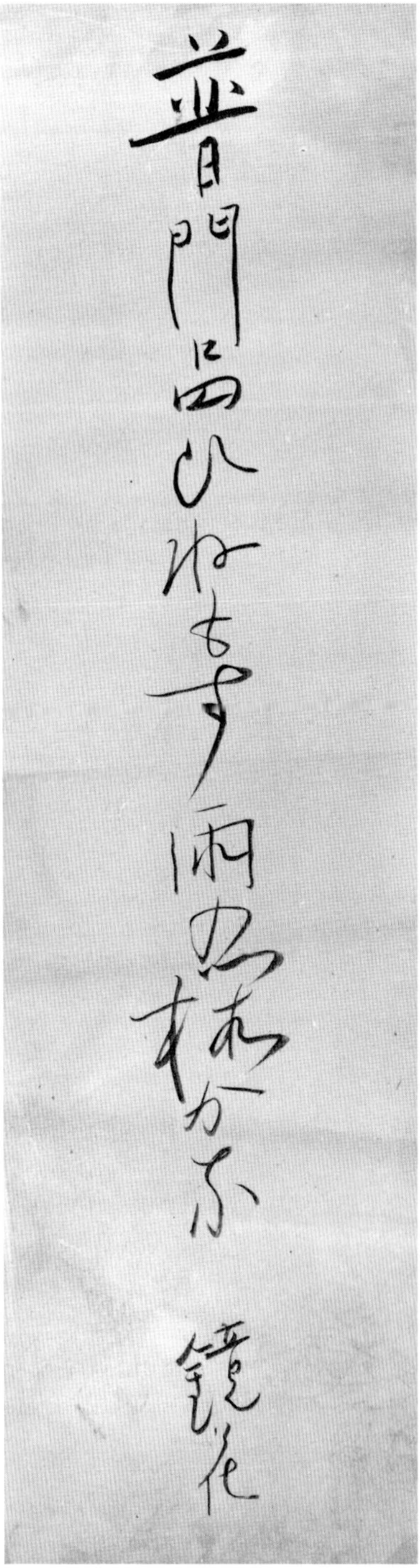

183
幅　普門品《ふもんぼん》ひねもす雨の桜かな　鏡花

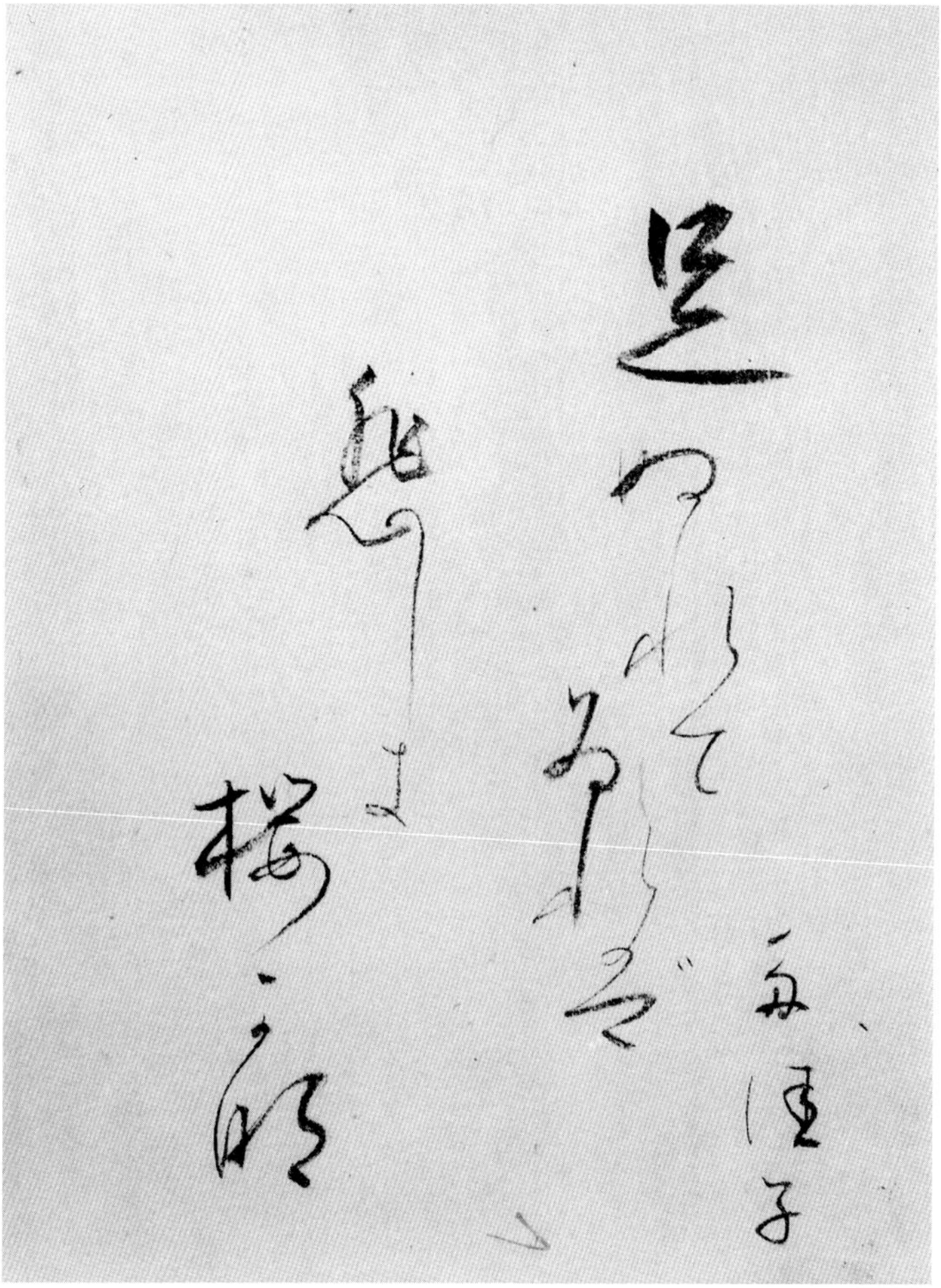

184
帖
足ぬれて
ゐれば悲しき
桜かな
多佳子

182 大島蓼太（一七一八〜八七）江戸中期の俳人。信濃の人。江戸座に対抗し芭蕉復帰を唱える。

183 泉　鏡花（一八七三〜一九三九）金沢生。小説家。ロマン主義文学の代表。「婦系図」「高野聖」等。

184 橋本多佳子（一八九九〜一九六三）東京生。杉田久女に手ほどきを受け「ホトトギス」に投句、のち山口誓子に師事。「七曜」創刊主宰。

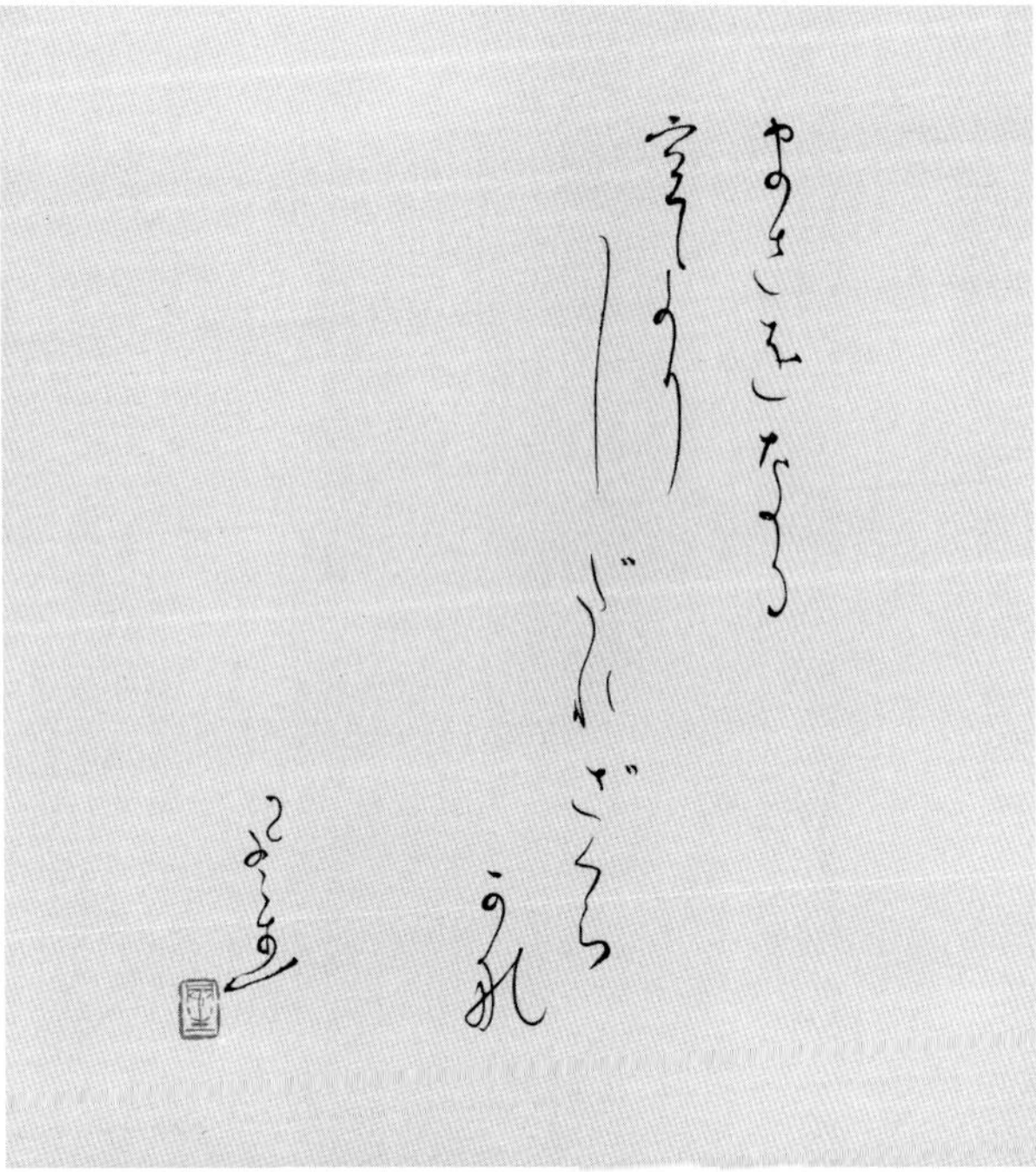

185　色紙　まさをなる空よりしだれざくらかな　風生

185　富安風生（一八八五〜一九七九）愛知生。高浜虚子に師事し、のち「若葉」創刊主宰。
186　中村草田男（一九〇一〜八三）中国生。高浜虚子に師事し、のち「萬緑」創刊主宰。人間探究派と呼ばれる。

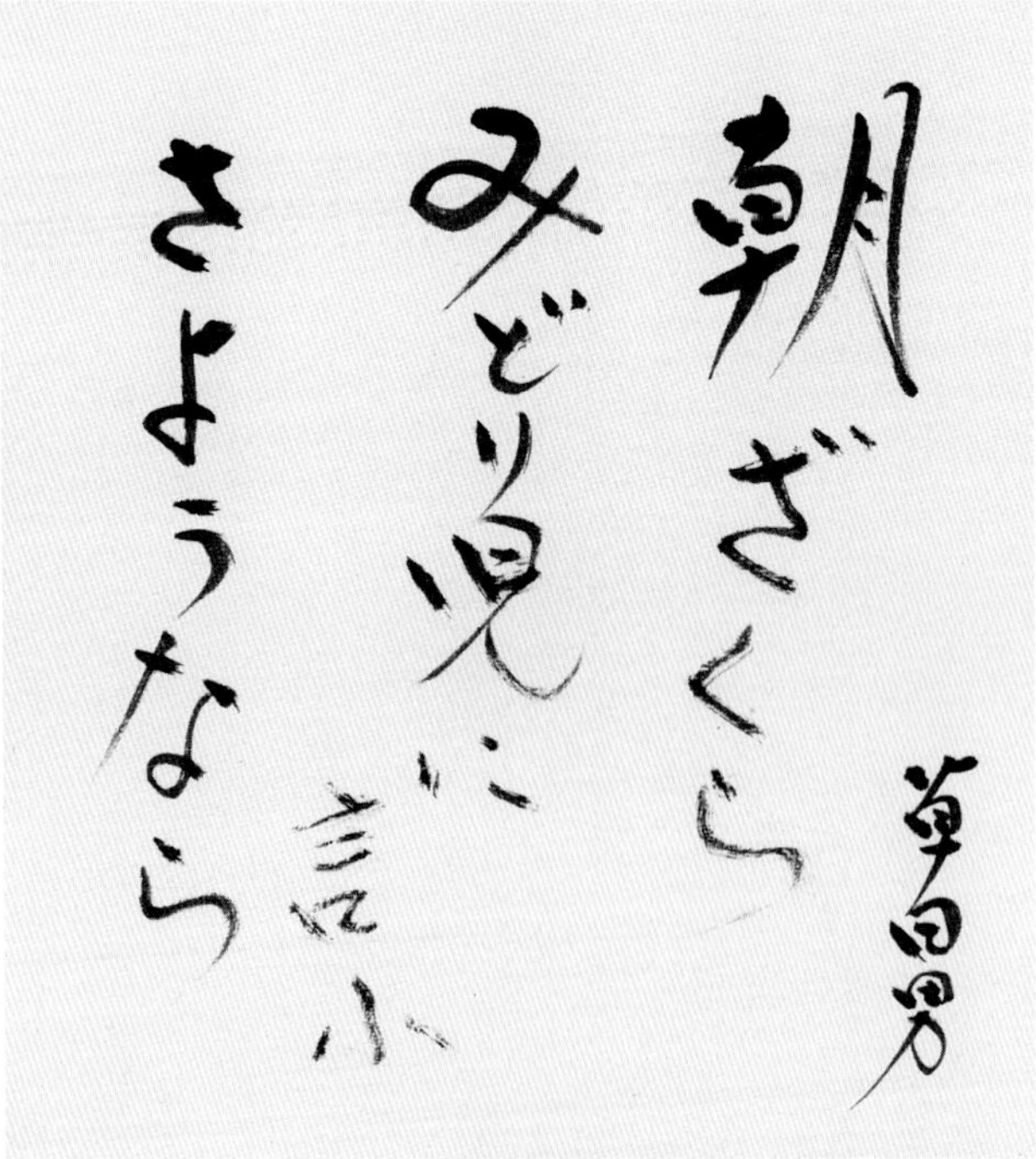

186　色紙　朝ざくらみどり児に言ふさようなら　草田男

187 短冊 うた丶ねの醒むれば桜月夜哉 方

188 短冊 日本の桜がここに通り抜け 東人

187 坂本四方太（一八七三～一九一七）鳥取生。子規門下、写生文に力を注ぐ。
188 戸恒東人（一九四五～）茨城生。有馬朗人に師事し「天為」同人・「春月」主宰。

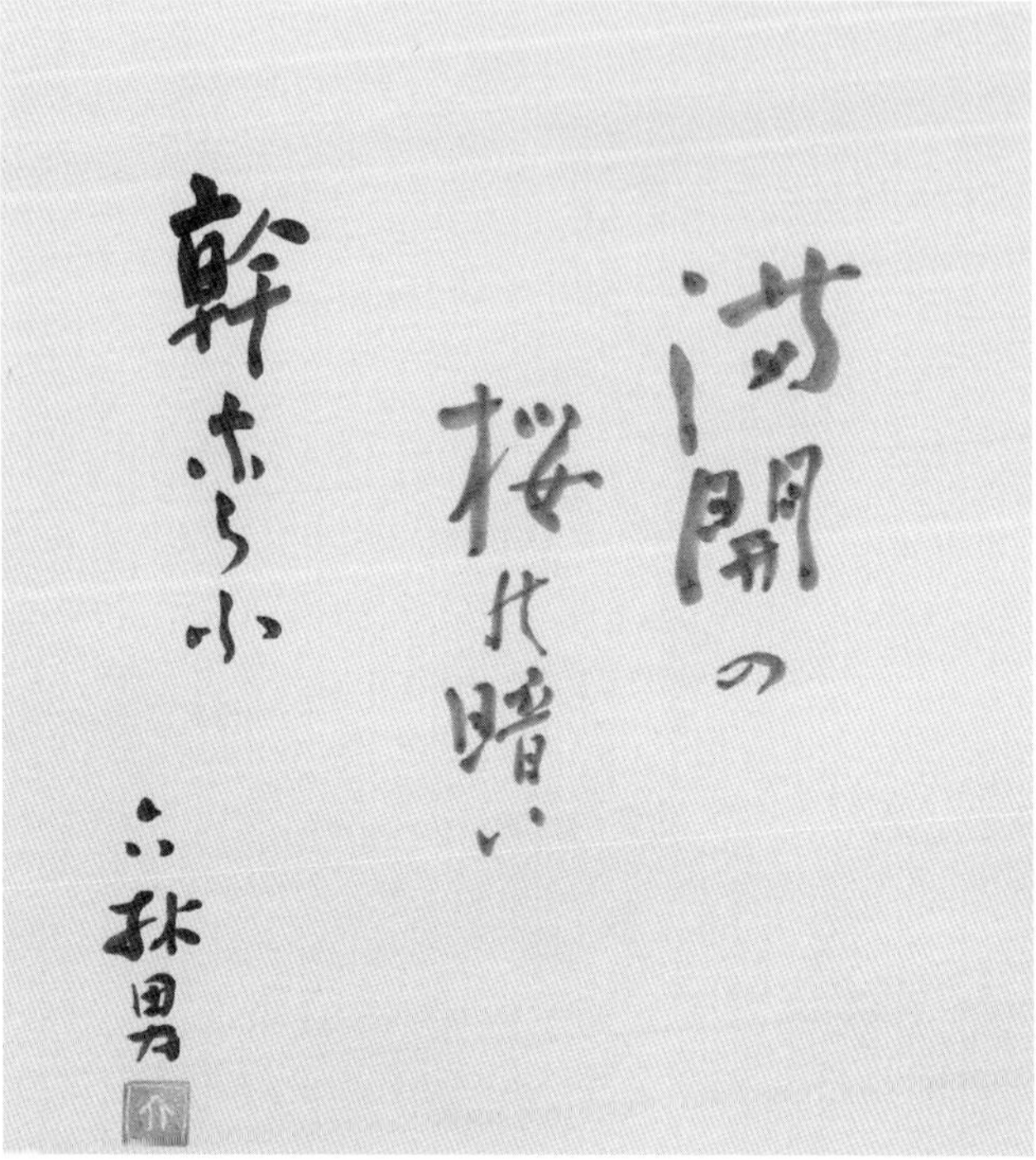

189 色紙　満開の桜の暗い幹ならぶ　六林男

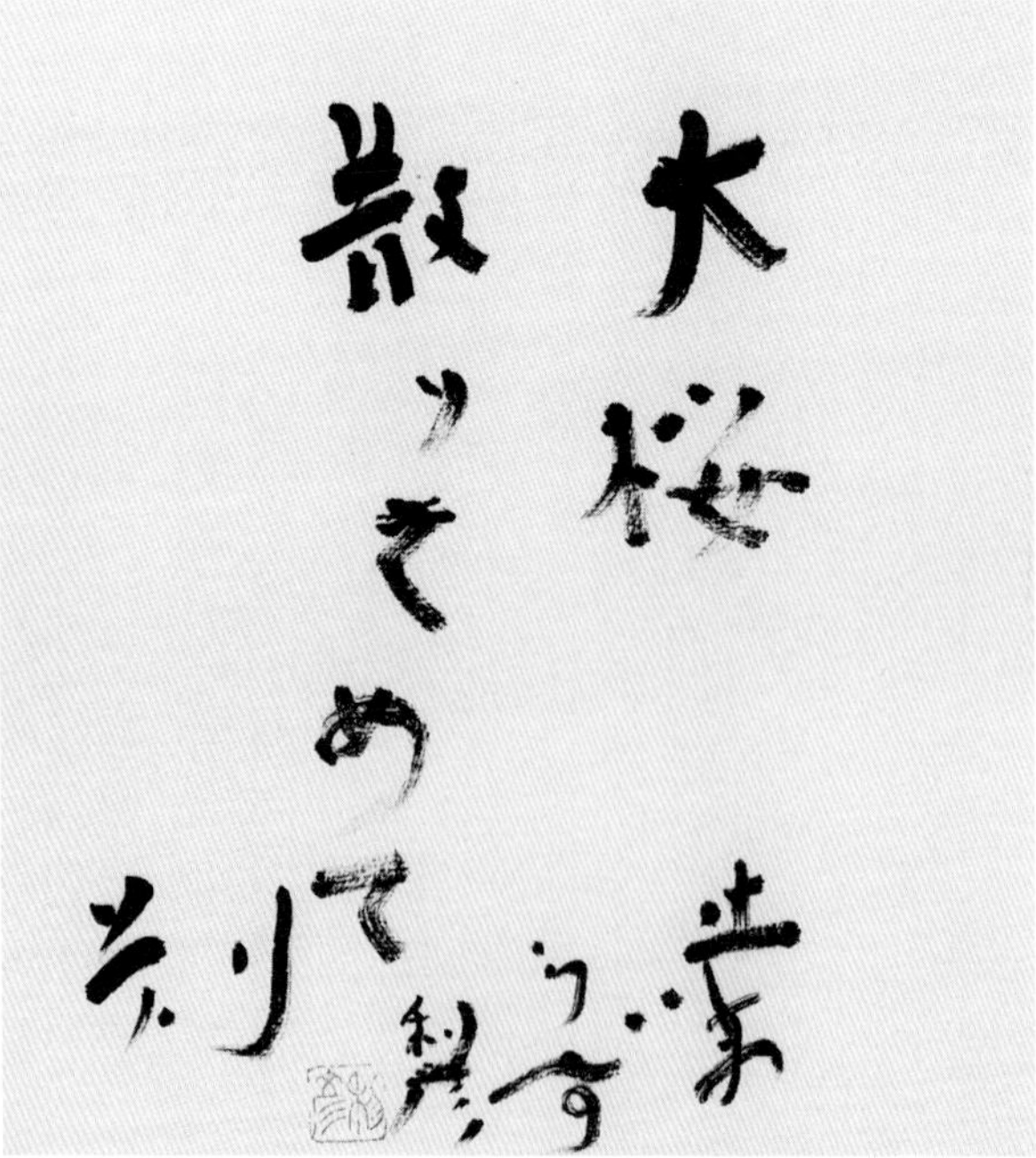

190 色紙　大桜散りそめて刻止まらず　利彦

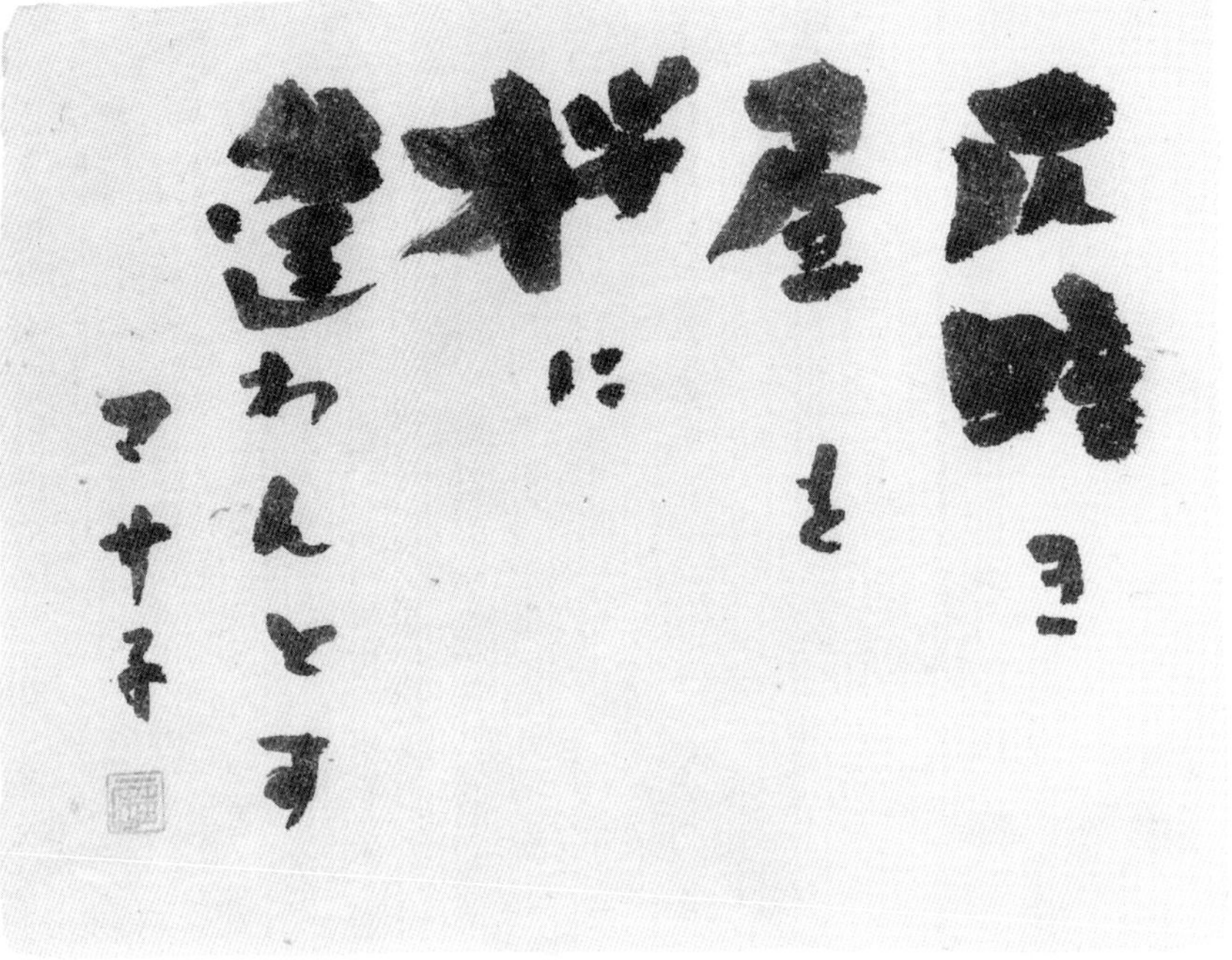

191
幅　仄暗き昼を桜に逢わんとす　マサ子

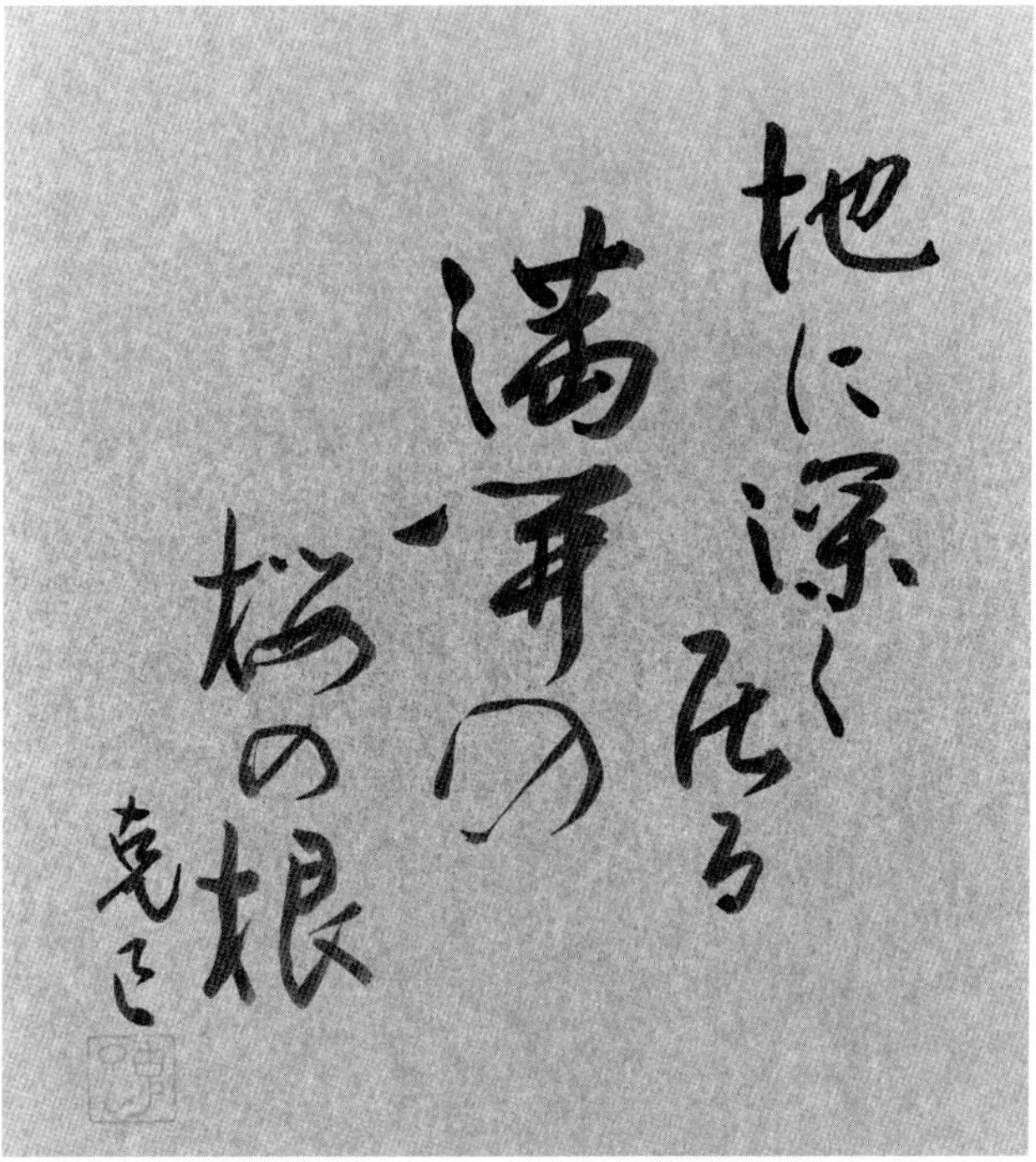

192
色紙　地に深く居る満開の桜の根　克巳

189 鈴木六林男（一九一九〜）大阪生。師系西東三鬼。「花曜」主宰。
190 松井利彦（一九二七〜）岐阜生。師系山口誓子・加藤楸邨。「天佰」主宰・「風」同人。
191 津沢マサ子（一九二七〜）宮崎生。西東三鬼に師事。無所属。
192 辻田克巳（一九三一〜）京都生。師系山口誓子・秋元不死男。「幡」主宰。

初桜《はつざくら》

初花

植物

その年にはじめて咲いた桜の花、または咲いて間もない桜の花を初桜、初花ともいう。開花の時期は品種や土地の気候によってずれがある。ふつうは開花の早い彼岸桜が初桜となる場合が多いけれど、そうでなくても土地土地でその年最初に開いた桜の花が初桜。春を待ち、花を待ち、ようやく花に逢う心の喜びをこめた季語である。桜前線はソメイヨシノの開花前線のこと、季節の進行に伴って地図上で移動をたどることもできる。

顔に似ぬ発句も出でよ初桜　——芭蕉

旅人の鼻まだ寒し初ざくら　——蕪村

初花の薄べにさして咲きにけり　——村上鬼城

夕空に片あかりせり初桜　——田中冬二

初花のまだ朝日子に紛るるほど　——大野林火

初桜今を今こそ一大事　——小出秋光

193 短冊　初桜あるじは田うつ男かな　五明

193 吉川五明（一七三〜一八〇三）江戸中期、秋田の俳人。談林風から美濃風、さらに蕉風へと進む。

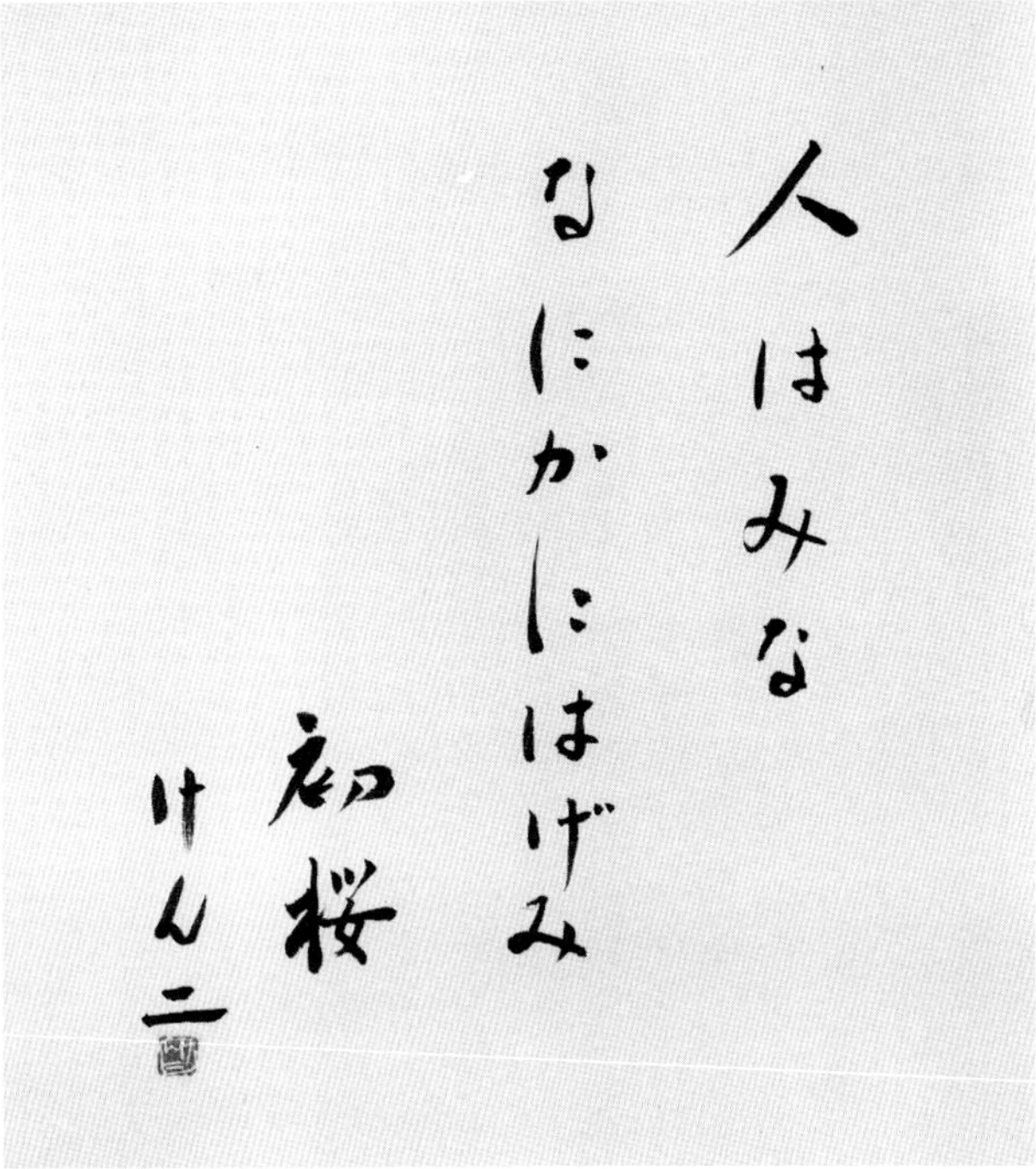

194
色紙　人はみななにかにはげみ初桜　けん二

195
色紙　水よりも雲の濡れゐる初桜　器

194　深見けん二（一九二二〜）福島生。高浜虚子・山口青邨に師事しホトトギス新人会で活躍。「花鳥来」主宰・「珊」同人。

195　神蔵　器（一九二七〜）東京生。師系石川桂郎。「風土」主宰。

山桜《やまざくら》

植物

山に咲く桜など漠然としたものでなく、山桜というのは特定種。四月の上中旬ころに、色彩や光沢において変化に富む若葉と同時に開花。その白に近い淡紅色の花が若葉に映ずる眺めは、えも言われぬ趣がある。吉野山の桜はこの種である。

本居宣長が「敷島の大和心をひととはば朝日に匂ふ山桜花」とうたっているのも、この花である。群がり咲いて雲のように棚びく遠景をめでる人は多い。

その弥生その二日ぞや山ざくら　——其角

山桜白きが上の月夜かな　——臼田亜浪

山又山山桜又山桜　——阿波野青畝

山ざくら石の寂しさ極まりぬ　——加藤楸邨

村ほろびいきいきと瀬や山ざくら　——宮津昭彦

あかつきの風あかつきの山桜　——篠崎圭介

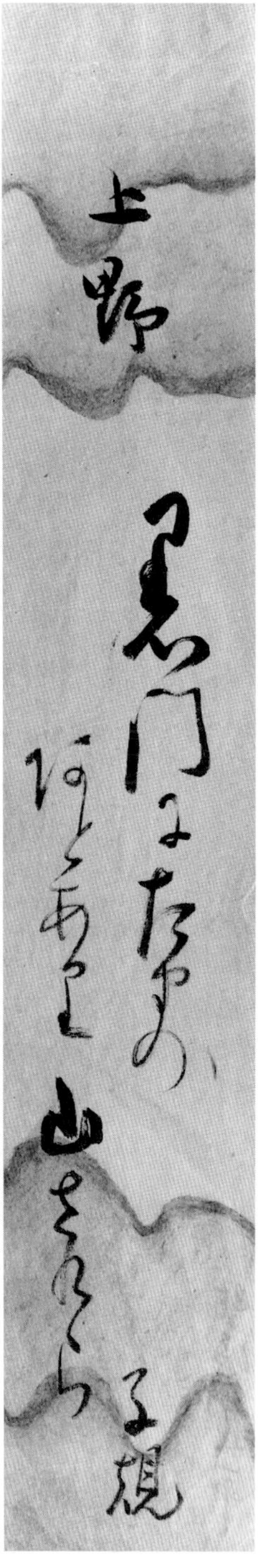

196 短冊　上野　黒門にたまのあとあり山ざくら　子規

196 正岡子規（一八六七〜一九〇二）松山生。写生を唱え「ホトトギス」を創刊。俳句・短歌の近代革新の祖。

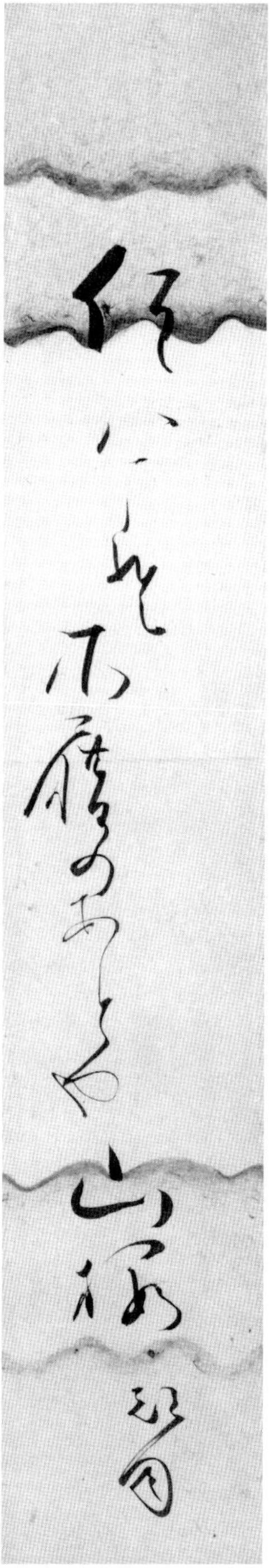

197 短冊 住ばこそ木履のあとや山桜 都因

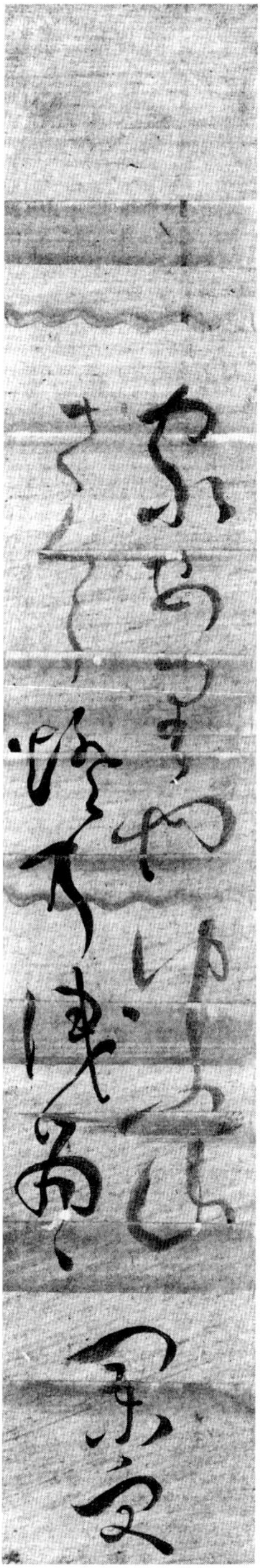

198 短冊 家ありやゆふ山ざくら燈の洩るゝ 蘭更

197 建部涼袋（一七一九〜七四）江戸中期の俳人。津軽の人。別号都因。文人画もよくする。

198 高桑蘭更（一七二六〜九八）江戸中期の俳人。金沢の人。天明期中興俳壇の有力者の一人。

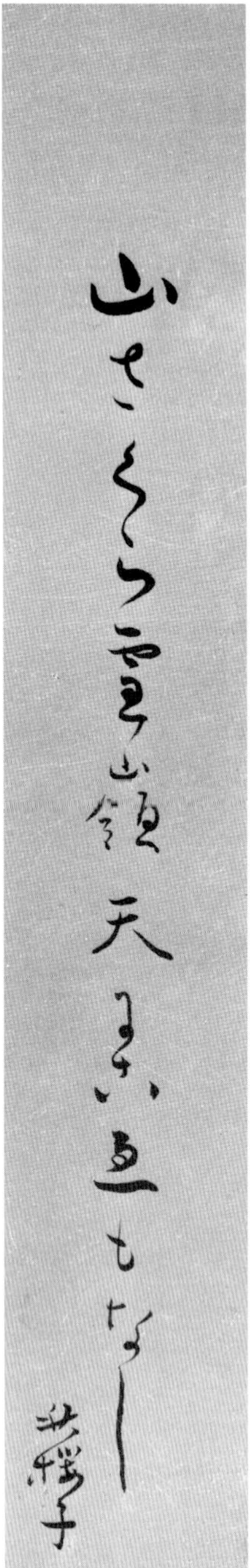

199 短冊 山ざくら雪嶺天にこゑもなし 秋桜子

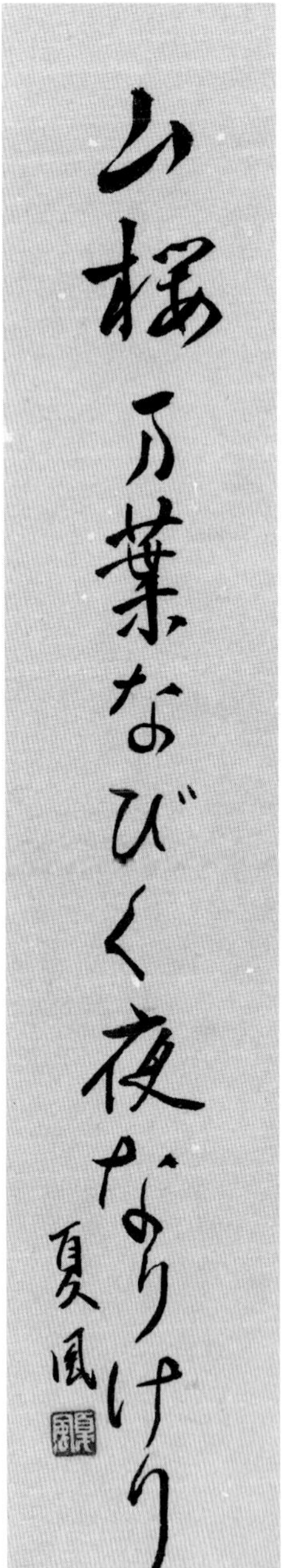

200 短冊 山桜万葉なびく夜なりけり 夏風

199 水原秋櫻子（一八九二〜一九八一）東京生。虚子門四S時代の一角。「ホトトギス」を離れ新しい抒情性を唱え「馬酔木」を主宰。

200 斎藤夏風（一九三一〜）東京生。山口青邨に師事し、のち「屋根」創刊主宰。

悪筆

眞鍋呉夫

もう半世紀近くも昔の話である。私は三浦一郎氏の『続・ユーモア人生抄』（現代教養文庫）を卒読しているうちに、ひょっこり次のような箇所に気づいた。以下に引用するのは、「名筆・悪筆」というミダシの頁の、〈読み方知らず〉というコミダシを付けられた、その第四節の全文である。

「ある人が雑誌を発刊するからと手紙で寄稿を依頼された。返事を書いたが、発信人の名があまりに達筆で読めないので、手紙の名前の部分を切抜いて、封筒にはって出した。郵便配達にはそれが読めたらしく、返事はとどいた。その発信人は真鍋呉夫だった。」

当時の私は、この逸話集の著者については何も知らなかったが、東大出身で某大学の教授だという巻末の略歴を見て、文中の「ある人」はおそらく中村真一郎にちがいない、とすぐに思った。なぜなら、私は戦後まもなく文芸誌『午前』を福岡から創刊し、そのためのエッセイを中村に依頼したことがあったからである。

中村自身の口から以上のような経緯を確かめることができたのは、それから約二十年後のことであったが、『午前』を創刊した前後の私は、「亡友矢山哲治や弟越二の命を奪ったことがわが国の近代の帰結であれば、もう一度その近代を徹底的に検討し直してみなければならぬ」というだいそれた思いに取り憑かれていた。だから、三浦氏から折紙を付けられた私の「悪筆」にも、多少はその思いが感じられたのではあるまいか。

げんに、中村は前述のとおり、私の名前の切り貼りまでして、立原道造を知るためには逸することのできぬすぐれた回想記「優しき歌」を送ってくれた。三島由紀夫は私の悪文を読み解いて、「わが世代の革命」と題する昂然たるマニフェストを寄稿してくれた。また、当時四十二歳であった伊東静雄は、後に最後の詩集『反響』に収録された平明な口語詩「雲雀」をその手紙に同封して、私の切望にこたえてくれた。

それかあらぬか、私は鑿《のみ》で彫ったような犀利《さいり》な書体で知られていた晩年の三好豊一郎から、次のような過分な鼓舞を受けた事がある。「作家真鍋呉夫さんは、音信の折にしばしば自作句を墨書して下さる。思い切った筆遣いで、大変おもしろい。一枚をここに掲げたい。

棺負うたままで尿する吹雪かな

筆跡また呼応して、いかにも凄絶の感を覚えしめる」

（「書の愉しみ」――『書道研究』一九八八年十二月号）

けだし、「棄てる神あれば拾う神あり」とは、まさにこのことであろう。

花《はな》

花盛り・花明り・花影・花時・花過ぎ・花の雨・花の山・花の昼・花の曇・花埃・花便り・花の宿

植物

花といえばふつうは桜の花のことだ。古代には梅にいう場合もあったが、平安後期以降は桜の花に定着。服部土芳《とほう》の俳論書『三冊子』には「花といふは桜の事ながら、すべて春花を言う」とも記す。春の野山は種々の花が咲きにぎやかだ。それら花全体のはなやかさを背景にした、桜の花の美しさと考えてもよかろう。

季語に花のつくものが多い。花の笑み、花盛り、花明り、花吹雪、花屑、花の顔、花の形見などである。また花鳥風月、雪月花のように自然美の代表的な景物として花を概念化した呼称もある。人は花が咲くのを待ち、花が散るのを惜しむ。そういった心情をこめ、花は自然美を写す俳句の中心的な主題になっていった。

世にさかる花にも念仏申しけり　松尾芭蕉

今を盛りと咲きこぼれる桜を見て、どう感じるかは人それぞれに異なるだろう。けれど芭蕉の俳句だから気になってくる。桜を観賞すると同時に、人生の観照となっているところが眼目。無常というのは常がないこと、『平家物語』の冒頭でも諸行無常、盛者必衰の理を説く。満開の桜に念仏とは少々気が早すぎるとも思えるが、これが時代の雰囲気である。芭蕉俳句の背景に、心を支える宗教があった。

まぼろしの花湧く花のさかりかな　上田五千石

坂口安吾に『桜の森の満開の下』という、鬼女に取りつかれる幻想世界を描いた小説がある。満開の桜は妖しく、人を狂わす何かがあるように思う。そんな深層心理の探求にも興味はあるが、十七文字で言い切る痛快さは俳句の醍醐味だろう。俳句は寄物陳思、物にそい物から離れず、よく見ることが肝要である。作者の説く、いわゆる眼前直覚もその一つ。じっと辛抱強く見ていれば、ものの虚実が見えてくる。花盛りとは虚実の混交というべきものか。

東京生まれ。秋元不死男に師事し「氷海」同人。のち「畦」を創刊主宰。（一九三三〜九七）

花の雲鐘は上野か浅草か　——芭蕉

一昨日はあの山越えつ花盛り　——去来

ねぶたさの春は御室の花よりぞ　——蕪村

花咲くや欲のうきよの片すみに　——一茶
君帰らず何処《いずこ》の花を見にいたか　——夏目漱石
チヽポヽと鼓打たうよ花月夜　——松本たかし
今生の今日の花とぞ仰ぐなる　——石塚友二
花の世の花のようなる人ばかり　——中川宗淵
一片の雲もゆるさず花と富士　——吉野義子
花散るや夢の吉野に遊びをり　——吉田鴻司
本丸に立てば二の丸花の中　——上村占魚
川のはじまりうつとりと花盛り　——松澤　昭
花吹雪時を置きては空に満つ　——林　徹
花月夜仏の妻を誘ひ出す　——神蔵　器

胎内の記憶花咲く樹海に入り　——たむらちせい
花の下われら不在をふやしゐる　——柿本多映
齢加ふやすけさに花しだれけり　——宮津昭彦
逢ふことのもうなくなりし花月夜　——金久美智子
花明りしてこの世かなあの世かな　——篠崎圭介
いっそ狂うて花よ花よとあの世まで　——勝村茂美
花あれば花咲爺も夢に出て　——角川春樹
夕空の雲に移りぬ花のいろ　——いのうえかつこ
花の下骸骨踊り餓鬼笑ひ　——行方克巳
花過ぎの空ほうほうと人の声　——野木桃花
くべ足して暗みたりけり花篝　——西村和子

201 短冊　花ならぬ山も無かりき長谷熊野　青々

201 松瀬青々（一八六九～一九三七）大阪生。子規門下、関西ホトトギス派の重鎮。「宝船」のち「倦鳥」主宰。

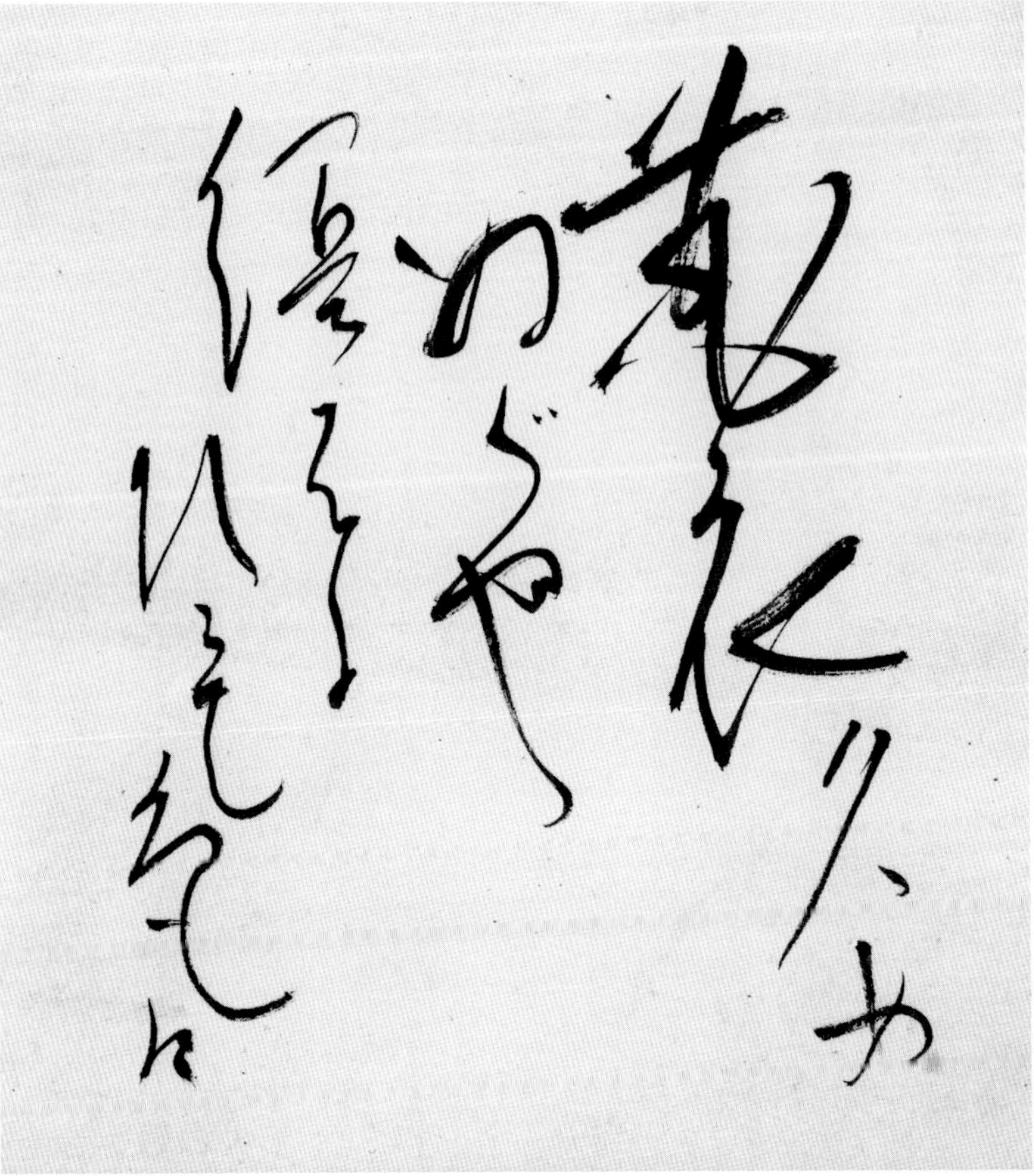

202
色紙
花衣
ぬぐや纏はる
ひも色々
久女

202 杉田久女（一八九〇～一九四六）鹿児島生。高浜虚子に師事し「ホトトギス」同人。情熱的・強烈な個性を句に発揮した。
203 芥川龍之介（一八九二～一九二七）東京生。小説家。別号澄江堂主人。俳号餓鬼。「鼻」「羅生門」等。
204 松本たかし（一九〇六～五六）東京生。病弱のため能役者の家業を継がず。高浜虚子に師事し、のち「笛」創刊主宰。

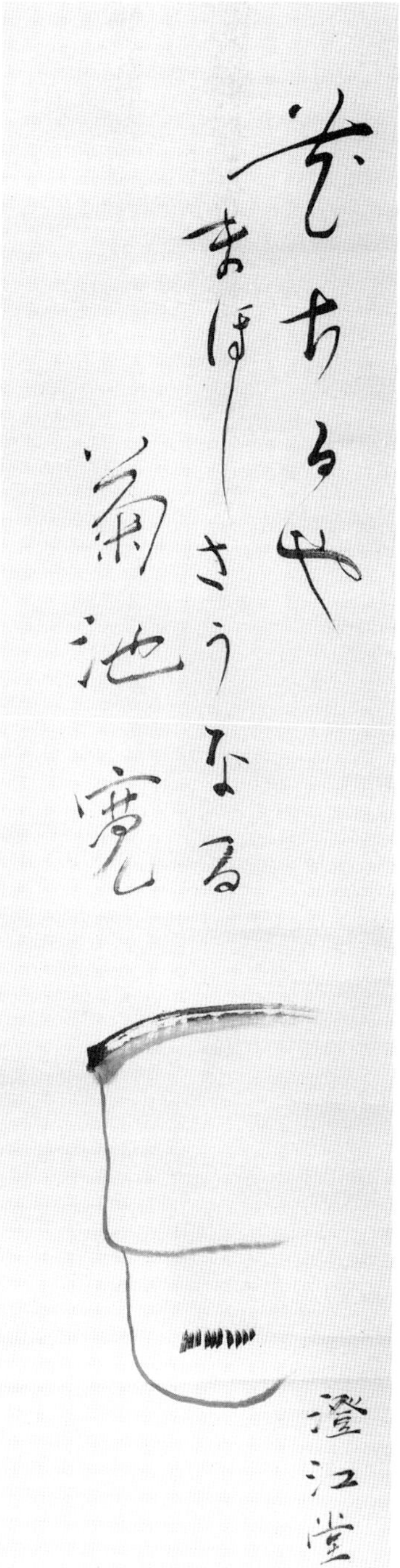

203
幅　花ちるやまほしさうなる菊池寛　澄江堂

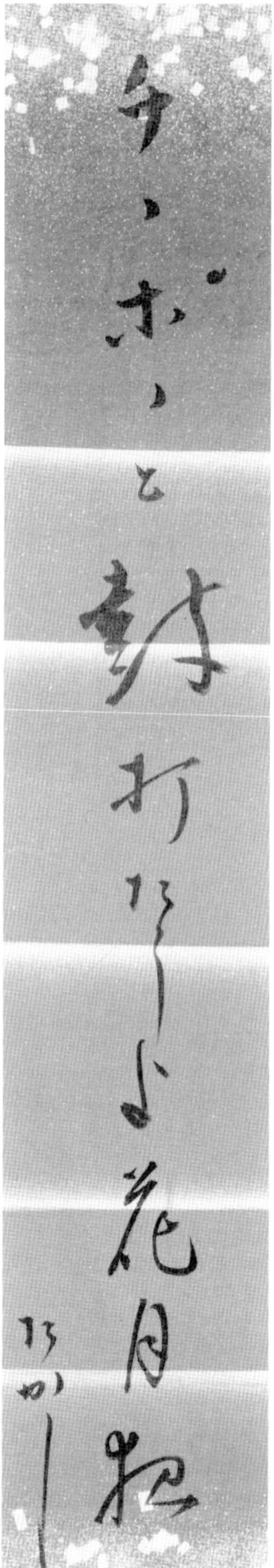

204
短冊　チヽポヽと鼓打たうよ花月夜　たかし

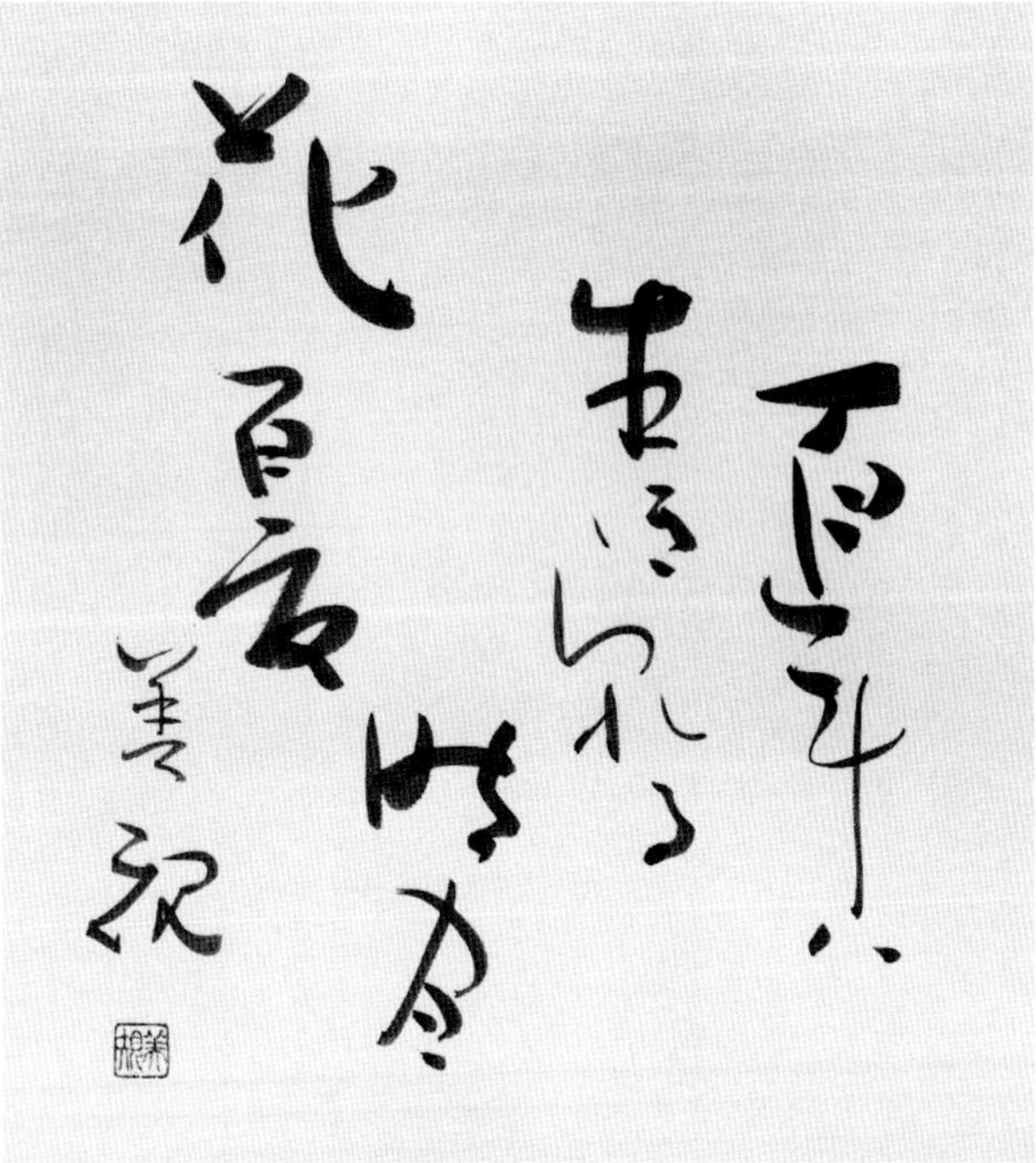

205　色紙　百年は生きられる時間花百度　美規

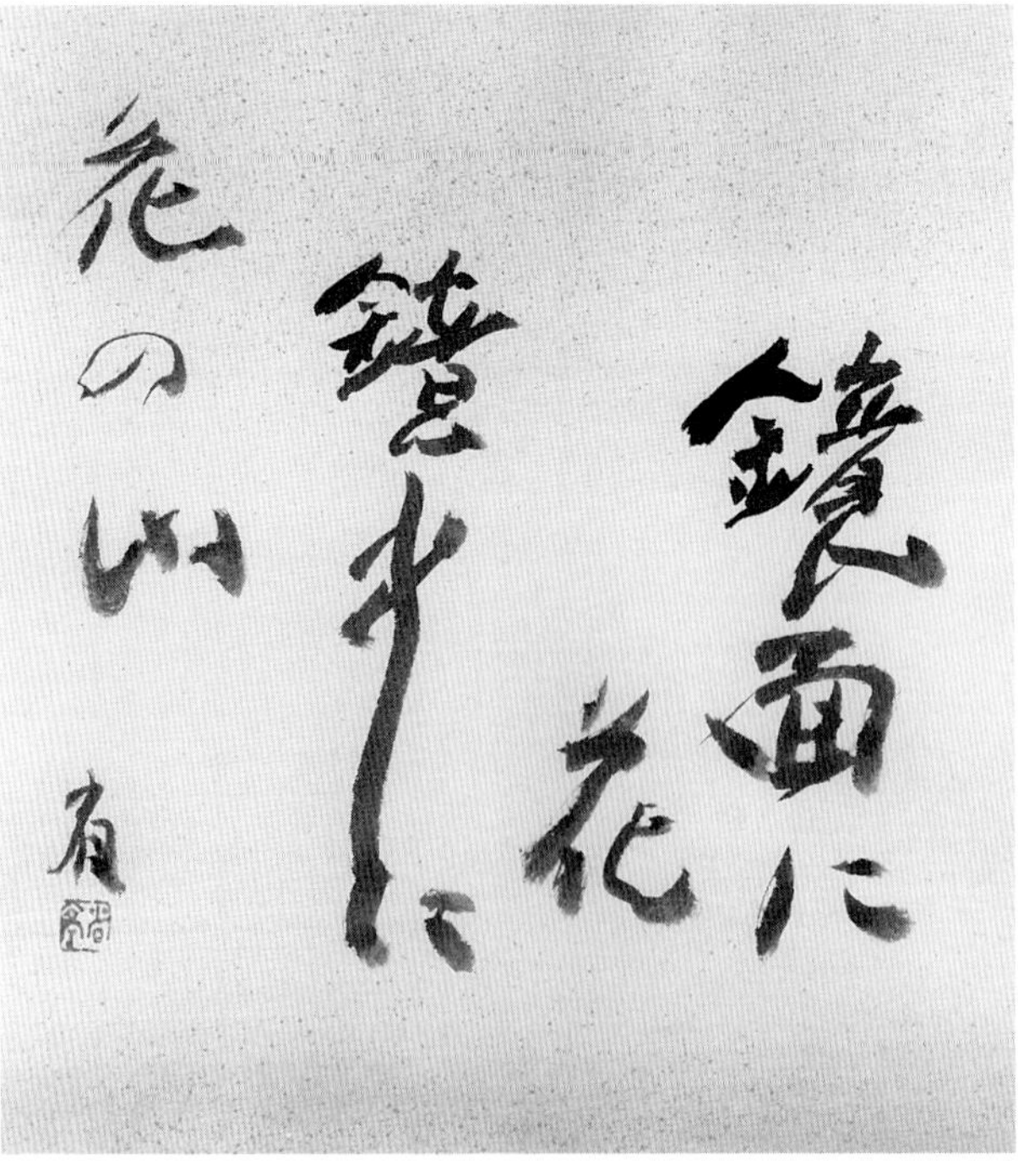

206　色紙　鏡面に花鏡中に花の山　省

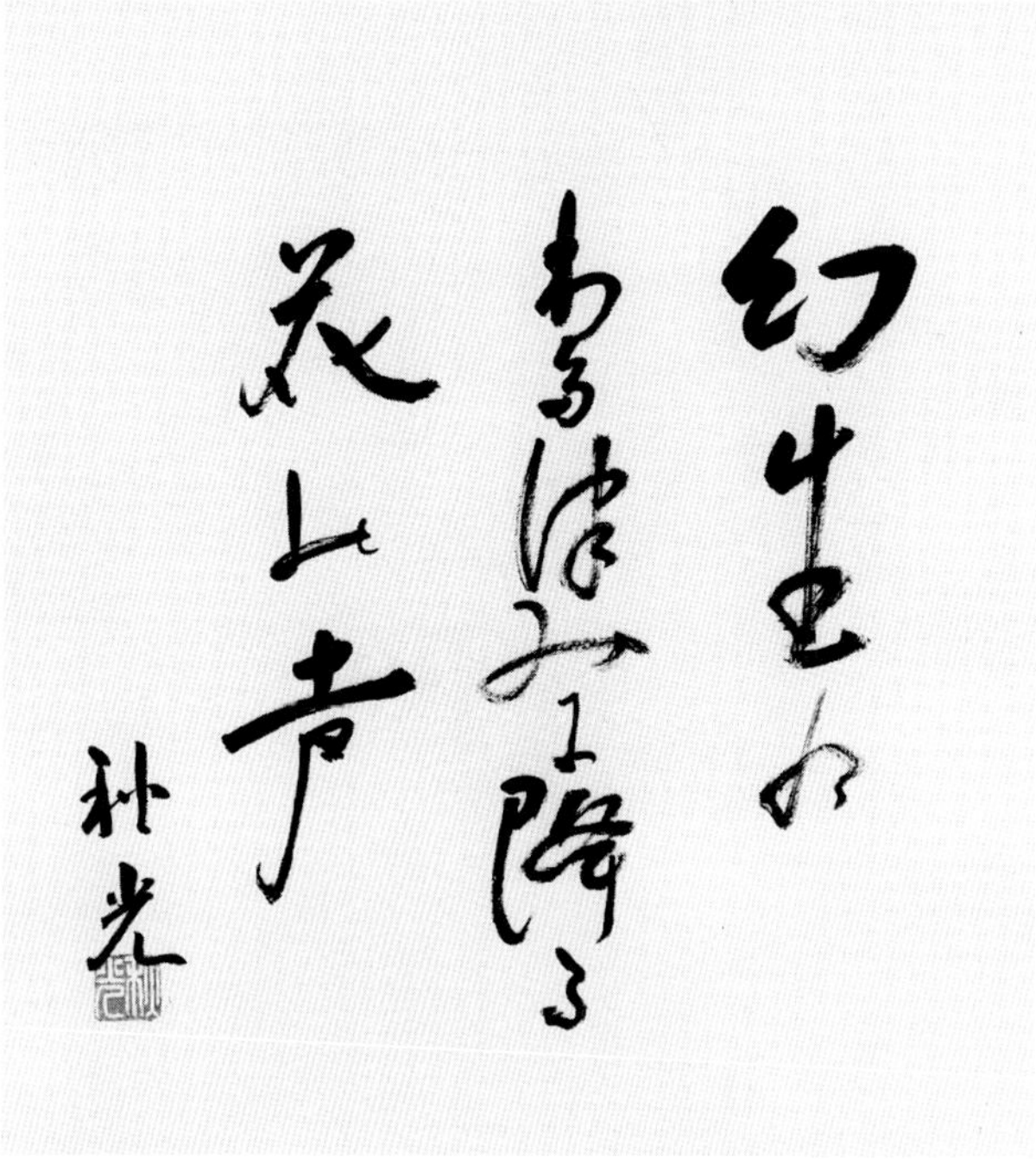

207
色紙　幻生のわだつみに降る花の声　秋光

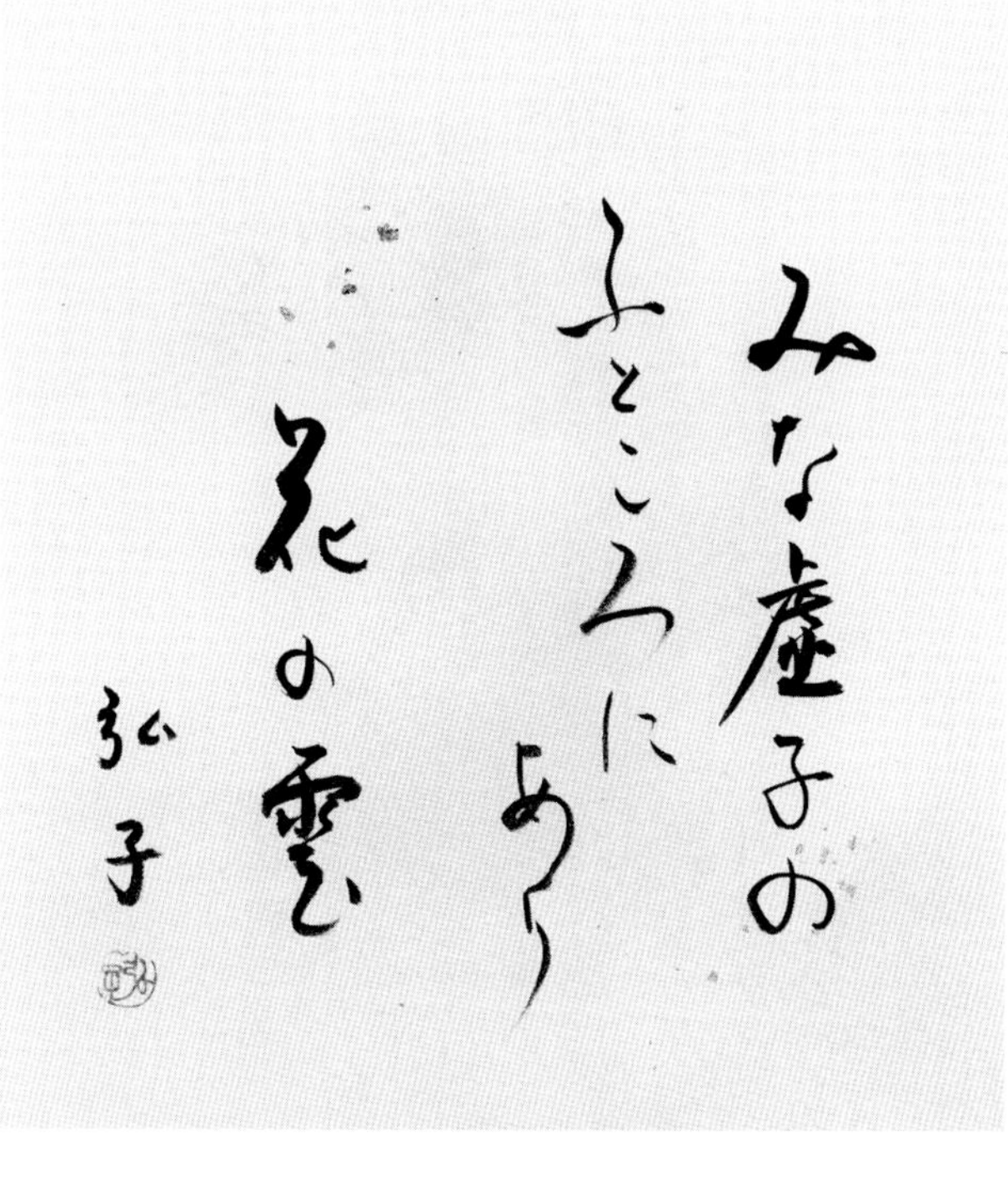

208
色紙　みな虚子のふところにあり花の雲　弘子

205 齊藤美規（一九二三〜）新潟生。山口花笠・加藤楸邨に師事し、のち「麓」創刊主宰。
206 岡井省二（一九二五〜二〇〇一）三重生。師系加藤楸邨・森澄雄。「槐」主宰。
207 小出秋光（一九二六〜）千葉生。師系道部臥牛。「好日」主宰。
208 山田弘子（一九三四〜）兵庫生。師系高浜虚子・稲畑汀子。「円虹」主宰・「ホトトギス」同人。

躑躅《つつじ》

山躑躅・蓮華躑躅・霧島

つつじは山野に多く自生し、また観賞のための園芸品種も盛んに栽培されている。春のおわりから夏にかけて、先が五弁に分かれた漏斗形の花を開く。花の色は白、淡紅、紅、紫色など変化に富んでいる。九州の霧島や阿蘇、雲仙などの高山に美しく咲いているのは深山《みやま》霧島や雲仙つつじで、生育している場所によって名づけられたもの。園芸品種は数百にのぼり、その多様な色どりは目覚ましい。たとえば真紅のものなら、まさに「つつじ燃ゆ」だ。

盛りなる花曼陀羅の躑躅かな　　高浜虚子

躑躅はテキチョクと読み、足ずりし行きつもどりつする意。転じてつつじの名に当てたのは興味深い。また蓮華つつじは花を蓮華状につけるところからの命名であり、餅つつじ、ねばりつつじの語によっても咲きかたまったつつじの花が想像できよう。また掲出句は〈花曼陀羅〉である。曼陀羅は数多くの仏菩薩を一定の枠の中に配置して図示したもの。つつじも種々とりどりの色があるが、曼陀羅のように聚集して咲いていることを的確に表現した一句だ。

松山市生まれ。正岡子規のもとで俳句を学び、「ホトトギス」を継承主宰して近代俳句の大成者。（一八七四～一九五九）

餅ほめて這入るは茶屋のつつじかな　――許六
つゝじ咲て片山里の飯白し　――蕪村
旅籠屋《はたごや》の夕くれなゐにつつじかな　――蓼太
紫の映山紅《つつじ》となりぬ夕月夜　――泉　鏡花
死ぬものは死にゆく躑躅燃えてをり　――臼田亜浪
土色もたぐひて燃ゆるつゝじかな　――広江八重桜
うつうつと大嶽の昼躑躅さく　――飯田蛇笏
雨雲に又燃え立ちぬ山躑躅　――長谷川かな女
大巌の罅裂けたるに山躑躅　――水原秋櫻子
庭芝に小みちまはりぬ花つつじ　――芥川龍之介
つつじ原湧く雲に雷なづみそむ　――宮武寒々
吾子《あこ》の瞳《め》に緋躑躅宿るむらさきに　――中村草田男
花終へしつゝじ野けふの虹立たす　――大野林火
仔の牛の躑躅がくれに垂乳追ふ　――石橋辰之助
まなうらに燃え上らんとつつじ濃し　――野見山朱鳥
バス曲るたび山つつじ山つつじ　――ふけとしこ

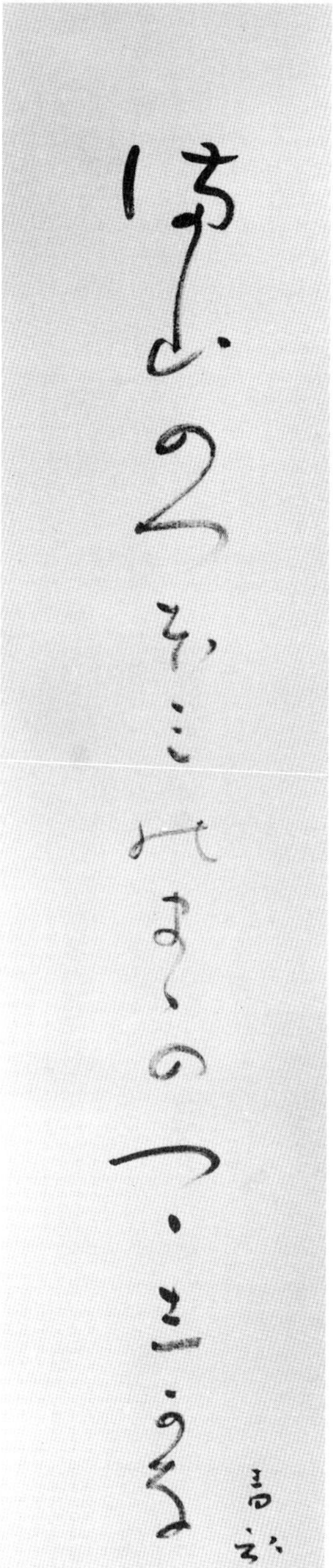

209 幅 満山のつぼみのまゝのつゝじかな 青畝

210 短冊 雲開き雲とづ雨の山躑躅 月嶺

209 阿波野青畝（一八九九〜一九九二）奈良生。ホトトギス派四S時代の一角。「かつらぎ」創刊主宰。

210 松田月嶺（一八八〇〜一九一九）山形生。曹洞宗僧侶にして俳人。大須賀乙字に師事。

藤《ふじ》

藤の花・白藤・山藤・藤の房・藤浪・藤棚

植物

山野に自生する山藤と、観賞用に栽培する園芸用品種がある。幹は長さ十メートル以上に達し右巻きに他の物に絡む。公園などでは見物用の藤棚を見かけるが、四月から五月にかけて淡紫色の蝶形の花が九十センチほども長く垂れさがる房となって咲く。全国に藤の名所は少なくない。埼玉県春日部の牛島の藤は特別天然記念物、花房一メートル半から二メートルにも達し風に揺られて壮観である。山藤の変種に白藤があり、白い花が咲く。

藤棚や雨に紫末濃なる　　泉　鏡花

芭蕉門の森川許六は「百花譜」の中で、「藤は、執心のふかき花なり。いかなるうらみをか下に持たむ」と書く。小説家の鏡花はそれを知っていたろうか。その執心深さが、雨の中に長く垂れさがる紫の花房を〈末濃〉にしている、と解すれば妖艶な鏡花的世界の展開となろう。藤は春の季語。青皇の春と赤帝の夏、そのはざまに咲く。青と赤とを混ぜ合わせると紫になる。妖しさのある花だ。

金沢市生まれ。小説家。ロマン主義文学の代表的作家。「婦系図」「高野聖」等。（一八七三〜一九三九）

くたびれて宿かる頃や藤の花　——芭蕉
吹き出して藤ふらふらと春の外　——千代女
藤さくや寝転ぶ客の暮るる迄　——蓼太
藤の花長うして雨ふらんとす　——正岡子規
山藤の風すこし吹く盛りかな　——飯田蛇笏
暮れ際に茜さしたり藤の房　——橋本多佳子
藤揺れて朝な夕なの切通し　——中村汀女
藤浪を惜春楽と懸けにけり　——松本たかし
かの藤は丸々としてモダンなる　——京極杞陽
藤の昼膝やはらかくひとに逢ふ　——桂　信子
藤房の幼きは反《そ》り衣川　——佐藤鬼房
重さ得て藤しづもれり戻れば　——有働　亨
藤垂れて水神の空むらさきに　——原　裕
裏ばなし更に裏あり藤揺るる　——鍵和田秞子
山藤に山の含羞ありにけり　——松村多美
藤揺らぐ酒蔵奥の車井戸　——老川敏彦

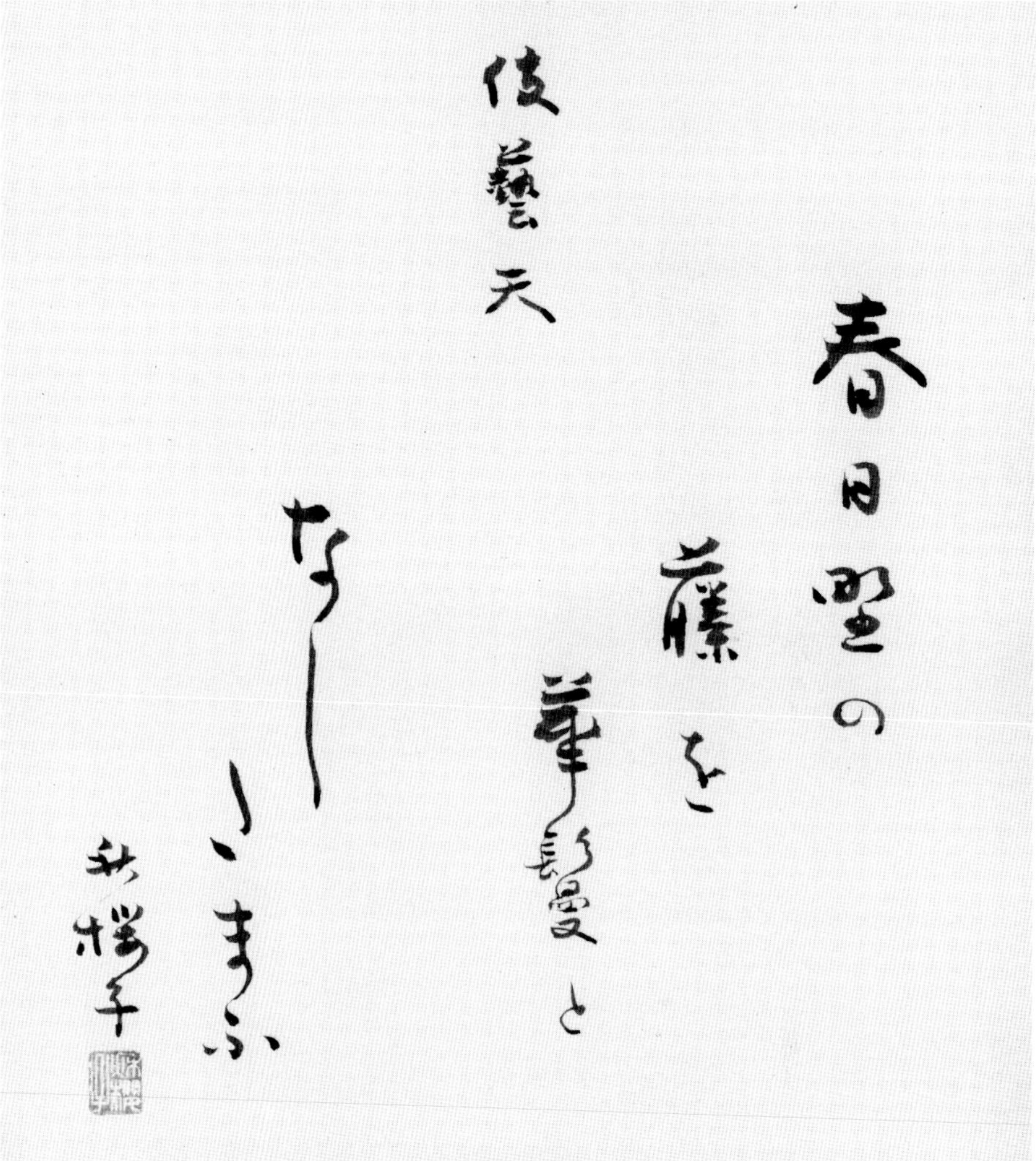

211
色紙
伎藝天
春日野の
藤を華鬘《けまん》と
なしたまふ
秋桜子

211 水原秋櫻子（一八九二～一九八一）東京生。虚子門四S時代の一角。「ホトトギス」を離れ新しい抒情性を唱え「馬酔木」を主宰。

212
短冊　藤の花軒端の苔の老いにけり　澄江堂

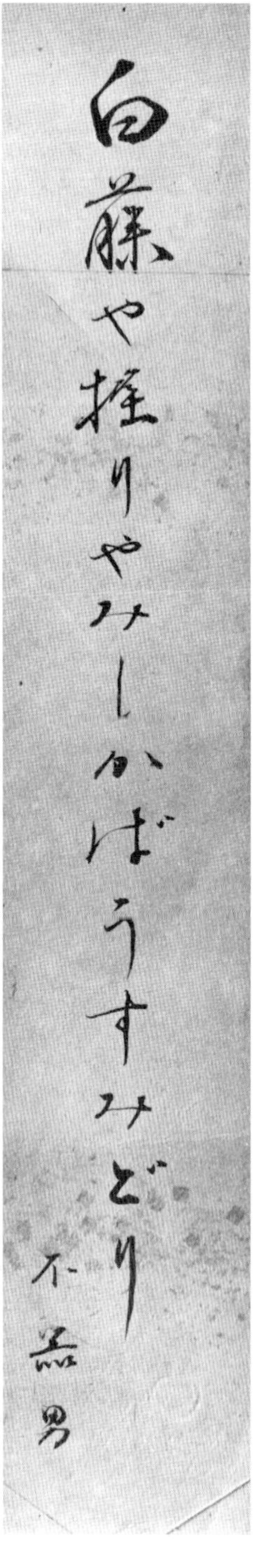

213
短冊　白藤や揺りやみしかばうすみどり　不器男

212 芥川龍之介（一八九二～一九二七）東京生。小説家。別号澄江堂主人。俳号餓鬼。「鼻」「羅生門」等。
213 芝不器男（一九〇三～三〇）愛媛生。高浜虚子に師事し「ホトトギス」「天の川」で活躍するも、病にて早逝。

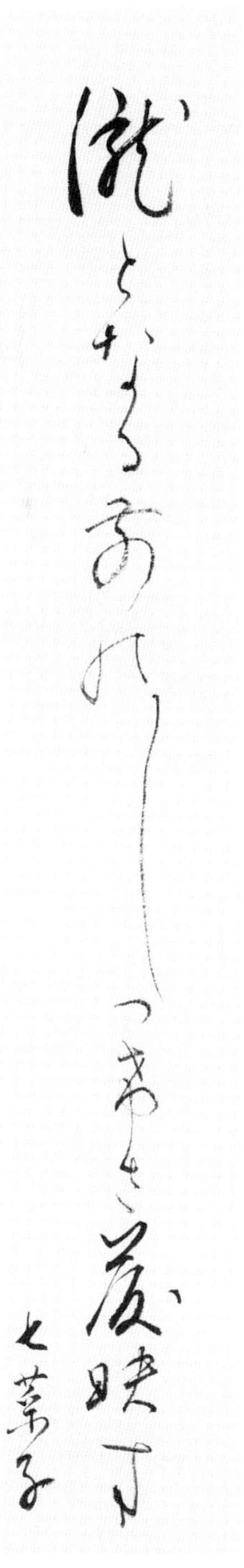

214 短冊　滝となる前のしづけさ藤映す　七菜子

215 短冊　藤の花かほへ落ちくる鞍馬道　展宏

214 鷲谷七菜子（一九二三～）大阪生。水原秋櫻子・山口草堂に師事し「南風」継承主宰。
215 川崎展宏（一九二七～）広島生。加藤楸邨に師事し「寒雷」同人、のち「貂」代表。

桃《もも》の花《はな》

白桃・緋桃

植物

雛祭は桃の節句と呼ぶように、桃の花は欠かせぬ供え物である。四月ごろ葉の出る前に淡紅または白色の五弁花を開く。果実用と観賞用の二とおりがあり、実のなる花は一重咲きである。

原産地は中国で日本には有史前に伝わり、『古事記』に記され『万葉集』に七首詠まれている。桃は漢名で花や実を多くつけるところから木偏に兆の字を当てたという。兆はきわめて多い数の意。また邪気を払う花と信じられていた。

一邨《そん》を日に蒸し込めて桃の花　内藤鳴雪

陶淵明の「桃花源記」に書かれた理想郷が、念頭にあっての作か。「税軽く十戸の村や桃の花」だと、趣向はより明らかとなる。俗世間を離れた別天地は蒸し暑いほどに暖かい。真昼の陽光が降り注ぎ、桃の花が満開という、まさに平和な桃源郷の様子がよく表現されている。

伊予松山藩士の子として江戸に生まれる。東京で廃藩後の藩寄宿舎監督のころ、舎生子規の感化により句作。同時に子規日本派の後見人として敬愛された。（一八四七〜一九二六）

かね借りの京わたらひや桃の花　――曾良

手料理に苣《ちさ》のさしみや桃の花　――許六

痩せたがる娘の形やももの花　――蝶夢

桃咲くや縁からあがる手習ひ子　――斎藤緑雨

故郷はいとこの多し桃の花　――正岡子規

海女とても陸こそよけれ桃の花　――高浜虚子

ふだん着でふだんの心桃の花　――細見綾子

伊豆の海紺さすときに桃の花　――沢木欣一

もの言うて歯が美しや桃の花　――森　澄雄

桃の花農婦こまかく鍬使ふ　――飯島晴子

桃の咲くそらみつ大和に入りにけり　――川崎展宏

かみなりのごろごろあそぶ桃の花　――中山純子

海に生きし人こそ寡黙桃の花　――中　拓夫

唇も肉なれば尊し桃の花　――桑原三郎

アルプスの濡れ身かがやく桃の花　――矢島渚男

人間へ塩振るあそび桃の花　――あざ蓉子

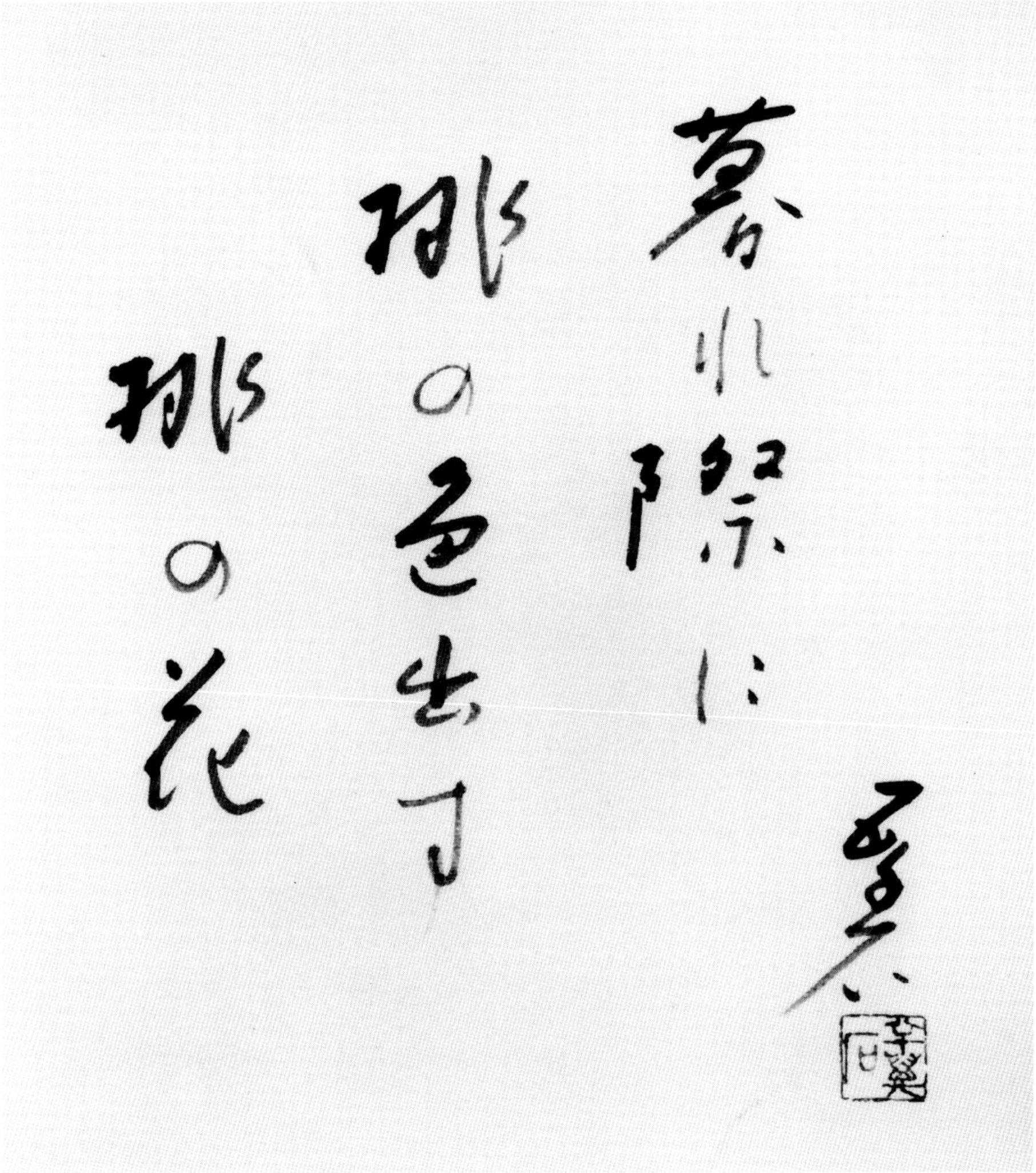

216
色紙
暮れ際に
桃の色出す
桃の花
五千石

216
上田五千石（一九三三～九七）東京生。師系秋元不死男。「畦」主宰。「眼前直覚」を主張し独自の作風を確立。

217
幅　一邨を日に蒸し込めて桃の花　七十九　鳴雪

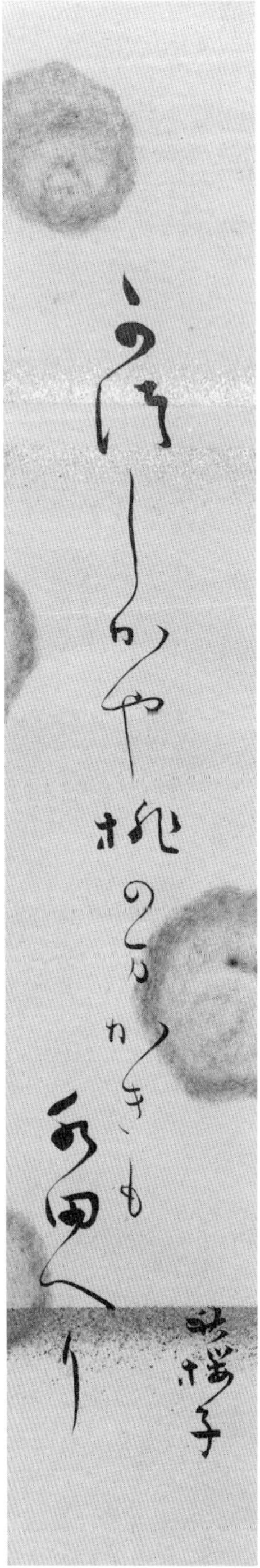

218
短冊　かつしかや桃のまがきも水田べり　秋桜子

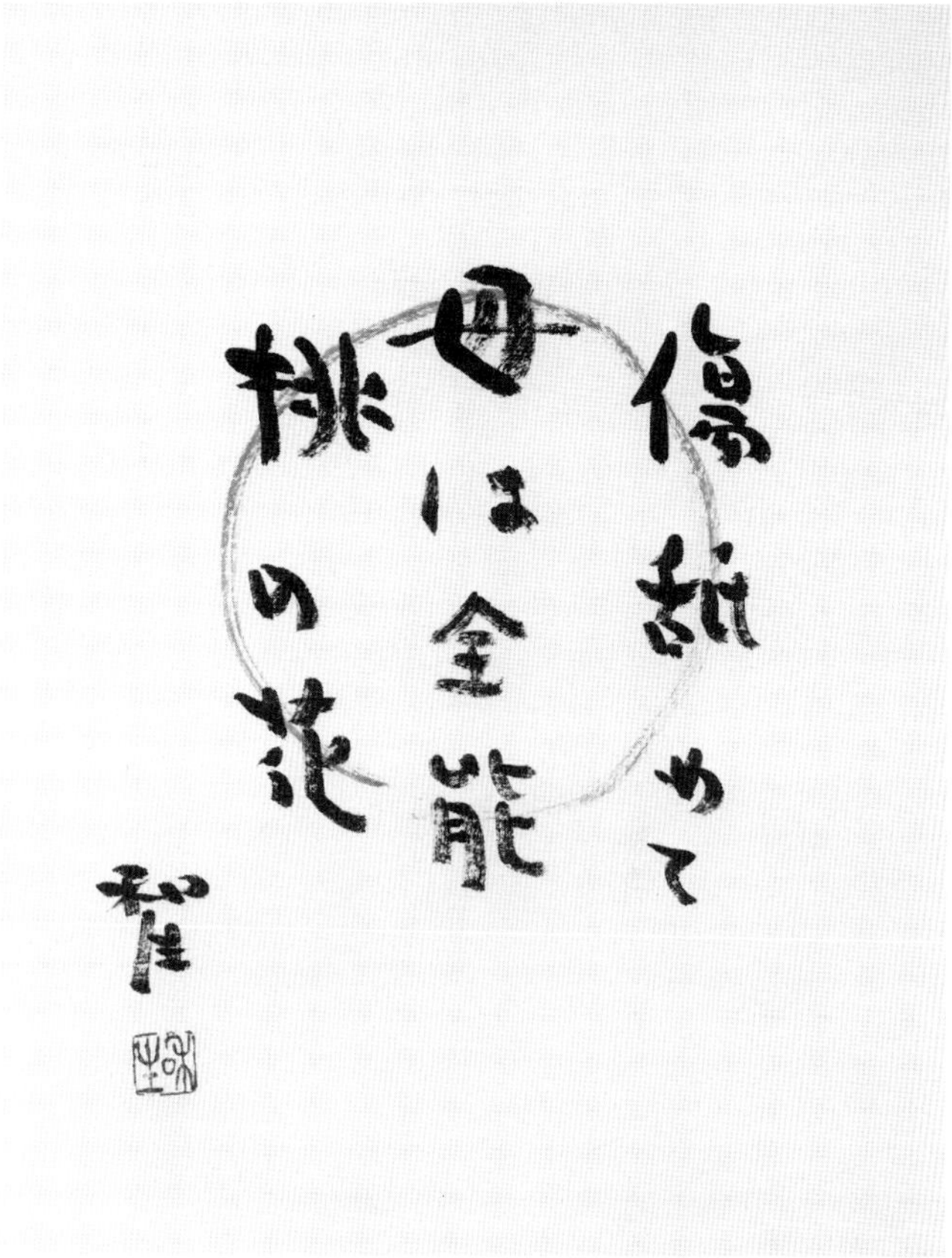

219
幅
傷舐めて
母は全能
桃の花
和生

220
短冊　桃咲くや風に傾く堆肥小舎　究一郎

217 内藤鳴雪（一八四七〜一九二六）江戸生。正岡子規に師事し日本派俳人の長老として活躍。

218 水原秋櫻子（一八九二〜一九八一）東京生。虚子門四S時代の一角。「ホトトギス」を離れ新しい抒情性を唱え「馬酔木」を主宰。

219 茨木和生（一九三九〜）奈良生。山口誓子・右城暮石に師事し、のち「運河」主宰。「晨」「紫薇」同人。

220 市村究一郎（一九二七〜）東京生。師系水原秋櫻子。「カリヨン」主宰。

木《こ》の芽《め》

芽立ち・芽吹く・芽組む・木の芽時・木の芽雨・木の芽風

植物

春になって木に生え出る芽をいうが、葉芽と花芽とがある。樹木の種類は数多く、発芽の時期や色、形状も千差万別。それらを引っくるめて木の芽という。いっせいに芽吹いて枝を赤らめたり青色にする彩りは花かと見まがうほどで美しい。若々しい力と生命をみなぎらせ、春の到来を実感できる。

ふつうは日平均気温が五・五度ないし六度以上になると芽を出しはじめる。そのころを木の芽時という。

一雫こぼして延びる木の芽かな　有井諸九

木々の芽吹く時分に降る雨を木の芽雨という。彼岸のころから四月にかけて降る、ほっとにおうかの春雨によって〈木の芽〉はすくすく伸びてゆく。その先端についた水滴の落ちる前に伸び切る瞬間は、木の芽を引き伸ばし徐々に成長を助けているかに見えるというのだ。微細な観察によって捕らえ得た、動的で清新な春のいぶきを感じさせる俳句である。

筑後国（福岡県）生まれ。駆け落ちして上方に住み、のち尼となる。旅を好んで各地を歩いたが晩年は帰郷。（一七一四～八一）

一色に目白囀る木の芽かな　――浪化

木々おのおの名乗り出でたる木の芽かな　――一茶

木の芽ひらいてくる身のまはり　――荻原井泉水

老木の芽のいとけなき愛しさよ　――富安風生

金髪の如く美し木の芽伸ぶ　――阿波野青畝

ひた急ぐ犬に会ひけり木の芽道　――中村草田男

木々の芽のしづかなるかな蒼空《そら》の青　――富沢赤黄男

月夜富士現じて木の芽風やまず　――皆吉爽雨

隠岐や今木の芽をかこむ怒濤かな　――加藤楸邨

村は寝て木の芽ぐもりの月の暈《かさ》　――長谷川素逝

美しく木の芽の如くつつましく　――京極杞陽

榠樝《かりん》より柘榴《ざくろ》に飛びし木の芽かな　――古舘曹人

無名たのし芽をいそぎゐる雑木山　――児玉南草

木の芽道まづしきものは急ぎけり　――成瀬櫻桃子

木の芽晴風の笛生む屏風岩　――雨宮抱星

大楠の芽吹きよ視野をはみ出して　――鍵和田秞子

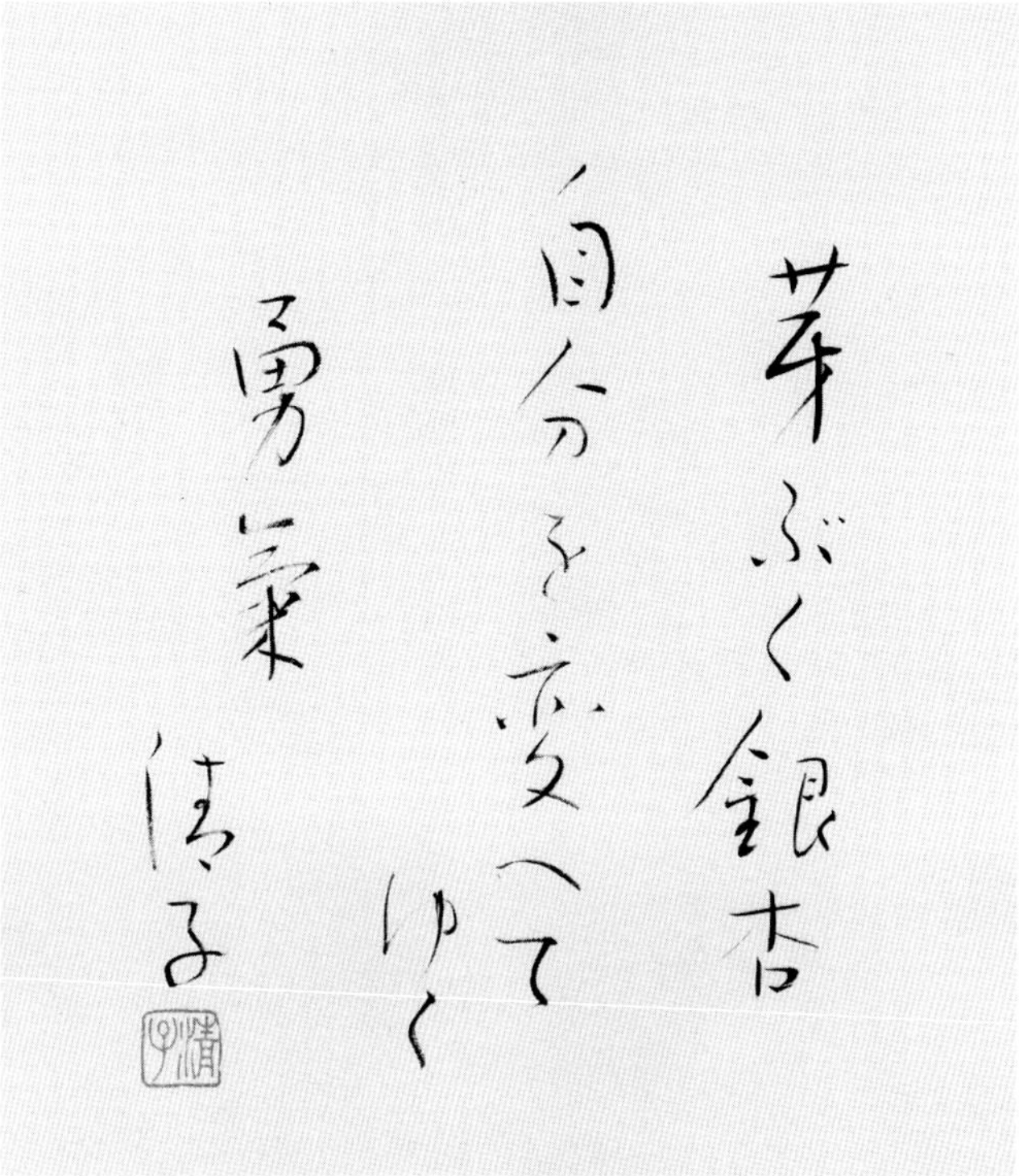

221
色紙
芽ぶく銀杏
自分を変へてゆく
勇気
清子

222
短冊　山水燎乱たり新芽生れけり　零余子

221　津田清子（一九二〇〜）奈良生。師系山口誓子・橋本多佳子。「圭」主宰。

222　長谷川零余子（一八八六〜一九二八）群馬生。婿養子としてかな女と結婚。「ホトトギス」で活躍後、「枯野」を主宰。

柳《やなぎ》

青柳・楊柳・枝垂柳《しだれやなぎ》・糸柳・遠柳・川柳・門柳・白柳《はこやなぎ》・杞柳《こりやなぎ》・柳蔭・柳の糸・若柳

植物

柳緑花紅、柳はみどり花はくれない、自然のままで春の美しい景色の形容に花とともに柳があげられている。これは禅宗で悟りの心境をいう語でもあるが、春風にしだれ柳がなびく景は好ましく快い。『古今集』でも素性《そせい》法師が「見渡せば柳桜をこきまぜて都ぞ春の錦なりける」と詠み、桜と並べて春の美観の代表にした。街路樹や湖畔や水辺の堤など、どこでも見かけられる親しみのもてる木である。

　おもひ出でて物なつかしき柳かな　椎本才麿

柳といえば、石川啄木の歌「やはらかに柳ををめる北上の岸辺目に見ゆ泣けとごとくに」を思い出す。風に揺らぐ緑の糸を垂らしたような柳の枝は、さまざまなことを思い出させるらしい。中国唐代の詩人たちは先ず人との別れを連想し、別離の詩を多く作っている。別れに際しては、柳の枝を折って輪にして旅立つ人に贈る習慣を折楊柳といった。わが日本の流行歌は「昔恋しい銀座の柳」とうたう。柳は懐旧の情をそそるものだ。

　大和国（奈良県）宇陀の武家出身。俳諧は西武に学び、のち西鶴門。主に大阪で活躍した。（一六五六～一七三八）

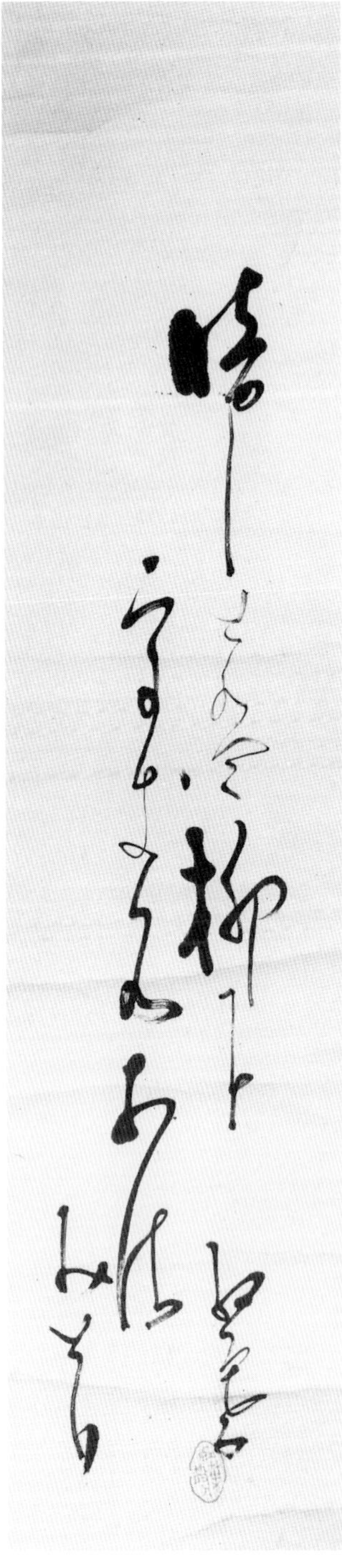

223 幅　暗しとは柳にうき名あさみどり　紅葉

224
扇面
垂るゝも五尺柳の風よ雨　小波

舟かりて春見送らん柳陰　――北枝
君行くや柳緑に道長し　――蕪村
恋々として柳遠のく舟路かな　――几董
柳見えて船からおろす小ぶねかな　――紫暁
舟岸につけば柳に星一つ　――高浜虚子
よけて入る雨の柳や切戸口　――永井荷風
霽《は》れぎはの風が出て来し柳かな　――富安風生
ゆつくりと時計のうてる柳かな　――久保田万太郎
糸柳垂れて町並つくるかな　――軽部烏頭子
雪どけの中にしだるる柳かな　――芥川龍之介
柳垂れ汽艇も青き影ゆらぐ　――水原秋櫻子
柳青めり水脈《みお》しづまれば青が去り　――加藤楸邨
卒然と風湧き出でし柳かな　――松本たかし
空を飛ぶ塵やひかりや柳萌ゆ　――福永耕二

223 尾崎紅葉（一八六七～一九〇三）東京生。小説家。硯友社の代表作家。「金色夜叉」「伽羅枕」等。
224 巖谷小波（一八七〇～一九三三）東京生。小説家・童話作家。児童文学草創期の第一人者。

竹《たけ》の秋《あき》

竹秋

植物

竹の秋は春の季で、竹の春は秋の季という。万物が蘇生する春に、竹の秋と逆転した名づけ方はおもしろいが、竹は、実際に黄色く色褪せて葉を落としはじめる。地中の筍を育てるために、葉の方まで養分が回らないせいだ。また竹の落葉期である陰暦三月を、竹の秋の異名で呼ぶこともある。

いざ竹の秋風聞かむ相国寺　大伴大江丸

春の季題として〈竹の秋〉とは意外だが、春の竹は秋に草木が黄葉するのに似ているから、竹の秋といった。ところで相国寺は京都市上京区今出川烏丸東入ルにある臨済宗の名高い寺だ。由緒ある禅寺で寺域は幽邃《ゆうすい》の美趣をたたえ、竹林が興趣をそえている。安永九（一七八〇）年刊の『都名所図会』には、この寺の竹林のことが書かれてある。〈いざ〉と感動詞で喚起し、聞こうとする竹の秋風は格別風流なものであった。

江戸後期の俳人で大坂の人。大島蓼太に師事し、俳風は軽妙洒脱。（一七二二〜一八〇五）

夕風の吹くともなしに竹の秋　――永井荷風

こちこちと留守の時計や竹の秋　――野村泊月

虚空めぐる土一塊や竹の秋　――飯田蛇笏

掘りあてし井戸の深さや竹の秋　――長谷川零余子

竹の秋竹の里歌皆淡し　――相生垣瓜人

竹落葉ひらりと蝌蚪《かと》の水の上　――山口誓子

この道やいつも人無く竹の秋　――星野立子

幹も黄に剛《こわ》く竹秋はじまれり　――大野林火

竹秋の夜は夜をわたる風の音　――中川宗淵

竹の秋野をゆく水のゆたかなる　――谷野予志

竹の秋迅《はや》き流れが貫けり　――林　徹

顔老いし鞍馬の鳶や竹の秋　――大峯あきら

急流は戸口を走り竹の秋　――廣瀬直人

気管支を痛める恋や竹の秋　――寺井谷子

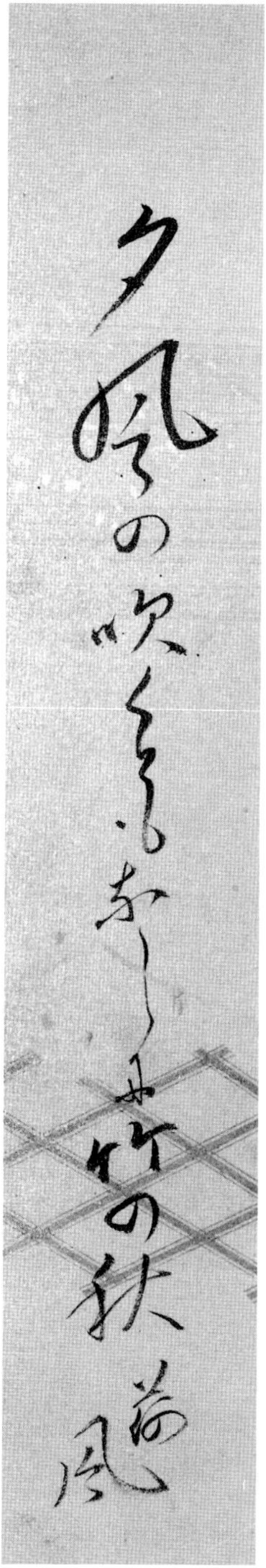

225 短冊　夕風の吹くともなしに竹の秋　荷風

226 短冊　竹秋や牛追はれ居る里の景　迷堂

225 永井荷風（一八七九〜一九五九）東京生。小説家。耽美派の代表作家。「濹東綺譚」「断腸亭日乗」等。

226 尾崎迷堂（一八九〜一九七〇）山口生。松根東洋城門下の三羽烏の一人。大磯・慶覚院等の住職を歴任。

菜《な》の花《はな》

花菜・菜種の花・油菜・菜種菜・花菜雨・花菜風

植物

採油用として昔から栽培されている油菜の花である。小学校唱歌『朧《おぼろ》月夜』で「菜の花畑に入り日薄れ」とうたわれ、馴染の深い花だ。昭和三十年ころまでは水田の裏作物として栽培され、どこにでも見られる春の田園風景であった。暖かい地方では二月ころから咲きはじめ、普通は四、五月ころ黄色四弁の花を畑一面に拡げて春色を彩るのである。

菜の花や月は東に日は西に　与謝蕪村

見渡す限り一面の菜の花畑だ。のどかな田園の夕景である。際立った動きのない、いわば静止画像のような天地。蕪村にとってこれを一幅の絵に仕上げることも可能だったが、俳句表現の方が斬新だったか。蕪村のとらえる空間には、月と日、東と西を対蹠させる構成法も見事である。これはあくまでバランス感覚を失わない蕪村の美学が働いていて、一種趣味的な世界であるかもしれない。

摂津国毛馬村（大阪市都島区毛馬町）生まれ。江戸、京都などに遊び文人画で大成するかたわら詩画一致の俳風を確立し、芭蕉と並称される。（一七一六～八三）

菜の花や淀も桂も忘れ水　――言水
菜の花の中に城あり郡山　――許六
菜の花や行き当りたる桂川　――蝶夢
菜の花に春行く水の光かな　――召波
菜の花のとつぱづれなりふじの山　――一茶
菜の花の遙かに黄なり筑後川　――夏目漱石
菜の花といふ平凡を愛しけり　――富安風生
菜の花や燈台にある明り窓　――山口草堂
体内の菜の花明り野良着きて　――平畑静塔
菜の花の暮れてなほある水明り　――長谷川素逝
家々や菜の花いろの燈をともし　――木下夕爾
菜の花や旅路に古りし紺絣　――沢木欣一
蝶と化す菜の花ばかり峠村　――上田五千石
かたまつてゐねばさみしき菜が咲けり　――矢島渚男
菜の花や汽車のゆくてにある夜明け　――小野恵美子
菜の花の斜面を潜水服のまま　――今井　聖

227 短冊　菜の花や月は東に日は西に　蕪村

228 短冊　菜の花やあの薹ぶきが黄四娘　露伴

227 与謝蕪村（一七一六～八三）江戸中期の俳人・南画家。摂津の人。中興期俳壇の中心的存在。
228 幸田露伴（一八六七～一九四七）東京生。小説家・考証学者。別号蝸牛庵。「風流仏」「五重塔」等。

229 色紙　菜の花やここは蕪村が母の邨《むら》　春夫

229 佐藤春夫（一八九二〜一九六四）和歌山生。詩人・小説家。近代人の憂愁をうたう。『殉情詩集』等。

230 伊藤信吉（一九〇六〜）群馬生。詩人・評論家。詩集『故郷』、批評『現代詩の鑑賞』等。

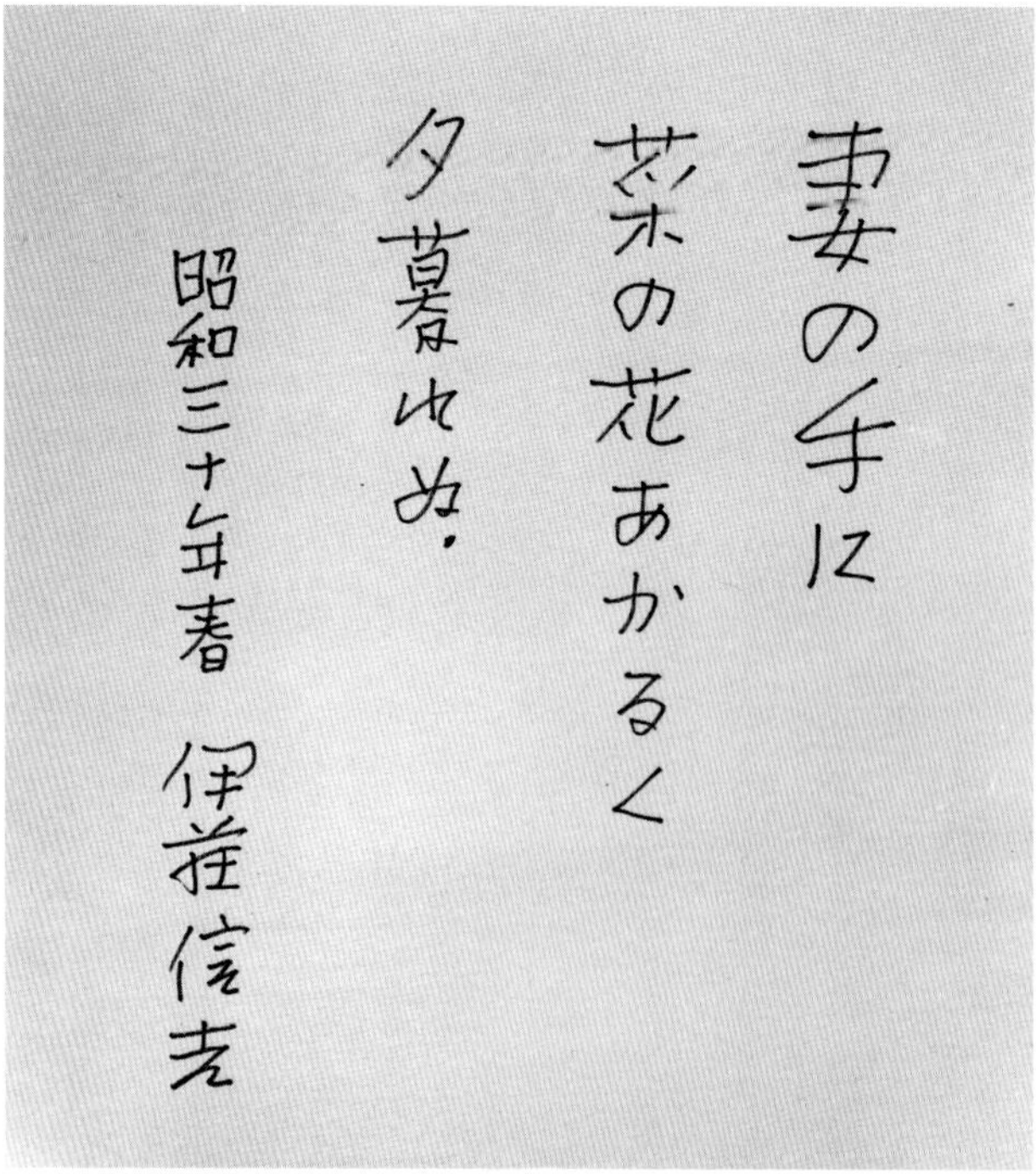

230 色紙　妻の手に菜の花あかるく夕暮れぬ
昭和三十年春　伊藤信吉

231
短冊　三上山菜の花明りある如し　たけし

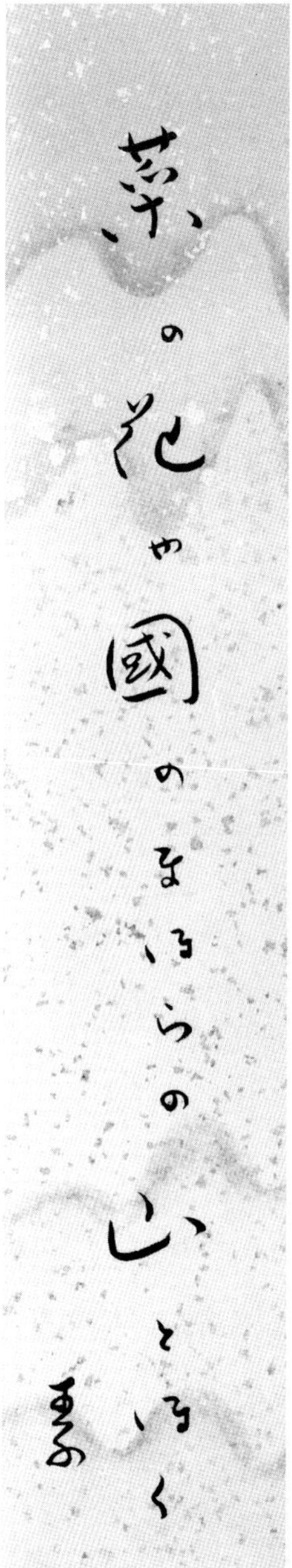

232
短冊　菜の花や国のまほらの山とほく　素逝

231　池内たけし（一八八九～一九七四）松山生。叔父である虚子の門に入り、のち「欅」主宰。
232　長谷川素逝（一九〇七～四六）大阪生。「ホトトギス」「京鹿子」で活躍。のち「桐の葉」を主宰。

下萌《したもえ》

草萌・草青む・畦青む・土手青む・若返る草・駒返る草

植物

下萌えもいまだ那須野の寒さかな　――惟然
下萌や土の裂け目のものの色　――太祇
下萌の大磐石をもたげたる　――高浜虚子
ふと在ればふとある愁草萌ゆる　――長谷川春草
萌えてすぐ花持つ草や梅の下　――本田あふひ
おちついて死ねさうな草萌ゆる　――種田山頭火
この草もかりそめならず萌えてをり　――池内たけし
草萌ゆる誰かに煮炊まかせたし　――及川　貞
街の音とぎれる間あり草萌ゆる　――中村汀女
下萌えぬ人間それに従ひぬ　――星野立子
みこまれて癌と暮しぬ草萌ゆる　――石川桂郎
下萌や君病む大事ふと忘る　――殿村菟絲子
草萌えにショパンの雨滴打ち来る　――多田裕計
平穏に四隣住みなし下萌ゆる　――大津希水
下萌ゆる力となりて降る雨よ　――稲畑汀子
下萌ゆと気づき我が影にも気づき　――西村和子

人目につかず芽生えること。またはその芽をいう。草萌えと同義で、早春に大地から草の芽が萌え出るさまや、あるいは消え残った雪の下からいっせいに淡緑の若芽が生えてくる姿を見ての季題だ。本来は季節的に春の到来を表わす言葉である。

下萌えは植物にいうが、古くは心中に思いこがれる意でも使われていた。下燃えとも書き、恋歌に詠みこむ言葉でもある。

下萌や手のある籠に赤ン坊　岡田史乃

俳句で取り合わせの重要さはいうまでもないが、下萌えと赤ン坊の取り合わせが面白い。それを上五と下五に配し、中七の野良の光景で結びつけて一句の世界を作っている。〈手のある〉の擬人法には一瞬ぎくりとするものがある。手が象徴的意味をもつのは古今東西の現象であろう。下萌えは地中から草の芽が生え出ること。赤ン坊は野良仕事に連れ出されて、籠に入れられたままほったらかしにされていたか。自力でだんだん目を開いていき成長する。

横浜市生まれ。「篠」主宰。（一九四〇〜）

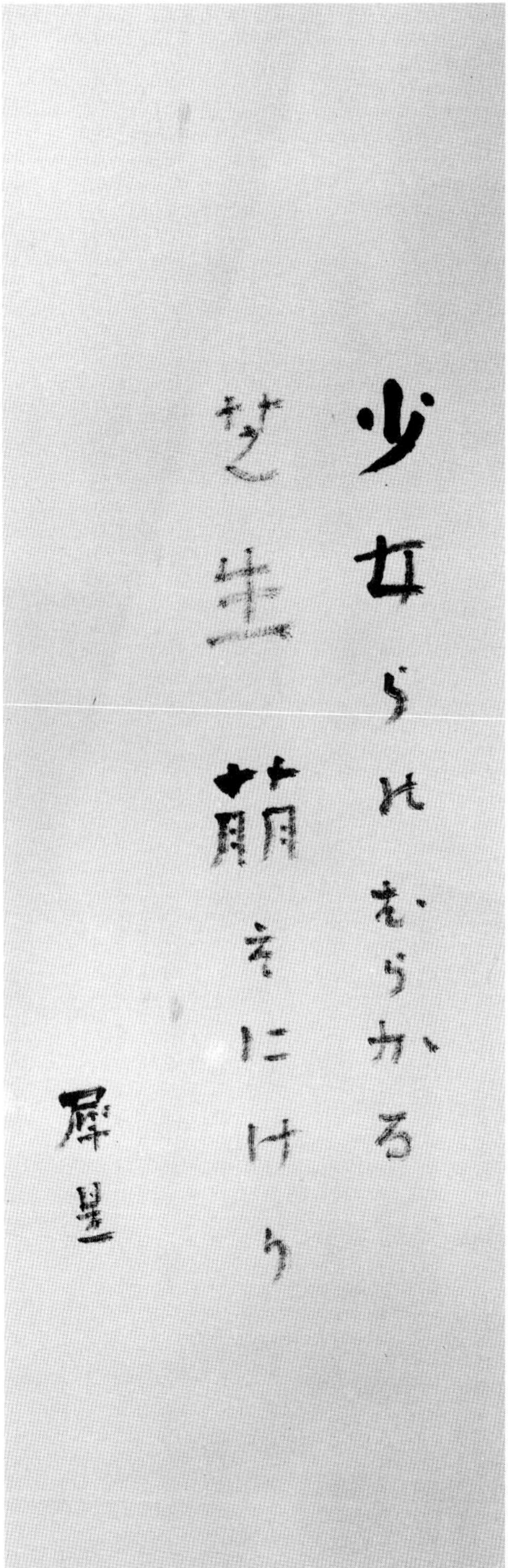

233 幅　少女らのむらがる芝生萌えにけり　犀星

234 短冊　野は丘を丘は野を相さそひ萌え　桃邑

233 室生犀星（一八八九〜一九六二）金沢生。詩人・小説家。『愛の詩集』『杏っ子』等。
234 湯浅桃邑（一九一九〜八一）東京生。高浜虚子に師事しホトトギス社入社。

草《くさ》の芽《め》

ものの芽・名草の芽

植物

萌え出た草の若芽をいう。季語には古草、若草、春の草などもあるが、草が芽を吹くところに注目し、その芽の成長に心を寄せる季題であろう。草の芽といっても種々雑多だ。名草の芽は名前の知れた草の芽のことで、具体的に名前をよみこむことが多い。たとえば薔薇の芽、蔦の芽、茨の芽などと表現する。いずれにしろ緑あざやかな草の芽が萌え出してくる春は心うきうき楽しくなる。

草の芽や砂丘を越ゆる雨意の風　平田繭子

風と砂丘は密接である。砂が風に吹き寄せられてできるのが砂丘なら、砂丘に風はつきものというべきか。めずらしいのは雨意の風で、雨もよいの風である。それは砂丘を濡らさないが、周辺に生えた草の芽には間もなく恵みの雨をもたらすだろう。そんな期待をこめた雨意の風だ。砂丘と草の芽の取り合わせ、これを結ぶのが風である。風は心あるごとく、砂丘を越えてゆく。その情景を過不足なく表現した叙情の一句だ。

兵庫県生まれ。豊長みのる主宰の「風樹」編集長。(一九四九～)

門の草芽出すやいなやむしらるる　――一茶

ものの芽のあらはれ出でし大事かな　――高浜虚子

木の芽草の芽あるきつづける　――種田山頭火

草の芽ははや八千種《やちぐさ》の情あり　――山口青邨

甘草の芽のとびとびのひとならび　――高野素十

ものの芽を風雨は育て且つ傷め　――阿波野青畝

ものの芽を赤しと思ふ春の闇　――三橋鷹女

ほぐれんとして傾ける物芽かな　――中村汀女

ものの芽の雪ふるときも旺んなり　――伊藤凍魚

ものの芽のほぐれほぐるゝ朝寝かな　――松本たかし

草の芽や雑草の根は庶民の根　――石塚友二

草の芽のいまかがやくは命かな　――小林康治

ものの芽に一つ一つの恋の歌　――下村梅子

つかぬ日のつづく草の芽ぞくぞくと　――岸田稚魚

ものの芽の母にほぐるる帰郷かな　――倉田紘文

235
幅　草の芽に嘴入れにけり鴉の子　かな女

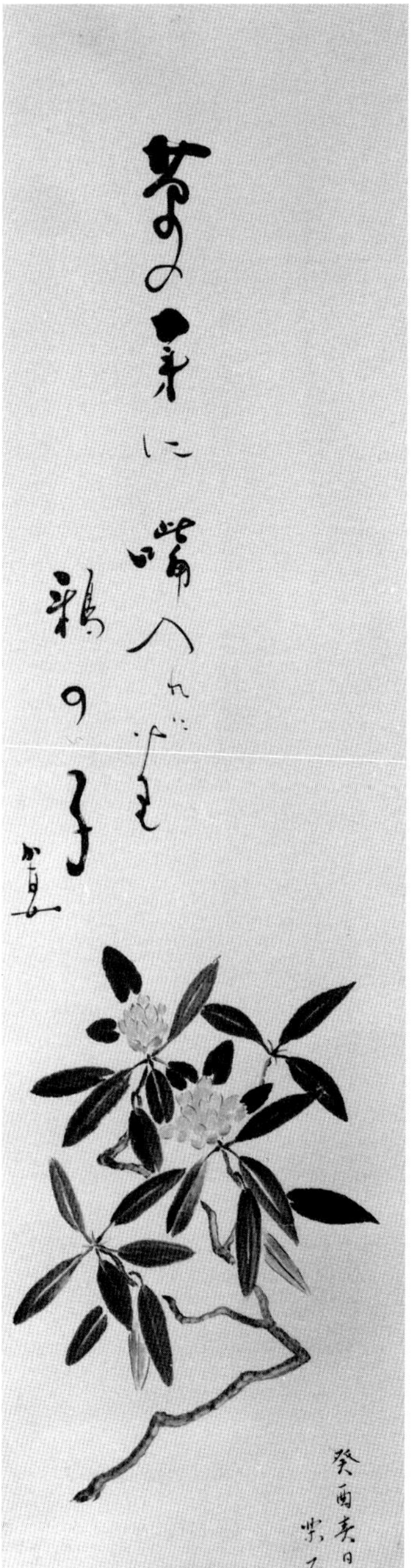

236
短冊　おのづからたかまりゆけり春の草　撲天鵬

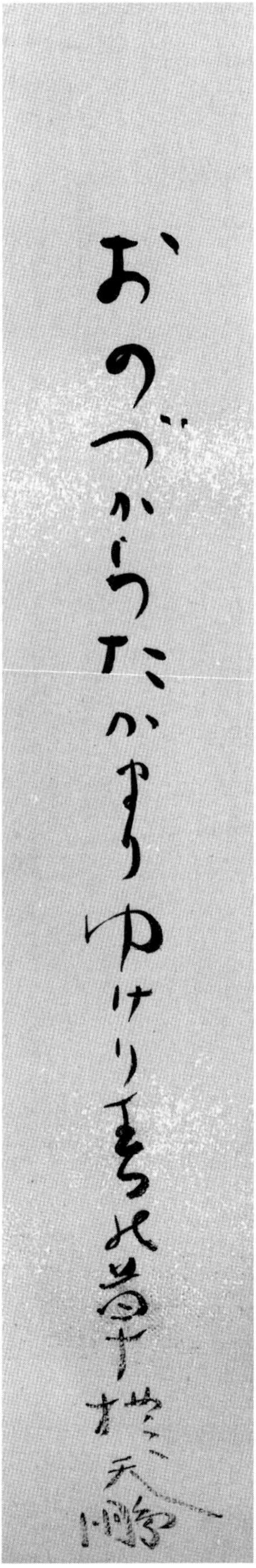

235 長谷川かな女（一八八七～一九六九）東京生。長谷川零余子夫人。高浜虚子に師事。夫の「枯野」同人の後「水明」主宰。
236 戸沢撲天鵬（一八七九～一九六三）秋田生。石井露月に師事し、「蝸牛」創刊。

菫《すみれ》

菫草・花菫・香菫《においすみれ》・相撲取草・相撲花・一夜草・一葉草・壺菫・三色菫《さんしきすみれ》・パンジー

植物

すみれの名は下弁の形が大工の使用する墨壺に似ているからつけられたもので、墨入れの略、菫の字は俗用である。春の野山に自生し種類も多い。花の色はいわゆるスミレ色の紫だが、白や黄、紫のしぼりなどがある。花はうつむきがちにひっそりと咲き、つつましやかで可憐な感じだ。『万葉集』では山部赤人が「春の野にすみれ摘みにと来し我ぞ野をなつかしみ一夜寝にける」と詠んでいる。

良寛のすみれつみしもこんな日か　小川芋銭

芋銭は茨城県の牛久沼のほとりに住み、幻想的な河童《かっぱ》を描いて有名な画家。「ホトトギス」には挿絵と俳句を載せている。田園風景を素材にすることが多く、その折の作か。同じような境遇の歌人に良寛がいて、歴史的回想の一句である。良寛の歌は「飯乞ふと我こしかども春の野に菫摘みつつ時を経にけり」「子どもらと手まりつきつつこの里に遊ぶ春野は暮れずともよし」など。

（一八六八～一九三八）

山路来て何やらゆかしすみれ草　――芭蕉

恋せしな顔傾けて花菫　――蝶羽

居《すわ》りたる舟を上ればすみれかな　――蕪村

一夜寝てなほもゆかしき菫かな　――樗良

下草に菫咲くなり小松原　――正岡子規

菫程小さき人に生れたし　――夏目漱石

かたまつて薄き光の菫かな　――渡辺水巴

すみれ見て父とし生きんねがひのみ　――森川暁水

川青く東京遠きすみれかな　――五所平之助

すみれ野に罪あるごとく来て二人　――鈴木真砂女

菫咲く娘一人を旅立たせ　――横川房子

美作《みまさか》のひとのなさけは菫いろ　――佐藤鬼房

よきことは遠くにありてすみれ籠　――草間時彦

風ながれ川ながれゐるすみれ草　――飯田龍太

異国の血少し入っている菫　――対馬康子

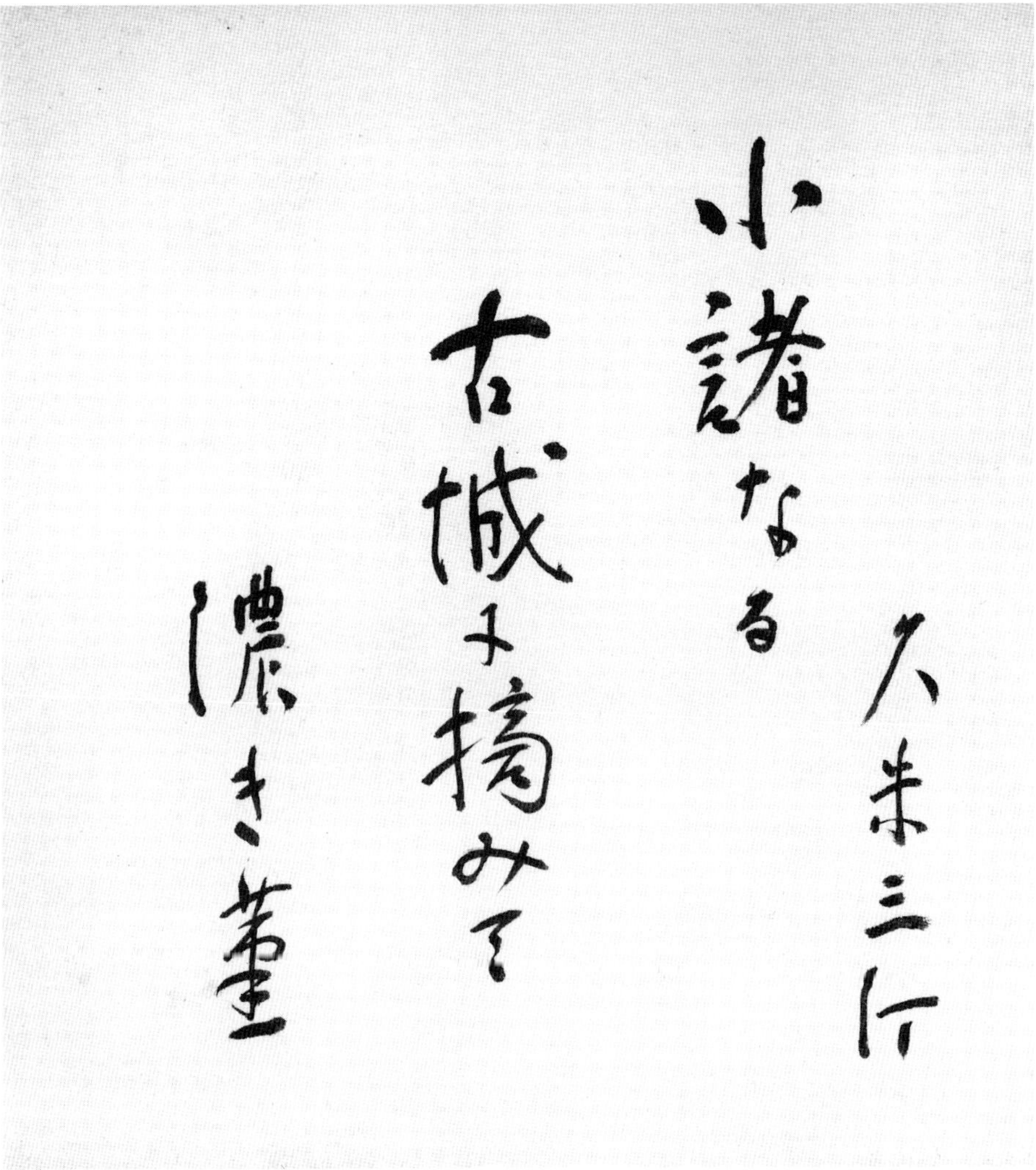

237 色紙
小諸なる
古城に摘みて
濃き菫
久米三汀

237 久米正雄（一八九一～一九五二）長野生。小説家・劇作家。俳号三汀。純文学から通俗小説に転じる。

238
短冊　今少たしなくも哉すみれくさ　一茶

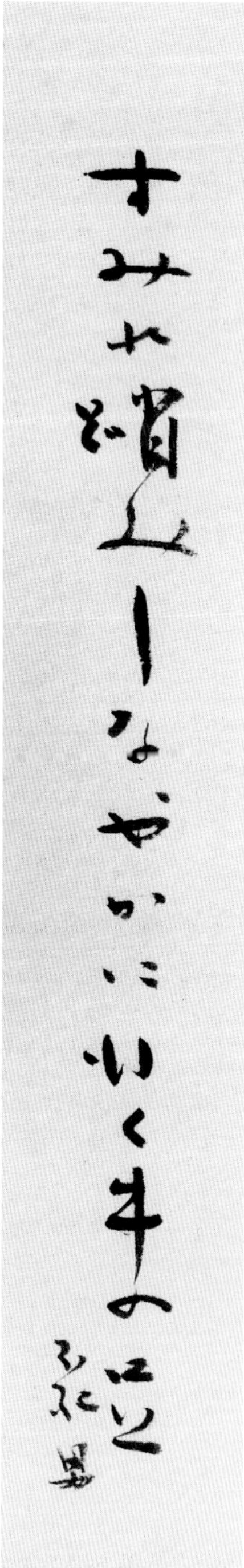

239
短冊　すみれ踏みしなやかに行く牛の足　不死男

240 色紙　すみれ束解くや光陰こぼれ落つ　柚子

238 小林一茶（一七六三～一八二七）江戸後期の俳人。信州柏原の人。俗語や方言をまじえ主観的句を多く詠む。
239 秋元不死男（一九〇一～七七）横浜生。「氷海」主宰。新興俳句運動に参加し即物的表現を主張。
240 鍵和田柚子（一九三二～）神奈川生。師系中村草田男。「未来図」主宰。
241 野木桃花（一九四六～）横浜生。名取思郷に師事し「あすか」継承主宰。

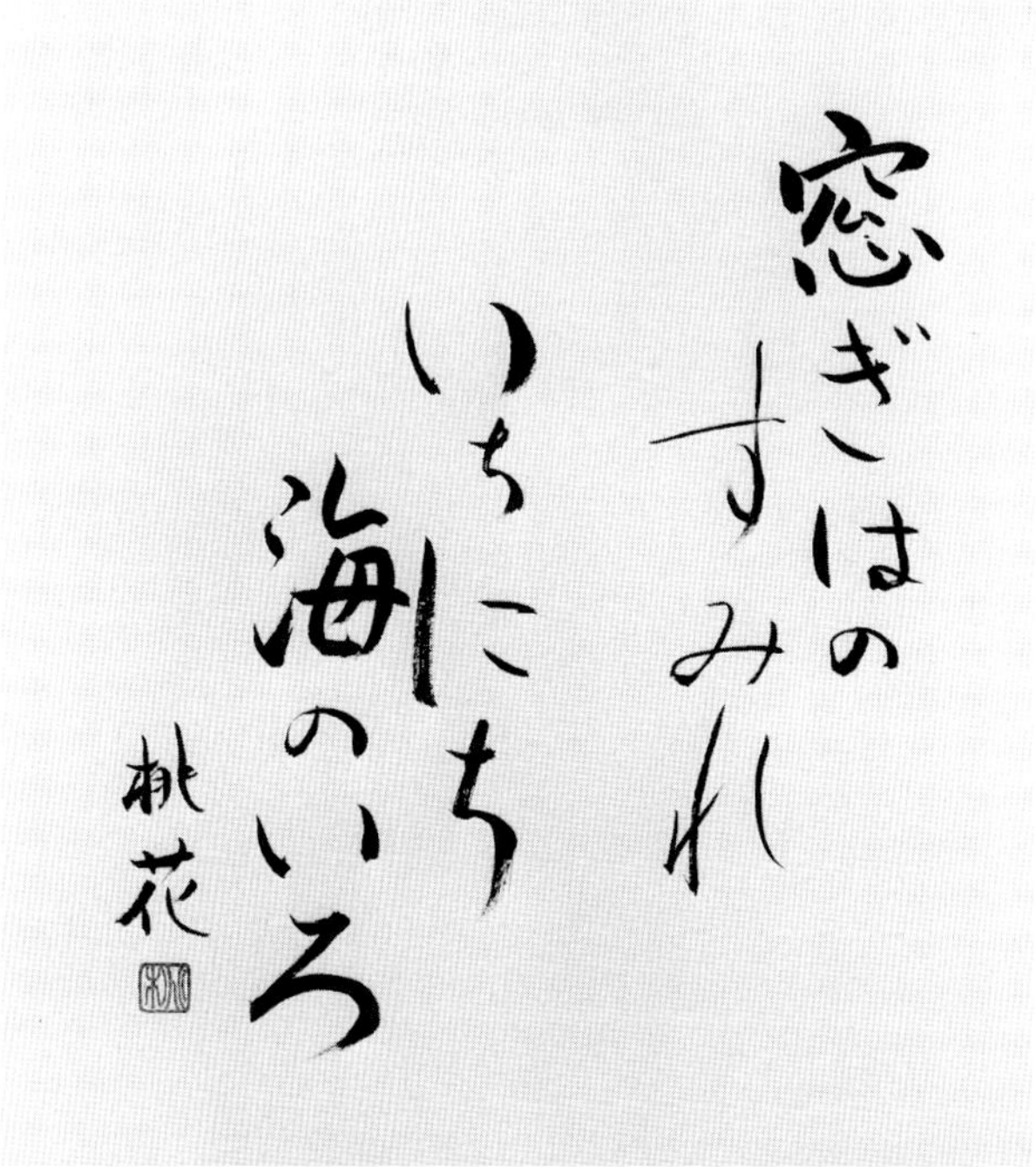

241 色紙　窓ぎはのすみれいちにち海のいろ　桃花

紫雲英《げんげ》

蓮華草・げんげん・五形花《げげばな》

植物

春の田圃や野原に、げんげの花は咲きあふれる。稲刈りがおわり秋の末に種をばら蒔き、翌春すき込んで緑肥にするために育てる。あるいは家畜の飼料にする。花の色は紅紫色か白で、田園にじゅうたんを敷いたように一面を埋める光景は目覚めるように美しい。かつて子供たちは遊び場として、げんげ野に興じたものだ。

春の彩りとして、菜の花畠の黄、麦畑の青とともにげんげ田の紫がだんだら模様を形成する。懐かしい光景である。

頭悪き日やげんげ田に牛暴れ　西東三鬼

春という季節のせいで、憂うつな気分になることもあるだろう。頭の中まで、かすみがかかったようにほうけた状態を〈頭悪き日〉と形容したのである。そんな日に、たまたま〈げんげ田〉で暴れている牛を見て、何となく共感を覚えての作か。げんげ田の牛は色とりどりの花に狂って暴れ出したのかもしれない。それもよかろう。人間も時に知性など捨て去って、本能のおもむくままに暴れてみたい、という衝動を抑えての理性の作だ。

岡山県津山市生まれ。新興俳句運動の新鋭として登場し、戦中戦後の俳壇で華々しく活躍。（一九〇〇～六二）

げんげ田や鋤くあとよりの浸り水　――臼田亜浪
田も畦も道も山辺もげんげかな　――原　石鼎
駈け下りぬげんげの畦の見えしより　――及川　貞
げんげん畑そこにも三鬼呼べば来る　――橋本多佳子
山を透いて老人行くはげんげ道　――永田耕衣
紫雲英田の濃きも淡きも花盛　――山口誓子
風に揺るゝげんげの花の畦づたひ　――星野立子
げんげんを見てむらさきの遠雪嶺　――大野林火
紫雲英野をまぶしみ神を疑はず　――片山桃史
おほらかに山臥す紫雲英田の牛も　――石田波郷
紫雲英田に舟引き入るる細江あり　――野崎ゆり香
狡《ず》る休みせし吾をげんげ田に許す　――津田清子
げんげ田へ膝より降りる菩薩あり　――攝津よしこ
ファクシミリ紫雲英田一枚送りたし　――橋本美代子
紫雲英田の沖の白波一つ見ゆ　――川崎展宏

242
色紙
面白くて
傘をさすなら
げん〳〵野
八十媼 かな女

242 長谷川かな女（一八八七～一九六九）東京生。長谷川零余子夫人。高浜虚子に師事。夫の「枯野」同人の後「水明」主宰。

蒲公英《たんぽぽ》

鼓草・藤菜・蒲公英の絮《わた》

植物

どこにでも見られる雑草だが、春の花として忘れられない。三角のぎざぎざのある葉を地面にはわせ、葉の中央から真っ直ぐに茎が伸び、頂きに菊に似た黄色い花を開く。西日本には白い花も多い。昔は鼓草と呼ばれ、たんぽぽの名も鼓を打つ音にちなんだものだろう。

花が咲きおわると、球状にたくさんの種子がつき、まるくひらいた花火のように美しい。風が吹くと球の一部がくずれて、種子が軽々と飛んでゆく。メルヘンチックな光景である。

あたたかくたんぽぽの花茎の上　　長谷川素逝

なんともほほえみたくなる俳句だ。たとえば幼児が描いた、たんぽぽの絵から受ける印象とも類似する。いかにも稚拙な感じだが、無駄がなくて力強い。たんぽぽの黄色い花はほのぼのとした温かな気分を誘う。それが〈茎の上〉に咲いているのは当たり前のこと。これを飾らない表現で虚を衝き、心の奥まで入ってくる一句。素直さは人を感動させる力がある。

大阪市生まれ。一時「京大俳句」、のち「ホトトギス」同人。三十九歳で早死にするが、独自の哀感に包まれた抒情性の句を作る。（一九〇七～四六）

たんぽぽや折々さます蝶の夢　――千代女
たんぽぽや野をめぐりくる水の隈　――大江丸
たんぽぽを折ればうつろのひびきかな　――久保より江
たんぽぽや長江濁るとこしなへ　――山口青邨
たんぽぽや問われて知らぬもの多き　――北　山河
たんぽぽの花には花の風生れ　――中村汀女
蒲公英のかたさや海の日も一輪　――中村草田男
たんぽゝと小声で言ひてみて一人　――星野立子
校長に蒲公英絮をとばす日ぞ　――加藤楸邨
しあはせに短かたんぽぽ昼になる　――細見綾子
たんぽぽの上に強風の村黄なり　――飯田龍太
たんぽぽに降りて転轍手《てんてつしゅ》は身軽　――中村石秋
人間万歳たんぽぽの絮追っかける　――松本　翠
国後《くなしり》やロシヤたんぽぽ絮とばす　――豊長みのる
蒲公英や背中でゆらす牧の柵　――岩淵喜代子
たんぽぽや縄文人の柱穴　――落合水尾

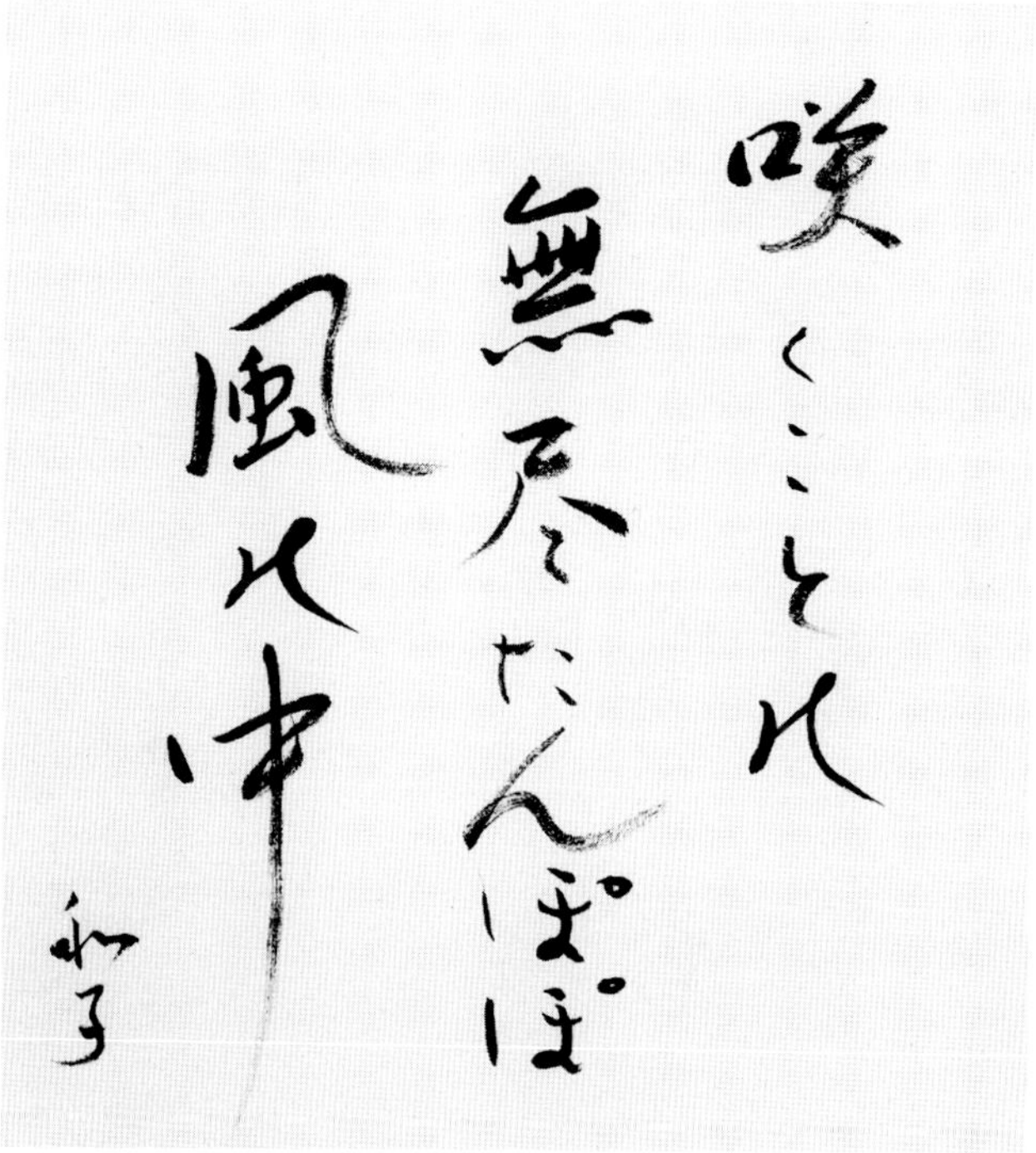

243　色紙　咲くことの無尽たんぽぽ風の中　和子

243　原　和子（一九三二〜）東京生。師系原石鼎。原裕夫人。「鹿火屋」主宰。
244　坪内稔典（一九四四〜）愛媛生。伊丹三樹彦の「青玄」を経て「船団」代表。

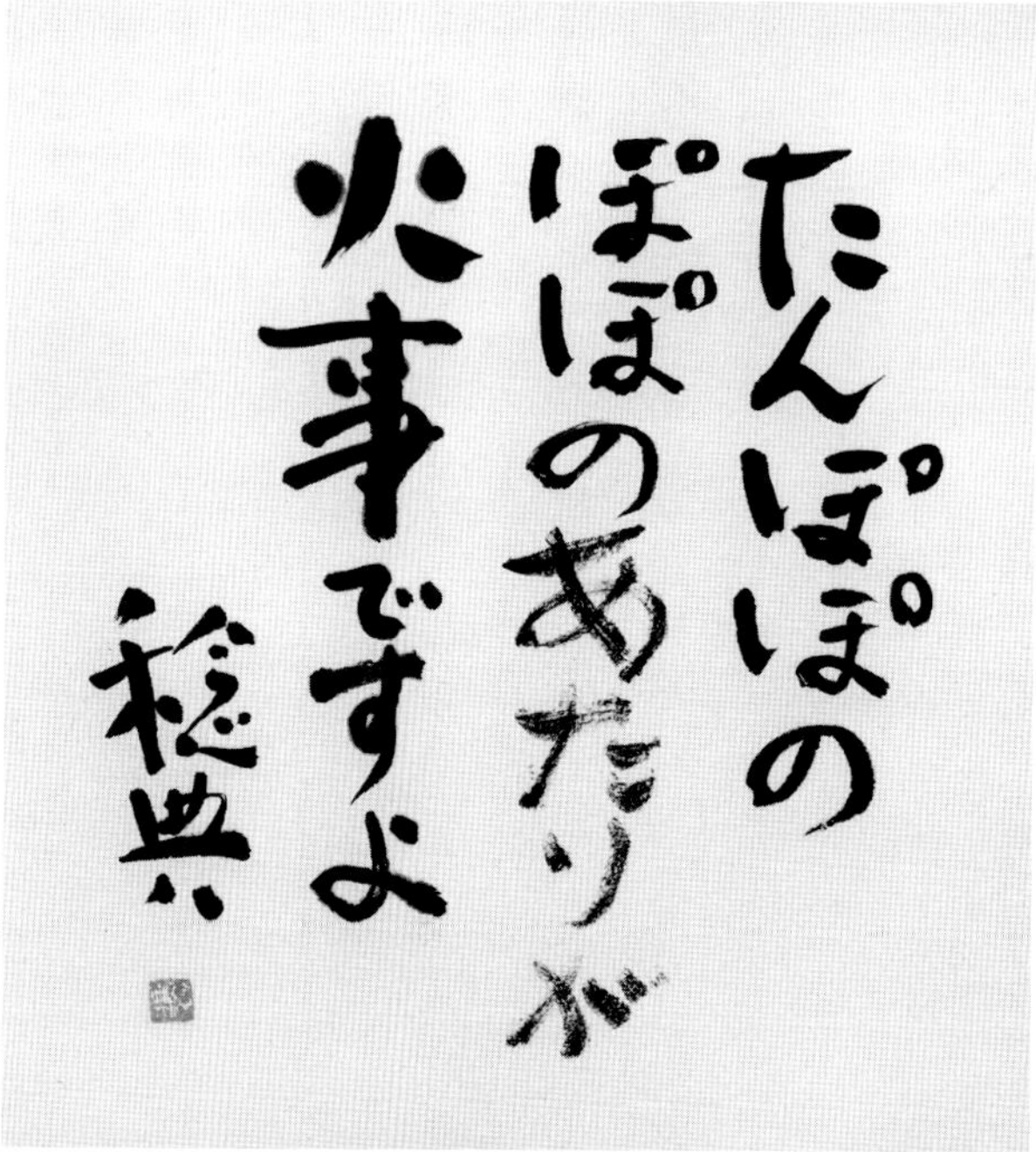

244　色紙　たんぽぽのぽぽのあたりが火事ですよ　稔典

土筆《つくし》

つくづくし・つくしんぼ・筆の花・土筆野・土筆摘む

筆によく似た形なので土筆と書く。春のはじめ日当たりのよい土手や畦、野原などいたるところに群がり生える。土筆は杉菜の地下茎から生ずる胞子茎。はじめは袴《はかま》という黒い皮を幾重にもかぶっているが、伸びるにしたがい自然にぬいでゆく。野に出て土筆を摘む遊びは春の風物詩である。摘んだ土筆は袴をとってひたし物などにして食べれば、野趣があり野の香りがする。

土筆煮て飯くふ夜の台所　——正岡子規

土筆めし山妻をして炊かしむる　——富安風生

まゝ事の飯もおさいも土筆かな　——星野立子

土筆なつかし一銭玉の生きゐし日　——加藤楸邨

詩のあるけさ土筆が灯す沃野の陽　——赤城さかえ

われ死なば土葬となせや土筆野へ　——福田甲子雄

植物

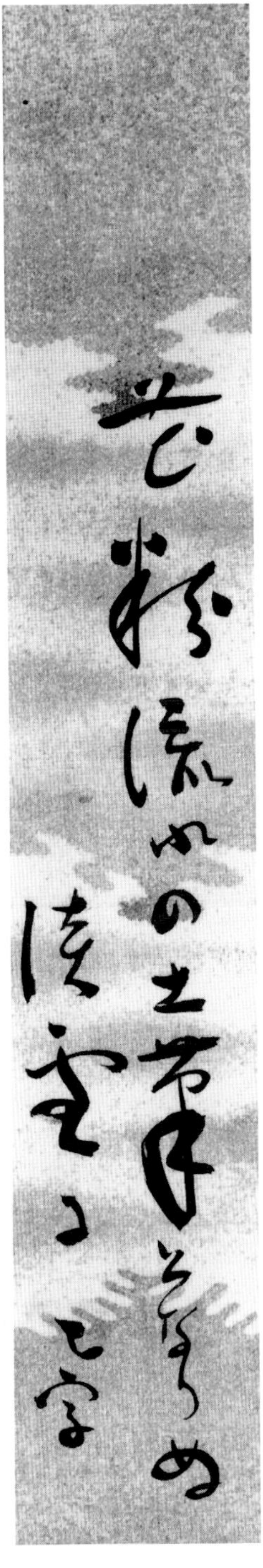

245 短冊　花粉流れの土筆となりぬ淡雪に　乙字

245 大須賀乙字（一八八一〜一九二〇）福島生。河東碧梧桐に師事し新傾向俳句を唱道。のち伝統尊重に復帰。

蓬《よもぎ》・摘草《つみくさ》

植物

餅草・艾草《がいそう》・さしも草・蓬生《よもぎう》・蓬摘む

春、荒れた地の枯れ草の中に、いちはやく緑色の姿をみせるのが蓬である。いっせいに出る葉々を摘み集めて、ゆでて草餅や草団子に入れ、美しい緑色と香りをめでて楽しむ。
摘草は蓬や土筆、芹、嫁菜など食用になる野草を摘むのである。同時に鬼気を治すためのものと昔からいわれてきた。いまは食べるというより蒲公英やげんげ、菫などは楽しみのために摘み興じるといった風情である。

活断層の上かも知れず蓬摘む　赤尾恵以

神戸の大地震はまだ記憶に生々しい。報道でよく耳にしたのが〈活断層〉という言葉だ。過去約百万年間にずれたことのある断層で、それが再びずれて大惨事をもたらした。直接被災の作者には地底にまで心配が及び、深く畏怖の念もいだくようになったのだろう。しかし「国破れて山河あり」ではないが、三月三日にもてはやす蓬餅のために、惨状の大地から蓬を摘むというのである。
兵庫県生まれ。夫の赤尾兜子没後、「渦」を継承主宰し各自の個性を活かす俳句を主導する。（一九三〇～）

裏門の寺に逢着す蓬かな　――蕪村
おらが世やそこらの草も餅になる　――一茶
草摘みし今日の野いたみ夜雨来る　――高浜虚子
蓬萌ゆ憶良旅人に亦吾に　――竹下しづの女
摘みためて蓬ぬくさよ掌に　――高橋淡路女
蓬生にねむたく閑雅なる昼餐　――横山白虹
蓬萌ゆ春来われにも女の子ある　――森川暁水
俎の蓬を刻みたるみどり　――山口誓子
野霞のこぼす小雨や蓬摘　――芝不器男
下車せしは記憶の隅の草摘むため　――橋閒石
流れには遂に出逢はず蓬摘む　――山口波津女
押へてもふくるる籠の蓬かな　――下田実花
日暮れまで摘みし蓬のこれつぽち　――中村苑子
誰も背に暗きもの負ふ蓬摘み　――河原枇杷男
男らの一人を抱き苦艾《にがもぐさ》　――高澤晶子

246　短冊　摘草や裏より見たる東山　いはほ

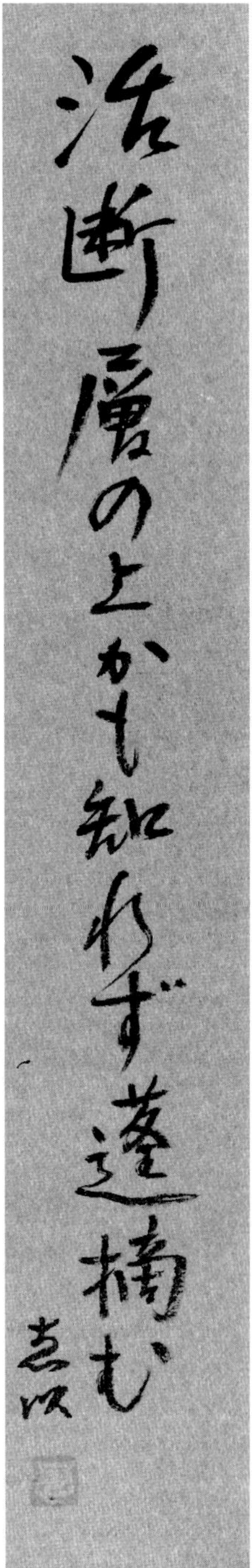

247　短冊　活断層の上かも知れず蓬摘む　恵以

246　松尾いはほ（一八八二〜一九三六）京都生。高浜虚子に師事し「ホトトギス」同人。
247　赤尾恵以（一九三〇〜）兵庫生。赤尾兜子夫人、のち「渦」主宰。

あとがき

自然が豊かで、四季折々の変化に富むのがわが国の風土である。それに敏感に反応し美意識を育て、幽遠な文化を育んできた。

日本の詩歌において、自然は単に素材としてだけ詠むにとどまらない。心との深い関わりにおいて、抒情をかもす文学形式を生み育てた。それが和歌であり、連歌であり、俳諧の時代に入っては庶民化し、数は厖大なものになっていった。

俳諧が盛んになって季題・季語の概念が生まれてゆく。これを集めて分類整理し、解説を加え、例句をあげて集大成したのが俳諧歳時記である。子規の俳句革新によって近代化されて以後は、俳句歳時記としてますます需要を増しているように思う。

歳時記といっても種々あるが、「歳時記は日本人の感覚のインデックスである」と至言をのこしたのは漱石の弟子である寺田寅彦だ。インデックスとは索引のこと。書物の中の字句や事項を一定の順序に配列して、その所在をたやすく探し出すための目録である。ここではたとえとしてのインデックスだが、日本人の感覚を時に応じて探し出せるとなれば、これほど重宝なものはない。

季題・季語にそれを使った例句が付けられて、俳句歳時記は便利なものになった。無数にある俳句の中から精選されたもので、自然をどう感受し、いかに表現するかで大いに参考になるものだ。

わたしがかねがね考えていたのは、従来の歳時記に筆墨も付け加えることだった。おそらく詠み捨てた俳句は無限だが、その珠玉を筆墨として遺したものもまた多い。それも歳時記の中に整理分類して収録するなら、その作者の人間味にまで接することができて、展開は新しいものになってゆく。こんな思いで編集を思い立ったのが本書である。まず第一巻の春の部を刊行するが、本書が殺伐たる日常を離れひとときでも心を癒すオアシスになれば幸いである。

二〇〇二年三月

村上　護

揮毫句索引

揮毫作家索引

◉資料提供協力機関◉

＊数字は揮毫作例№

財団法人柿衞文庫
13 15 25 26 27 28 33 42 45 46 51 52 62 74 76 77 87 89 97 114 115 126 131 145 148 149 158 174 175 178 198 204 226 228 232 234 238 245

神奈川県立図書館（飯田九一氏旧蔵寄託資料）
14 17 47 55 56 72 84 85 91 92 111 132 137 138 151 157 164 165 177 182 193 197 222 225 231 236 246

東京都近代文学博物館
3 10 83 98 104 113 128 142 166 185 186 211 239

社団法人俳人協会（俳句文学館）
101

※本書収録のカラー風景写真は、すべて吉岡功治氏撮影による。

編著者略歴

村上　護（むらかみ・まもる）

1941年、愛媛県大洲市生まれ。松山市で過ごしたのち26歳から東京住。作家、評論家。人物評伝の諸作が多く、主な著書は『放浪の俳人山頭火』『中原中也の詩と生涯』『安吾風来記』『虹あるごとく―夭逝俳人列伝』など、これまでに42冊の著書がある。俳句に関する編著も多く、『明治俳句短冊集成』（全３冊）『俳句の達人30人が語る「私の極意」』『俳句を訊く』などがある。現在は俳句四季賞選考委員、正岡子規国際俳句賞調整委員などのほか北海道新聞、信濃毎日新聞、愛媛新聞など10紙に俳句コラムを毎日連載で十年余続けている。

筆墨俳句歳時記《ひつぼくはいくさいじき》　春《はる》

2002年３月14日　初版印刷
2002年３月28日　初版発行

編著者　村上《むらかみ》　護《まもる》
発行者　渡邊隆男
発行所　株式会社二玄社

東京都千代田区神田神保町2-2　〒101-8419
営業部＝東京都文京区本駒込6-2-1　〒113-0021
電話03(5395)0511　Fax03(5395)0515
URL http://nigensha.co.jp

印　刷　日本写真印刷株式会社
製　本　株式会社越後堂製本
装　丁　小島かおり
本文レイアウト　有限会社ダイワコムズ

ISBN4-544-02044-1 C1371

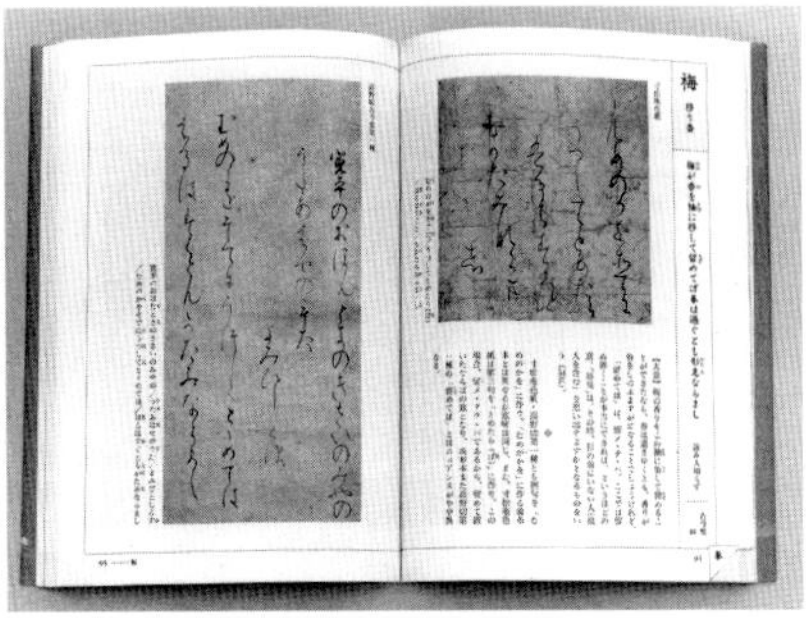

古筆歳時記 3
古筆歳時記 2
古筆歳時記 1

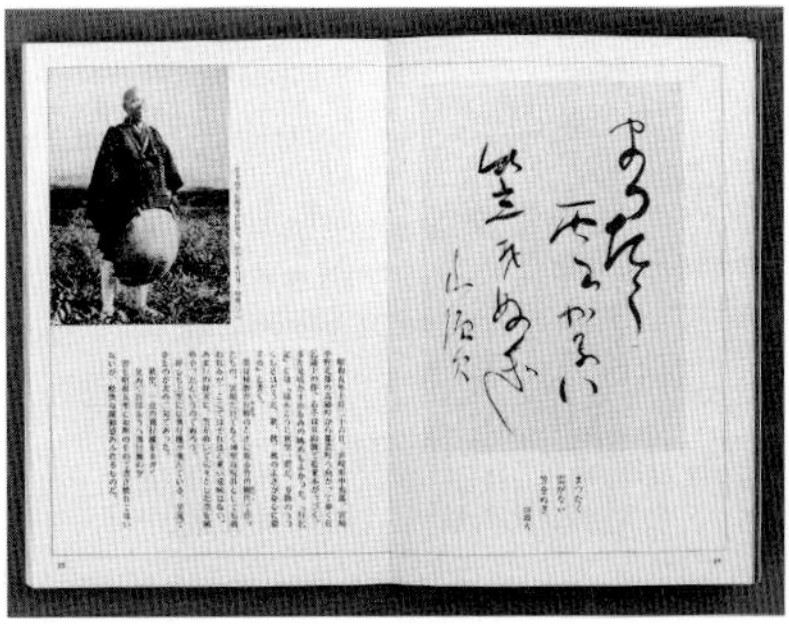

山頭火、飄々